本书为2015年国家社会科学基金一般项目
"当代英国黑人小说研究"（项目号：15BWW063）的最终成果

王 卉 著

当代英国
黑人小说中的
身份认同问题研究

中国社会科学出版社

图书在版编目 (CIP) 数据

当代英国黑人小说中的身份认同问题研究 / 王卉
著. — 北京 : 中国社会科学出版社, 2022.8
ISBN 978 - 7 - 5227 - 0354 - 1

Ⅰ. ①当… Ⅱ. ①王… Ⅲ. ①小说研究 - 英国 - 现代

Ⅳ. ①I561.074

中国版本图书馆 CIP 数据核字（2022）第 106481 号

出 版 人	赵剑英
责任编辑	刘亚楠
责任校对	张爱华
责任印制	张雪娇

出 版	中国社会科学出版社
社 址	北京鼓楼西大街甲 158 号
邮 编	100720
网 址	http://www.csspw.cn
发 行 部	010 - 84083685
门 市 部	010 - 84029450
经 销	新华书店及其他书店

印刷装订	北京市十月印刷有限公司
版 次	2022 年 8 月第 1 版
印 次	2022 年 8 月第 1 次印刷

开 本	710 × 1000 1/16
印 张	21
插 页	2
字 数	322 千字
定 价	128.00 元

序　言

　　英国黑人文学的历史如同英国的历史一样悠久，有关黑人文学的定义和范畴自然也是争论良多，大卫·戴比迪（David Dabydeen）认为黑人文学既非本质主义的概念，也非凭空构建的想法，因此是无法确切定义和控制的（Stein，2004：10）。而弗莱德·达圭尔（Fred D'Aguiar）则提出，黑人文学是莫须有的存在，定义文学作品的因素应该是阶级、性别、种族、时间和空间，而英国黑人文学的概念会导致读者误认为，黑人作者的作品相互雷同而非精彩各异（Stein，2004：11）。达圭尔的说法固然有理，但是如果认为一位少数族裔背景的作家在种族氛围相对紧张的英国会具有英国本土作家相同的境遇，那自然也不合情理（Stein，2004：11 – 12）。因此在英国社会遭受排斥的流散经历以及与故国的文化渊源成为黑人作家之间联系的纽带，因此英国黑人文学非但是指拥有相同种族、文化和区域背景的社会群体，更是意味着斯图亚特·霍尔（Stuart Hall）在《新民族性》（"New Ethnicities"）中提出的群体的概念。虽然英国黑人小说家群体具有相对的异质性，但是他们共同的边缘化和流散性的经历，以及相似的文化和种族渊源能够成为他们构成群体的纽带（Hall，1996c：164）。

　　尽管众说纷纭，英国黑人文学始终是英国文学领域中非常强势的存在，黑人作者始终站在揭示英国与其殖民地的经济和心理关系的最前线，18 世纪的奥拉达·艾奎亚诺（Olaudah Equiano）和伊格那修·桑奇（Ignatius San-

1

cho）等代表作家以自传叙述的方式来寻找自我。他们的作品通常以第一人称的口吻宣誓自己的人性，同时反抗英国的蹂躏和践踏，由此成为英国黑人小说的开端。依据戴比迪和（Dabydeen & Wilson-Tagoe，1987a：931）对英国黑人文学的理解，黑人小说可以定义为，由出生或者旅居英国的黑人作者创作，在英国范围内发表或者出版，主要针对英国读者的小说作品。这种早期的定义宽泛而松散，并且没有对英国黑人小说家的群体做出明确的界定。严格来说，英国黑人小说的界定需有广义和狭义之分，广义的英国黑人小说是指非洲、亚洲或者加勒比背景的有色小说家的作品及其相应的文化和美学传统（Stein，2004：18）；狭义的英国黑人小说特指那些具有非洲加勒比（或者西印度群岛）血统的英国籍作家创作的文学作品；而当代英国黑人小说是指"帝国疾风号"（SS Empire Windrush）以后的小说作品。其实这种划分也具有可商榷之处，因为像奈保尔和大卫·戴比迪等作家本身就同时具有印度和西印度群岛的血统。因此，当代英国黑人小说的界定也并非界限鲜明。

马克·斯坦（Mark Stein）将英国黑人小说定性为成长式小说，同时赋予其施为功能（performative function）（vxi）。这意味着，当代英国黑人小说在描写和记录黑人移民主体构建过程的同时，也通过描述英国种族主义氛围、重新勾勒英国的社会图景和运用文化影响的方式重新塑造 21 世纪英国的形象，进而重新定义英国性（Englishness）。当代英国黑人小说在 60 余年的发展过程中肩负和构建着改变的两种使命，因此当代英国黑人小说独立成篇的原因包括该小说家群体相同的流散经历，小说作品相似的美学传统及其肩负的共同的历史使命。

一 20 世纪 50—60 年代孤独的伦敦人

搭乘"帝国疾风号"而来且活跃在 50—60 年代英国文坛的黑人小说家对英国文化产生深远的影响，在将英格兰塑造为一个多种族和多元文化的社会的同时也赋予英国文学国际化的视野，从而避免其在帝国的消亡后而萎缩成为狭隘的小英格兰主义（Little Englandism）。当英国的其他人群纷纷自称为爱尔兰人、威尔士人、苏格兰人、女权主义者、同性恋或者北方人来宣布与英国的决裂时，这些充满生机的黑人却迫不及待地想成为英国人。英国既没有陷入分崩离析的境地，也没有身处欧洲的阴影之中，而是在 20 世纪后半期被重塑为具有国际化视野和维度的国家（King，2000：14）。E. R. 布雷维斯特（E. R. Braithwaite）是最早在英国获得声誉的西印度群岛作家，埃德加·米特霍兹（Edgar Mittelholzer）、塞缪尔·塞尔凡（Samuel Selvon）、乔治·莱明（George Lamming）、安德鲁·萨尔基（Andrew Salkey）、威尔逊·哈里斯（Wilson Harris）等紧随其后。赛尔凡的《孤独的伦敦人》（*The Lonely Londoners*，1957）被批评家们认为是英国黑人经典小说的开山之作，在 20 世纪后期被争相效仿，"孤独的伦敦人"的意象也被认为是此时英国黑人移民的象征。《孤独的伦敦人》的故事发生在 19 世纪后期烟雾弥漫的伦敦，特立尼达移民摩西带着作家的梦想来到伦敦，未想竟然沦落为贫困落魄的劳工，最后带着满腔的遗憾回归故里。他眼中的伦敦是一个孤独而冷漠的城市，这座城市被分割成数个小世界，你只是待在自己所归属的那个世界里，除了报纸上的消息以外，你根本无法知道其他世界中发生的事情（Selvon，1991：60）。

　　该时期的作家通常会书写住房、工作和安全等摆在眼前的问题，小说通常致力于表现黑人移民在宿主国的不安和不适，同时对故国满怀乡愁。黑人小说的主人公都以男性冒险家的面孔出现，他们在忧心金钱、工作和住房问题的同时也对白人女性充满幻想，此时的小说中还未出现生活稳定而富裕的黑人中产阶级。英格兰的住房并非如黑人移民所期望的那样干净和舒适，而是昂贵而肮脏，并且有色移民在寻求住房时会遭遇公开的歧视。赛尔凡的四部伦敦小说都与住房相关，因为它既是生存的必需条件也是定居英国的象征。赛尔凡的《孤独的伦敦人》以诙谐和夸张的手法记录着黑人移民初到英国时的兴奋和痛楚，"当摩西初到伦敦的时候，他希望能找到一个便宜的地方落脚，能获得充足的食物，同时也能找到几个男孩子闲聊来打发时间——这座城市在你独处的时候是那么孤独"（Selvon，1991：55）。后来，书中的反英雄（anti-hero）摩西将其他西印度群岛移民领到地下室的蜗居中并且从中渔利，最终买取一处破烂不堪的旧房出租获利。他就这样一边剥削他人，一边撰写自己的回忆录。赛尔凡的《住宅区的云雀》（*Housing Lark*，1965）中的黑人移民在求租和求职方面都历尽艰难，最后竟然乔装成印度移民来达成目的。乔治·莱明《移民》（*Emigrants*，1954）中的人物同样面对空气烟雾污染、气候潮湿阴冷、住房肮脏阴暗和用品配给定量等问题。住房和土地都是文学作品中归属和传承的象征，而黑人移民遭遇的住房困难也让他们丧失安全感。此后数十年的英国黑人文学都会谈及住房问题，他们抱怨英国房东窥探隐私，势力霸道，并且制定出很多针对黑人房客的严格规定，也抱怨英国住房恶劣的卫生条件，非但朋友留宿成为痴心妄想，就连晚归的房客也会被拒之门外。浴缸、淋浴和门锁钥匙成为英国居民和黑人移民之间文化战争的象征物。正因如此，黑人移民和他们的后代虽然身处英国，但是仍然无家可归，他们无论在出租屋里还是在社会上都是不被接纳的。

此外，文化冲突的问题在此时的小说中也多有涉及，居留英国的黑人移民在面对种族歧视的同时也对自己的行为和身份做出思考，并且感到无所适从。非英国的举止被认为是特殊甚至野蛮的，而英式的行为则会带来"模仿者"的风险。萨尔基的《逃到秋天的柏油路》（*Escape to an Autumn Pavement*，1960）表现出伦敦赋予黑人移民的无限自由与牙买加中产阶级刻板保守的道德主义形成鲜明的对比。莱明的《流放的喜悦》（*The Pleasure of Exile*，1960）在讨论自由的观念时以普洛斯彼罗（Prospero）和卡利班（Caliban）来表现白人殖民者和黑人被殖民者。而后来的《浆果拌水》（*Water with Berries*，1971）作为对莎士比亚《暴风雨》的戏仿，将伦敦的黑人移民塑造成普洛斯彼罗土地上的卡利班。哈里斯的《乌丹的遥远旅途》（*The Far Journey of Oudin*，1961）讲述一个移民家庭因为英国资本主义方式与故国的传统相互背离和冲突而无法适应，最终家庭分崩离析的故事。莱明和其他原殖民地知识分子同样思考的问题是，如果被殖民者全盘接受殖民者的语言和表述方式，又如何能实现思想和精神上的自由。

该时期的英国黑人作家主要秉承英国文学传统中的现实主义文风，但是特立尼达群岛的卡利普索（Calypso）中独有的自嘲和反讽以及各种腔调的黑人英语都能够显示出英国黑人的存在。他们在英国居无定所，同时丧失家园和归属，进而丧失自我；而这种丧失所有和迷失自我的状态同时也预示着自我身份构建的开始。

二　20 世纪 70 年代的寻根梦想

20 世纪 70 年代的西印度群岛黑人不再是英国移民大军的组成部分，而成为英国黑人。70 年代中期约有半数黑人儿童出生在英国，他们在英国成家立业，生根发芽。西印度群岛的黑人小说家审视英国的视角也从暂时过渡为永久，并由此开启英国黑人的时代。该时期随着加勒比艺术家运动（Caribbean Artists Movement）的偃旗息鼓，加勒比文学也逐渐转变为西印度群岛文学，同时赋予英国黑人文学新的视野和内容。70 年代活跃在英国文坛的除了五六十年代崭露头角的黑人小说家以外，又新增布奇·埃默切塔（Buchi Emecheta）、贝丽尔·吉尔罗伊（Beryl Gilroy）等女性小说家。

70 年代的黑人小说首先表达的是英国黑人生在英国、长在英国，却不被英国所接受的挫折和困惑。布奇·埃默切塔的自传体小说《在阴沟里》（*In the Ditch*，1972）中生活在阴沟里的女主人公努力为自己在英国争取一席之地。而后的《二等公民》（*Second Class Citizen*，1976）中的女主人公艾达因为非洲女性的身份而被双重边缘化，她在小说中与她残暴的丈夫斗争，同时还要照顾一大群孩子。贝丽尔·吉尔罗伊的小说《黑人教师》（*Black Teacher*，1976）讲述着她作为伦敦北部一名黑人教师的经历。在完成从黑人移民到英国黑人的转变后，黑人作家先是以上述作品来对抗种族歧视，但更主要的还是从故国的题材中寻找创作的灵感。英国社会压抑的氛围和严重的歧视迫使此时的黑人小说家回望自己的故国，并且从中寻找创作的体裁和灵感，而他们寻根的梦想也帮助他们回答"我是谁""我从哪里来"等身份构建的问题。

尼日利亚伊博族（Igbo）文化以及齐诺瓦·阿切比（Chinua Achebe）、纳帕（Florence Nwapa）和曼欧尼（John Munonye）等伊博作者开创的写作模式在英国黑人小说中得以继承和发扬。小说将伊博村庄中安全而有机的生活与都市中的机遇、自由、严酷、堕落和危机相对比，描写传统伊博村庄与欧洲文明之间的冲突。埃默切塔在《奴隶女孩》（*The Slave Girl*，1977）中成功地效仿尼日利亚作家爱曼达（Elechi Amada）的手法，从女性的视角揭示出传统部落社会的真实面貌。此后埃默切塔将目光从尼日利亚的过去转向她的现在，创作的主题也容纳进政治和历史等宏大叙事。然而，埃默切塔在书写故国体裁的同时也表达出自己作为英国作家和非洲作家两种身份之间的冲突，对非洲的忠诚和对英国自由生活的渴望也使她摇摆不定。并且，多年英国生活中接触到的女性主义思想也使她在故事的讲述中选取女性主人公和女性视角。《新娘的价格》（*The Bride Price*，1976）故事中短暂的婚姻虽然幸福却多遭诅咒，最终以新娘难产死去为结局。故事中的女性在经济方面只能任凭男性的摆布，但是同时也表现出西方的理性主义和伊博部落的宿命论两种思想观念的对抗。阿切比在《崩溃》（*Things Fall Apart*，1958）中将男性对女性的控制和压迫视为单纯的个体行为，而埃默切塔却以此比拟主人与奴隶的关系，从而赋予该行为象征意义。她还将自己的亲身经历掺杂进小说创作，从而推翻女性为男性附属品的观念，这说明伦敦的生活经历使她的女性主义意识得以增强。《强暴湿婆》（*The Rape of Shiva*，1983）在抨击欧洲帝国主义的同时，也批评男权对女性的控制和掠夺，非洲的部落文明被掠夺的欲望和科技的冲击所摧毁，原来平静的村庄在接触到外界思想后也开始以售卖矿物来换取食物和枪支，从极乐伊甸园到新殖民主义地狱的坠落令人猝不及防。此外，加勒比克里奥尔文化（Creole Culture）中温情而亲密的家庭观念也在英国黑人小说中得以表现，默尔·霍奇（Merle Hodge）的《噼噼啪啪，猴子》（*Crick Crack，Monkey*，1970）中传统观念在大家庭的代际中传承，而其中的殖民文化则迫使故事中人物趋于沉默和自我，最终为追名逐利而远走他乡。吉尔罗伊所写的《赤素馨之家》（*Frangipani House*，1986）讲述圭亚那妇女金妈妈的生平故事，她虽然辛苦养育数代家人，却落得孤独终老的命运。小说试图打破黑人妇女性格刚强且百折不挠的神话，表现出她们在传统大家庭解体后的孤寂和失落。

由上述可见，英国黑人作家通常会以书写故国的方式来对抗移民生活中的愤懑和失落，故国的书写在满足他们寻根梦想的同时，也帮助他们在创作的生涯中逐渐羽翼丰满，并且拥有足够的自信来涉足英国体裁。对罗伊·希思（Roy Heath）来说，书写加勒比能够帮助他远离英国的喧嚣与愤怒，其小说中的形形色色的人物在夹缝中寻得平静的生活，仿佛免受历史变迁的打扰；超现实的村庄盛行着各种神话和仪式。小说《回家的人》（*A Man Come Home*，1974）中充满神秘色彩，主人公在莫名消失许久后衣锦还乡，作者也借机凸显了比圭亚那的沿海和内陆地区的异国情调。本·奥克瑞（Ben Okri）的早期作品《鲜花和阴影》（*Flowers and Shadow*，1980）和《内部的风景》（*The Landscapes Within*，1981）都是非洲体裁，将非洲各部落的意象、文学传统和神话传说与英国以及欧洲文学传统相结合，展示出当代非洲社会暴力和腐化的传统根源。布克奖作品《饥饿之路》（*The Famished Road*，1991）是有关非洲神话、历史和政治的循环往复的模式，故事中的灵童多次经历生死轮回，奥克瑞也将现实和灵魂世界融为一体。

　　非洲体裁似乎是该时期英国黑人作家的钟情话题，但是小说中非洲部落的描写中也掺杂着欧洲都市的机遇、自由和危机；在表现非洲部落女性命运的同时也流露出女权主义的意识；在颂扬非洲部落智慧的同时也凸显出西方理性主义的思想；在描摹非洲村庄平静生活的背后也透视出都市生活的喧嚣与堕落。黑人小说家也会从欧洲理性的视角审视非洲虚假的唯心论，以及盲目的非洲崇拜和非洲中心主义。因此，此时的英国黑人作家虽然以故国体裁来满足自己的寻根梦想，但是他们无法成为传统意义的西印度群岛作家，因此也始终感受到无处是家园的寂寥。因此埃默切塔通过她的作品《新部落》（*The New Tribe*，2000）表达出："我们不再属于非洲，我们是英国人。也许是英国黑人，但是这是我们的家园……所有寻根的想法都是如此陈旧，看看英国黑人是如何改变英国文化的面貌，你难道不想成为其中的一员吗？"（Emecheta，2000：113）

三　20 世纪 80 年代的身份困惑

　　80 年代活跃在英国文坛的黑人小说家主要包括本·奥克瑞、卡里尔·菲利普斯（Caryl Phillips）、大卫·戴比迪、琼·莱利（Joan Riley）、伯纳丁·埃瓦雷斯托（Bernardine Evaristo）等。该时期的小说家需要面对的问题是，在故国体裁的书写结束后他们的创作生涯应该何去何从，又该如何将故国的历史创伤与现代的都市经历相结合来进行自我定义和身份构建，因此，此时的黑人小说家正式拉开身份构建的序幕。80年代中期以后，英国作为一个白人国度的时代宣布结束，而有色群体的文化也从英国文化的点缀转变为其组成部分。英国黑人文学也随着普拉布·古朴塔拉（Prabhu Guptara）的著作《英国黑人文学》（*Black British Literature*，1986）的出版而得到认可。80年代的英国黑人小说家是流散生活的代言人，他们以寓言（fabulist）的方式将幻想与现实、历史与自传相结合，作品中充满卡通式的夸张、幽默的故事和荒诞的意象。另外，20世纪的最后20年中来自格林纳达的作家为英国黑人文学注入了新鲜的血液，这些小说展示出格林纳达近30年的政治和历史风貌以及美国的入侵，作品的政治色彩浓重。

80年代的英国黑人小说反映出英国黑人流散的生活状态以及无所归依的心灵状态，因此有关身份问题的讨论也习以为常，而很多小说家也将身份构建的开始定格为对历史的追溯和缅怀，特别是有关奴隶贸易的历史。菲利普斯的《最后的通道》（*The Final Passage*，1985）和《更高的地面》（*Higher Ground*，1989）都以非洲奴隶贸易为起点书写黑人流散者的故事，很多非洲人出于奴隶贸易的缘故而流离失所，最终滞留国外。菲利普斯认为这些黑人流散者既无法回归非洲，也无法同化进英国白人社会，由此沦为局外人的尴尬境地。《剑桥》（*Cambridge*，1991）通过主人公剑桥的故事来探究英国首批黑人移民的历史和身份问题，故事中其姓名的数次改变能够呼应他生活中的不同境遇，同时也帮助他发现自己身份构建中的不同层面。《渡河》（*Crossing the River*，1993）的故事也发生在18世纪，非洲的一位父亲将三个孩子卖给奴隶贩子，小说以多声音和多故事并行的方式叙述他们的曲折人生，其中的黑人流散者和白人妇女都因为社会压力的原因而沦为局外人。菲利普斯深知流散经历导致的局外人身份的尴尬，强调英国黑人应该具有黑人意识，但是同时也意识到种族身份的局限和虚幻。这种两难的矛盾心境让他对家园的概念有着独特的理解，他认为家园就是你想要的葬身之所，同时也以"黑色大西洋"的概念表达出他希望能够被埋葬在联结英国、非洲和美国的大西洋的思想中（Phillips，2002：277）。

对历史的追溯和反思并非仅仅局限于菲利普斯一人或者19世纪80年代一时，而是成为英国黑人小说的传统。S. I. 马丁（S. I. Martin）《无与伦比的世界》（*Incomparable World*，1996）的故事发生在18世纪的英国，讲述着美国独立战争中为英国而战的黑人以及他们战后在伦敦穷困潦倒的底层生活。达圭尔的首部小说《最长的记忆》（*The Longest Memory*，1994）讲述一位生活和劳动在18世纪弗吉尼亚州种植园中的名叫怀特·查佩尔的黑奴的故事。《喂鬼》（*Feeding the Ghosts*，1997）的灵感来自利物浦默西塞德海事博物馆（Merseyside Maritime Museum）的参观，创作基于黑奴大屠杀的故事，其中132名黑人奴隶因为保险的原因而被从贩奴船上扔进大海而丧生，故事中的明塔（Mintah）就是此次屠杀中的幸存者。安德里娅·利维（Andrea Levy）的历史小说《屋里灯火通明》（*Every Light in the House Burnin'*，1994）、《从未远离》（*Never Far from Nowhere*，1996）、《柠檬的果实》（*Fruit of the Lemon*，1999）、《小岛》（*Small Island*，2004）和《长歌》（*The Long Song*，2010）等都是以奴隶贸易等历史片段为背景来探讨当代英国黑人的身份认同问题。利维的小说《柠檬的果实》借助主人公费丝的经历显示出，英国黑人，特别是西印度群岛背景的黑人需要知道历史知识来回答"我是谁"的问题。费丝在她的伦敦生活也陷入混乱后接受父母的建议，开始自己的牙买加之旅，见到形形色色的白人和黑人。旅途所见的牙买加既非想象中的热带天堂，也非听闻中奴隶成群的种植园，而她也深深意识到她是谁和她从哪里来。由此，黑色英格兰的起源和历史成为黑人小说中反复吟诵的主题。

对局外人身份的探讨是英国黑人小说弥久而恒新的话题，而黑人女性小说家的探讨中自然会渗透进女性主义的思想。牙买加裔英国黑人作家琼·莱利的小说《无所归依》（*Unbelonging*，1985）、《在暮光中等待》（*Waiting in the Twilight*，1987）和《浪漫》（*Romance*，1988）都是描述西印度群岛女性定居英国时遭受的种族和性别歧视，以及她们日后复杂的生活状态。《无所归依》中将冰冷的英国和温暖的加勒比进行对照，使得女主人公将后者视为热带的伊甸园而心驰神往，但是回归之后发现的却尽是贫穷、肮脏和犯罪。加勒比居民催促她尽快回家，而英国学校的女生同样让她回家。莱利的作品通过描写黑人妇女所遭受的失败、创伤和丑恶呈现出一个穷途末路的世界，其中的人物面临着失业的威胁，生病时无法得到医疗救助，时刻提防着警察的暴力。莱利小说中的人物都是普通的劳动阶层的黑人移民，既非英雄也非恶棍。但是他们一方面被牙买加的历史所禁锢，另一方面被早期的英国移民经历所伤害，因此始终感到无所归依。

黑人移民此时的处境促使菲利普斯渴望构建出世界新秩序，因为当代社会流散者在世界多处都安家扎根，但是却始终要面对"无处是家园"的境况。正如菲利普斯在《世界新秩序》（*A New World Order*，2004）的介绍部分提及他自身与非洲、纽约、圣基茨岛和利兹的纽带，表达出自己对英国既依附又排斥的情感。菲利普斯也认为，所谓的多元文化并非意味着各种文化在毫无交集的状况下平行并置，真正的多元文化社会是由多元文化的个体组成的，这些个体的一己之躯能够综合和承载不同的世界，同时也能在多个世界中游刃有余（Phillips，2002：279）。

四　20 世纪 90 年代的种族融合

随着更多的非洲移民和他们的后代在英国定居，英国黑人文学的种族基础以西印度群岛移民为主的现象也发生改变。多数的非洲移民和他们的后裔具有中产阶级的背景，甚至布里克斯顿（Brixton）都成为北部和西部非洲移民的领地，并且能够代替白人青年引领时尚。科迪亚·纽兰（Courttia Newland）和卡迪加·西赛（Kadija Sesay）编辑的《3 号身份代码：新英国黑人文学的企鹅书》（*IC3: The Penguin Book of New Black Writing in Britain*，2000）中的很多青年作家都具有非洲背景，还有很多具有种族混合的血统。

20 世纪末期的种族纷争和融合首先发生在英国黑人内部，黑人移民的群体也开始根据肤色的色差而开始分裂。那些棕色皮肤的多种族混血逐渐自成一派，并且因为他们类似白人的行为举止而遭受黑人移民的抨击，而实际上肤色争斗背后隐藏的是阶级矛盾。有关黑人文学、黑人文化和黑人群体真伪的争论反映出英国黑人中专业人士和劳动阶级之间的分裂和差异，而英国社会其他群体的认可和支持又加深了这种分裂。迪兰·阿德巴约（Diran Ade-

bayo）的首部小说《某种黑人》（*Some Kind of Black*，1996）通过一个牛津黑人毕业生的视线来探究当代英国社会中黑人身份的含义。作者通过主人公德勒（Dele）与西印度群岛毒贩、黑人左派人士以及黑人运动积极分子的交集来质疑黑人身份的观念，揭露黑人之间的剥削和利用竟然比白人对黑人更甚，从而将黑人和白人的种族歧视并置。因此小说关注的议题已经超出黑人青年所处的社会环境、伦敦的酒吧场景、英国黑人的疏离感以及他们的语言风格等，而体现出种族情绪的危险性以及家庭观念的重要性。小说中很多劳动阶层的白人都曾经或者正居住在黑人社区，他们甚至比主人公德勒更加熟知黑人的传统和现状，但是他们仍然遭到那些仇视白人的黑人极端主义者的袭击。小说的主人公时而和非洲－非洲人（African-Africans）为伍，时而被视为一个装腔作势的牙买加人，时而在遭到袭击后向有色人种的警察乞求帮助（Adebayo，1996：47）。因此他不但从一种社会角色过渡到另一种社会角色，而且还成为不同有色人种之间的桥梁。

很多 20 世纪 90 年代的小说家都具有多种族混合的血统，因此他们本身就是种族多样性的体现，他们的作品体现出对英国黑人中间的白人血统的兴趣，关注到白人劳动阶层和白人妇女的生活境况是否类似黑人移民，而跨种族婚姻中的白人成员又是如何感觉。迈克·菲利普斯（Mike Phillips）的小说与那些发生在黑人社区或者贫民窟的故事有所不同，虽然他的作品中也会出现类似的场景和关注黑人青年所面对的问题，但是小说中的英国黑人多数是中产阶级，他们接受过高等教育，并且在生活中与英国白人和其他族裔频繁互动。菲利普斯的作品书写西印度群岛移民跻身中产阶级后所面对的焦虑和问题，尤其是黑人青年之间的贫富差距。菲利普斯同时也认为，英国的西印度群岛移民群体已经成为英国人，任何的个体都具有很多潜在的身份且能够在不同的场景中得以展现，西印度群岛移民的经历对于多种族英国的发展起到重要的作用。因此菲利普斯的视角是政治的和社会的，而非单纯文化和种族的。菲利普斯在《血之权利》（*Blood Rights*，1989）中以侦探小说的形式探讨黑人移民的生存和身份问题，故事的主人公是一个愤世嫉俗且穷困潦倒的侦探山姆·迪安（Sam Dean）及其女朋友。侦探山姆是英国黑人，而他的女朋友是黑人和英国人混血，而山姆的儿子的存在则为菲利普斯创造出很多评价英国黑人青年的机会。该小说可以视为英国阶级和种族关系的寓言，主人公山姆敏感地意识到英国黑人社区的变化，伦敦街区的黑人历史、黑人与白人的关系、黑人政治问题、西印度各群岛黑人移民的差异，以及西印度群岛、尼日利亚和美国黑人的异同等。《血之权利》的故事旨在说明，英国的白人和黑人应该正视那段使他们联系紧密的历史，并且做到相互承认和包容。

经过众多黑人小说家多年的挣扎和努力，多元文化社会的构想最终在扎迪·史密斯（Zadie Smith）的小说中得以实现。2000 年的出版传奇是史密斯的《白牙》（*White Teeth*，2000），故事中居住在当代伦敦都市中的人物有新印度群岛人、穆斯林人、罗马天主教徒、犹太人以及耶和华见证会信徒。史密斯通过各种人物形象来颠覆现有的种族类别，并且表达出对种族杂糅的颂扬。《白牙》是发生在多种族的英国的多元文化故事，伦敦被描述为一个国际化的都市，其中的人们和文化相互交流与融合。但是同时《白牙》也是一个有关冲突的故事，小说呈现出新怨恨和新成见，故事中的伦敦仍然深陷动荡和危机。2002 年的《签名销售商》（*The Autograph Man*）仍然体现出史密斯对文学作品中人物种族标签的不满与不屑，并且通过彰显个体差异的方式来对抗群体的身份认同。此时的英国黑人小说家已经开始找到摆脱边缘化命运的途径，也从失望愤怒的局外人转变为思路清晰的局内人，而英国也从后殖民时期过渡到多元文化时代。

五　新世纪重塑英国的努力

新世纪先锋派的英国黑人小说家显然试图将自己的声音同后殖民时代的作者相区分，同时也将新世纪的抱负和渴望同殖民主义和帝国主义时期的英国民族精神加以区别。利玛（Maria Helena Lima）在文章中提及年轻英国黑人在社会边缘化处境以及文化中心地位之间的矛盾，重点关注英国黑人文学并且预测说，一种新的生活方式将席卷英国，而其中混血的棕色英国人的负担就是如何让人们对英国黑人的身份感到舒适自由（Lima，2001：47）。弗赖尔（Peter Fryer）在文章中指出新世纪的英国黑人小说家与他们的前辈以及非英国出生的黑人小说家在世界观方面的差异，这些差异同时也体现在他们的语言、意象以及对身份的看法中。新世纪的英国黑人小说家相比他们后殖民时期的祖辈和父辈来说没有那么尖锐好斗和处处设防，而是更加复杂和世故。他们通常出生在英国的族裔混合的家庭中，也很少在作品中书写他们的持久力和忍耐力（Fryer，1984：386 – 399），因为移民经历并非属于他们。他们坚定地认为，英国是他们的祖国，他们如今的使命是重写英国的文学历史并且规划其未来。

有研究认为，年轻一代的英国黑人小说家完全抛弃前辈们所纠结的他者身份及其带来的愤懑不满，同时也非常傲慢和愚蠢地断言英国黑人声音的出现和存在（Dawes，1999：19）。这种观点有些夸张和极端，新世纪英国黑人小说仍然探究身份问题，但是他们的身份并非完全纠结于种族差异及其引发的他异性，而是表现出各种各样的身份构建因素。夏弗纳（Raimund Schaffner）总结出新世纪的英国黑人小说家的立场时说道，对他们而言，身份构建是开放的、辩证的和动态的永久协商过程。该过程是指向未来的，而并非仅限于寻根的梦想，然而后者的重要性却并没有被忽略。他们向往文化多样性，否认各种文化之间所存在的刚性边界，并且认为它们并非自给自足，而是相互影响的（1999：70）。埃瓦雷斯托的《爱人先生，小说》（*Mr Loverman*，*a novel*，2013）的身份困惑来自迟暮之年的巴里·沃克（Barry Walker）与年龄相仿的老年男子的同性恋情的经历。埃瓦雷斯托的诗体小说《拉拉》（*Lara*，2009）和《皇帝的宠儿》（*The Emperor's Babe*，2001）中的身份构建非但有关种族，同时还涉及性别、母性和家庭关系等复杂问题。《飘雪》（*In the Falling Snow*，2010）中的基思（Keith）突然感到自己似乎要迷失在伦敦的都市生活中，而迷失的原因则包括他和同事之间的性关系，以及与妻儿之间无法修复的冷漠状态。肯帕杜（Oonya Kempadoo）的小说《所有体面的动物》（*All Decent Animals*，2013）中的主人公特立尼达建筑师弗雷泽被确诊为艾滋病后在生命的最后时日经历着冲突和挣扎。他出身特立尼达中产阶级家庭，在剑桥接受教育，同时也是同性恋者，因此他本身也被这些相互混杂和矛盾的立场颇感困惑。杰琪·凯（Jackie Kay）的小说《小号》（*Trumpet*，1998）讲述享有盛誉的爵士小号手——乔斯·穆迪（Joss Moody）的生平故事，最后透露出他实为女性的惊天秘密，由此在公众和他的亲朋中间激起千层浪。小说在谈及身份的主题时融合进爱情和亲情等因素，同时掺杂进愉悦和悲伤的情绪。

当代英国黑人小说家在自我构建的同时从未忘记改变英国的使命，而他们普遍选择的场所则是具有象征性意义的伦敦都市。场所是构建民族认同的核心因素，而在 20 世纪更是如此。伦敦不仅是英国的首都，更是英国性之所在。在过去数十年的英国黑色存在的影响下，伦敦的社会构成和种族结构已经发生深远的变化，这种改变实则开始于 50—60 年代的《孤独的伦敦人》。阿德巴约最近的小说《我的从前》（*My Once Upon a Time*，2000）编制出一个有关非洲流散者的丰富诱人的故事，故事的素材来自对伦敦夜生活的细致观察和多元文化声音的仔细聆听，处处闪耀出全新构建的文化神话的火花。埃瓦雷斯托和扎迪·史密斯两位黑人女性作家分别在自己的小说《皇帝的宠儿》和《白牙》中采用全新的方式谱写出伦敦的种族图景且诠释英国性，呈现出作为想象共同体的伦敦并非盎格鲁—撒克逊白人的世界，而是多种族和多元文化的杂合英联邦。它们重新勾勒出伦敦种族杂合的图景，并且重新定义英国性从而吸纳进有色英国人、殖民历史以及当代的移民现象。扎迪·史密斯的《西北》（*NW*，2012）仍以伦敦为场景，如果《白牙》将读者引入伦敦新世界，那么《西北》似乎是要关注该世界的人物如今的生存状况。史密斯没有大肆渲染书中人物的种族背景，而是悄无声息地将其作为故事发生的背景，书中人物的经济地位、政治原因和社会等级等因素导致他们或自由、或自信、或困惑的情绪。

英国黑人文学的重要价值在于其对英国和英国性等重要概念的参照作用，同时暗示出上述概念正在经历改变和调整。对黑色英国性（Black Britishe-ness）的坚持所流露的挑衅意味以前被理解为："我们就留在这里了"；而如今则被解释为"我们将重新定义我们所居留之处，要主张自己对于该空间的权利，并且重塑该空间"。（Arana & Ramey，2004：3）如今的年轻作家相比"帝国疾风号"一代拥有更多的权利和更有利的地位，正如小说家安德里娅·利维所说，"如果英国性无法定义我，我就会重新定义英国性"。利维立场鲜明的话语中包含的非但仅是抵触和放弃——放弃传统的、排斥性的和遥不可及的英国性，同时还有些许的依恋（Stein，2004：17）。

小　结

T. S. 艾略特曾经在 20 世纪 20 年代时说，最新的文学作品进入文学经典的时候并非仅仅附着在后者之上，而实际上会改变原有经典的本质属性，改变其现有意义上的历史过去和文学传统（Arana & Ramey，2004：1）。英国黑人小说关注的重点不仅包括具有非洲加勒比血统的个体在英国的生存状况和身份构建，他们在英国社会孤独无依的状态、回首故国的寻根经历、追溯历史构建身份的努力；同时也包括黑色存在对英国的社会现状和文化构成的影响和重塑，英国社会因为黑色存在的影响而实现种族融合，最后演变为多种族和多元文化的国家。因此本书讨论的身份认同问题包括英国黑人的身份构建和英国性的改变两个层面。由此该小说应该同时被视为构建的小说（novel of formation）和改变的小说（novel of transformation）。本书以当代英国黑人小说为对象，分为构建和改变两部分：前者主要展示黑人移民在英国社会中挣扎求存和身份构建的过程，而后者则探讨英国黑人移民在英格兰性（English-ness）到英国性（Britishness）的改变过程中所起到的作用。研究的前四章分别从黑人移民的身份危机、寻根梦想、身份构建和种族融合四个阶段梳理他们在英国社会的发生和发展；而后四章则从都市伦敦、文学传统、英国历史和英国民族性格四个方面来历数英国性在后殖民和后帝国时期发生的改变。因此从总体来说，当代英国黑人小说应该被定义为成长性小说，而自我的成长总是与社会和文化环境的改变携手同行；小说主人公的成长和成熟反映出英国文化因为曾经的局外人影响而发生的改变和重构。因此，当代英国小说中最终的成长式主人公则是英国社会。

目　录

构建篇——英国黑人的身份构建

改变篇——英国性的改变

构 建 篇

——英国黑人的身份构建

引 言

英国黑人移民自从抵达伦敦初始，在面对工作和住房问题的同时也开始面对身份的问题。流散的旅程和英国的歧视会共同引发他们身份的危机，而旧身份的危机和丧失同时也意味着身份构建过程的开始。由此，身份问题以及随之而来的独特自我的宣言也成为当代英国黑人小说中经久不衰的话题，从20世纪50年代开始持续到新世纪时期。其中的部分小说更是以作者的自传和半自传的形式写成，通过追溯个体、家庭和种族历史的方式来讨论身份问题。

身份的概念当然并非单纯因为黑人移民的流散经历而产生，其概念最早是通过心理学家爱利克·埃里克森（Erik Erikson）的研究而进入公众的视线（Erikson，1968）。埃里克森把作为人格定义的身份与自我在时间和空间上的相同性或连续性联系起来，然而也有其他研究者更加强调独特性，因为正是独特性才将个体与其他个体或者群体区别开来（Baumeister，1986；Brewer，1993：150 – 164；Rouse，1995：351 – 380）。埃里克森继而将个体失去同一性和连续性的现象称为"身份危机"（identity crisis），也将身份危机视为青少年成长过程中正常和必经的时期，但是他认为成年人所经历的身份危机就是具有病理属性的。他认为健康的身份发展状态意味着一种对相同性和连续性的活跃的主观意识。

虽然埃里克森从心理分析的视角研究身份问题，但是他仍然强调环境，特别是社会环境在身份发展中的重要作用，并且使用"心理社会身份"（psychosocial identity）的概念强调两者的重要关系。心理社会身份指的是个体需要意识到"我是谁"的问题，既作为单独的个体，又作为家庭、群体和社会的成员。社会群体在身份构建中的重要作用也在社会心理学家亨利·泰弗尔（Henry Tajfel）的研究中得以强调。泰弗尔认为，社会群体的成员身份被内化为自我观念的组成部分，同时也构成个体身份不可或缺的组成部分（Tajfel，1981）。布鲁尔（M. B. Brewer）也认为，社会身份认同是解决两种矛盾需求之间内在冲突的妥协。一方面，个体需要保持独特性从而与他人区分；另一方面，个体也有安全和同化的需求（Brewer，1991：475 - 482；Brewer，1993：150 - 164）。社会群体内部的身份认同通过强调自身群体的独特性以及自身群体与其他群体之间的差异来满足分化的需要。同时，同化的需要可以由特定群体成员之间的团结感来满足。

社会科学研究强调群体身份认同的社会过程，而文化研究则关注群体和共同体的起源、历史和文化，而"文化身份"（cultural identity）的概念也有两层含义（Hall，1996a：110 - 121）。首先文化身份与共享文化相联系，意味着一种被拥有共同历史和血缘的人所共享的群体真实自我。由此文化身份所蕴含的共同的历史经历和文化准则能够起到统一和团结的作用，并且在社会和政治变革中提供稳定、连续和不变的意义参照系。这种身份的概念化就是要揭示特定身份的本质，例如作为英国人或者非洲人意味着什么。文化身份也关注历史的探究，从而揭示特定身份隐含的根源和连续性。文化身份的第二重含义非但关注相似性，还要认识到"我们是谁"和"我们已经成为谁"的历史进程中的差异点。由此文化身份是一种涉及"化成"（becoming）和"存在"（being）的互动过程，既属于历史又指向未来。文化身份的概念虽然根植于历史，但是也在经历过连续不断的变化后扎根当下，从而指导人们按照当下的现实和历史的叙事进行自我定位（Hall，1996a：110 - 121）。

弗里德里克·巴思（Fredrik Barth）在研究中发现身份，尤其是文化身份不断变化的特征，他也借助边界的概念来界定身份。边界可以是心理的、文化的、社会的和历史的，在将一些人包含为群体成员的同时也将其他人排斥在外。由此，固定的范畴、特征或者文化行为都无法解释社会或者文化身份，而巴思也将身份视为一个动态的过程，其中群体的特征、文化行为、象征和传统都会在与物质、社会、文化、经济和政治环境的互动中发生变化（Barth，1969）。因此，一个特定身份的内涵并非最重要的，重要的是群体之间存在的界限。

然而身份的话语并非仅局限于学术界，身份研究已经从学术研究扩展到社会和政治事件，并且越来越与各种受支配和受压迫的群体的社会斗争联系起来，例如有色群体、种族或宗教的少数群体以及女权主义群体（Rouse，1995）。这些斗争会被归为"身份政治"的研究，通常会是集体和公共的，而非个体和私人的。这些斗争的结果通常会被权力所决定，但是权力关系也会因为这些斗争而改变。斗争涉及的非但是对话语权和认可的追求，同时还有合法性和权力；斗争的目的也是寻求其他个体、群体、组织和国家的呼应（Calhoun，1994）。

身份的话语已经成为解读个体与社会的关系的主要媒介，同时它也是解释个体和群体以及群体和国家之间的文化政治关系的手段（Rouse，1995）。英国黑人移民所面对的身份问题既属于文化身份的范畴，也涉及身份政治的问题。20世纪80年代英国黑人的政治意识日益提升，而弗兰克·里维斯（Frank Reeves）和梅尔·切凡尼斯（Mel Chevannes）所总结的五种黑人思想也为他们的政治活动提供了意识形态和实践指导，这五种黑人精神传统分别为黑人权力（Black Power）、泛非社会主义（Pan-African Socialism）、拉斯塔法里主义（Rastafarianism）、黑人民族主义（Garveyism）和"今日种族式的马克思主义"（Race Today-style Marxism）（Reeves & Chevannes，1984：175 – 185）。而这些本质主义的黑人精神都体现出或隐含着回归非洲的思想。黑人移民意识到自己无法成为英国人和无法在英国获得归属感的现实，并且由此强调自己的非洲身份，"我们已经非常清楚地说明，我们并非英国的一部分……我们相信在英国的非洲移民必须打破自己在英国所囿于的孤立境地，与全世界其他非洲人建立强有力的政治、文化和社会联系"（Black Liberation Front，1987：15）。而建立这种联系的方式便是追溯非洲的根源和历史，但是"如果缺乏非洲遗产的观念形态，如果缺乏对非洲先知应有的尊重，我们就无法召唤祖先的力量"（Molefi，1988：1）。由此可见，本质主义的非裔身份观念处处流露出回归非洲的渴望，以自我身份中的非洲遗产抵御英国社会的同化过程。

然而并非所有英国黑人移民都是如此想法，以斯图亚特·霍尔和保罗·吉尔罗伊（Paul Gilroy）为代表的理论家认为当代英国黑人移民无法再次回归到想象中的神秘非洲，而他们在离开非洲之后所构建的文化和政治身份也无法与非洲紧密相连，"黑人文化的综合和复杂性以及移民生活的全新经历使得未有被沾染的原初的非洲性无法永远驻扎在我们的心中，并且由此生成他异性的魔法来对抗绝对的身份观念"（Gilroy，1993：101）。由此对英国黑人移民来说，物质空间中的非洲回归是乌托邦般的梦想，而英国的生活和经历也是无法抹杀的真实存在。因此埃默切塔也在她所构想的《新部落》中表达出愿意成为英国黑人、愿意成为英国社会组成部分的想法。而安德里娅·利维也在她的作品中表示，"如果英国无法定义我，那我就重新定义英国"（转引自 King，2000：6）。这些表述都反映出作家和批评家对英国生活的珍视以及对杂合文化和身份的认同。

英国黑人移民都要经历漫长的过程来寻求和构建真实有效的身份，从而来涵盖和包容自我存在的复杂性。这种全新的身份构建一方面使得非洲的文化遗产能够得以发展；另一方面也使英国的生活经历得以承认，而两者的融合才能塑造出真实而自由的黑人移民自我。他们的文化和身份自然会区别于英国社会的主流文化，却未必会与之冲突或抵触，而英国黑人移民也希望由此摆脱他者的标签。

第一章　20 世纪 50—60 年代的身份危机

英国黑人移民从非洲大陆或者加勒比群岛迁移到英国的历程当属典型的流散（diaspora）现象，当代社会中的流散现象已经引发很多关注。流散概念起源于希腊，原指被流放而四散到世界各个角落的犹太人。而当代社会中的流散已经没有"驱逐"的含义，仅是指离开故乡和文化而定居国外的人。殖民主义时期欧洲人的足迹遍布世界各地，而殖民后期的流散则是曾经殖民地国家的居民迁移到西方国家的都市，去填补宿主国所紧缺的劳动力。前殖民地国家的流散者占据英国和美国等西方国家人口的相当部分，而流散身份的概念也被很多研究者借来指代该部分移民身份的杂合性。根据斯蒂文·维托维克（Steven Vertovec）的研究，流散包括三重含义，分别为作为社会形式的流散、作为意识的流散和作为文化产出的流散。移民和流放的群体在经历过环境的变化后必然会经历意识的改变。

场所的变化将会对自我身份产生影响，博伊斯－戴维斯（Boyce-Davies）认为，"每一次的移动都会引发自我身份的界定和重新界定"（1994：128）。场所是依据我们的经历来界定的，克里斯托弗·蒂利（Christopher Tilley）认为，这就意味着场所承载着价值，并且对人们具有独特的意义。人们在流散的过程中会获得全新的视角和方式来审视自己曾经和当下的经历。蒂利提出，"人类偶遇新的场所或者知道在熟悉的场所中如何行动都是与曾经的经历相关的。场所需要在与其他场所中的关系中来解读和理解"（Tilley，1994：27）。人们借助曾经的经历来处理和理解新的经历，新的偶遇要与曾经的偶遇相联系而进行解读。人们也在过去和现在的经历的启发下，塑造和重塑世界观和自我认知。人类对场所的理解会直接影响他们的自我感知和自我定义，所以我们才会不断地重新协商我们的身份和自我认知。对很多初来乍到的英国黑人移民来说，伦敦的生活与他们的想象相去甚远，他们感到自己在经历文化和价值观念的丧失，并且由此产生自我认知的困惑。由此，场所的变化也导致他们的身份危机。

除了场所的变换，同化的影响也会导致身份的迷失。英国黑人移民在英国社会安顿的过程中始终被视为无足轻重，由此也处在被剥夺和被边缘化的地位。以往的生物种族主义的话语将黑人移民贬低为低劣和愚昧的，而 20 世纪，这种话语则被同化的政策所代替。取代生物本质主义话语的观点认为，黑人移民是他们所处环境的社会和文化缺陷的产物，你要改变他们就需要改变和控制他们的环境（Morris，1989）。同化政策首先要改变的是有色移民的信仰、道德观念、价值观念和行为举止，以期他们能够符合主流社会的规范。生物学上的自卑性被文化上的自卑性所替代，而英国白人和黑人移民之间的差异被认为是以文化为基础的。文化种族主义将欧洲和英国文化视为优越的，并且通过制度控制和社会等级等方式加以确定。在这种文化种族主义的氛围中，多元文化的存在和发展自然举步维艰，黑人移民也会被迫丧失自己的文化特色，从而引发深重的身份危机。英国黑人有些是在移民的过程中受到同化的影响，而有些则是在前殖民地受到殖民教育的影响，使得他们同时处在两种或者多种文化的边缘，由此成为被边缘化的受害者。他们在生活中也身处两个完全不同的西方世界和非洲世界，由此他们在与非洲文化相疏离和异化的同时，也无法完全接受英国文化。他成为一个文化游者、一个无家可归的人，同时对非洲文化和西方文明有一种漠不关心的感觉，这种疏离和漠视的态度让他无法理解生存的意义，同时也造成他的身份危机。

20 世纪50—60 年代的英国黑人小说在以社会现实主义风格描写他们在伦敦生活的家常琐碎的同时，也对自己的身份问题进行深刻的思考，对自己的身份迷失和危机产生深切的焦虑。英国社会对他们黑色的皮肤和怪异的举止的讥笑，对他们窘迫的经济状况和奇怪的英语口音的嘲讽都让他们产生深重的主体性危机，进而对自己的身份产生疑惑。而此时的黑人移民还未能从非洲的故国文化中求得身份构建的支撑，也未能在英国社会中形成相互帮扶的移民共同体，因此他们的身份构建之旅可谓举步维艰。此时英国黑人的身份危机可以归结为歧视和同化两种原因。首先，英国社会对黑人他者的敌视和排斥导致他们迷茫和错位，《孤独的伦敦人》中的黑人移民痛苦地意识到，自己在英国白人的眼中竟然比飞禽走兽更加低等。其次，英国社会的排斥和歧视激发出小说《吾爱吾师》中的主人公里奇的同化梦想，他情愿通过改变自己的举止，放弃自己的传统而成为"模仿者"来求得英国社会的接纳和认可；然而改变和屈从的结果非但未能使他成为所谓的真正的英国人，而是再次加重他的身份危机。本章会从种族歧视和同化渴望两个方面来讨论英国黑人移民在伦敦生活初期的身份危机问题。

第一节　《孤独的伦敦人》中的身份迷失

塞缪尔·赛尔凡是 20 世纪 50—60 年代英国黑人小说家的杰出代表，和诺贝尔奖得主奈保尔同为英国黑人小说以至英国文学的发展做出长足而持久的贡献。他的写作生涯开始于记者的工作，随后的编辑工作和诗人身份也使他的创作水平得以锤炼，而丰富的生活经历也为他的写作带来很多启发和灵感。赛尔凡在 50 年代时突然意识到，黑人移民在英国生活中的问题、窘境和抱负以及他们独特的英语表达都可以成为绝佳的创作素材，于是他以《摩西三部曲》记录下英国黑人在伦敦生活中的困苦和成长，其中《孤独的伦敦人》也被视为五六十年代英国黑人移民的写照。

赛尔凡 1923 年出生于特立尼达，成长在圣费尔南多（San Fernando）种族融合的街道，因此特立尼达城市中杂合的氛围构成他独特的生存环境。这种克里奥尔化的环境意味着，生活在你周围的人不论种族或信仰，都是真正的特立尼达人（Nazareth，2008：423），因此赛尔凡也视自己为特立尼达和加勒比人，而非刻意寻找自己的种族归属，他将特立尼达和加勒比视为自己的起点和终生都会背负的身影（Selvon，1987：24），但是他的根却扎在他处，因为他注定要属于整个世界（Roberts & Thakur，1996：98），属于远离加勒比故土的流散群体。20 世纪 50 年代的伦敦为赛尔凡提供了有利的文学氛围，他的首部伦敦小说《孤独的伦敦人》主要描写20世纪50年代一群加勒比移民在伦敦都市的经历。故事的开篇，主人公摩西（Moses Aloetta）受朋友所托，在一个浓雾弥漫的冬夜到滑铁卢车站去接来自特立尼达的移民，这位名为亨利（Henry Oliver）的新到者绰号叫加拉哈特（Galahad）。后来的叙述则是有关加拉哈特和其他加勒比移民在伦敦两年的生活经历，间或穿插摩西在伦敦过往10年的种种境遇。整部作品没有完整的情节和明显的线索，而是由多个片段松散组合而成，涉及多位加勒比移民在伦敦的流散生活。

黑人移民们初到的伦敦就如同沙漠或者荒野，他们无法找到任何熟悉的景致为坐标，以至于迷失自我。人类通常在无法确定归属的时候就会考虑身份认同的问题，此时他们无法在众多的行为风格和模式中进行自我定位，也无法确定周围的群体是否会接受和认可这种定位从而妥善处理双方之间的存在关系。因此，身份构建的缘由是非确定性因素的存在（Bauman，2000：18 - 19）。在身份认同概念沿革的历史中，有关身份的含义和构成始终存在两种相互对抗的观点。在传统观点中，身份是建立在相同和相近的属性基础上的，包括但不局限于种族、语言、宗教、历史、地域、文化和政治（Hall，1994；1996）。对这些属性的关注和研究自然会涉及生存空间、社区、家庭和职业等具体的问题（邹威华，2007：84）。《孤独的伦敦人》中的黑人移民在伦敦的经历完全改变了他们所处环境中的物质、经济、政治、社会和文化面貌，随即也对他们所从事的职业、空间观念、家庭构成等因素产生影响，最终影响他们的身份认同（Huot & Rudman，2010：68 - 70）。

一 充满敌意的生存空间

人文社会科学领域对空间的关注促使爱德华·索雅（Edward Soja）提出跨学科的空间转向，他在福柯（Michel Foucault）和列斐伏尔（Henri Lefebvre）思想的启发和影响下认为，未来的空间时代（Foucault，2002：229）将代替19世纪对时间的痴迷。索雅的观点将空间理解为对人类生活产生全面影响的社会和文化构建，"社会、时间、智力和个体都具有无法摆脱的空间属性"（Warf & Arias，2009：7）。当代的流散、后殖民、全球化和虚拟互联性研究都会涉及空间对身份构建的影响，诸多人文研究的观点也能够证明，个体的身份构建在很大程度上依赖于我们曾经和现存的空间。因此都市空间是人们通过行动来构建身份认同的场所，同时也会因为此时此地的需要而进行调整（Wright，2000：26）。

《孤独的伦敦人》中的伦敦都市是黑人移民赖以生存的空间，为移民们的行为和生活提供场所。小说的开篇就将伦敦描写为陌生的都市荒野，但是也偶尔闪过移民们的身影。"在一个寒冷的冬夜，伦敦笼罩在一种虚幻的氛围当中，城市上空的迷雾久久不肯睡去，灯光昏暗而摇曳着，仿佛这座城市根本不是伦敦而是异星球上陌生的城市。摩西·艾洛塔在切普斯托（Chepstow Road）和维斯特波恩（Westbourne Grove）的街角跳上 46 路公交车，要去滑铁卢车站接一个朋友，他乘船从特立尼达远道而来。"（Selvon，2006：23）这段描写中凸显出的伦敦的虚幻氛围似乎在呼应着 T. S. 艾略特《荒原》中虚幻的城市，诗歌中亦是反复强调伦敦城市的陌生、敌意和遥远。弥漫在城市空中的浓雾带来压抑和倦怠的感觉，进而导致远道而来的黑人移民在迷雾中迷失自我，从而阻碍他们认清自己的身份。根据身份的构建观，人类个体应被视为社会、历史和文化的产物，因此身份认同也并非单纯由人类的生物属性所决定；个体对身份认同的把握和掌控会依据时间和空间的转变而发生变化（Gergen，1991：24）。因此个体所处的具体时间和空间对身份构建会起到举足轻重的作用。小说中冷漠和敌视的都市显然无法为移民的身份构建提供良好有利的空间，因此会直接和间接导致他们身份的迷失。

摩西在小说开篇时去火车站接的朋友亨利是一个朝气蓬勃的黑人青年。摩西在日后与他的交往中给他起了个绰号叫"加拉哈特"——成功找寻到圣杯的亚瑟王骑士——来凸显他的坚定和自信。加拉哈特在抵达伦敦后尝试独自寻找政府救助办公室的地点，"他离开摩西后便朝着地铁站走去，他站在那里看着所有行人忙忙碌碌，行色匆匆，一种深刻的孤独和恐惧突然占据了他全身"（Selvon，2006：23）。更重要的是，周围的环境也让他觉得不甚舒服，"一种似雾似霾的东西盘旋在冬季清晨的上空。太阳发出耀眼的光芒，但是加拉哈特从来都没有见过如此的太阳，它就像一个催熟的橙子高高悬挂在空中，没有散发出丝毫的暖意。当他抬起头来，天空的颜色是如此苍凉和暗淡，让他更加恐惧"（24）。异国的陌生空间很快搞得他头晕目眩，而拥挤的街道上的路人都是行色匆匆，噤若寒蝉的他无法向他们求助。最后还是尾随他的摩西将他从伦敦的荒漠中解救出来，并且告诉他这里的人们相互之间经年不相往来（25），这和他们的故乡截然不同。赛尔凡在描述伦敦都市中使用沙漠的隐喻是富有深意的，因为埃德蒙·贾布斯（Edmond Jabes）认为，在沙漠的空间中人类的脚步和印记注定要被掩埋，因此我们来到沙漠中无法构建身份，而是迷失身份（1987：4）。

伦敦都市的大空间对黑人移民充满敌意，导致他们迷失自我；然而他们租住的一隅空间或是千金难求，或是让他们倍感压抑。久居英国的摩西的悲观失望与初来乍到的移民们的意气风发形成鲜明的对比，因为前者非常清楚黑人移民在伦敦即将遭遇的肤色隔离（colour bar）（Selvon，2006：29）。移民们通过求租住房的经历会逐渐意识到，英国的很多地方对他们来说都是禁止入内的，因此黑人青年们经常会遇到"保持白色的沃特"的标语（89）。普罗克特（Jamee Procter）认为，战后伦敦的私人住处和寓所对黑人移民的监管和限制相比公共场所更加严格，英国社会对于黑人移民的民族焦虑和恐慌通常会围绕住房问题而积聚和爆发（2003：22）。因此当一位年轻的黑人移民请求摩西说，"我们有钱，我们只想让你帮忙找个地方住下，告诉我们如何能找到工作"的时候，摩西倍感犯难，嘟囔着说，"这比要钱更难"（Selvon，2006：3）。

列斐伏尔（2008：168）提出，社会和自然空间并非仅仅为人类行为提供场所，空间本身是活跃的，并且在日常生活的各种关系中具有创造和再创造的功用。然而黑人移民们所蜗居的破旧不堪的住处显然会压抑他们的自信和自我意识，从而妨碍他们身份认同的形成。黑人移民居住区的"房子都是饱经风霜的，显得老旧和灰暗。墙上的裂缝让人想起《庞贝古城最后一天》"（Selvon，2006：59）。加拉哈特在伦敦的住处是一处地下室的小屋，当他和约会的女人黛西"走下地下室的楼梯后，加拉哈特笨拙地摸索着钥匙，当他将门打开后一阵过期食品的气味、脏衣服的气味、潮湿发霉的气味和一股灰尘便夺门而出"（81）。摩西在英国十余年的生活中的大部分光阴都是囚禁在昏暗的地下室中的，"你要在一方狭小的空间中做所有的事情——睡觉、吃饭、穿衣、洗衣、做饭和生存，如此难免会产生被囚禁的感觉"（134），其住所堪比监狱。科伊斯特勒（Arthur Koestler）在《与死亡对话》（*Dialogue with Death*，1983）中描述他在塞维利亚中央监狱（Seville Central Prison）的经历，同时谈及空间对身份构建和改变的影响，"在监狱般的空间环境中，他无法躲避性格和身份转变的命运"（1983：373）。科伊斯特勒的观点暗示出，监狱的环境非但会引发而且会加深身份危机。

除此之外，科伊斯特勒在《与死亡对话》中还描述监狱生活的日常和特点，例如鲜有访客和朋友的到来。赛尔凡也在小说中提及黑人移民在伦敦没有朋友和访客，"伦敦没有人能够真正接受我，他们能够容忍你的存在，但是你却不能走进他们的房子去坐下、吃饭或者聊天"（Selvon，2006：129-130）。黑人移民所处的异托邦（heterotopia）空间让他们彼此之间也产生疏离感，"生活在这里的人们都不知道他们隔壁房间正在发生的事情，或者其他人如何生活。伦敦就是这样的地方，它被分割成无数个小世界，你待在属于你的世界中而无法知道其他人发生什么，除非你看到报纸上的新闻"（60）。监狱般的生活就是去人格化和去个体化的过程（Fludernik，1999：70），因此逐渐导致个体身份认同的沦丧和消失。

科伊斯特勒在小说中描写的监狱空间和《孤独的伦敦人》中黑人移民所栖身的私人空间恰好吻合，黑人移民们在伦敦的住处也如监狱一般，其中的异托邦的空间环境会诱发出无根的梦幻世界，致使他们与外界世界和自己的过往产生疏离感。这些空间经历都致使他们丧失自体感觉，同时产生空虚和眩晕的感觉，进而丧失独立自主的思想（Foucault，1995：236）。因此，黑人移民在出租屋中的生活经历就是集体被他者化的过程，禁锢的生活引发强烈的疏离感，导致他们不再将自己视为独立的个体，进而丧失自我身份。

二　移民共同体（community）的缺失

共同体的概念可以从各种视角来理解，但是总体来说是指有组织地生活在一起的群体，他们通常生活在一个具体的空间区域，拥有相同的文化背景，并且深刻意识到自己群体身份的特殊性。《孤独的伦敦人》中年轻移民们在伦敦都市中处在漂泊无依的失重状态，种族排斥的社会环境使得移民共同体的构建对移民的生存不可或缺。赛尔凡在故事中也将西印度群岛移民共同体的构想作为他们政治和社会运动的场所，由此为他们提供构思和表达反种族歧视思想的空间；而黑人移民在小说中的行为也能够说明他们对共同体的需要。

每个周日所有黑人青年都从各自的工作场所或者住处聚集到摩西的住处，他们以风雨无阻的聚会来对抗都市生活中的种族隔离和分裂的特性。虽然后来摩西搬到一处仅容单人存身的地下室公寓，但这处简陋的住处仍然是年轻人聚会的地方。"年轻人每周日的早晨都会到摩西的住处来谈天说地，就好像去教堂一样。"（Selvon，2006：138）因为"这里真是一个孤独和悲惨的地方，如果我们无法时常小聚，谈论点家乡的事情，那我们就像生活在地狱中。这里不像家乡那样，到处都有好朋友"（126）。故事中绰号为大城市（Big City）的黑人移民也表达出对社群生活和集会的渴望，他说如果自己赢得足球彩票后会把整条街的房屋全部买下，然后分给那些黑人青年们，"过来，到这里找个地方住吧"（97）。更具深意的是，大城市将该空间想象为黑人专属的，他说自己将会在所有告示牌上粘贴通知说，"请保持黑色的沃特，禁止白人涉足"（97）。黑人移民的所想和所说表达出他们对移民共同体的渴望，这些共同体作为凝聚和团结的机制而存在，能够起到保护其成员的作用，同时也通过连续而深刻地发掘群体身份的特殊性以及周遭环境的他异性方式来塑造和加强身份认同。卡斯泰尔（Manuel Castells，1997：28）也从社会学的角度归纳出三种形式的身份构建，每种都会引发各自的社会协同形式，其中之一便是抵抗性身份认同（resistance identity）。抵抗性身份认同的构建者们通常会被主流的意识形态所排斥，因此他们会通过建立共同体的方式来对抗压迫，同时也加强主流和新生意识形态机构之间的界限。

然而对黑人移民们来说难能可贵的共同体以及其中的群体意识在移民初期是无法实现的，因为移民共同体的构建和存在需要以稳定的聚集空间为基础，共同体内的成员应该有相同或相近的生活和行为场所。而《孤独的伦敦人》故事发生的背景却是正在酝酿的 1962 年的《联邦移民法案》(*Common-wealth Immigrants Act*),其目的就是限制有色移民的涌入。作为资历深厚的移民,摩西能够敏锐地感觉到英国日益敌视和压抑的气氛以及围绕着移民和住房问题而产生的民族恐慌。因此他肩负的主要任务就是将移民们分配到伦敦的各个角落,从而避免他们在特定的区域扎堆聚群而变得分外醒目。摩西将这些小伙子们送到不同的地方,并且告诉他们"现在沃特聚集的太多,你试试克拉珀姆(英格兰伦敦南部地区)……你们三个去英王十字车站"(Selvon,2006:3)。"所以摩西就像政府的福利工作人员那样把所有的小伙子们安置到城市的各个区域,因为他不想让他们都聚集到沃特(贝斯沃特),情形已经非常糟糕了。"(3 - 4)这些加勒比的流散者就此散落在城市的各处,同时也被一些反复出现的地标性的建筑所限制:西面的诺丁山、东面的马布尔和北面的贝斯沃特(4)。摩西将黑人小伙子们分散到城市各区的行为象征着西印度群岛黑人流散者继加勒比流散后经历的第二次流散,黑人移民抵达伦敦后随即被剥夺应有的权利而流放到都市的各个角落,摩西因为种种原因没有努力创建流散者的社区,而是将伦敦变成分散和隔离的场所,因此赛尔凡才会萌生孤独的伦敦人的想法。

这种二次流散所导致的直接结果就是移民共同体构想的幻灭,因此年轻的黑人移民就无法在其提供的想象空间中构建抵抗性身份。同时,共同体具有保存和传承文化的作用。文化身份是一种共享的文化,一个集体的真实自我,隐藏在很多浅薄的和人为的自我后面,将很多拥有相同历史和血统的人联结起来(Hall,1994:394)。身份的迷失与文化传承的断裂息息相关,因此黑人移民必然距他们身份构建的梦想更加遥远。

三 就业市场的歧视

在人类社会中,个体所从事的工作和社区活动、礼节仪式以及宗教信仰等同样负有社会和心理功能,能够将共同的目标和身份认同赋予所有从事该工作的个体。职业作为意义的媒介能够向他者传递有关"我们是谁"的信息,因此也是构建和表达身份认同的重要因素(Jahoda,1982:132)。同样拉利伯特·

鲁德曼（Debbie Laliberte-Rudman, 2002：14）也认为职业和身份是紧密相关的，同时提出两者的辩证关系，因为个体可以通过职业行为的方式来实现动态的身份构建。赛尔凡小说中另一个黑人移民难以融入的地方就是就业市场，故事中的工作领域也能够证明战后英格兰种族歧视的严重性。道森（Ashley Dawson）就曾经指出，战后英国的劳动力市场出现分化和隔离的趋势，政府和资本相互配合从而使白人从事专业性和技术性工作，而黑人则从事体力劳动。道森进而说道，这种隔离现象因为种族歧视的原因而逐渐合法化，有色人种无论具有何种资格都被认为无法胜任技术性工作（2007：11）。

《孤独的伦敦人》的加拉哈特带着美好的愿景和一支牙刷作为行李跋涉来到英国，因为他坚信自己随时可以找到待遇优厚的工作。因此当摩西问他行李在哪里时，他回答说："什么行李？我没有带啊，我觉得没有必要大包小包地带过来。当我开始工作挣钱后我再去买。"（Selvon, 2006：13）当他来到当地的就业办公室便看到到处张贴的标语，鼓励和动员人们加入邮政系统或者服兵役，他顿感信心倍增，认为凭借自己在特立尼达多年的从业经验可以找到一份专业的工作，因此决定做名电工。加拉哈特在求职同时也试图通过职业的方式来维持身份认同的连续性，证明自己在与纷繁复杂的环境产生互动后还能够保持原有的身份。拉利伯特·鲁德曼（2002：14－15）认为，个体可以通过职业的手段来向自我和他者传递"我是谁"的信息。也就是说，加拉哈特的故事说明职业如何能够为个体创造机会来构建和表达身份，同时维护身份的连续性。但是当他离开就业办公室后，摩西就奉劝他立刻回去告诉工作人员，自己愿意从事能够找到的任何工作（Selvon, 2006：47）。而最终的结果也是，加拉哈特被职业介绍所告知无法获得相应的工作。他和所有移民一样住在暗无天日的地下室，做着收入微薄的体力劳动。这种职业生涯的断裂同时也预示着身份认同的危机。

在后来的求职过程中，摩西将加拉哈特带到隔壁劳工部的办公室——社会保障金和失业救济金的发放处，同时也是劳动市场种族隔离政策和私有化的资本利益明显体现的地方。在此加拉哈特的档案材料被标记为 J-A, Col.，意味着他是来自牙买加的有色移民。摩西解释说，假设有空缺的职位而他们想要派送工人，他们首先会弄清楚该公司是否想要有色人种的员工，这样会省去很多麻烦和节省很多时间（46）。劳工部之行意在强调前殖民地移民在英国面对的种族障碍，因此加拉哈特在抵达伦敦的第二天就因为肤色隔离的原因而在身体自由和财富获得方面受到种种限制。这种因为肤色原因而招致的隔离也影响到加拉哈特的职业选择，个体所从事工作是他社会角色的组成部分，而社会角色又是身份构成的基础（Callero，1994：240）。因此失业和无法人尽其才的工作都是对个体身份认同的严重挑战，由此形成的身份过渡（status passage）意味着个体将要面临社会地位的转变，这种转变使其无法维护积极正面的自我评价，从而对其身份认同构成威胁（Ezzy，1993：44）。

如果职业介绍所之行能够突出西印度群岛移民在战后种族隔离的伦敦在上升空间和就业机会方面遭受的限制，那么赛尔凡对具体就业岗位的描写就更加突出了黑人移民在物质和精神自由方面所受的限制。绰号上尉（Captain）的黑人试图在铁路站场求职的经历也能够说明同样的问题。就业办公室帮助上尉找到一份铁路站场仓库管理员的工作，工资是 7 镑（Selvon，2006：51）。但是当上尉真正开始工作的时候，情况却发生改变；后来摩西解释说，他们虽然给你一份仓库管理员的工作，但是真正的目的却是要你在站场搬运沉重的铁块。他们认为这是适合我们的工作，而把那些轻巧的办事管账的工作留给白人员工（52）。上尉在铁路工作的经历在揭露战后伦敦劳动力市场的种族隔离的同时也反映出，铁路作为英国进步和发展的标志，对黑人移民来说却并非象征着自由和流动，因为上尉无法获得铁路所象征的自由的流动。相反他发现，铁路站场是个禁锢和隔离的空间——"上尉被带到火车站的后院，这是个令人毛骨悚然的地方。生活在伦敦的人们肯定不知道火车站的后院竟然是如此荒无人烟和令人沮丧，简直就像是另一个世界。上尉能够看到的就只有满院子的铁轨和铁块以及散落在各处的电缆线，他觉得这里就如同地狱一般。"（35）职业的功能之一就是帮助个体获得社会交往和社会支持，从而维护其自尊和帮助其身份认同的构建。然而上尉工作中闭塞的空间意味着他无法获得与同事和朋友交流的机会（Bolton & Oatley，1987：458），而正常的人际交往和友情又是身份认同构建的基础，因此上尉的工作机会和工作环境非但无法帮助他构建身份，反而会对其形成阻碍。这种阻碍的原因是后殖民时期的种族隔离，这种隔离象征着殖民统治时期的种族隔离在去殖民化时期在英国社会内部得以再现。

摩西对自己10年的伦敦生活也是失望透顶，他在工厂值夜班包装金属清洁球的收入非常低微，令他甚至难以应付房租和食物这种基本的生活开销。故国其他移民经受的重重磨难也让他痛心疾首，在一个寒冷的冬天几乎所有黑人移民都失去了工作，加拉哈特的处境尤其糟糕，他甚至偷吃广场的鸽子来解决温饱问题。发现他偷窃行为的老年妇女惊声尖叫，"你这个残酷的魔鬼，你这个杀人犯"（Selvon，2006：124）。这个遭遇让加拉哈特意识到，他在英国的处境和待遇都不如动物，人们宁愿看到他饿死也不愿意猫和狗被他吃掉（123）。摩西和加拉哈特等黑人移民在英国从事的繁重低贱的体力劳动以及经常面临的失业危机会使他们深陷一种饱受指责和误解的社会地位，进而直接影响到他们的社会身份，因此黑人移民在失业的同时也必须面对着被毁掉的身份（spoiled identity）（Goffman，1963：23）。

四　家庭生活的无望

如果身份构建是对所有不确定因素的规避，那么身份就是个体自我定位的方式，也就是个体将自我安置在有关历史和过去的叙述当中（Bauman，2000：19）。家庭能够为所有成员提供探究历史的渠道，因此德格罗特（Jerome De Groot）提出，家庭历史能够为所有个体成员提供安全感和身份感，以及一种对自我的感悟和洞见（2009：79）。个体在研究家庭谱系时会将自己沉浸在历史当中，而这种历史随即也成为自我身份认同的一部分。任何人都需要在通晓过去的前提下展望未来，个体所进行的历史调查和研究为他们提供关键的身份意识，从而帮助他们将对现在的理解历史化。另外，家庭对所有个体来说还是文化的载体。个体在家庭的环境中通过在代际之间承袭和传递家庭传统和文化观念的方式来维护身份的连续性，同时可以在家庭的语境中探讨多元文化的沟通和互动以促进身份认同的构建（Foner，1997：965）。

然而赛尔凡在故事中刻意背离传统的男女关系和家庭观念，安排加拉哈特和其他黑人移民约会女性或者妓女，带她们回住处发生一夜情，由此表现出黑人男性移民散漫放荡的形象。对他们来说，女性仅仅是可供观赏的景致或者可供诱惑的对象。故事中的上尉认识"一位衣着时尚的奥地利女人，冬天穿各式的裘皮，夏天穿裙装引得男人们频频回头，吹口哨调戏。只要上尉有个地方待着、有张床，他们俩就觉得万事无忧。当上尉流离失所的时候，他就带着她各处寄宿"（Selvon，2006：34）。加拉哈特也是如此，他在闲散放荡的约会中将更多的关注和渴望投入伦敦的空间和景观中，而非他的女性伴侣，"他约会的对象是谁并不重要，他要去那里（Charing Cross）赴约的事实让他自我感觉非常良好"（84）。小说中对女性的描写也是千篇一律，她们都没有具体化和个性化的描写，而是被客体化为"穿白衣的女人、一只小猫、一个物件"等。故事中的女性无从发出自己的声音或者表达自己的思想，并且由此沦为男性借以炫耀自我的工具。故事中的男性始终处在流动的状态，而其中的女性则是停滞不前，这在海德公园这个幸福的猎场（107）中就清晰可见。男性在这里自由地追逐女性，而女性们则成为被动的猎物，她们的数量会因为每年新鲜血液的输入而增多（107）。男性同时也被描述为漫游在伦敦公共空间的狩猎者，搜寻着自己中意的目标；而女性也再次沦为被动的客体。《孤独的伦敦人》中的黑人男性漫游在城市各处搜寻异性目标看似赋予他们更多的权利和选择，但是同时也再次凸显出故事中性别差异和种族等级制度。然而黑人男性在追求女性方面的主动并不意味着他们能够享受更多的性自由，也并不意味着他们能够在系统的权力结构中上升自如。相反，这种现象只能说明，故事中的男性对正常男女关系的背离使他们无法树立家庭观念。

哈罗德·巴勒特（Harold Barratt）认为，赛尔凡笔下的西印度群岛男性倾向于将女性客体化，就像他们自己被英国社会客体化那样（1988：18）。这也许是书中男性对女性的殖民控制和压迫，但是同时更能说明故事中的黑人移民将自己所有的时间和精力都倾注到维持生计当中，从而无法与女性保持稳定的关系。因此当摩西听说上尉产生结婚生子的想法时竟然大为震惊，但是这段婚姻并没有改变上尉的生活。婚后的他"仍然过着单身时候的生活，他在晚上的时候会和他的法国老婆待在一起，当她睡着时他会立刻披上衣服起身离开，就和他婚前并无二异。婚姻并没有对他产生任何改变"（Selvon，2006：44）。婚后的他依然没有工作、没有财产、没有归属。故事中的路易斯（Lewis）是另一位已婚男性，夫妻结伴从加勒比移民英国，但是最后也分道扬镳。英国的流散生活已经完全摧毁路易斯的自信以及对妻子的信任，因此他总是在怀疑，当他在值夜班的时候，独自在家的妻子会吸引成群的男人到他们住处的周围。路易斯"非常焦虑，想象着他在工厂忙碌的时候他的妻子会做出的种种事情。最后他将艾格尼丝痛打一顿，以至于她永远离开"（55）。后来路易斯去拜访摩西时还向他请教如何做一名快乐的单身汉（57），而其他移民男性都是单身。加斯东·巴什拉（Gaston Bachelard）在进行空间研究时提出"幸福空间"（felicitous spaces）（1994：xxxv）的概念，他认为家庭就当属幸福空间的范畴，它能够承载个体的记忆，加强他的个体性和自我意识。然而英国社会的性质和移民们被殖民的背景导致他们无法获得物质成功，进而阻碍他们建立家庭。赛尔凡笔下的黑人移民无法享受正常的家庭生活，因此他们也无法在正常家庭环境的支撑下认识自我和构建身份。因此，传统家庭生活的缺失也构成他们身份迷失的原因。

小　结

在伦敦 10 年的生活经历让摩西意识到，英国社会决不允许黑人移民离开他们昏暗的地下室和收入低微的工作岗位。赛尔凡曾经在各种语境中对加勒比流散者在英国的经历的特殊性做出评价，他将黑人移民在加拿大和美国的流散生活与英国对比，强调后者社会严苛的等级制度以及英国社会偏狭的特性是影响移民们得以接受和包容的主要因素（Roberts & Thakur，1996：91-92）。伦敦上空弥漫的疏离和冷漠的最主要原因其实是英国的民族焦虑感，英格兰并非情愿接受英联邦的黑人或者其他有色移民，害怕前殖民地移民会对英国的民族认同产生威胁。赛尔凡同时也指出，20 世纪 50 年代的去殖民地化和现代国家构成时期同时也是种族主义的形成时期，英帝国时期殖民地统治中的种族主义排斥和种族主义等级制度正在逐渐渗透到战后的英国社会内部。因此，赛尔凡也是在以《孤独的伦敦人》的方式探究殖民地时期的种族主义等级制度和种族隔离现象在现代民族国家机构中的重演。

第二节　《吾爱吾师》中的身份困境

　　20 世纪 50—60 年代是英国黑人文学发展的关键时期，E. R. 布雷斯韦特是该时期的代表作家，他的代表作是《吾爱吾师》(*To Sir, With Love*, 1959)。小说详述来自西印度群岛的黑人移民在英国就业市场遭受歧视，最后无法求得满意的工作而成为伦敦东区贫民窟学生们的教师的经历。《吾爱吾师》以作者布雷斯韦特的亲身经历为蓝本，讲述主人公里奇（Ricky）教书育人的经历。大卫·埃利斯（David Ellis）将《吾爱吾师》与战后黑人小说家乔治·莱明和塞缪尔·赛尔凡的作品进行比较研究而提出，布雷斯韦特区别于其他加勒比移民作家也许是其无法得到更多关注的原因（Ellis, 2007：50 – 67）。《孤独的伦敦人》和《移民》都在探究 20 世纪 50 年代加勒比移民在潮湿而冰冷的母国求得生存过程中的悲欢离合。故事中的叙述涉及很多加勒比移民的经历，形成处于萌芽状态的和具有抵抗性质的移民集体意识，他们后来也被称为新印度群岛黑人或者英国黑人。莱明和赛尔凡故事中的人物通常是从事体力劳动或者就职服务行业以求谋生的移民，他们相同或相似的种族歧视经历成为连接他们的纽带。相对而言，布雷斯韦特的作品则反映出鲜明的英国中产阶级和个人主义的观点。布雷斯韦特作为英国皇家空军退役军官在美国接受教育，获得学位并且在工程技术方面有所建树。因此他在战后来到英国，期望找到技术类的白领工作，同时期待获得与他驻守在埃塞克斯（Essex）霍恩彻奇（Hornchurch）时同样的尊重。因此埃利斯认为，黑人共同体的观念在布雷斯韦特的作品中是无足轻重的（50）。

一　资产阶级身份认同的模仿及践行

　　《吾爱吾师》以自传体的形式描述主人公通向幻想的旅程（Hines, 1966），该旅程是所有新到和返还的移民都要经历的，但是其反应和结果却各有不同。里奇在伦敦申请工程师的工作时因为种族和肤色的原因屡次被拒，而那些潜在的雇佣者对真正拒绝他的原因都保持缄默。然而更加异常的是里奇对自己悲惨的伦敦境遇的反应。起初的两年内他始终处于失业的状态，在身无分文之后投奔到布兰特伍德（Brentwood）的一对善良的夫妇家中寄宿，因为他们是战争时期的旧相识。他在后来的回忆中将这段时光视为濒临死亡的状态（Braithwaite，2005：40），他对所有当地的面孔怒目而视，极力搜寻种族歧视的证据，以至于"我甚至发现自己带着毫无遮掩的敌意怒视着小孩子们，他们天真无邪且充满好奇的眼睛被我陌生的肤色所吸引"（41）。里奇的遭遇一方面说明 20 世纪 50 年代各层次、各领域的职业生涯中都存在种族歧视的问题，另一方面也意味着里奇生活中的潜在危机。里奇战后在英国部队复员的经历具有深刻的启发性，"我在那一刻突然意识到，虽然我是英国籍，但却不是英国人，这种细微的差别在此时是至关重要的；我需要从这种全新定义的视角来重新审视我自己和我的未来"（38）。从字面来看，这些评论能够引发激烈的争论，进而能够透视出黑人移民战后伦敦生活的艰难困苦。但是后来故事的发展走向却让前述评价显得空洞乏力，里奇想要"重新审视我自己和我的未来"的念头也变成无法兑现的诺言。

后殖民时期的移民经历所引发的存在危机在莱明的《移民》中占据着主要位置，而《吾爱吾师》似乎对此不甚热衷。《移民》中的叙述视角很快意识到，帝国神话中的雄伟壮观的都市和城邦曾经被加勒比人视为与生俱来的母国，如今看来只是少数英国白人的私有财产。幻想破灭的叙述者说道，英格兰非但是一个地方，而是一种遗产……是我们无法分割的组成部分，但是所有的一切都已经结束。英格兰只是我们随意游荡的世界，或者有时偶尔相遇。它是像大自然一样的存在，漂浮到我们无法触及的地方（Lamming，1980：237）。黑人移民寻求英国民族身份认同无果的结局推动《移民》的故事达到高潮，一个新到英国的黑人移民得知自己心心念念的殖民遗产无法获得、殖民理想无法实现时绝望地瘫倒在伦敦一家夜总会的门口。与此相反的是，这种危机只是轻描淡写地出现在布雷斯韦特的小说中，故事的主要章节都在描述里奇成功申请到教师的工作后时来运转的经历。他将自己的生命都倾注到能够代表英国的那些宏伟和高尚的价值观念当中，"我在 1940 年毅然决然地申请加入英国皇家空军，心甘情愿地时刻准备着为保卫我的理想而献出生命，这个理想早已成为我的指路明灯"（Braithewaite，2005：35）。正如他自己解释说，作为在英属圭亚那接受殖民教育的被殖民主体（colonial subject），"成为英国公民"既是他的无上荣誉也是他的远大抱负。当他在首次面试中遭遇挫败时，他在途经的平板玻璃店的橱窗中看到自己的面容，"失望和愤懑就如同坚实而苦涩的硬块在我胸膛中慢慢升起，我匆忙赶到最近的公厕，感到难以抑制的恶心"（34）。里奇因为种族歧视的原因被视为有色他者且遭到不公的待遇，但是小说所关注和透视的并不是 20 世纪 50 年代英国普遍的种族主义现象，而是始终强调个人遭遇，因此其中苦涩的反思同时也暗示出小说唯我论和自我中心的视角。

布雷斯韦特对英国种族歧视的反应与莱明、赛尔凡和奈保尔等作家大不相同，后者以各种方式反映出黑人移民最终能够认清且处理殖民主义自我形塑（self-fashioning）的谎言和欺骗。然而对里奇来说，坚持英国的生活方式才是对抗冷漠和堕落的都市生活的途径，里奇以教化粗鲁无知的伦敦东区孩子的方式来对抗这种生活方式的陨落和消亡。这部小说有关英国性的保守的观点导致它缺少战后英国黑人小说中的进步的后殖民倾向。里奇在小说中占用很大篇幅生动形象地描述所谓的英国价值观念在殖民地加勒比的影响，他认为英国本土人根本无法知道英式行为在殖民地如何被信奉和推崇，如何被视为正确和得体等观念的基石，以至于"有色被殖民者会引用英国法律法规、教育体制和政府系统，会接受英式的时尚观念和社会礼仪，虽然他们与此相关的知识完全是依靠二手的方式获得的"（35）。对英国的推崇和谄媚在以英语为母语的加勒比中间尤其严重，因此这些黑人虽然从中间通道（Middle Passage）死里逃生，却完全丧失自己的语言和文化。这些文化行为的演变模式虽然有些混杂但非常都市化，以至于一些加勒比被殖民者的文化谄媚非常严重。因此里奇才会认为，"我完全是以英国的方式长大的。我自己、我的父母和祖父母都不知道或者都无法知道其他生活方式、思维方式或者存在方式；我们不知道其他文化模式，我从未听过我任何祖辈和父辈因为他们是英国人而抱怨"（36）。

通常来说，陌生的环境和生存的危机应该成为里奇思考身份问题的契机，促成他身份构建的过程。然而在欧洲教育和殖民势力的交集中，尼克·本特利（Nick Bentley）能够想象出"位于我们和我们所统治的成百万的被殖民者之间的跨文化译者——他们具有印度的血统和肤色，却同时拥有英式的品位、观点、思维和道德观念"（Bentley，2007：7）——换言之，他们是英式教育所成就的模仿人（Bhabha，1994：87）。在从殖民主义想象的崇高理想到低级的文学模仿效果的转变中，模仿逐渐成为殖民势力和知识最难以洞察却行之有效的策略（85）。殖民模仿（colonial mimicry）就是期待成为改过自新的和可以辨识的他者的欲望，作为差异化的主体，极其相似却非尽然（86）。因此里奇在身份构建的过程中并没有将母国的历史和都市的现状进行融合而想象出适合自身的身份，反而将殖民教育时期被灌输的资产阶级身份作为蓝本，通过模仿的手段来审视自己的身份问题。

1. 对洁净有序的生活的痴迷

资产阶级身份的概念始于18世纪欧洲，其界定的群体以中产阶级白人男性为主。首先，资产阶级身份的核心就是个体观念（Kearon，2012：385），对艾蒂安·巴利巴尔（Etienne Balibar，2002：299－318）来说，资产阶级身份中个人主义的本质是自我拥有。位于资产阶级个人主义核心位置的自我拥有观念对资产阶级身份和自我产生深刻的影响。真正的个人主义和自由之间无以割裂的联系最初由洛克（John Locke）提出，进而得到麦克弗森（C. B. MacPherson）的认同，而后作为占有性个人主义（possessive individualism）的核心成分对资产阶级身份的构建和实施起到决定性作用。财产与自由之间的关系基于的假设是，产权关系涉及拥有和控制。因此在资产阶级的自我中，自我拥有和自我掌控是密不可分的，两者的关系为资产阶级身份奠定了坚实的基础（Kearon，2012：387）。其次，资产阶级身份还体现在对整洁和秩序的关注。福柯在《性经验史》（History of Sexuality，1976）的欧洲性意识史的话语研究中忽略掉的关键问题在于，他无视其中将身体种族化的行为，而这些被种族化的身体的意象与"清洁健康的、精力充沛的资产阶级身体"（Stoler，1995：7）形成强烈的对比。对清洁而健康的身份的渴望推及对整洁有序的社会的想象。

最后，资产阶级身份的概念通常用来界定男性，因此会融入男性气质特征。男性身份总是基于排斥的原则（Wade & Powell，2001：47），男性气质和厌女症总是出现在男性身份认同的讨论中。作为男性就是要痛恨所有非男性的事物。因此男性气质当中自然会存在厌女症的因素（Hendricks，2012：75），并且两者构成资产阶级身份中的二元对立。欧洲 18 世纪、19 世纪的资产阶级话语以殖民教育为媒介渗透到英国前殖民地国家的被殖民者群体中，同时也反映在《吾爱吾师》的小说当中。这种资产阶级身份的渴望和模仿导致《吾爱吾师》与其他 20 世纪 50 年代的英国黑人小说相脱节，因此该作品对黑人移民的群体经历鲜有关注。

里奇对资产阶级身份的渴求反映在他对整洁的痴迷和对灰尘的执拗，他自认为这些行为举止能够体现出他的骄傲和尊贵，这种对秩序和整洁的苛求在英国的语境中便本土化为英式的行为方式，其中的关键词包括礼仪、品位、体面和德性等。他在故事中面对 20 世纪 50 年代肮脏和阴冷的伦敦时多次表现出势利的倾向。当他首次来到格林斯莱德（Greenslade）时就注意到这里复杂多样的人口分布状况，并且对此反感。"漫长的商业街笔直向前，像一个国际化的五朔节花柱（Maypole）那般飘飘荡荡，用来点缀的丝带上的名字有希腊的、以色列的、波兰的、中国的、德国的、比利时的、印度的、俄国的和很多其他地方的；塞麦尔维斯、斯梅尔（Smaile）、舒尔茨、智言、史密斯、塞特、利拖巴拉吉（Litobaraki）。"（Braithwaite，2005：3）如果里奇愿意从其他视角想象伦敦的都市空间，他就可能理解伦敦的文化融合，并且注意到该城市在被动经历变迁的过程中也主动创造变革，但是他只看到灰尘。"昏暗肮脏的商店门面和咖啡店"（3）与街上丑陋的女性路人正好相配，"狭窄的街道和小巷相互交错，毫无规划地从主干道上横七竖八地分出枝杈"（3），这些描写体现出里奇对无序和随意的反感和厌恶。如果灰尘就是位置不当的东西（Douglas，2002：44），商业街上那些来自遥远国度的文化残渣会更加刺激里奇洁癖的神经，更加让他觉得英国的生活方式遭到玷污。他在格林斯莱德中学竭尽所能地教育那些正值年少的学生并不仅仅因为他们缺少规矩且知识贫乏，同时也是对腐化堕落的伦敦都市的反抗。而他与同事吉莉安·布兰查德（Gillian Blanchard）的日渐深入的恋爱关系似乎也是因为他潜意识中渴望获得中产阶级英国生活的决心在作祟。如果当代伦敦空间已经成为肮脏混乱的建筑和路人的集合，那么里奇决意通过殖民教育中所灌输的英国中产阶级体面和整洁的观念来拯救它，而这项伟大工程的起点自然是他格林斯莱德中学的学生们。

里奇任教的格林斯莱德学校在伦敦东区，他在这所学校并没有致力于打破殖民统治的神话，相反却极力维护殖民教育中宣扬的理想化的英国生活方式（Braithwaite，2005：34）。在里奇看来，伦敦人并没有践行英国的理想，他们肮脏、懒散、没有修养，与他们应该表现出的文明和高贵相去甚远。因此他认为自己有责任将品位、礼仪、体面和德行等因素构成的资产阶级身份逐渐延伸到社会领域，并且通过慈善、社会责任和交往等社会控制的方式得以构建和维护，从而将资产阶级情感蔓延到社会群体当中（Kearon，2012：392）。教师的职业使得里奇有机会宣扬和贯彻殖民统治时期精巧编制的价值观念，而令他痛心的是这种让他心驰神往的价值观念在母国的心脏却不见踪迹。

《吾爱吾师》中里奇从未真正展望未来，而是在过去的价值观念中寻求安身立命之所。这种行为并不是要重新自我审视以便构建全新的未来，而是要重申定位其被殖民者性格的价值观念。资产阶级身份与现代主义时期所产生的其他身份的本质区别在于前者在试图重塑自我的同时也渴望根据自我的意象来重塑社会，并且在此过程中展示出资产阶级相对其他社会群体在社会和道德方面的优越性（Adam，2009）。他作为老师的首要策略就是教会那些粗鲁的学生如何成为真正的英国淑女和绅士，从而能够弥合当代英国生活和他所推崇的英国性之间的鸿沟。如果英式的生活方式是英帝国输出的最主要价值观念，里奇显然决意通过自己强制的指导和传授将其再次输入到伦敦东区，以期改变当代伦敦混乱肮脏的面貌。

2. 对女性的歧视

资产阶级身份构建的基础是白人社会的父权制度，白人父权制度以社会化的方式导致人们相信女性是劣等的，因此应该受到控制。黑人男性效仿他们的压迫者而产生出厌女症的态度。正如被压迫者也会试图成为"次等压迫者",黑人男性也会仰视他们身处的制度从而重新界定他们的男性气质(Hendricks,2012:82)。故事开篇的时候,里奇乘坐公交车穿过奥尔德盖特(Aldgate),车上有很多"粗胳膊粗腿,健壮如牛的女人,她们的胸脯硕大,沉重的身体因为频繁生育的原因而无法逆转地变形走样"(Braithwaite,2005:1)。在他充满殖民主义歧视的眼中,这些女性看起来像农民(1),而之后叙述者却注意到劳动阶级的单纯质朴,他们本质中的自然纯粹(3)。中产阶级的歧视蒙蔽着里奇的双眼,致使他无法发现和认知多种族和多元文化劳动群体定义的伦敦,因此他便简单粗暴地将他们归结为丑陋的白人妇女。

里奇在故事中的叙述也常常触及肮脏拖沓的女学生,似乎认为她们最能够代表当代英国的粗俗卑劣的状态。衣衫不整且头发蓬乱的女性形象充分体现出当今的英国与里奇理想中的英国相去甚远;在他看来,女性的邋遢和懒散导致男权社会中体面而整洁的原则无法付诸实现,并由此导致对国家的背叛。英国的等级秩序屡次借助女性的身体得以想象或者呈现,她们或者肥胖臃肿,或者穿着破旧;她们的紧身衣或者没有体现出女性应有的矜持,或者无法凸显出女性特有的精致和魅力。当里奇与他的学生们初次见面时,他就立即关注到女学生们的身体,她们的装束完全不合规范,令他无法接受,"太过紧身的毛衣,太长且太贴身的裙子,以及平底鞋"(10)。而后来发生的有关女性生理问题的事件更是让里奇痛下决心,必须将中产阶级成年人应该遵守的行事规范灌输给学生们,并且作为他们教育的基础。他在一天下午走进教室时竟然发现,一些学生企图将一片用过的卫生棉放到炉火中烧掉:

> 我感到如此的愤怒和厌恶以至于怒火中烧。我命令男孩子们离开教室,然后便毫不留情地严厉指责女同学们。我告诉她们,她们的行为方式让我厌恶,粗俗的语言、放荡的行为以及与男孩子们随便而放任的两性关系……体面的女性会时刻注意将很多事情保持私密,我原来以为你们的妈妈和姐姐会向你们解释这些事情,但是很显然她们根本没有尽到责任……我希望这些令人厌恶的东西立刻被拿走,并且把窗户打开释放

掉臭气。(66)

里奇在讲述该事件的时候也表现出他对"出血"或者"流血"这种污言秽语的憎恶,这也充分体现出他对女性月经这种身体事实的错误态度。这不仅让人联想到他在公交车上看到那些因为生育而身材走样的妇女们时而做出的尖酸而怪异的评价。如果未来伦敦青年的母亲们可能造就出对英国生活方式熟视无睹的新一代,那么里奇对学生们的教育就可以理解为紧急的殖民传播行为,目的是通过约束学生们的身体和思想来培育和造就英国新居民。里奇的教育首先旨在树立殖民时期的男性权威,而那些言谈粗俗的年轻女性则将学会禁欲和克己,并且由此成为理想中殖民时期的母国的象征。

3. 对男性权威的渴望

资产阶级身份中的男性化修辞(masculine rhetoric)具有双重含义:它在排斥女性的同时也暗示男性之间事关权威的争斗。对白人男性权威来说,该修辞可以借以维护权力,同时影响黑人男性的行为。然而对黑人男性来说,该修辞可以用来获得权力或者如肯尼斯·伯克(Kenneth Burke)所说,实现与白人男性行为的同质性(Hendricks,2012:75)。为了能够在学生中间贯彻英式的生活方式,里奇首先要树立起自己无可撼动的男性的权威,这也随即引发他与班级里最有影响力的男生德纳姆(Denham)之间的冲突。在一次体能训练课的拳击训练中,德纳姆挑战里奇,并且抓住机会一拳击中他的脸部。"嘴里咸滋滋的血腥味"(Braithwaite,2005:80)莫名其妙地引发出里奇的愤怒,他恨恨地击中德纳姆的太阳穴,导致他瘫倒在地。这次拳击事件充分显示出里奇超凡的竞技精神、身体素质和男性气概,并且由此树立起他在所有男生心目中的男神形象和权威地位,令他们心甘情愿地臣服于他。"男孩子们都非常努力,无须我的督促和指导就能取得很多进步,他们看我的眼神让我觉得,他们眼中的我似乎突然间变得无比高大。"(80)拳击事件后德纳姆首次称里奇为"先生",并且语气中没有丝毫的嘲弄或者讽刺;里奇的学生们也开始遵守他的规则,他们对男生以姓氏相称,而将女生称为"珀塞尔小姐、戴尔小姐等等"。

里奇决意将英国的价值观念灌输给自己的学生们，并且使其在他们的心中生根发芽。与此同时他还组织学生们参观维多利亚和阿尔伯特博物馆（Victoria and Albert Museum），借机启发他们学会数学的度量衡，引导他们讨论地理问题，并且对自我约束和情绪韧性等重要课题进行思考。因此《吾爱吾师》中的里奇能够从各方面唤醒学生们沉睡的潜能和才华，他也由此沉浸在为师的成功和喜悦中。在故事结束的时候很多学生也即将开始自己的职业生涯，他们非常感谢里奇对自己积极而正面的影响，因此送给他一份临别礼物，赠言便是小说的书名"吾爱吾师"。正如大卫·埃利斯所说，《吾爱吾师》这部小说中一位黑人教师将殖民教育中的文化指令（cultural imperatives）重新传授给他的学生们（Ellis，2007：54）。但这并不是全部，《吾爱吾师》并不是仅对里奇所谓的正直和担当的自我陶醉式的歌颂歌，同时也描绘出里奇对当代伦敦生活中诸多文化上多元和政治上进步的现象或是闭口不提，或是极力否定。《吾爱吾师》旨在宣扬殖民时期的文化指令，并且正如埃利斯所言，里奇的叙述策略同时也能够侧面反映出该小说的殖民主义维度。

二　资产阶级身份所引发的妥协

里奇对资产阶级身份的渴望及其对其生活方式的热衷导致他的后殖民思想和立场的缺失，由此他对种族主义的问题和殖民主义现象采取的是回避和妥协的态度，认为肤色问题是无法解决的事实。并且，通过里奇对他的班级的学生们的描述甚至能够暴露出他的殖民主义立场。当温和而善良的校长弗洛里安先生（Mr Florian）首次向他介绍学生们的家庭状况时，他起初竟然拒绝同情这些孩子们出生和成长的恶劣社会环境，虽然这些家庭的收入无法为孩子们提供健康的生活所需要的充足食物、温暖而干燥的房屋（Braithwaite，2005：25）。在里奇看来，这些问题相比他们的种族所为他们带来的优越社会地位来说都是次要的，"我过去两年的亲身经历完全占据着我的思想，提醒我说这些孩子们都是白人，无论是饥饿还是饱腹，无论是衣不蔽体还是华服加身，他们都是白人；对于我来说，这个事实就是贫穷和富有之间的分水岭"（25）。

1. 对种族歧视的妥协

随着故事的发展可以看出，里奇对学生们种族的认知本身就具有争议性，虽然他自己并没有认真思考这个问题。里奇的一位名叫西尔斯（Seales）的学生是个多种族混血，而另一个名叫费尔曼（Fernman）的学生是犹太人。西尔斯的种族混杂背景在故事中被赋予特殊的含义。圣诞节的前夕他来到班级告诉大家他妈妈去世的坏消息。里奇礼节性地表示同情和慰问，并且欣喜地看到他的学生们正在筹钱为西尔斯妈妈的葬礼购买花环。但是同时他也震惊地发现，没有一个孩子愿意把花环送到西尔斯的家里。他的学生莫伊拉（Moira）向他解释说，孩子们都很担心"如果人们看到我们去有色人种的家里会怎么说"（165）。里奇感到非常震惊和痛心，将孩子们的举动视为种族主义的烙印，任凭他的教育也是无法改变的。最后还是敢作敢为的帕梅拉·戴尔（Pamela Dare）主动请缨去送花环，而里奇也认为她将是唯一出现在周六清晨的葬礼上的学生。在去往葬礼的路上里奇非常沮丧地思考种族主义的问题，他认为种族主义态度已经在英国滋生、蔓延和扎根，会世代相传且无法改变。他孤单地坐在公交车上，"尽其所能地远离那些白人，感觉自己实属徒劳无功，也因此倍感遗憾。我已经对这些孩子们倾我所有，甚至投入我生命的一部分，但是仍然毫无效果"（168）。里奇受其资产阶级模仿身份的影响而导致其后殖民立场的缺失，因此在面对种族问题时也只能望洋兴叹而无法采取有效的行动。但是当他到达葬礼地点的时候，等待着他的却是别样的场景：

> 我毫无顾忌地眼含热泪，因为西尔斯家门口的通道上站满着我的学生们，我的孩子们，他们所有人或者说是几乎所有人；他们紧密地站在一起，和其他人保持着距离。他们看着聪明伶俐，都自觉地穿上自己最好的衣服。上帝啊，原谅我刚才憎恨的思想吧，因为我爱他们，爱这些野蛮却能让我消除恼怒的小坏蛋们。我匆忙赶过去和他们站在一起，成为他们的一部分。他们默默地欢迎我，当他们在我的周围紧紧地围成一圈时，骄傲和一些异样的东西在他们的眼睛里闪烁着。我突然感觉到一块柔软的东西被塞进我的手里，当我抬起头四处寻视时便捕捉到帕梅拉·戴尔清澈而善良的双眸，我用这块小小的手帕擦干了自己的眼泪。（169）

里奇在公交车上有关种族歧视的清晰思考因为学生们展现出的团结和友爱而彻底颠覆，孩子们的行为不仅能够战胜弥漫在伦敦东区那些充满种族偏见的恶意的闲言碎语，同时还引发里奇对权威的重新思考。学生们在葬礼上的出现象征着由年轻人组成的全新共同体，他们的日常言谈和行为反抗挑战着成人世界中的偏狭。学生们出席葬礼完全是自发的行为，里奇从未在班级中明示或者暗示他们应该集体出席。他们行为的自发性也许是因为里奇先生所灌输的体面和良知以及对身处哀痛的同伴应有的尊重和同情，但是他们所表现出的种族和谐却并非完全来自里奇的影响。

里奇灌输给学生们的殖民人文主义被激活，反而使他们公开表现出跨种族的挑战和反抗，而这种效果却是超出里奇的控制或者预计的。更加有趣的是，葬礼事件的叙述竟然暗示里奇对此场面感到隐隐的不安和不适。他眼中泛起的泪花遮挡住他的视线，也妨碍了他作为叙述者的权威，使他无法清楚地观察此时学生们自发的后殖民反抗，而他的叙述也试图迅速恢复他的权威地位和高瞻远瞩。学生群体被描述为"既紧密又疏离"，而里奇也立即宣誓主权式地称他们为"我的班级，我的孩子们"。孩子们集体出席葬礼的场景所蕴含的深意同时也被他奇怪的评价所淡化，"他们所有人都精心打扮过"；而当他诋毁式地戏称所有孩子们为"野蛮的坏蛋"时也注定他无法以平等的身份加入他们所构成的跨种族和反种族主义的共同体。当端庄的帕梅拉·戴尔试探着将手帕塞到他手中让他擦拭眼泪时，他也最终通过各种叙述和修辞策略将自己的权威地位重新树立起来。清晰的视觉使得里奇重新控制住故事的场景，但是他却无法捕捉到此前"闪烁在孩子们眼中的东西"。虽然里奇既无法确定也没有思考这种"东西"为何物，故事的文本还是在刹那间捕捉到那种处在萌芽状态且稍纵即逝的后殖民主张，这种跨种族和反种族主义的主张潜藏在孩子们的天性中，并且能够超越里奇在故事中的所有成就。这种瞬间存在的主张湮没在里奇自我满足和自我炫耀的高潮中，但是它的出现和存在无疑是故事叙述中的一个亮点。

西尔斯在他的妈妈去世之前就曾经出现在故事中的一个重要情节。体育老师贝尔先生（Mr Bell）欺凌名叫巴克利（Buckley）的学生，出离愤怒的学生波特（Potter）差点用跳马的铁腿袭击了他，幸好里奇及时赶到。里奇告诉波特必须就刚才威胁教师的行为向贝尔先生道歉，但是他的话语在所有愤愤不平的男孩子们中引发轩然大波。西尔斯也表示出愤慨，里奇颇有深意地表达他的观点，同时表现出他在面对类似的对抗和侵犯中过人的从容和隐忍。他平静地对学生说："我也曾受尽摆布和欺凌，西尔斯，虽然我无法向你解释清楚。我被欺负得如此过分以致我都想去伤害他们，真地想伤害他们。我清楚这种感觉，相信我，西尔斯，而我后来认识到的就是你要争取比那些欺负你的人更加宽容一些。"（158）虽然里奇和西尔斯同为20世纪50年代伦敦种族主义的受害者，但是前者却仓促地将这种共性抹杀掉。他无法解释自己经历和遭遇的原因是出于内心的抗拒而非词不达意，而这种抗拒则说明他力图拒绝他们之间潜在的种族团结（racial solidarity）。同时他还将自己面对欺凌的解决方法典范化而鼓励学生们效仿，并且在任何语境中都极力制止和消除任何形式的反种族主义的暴力抵抗。里奇的行为似乎在呼应吉卜林（Rudyard Kipling）式的观点，呼吁人们在其他人都丧失理智时仍然要保持清醒的头脑。故事中任何具有种族和政治深意的局面，无论是团结性的还是反抗性的，都在其萌芽阶段被及时制止。但是即使是这样，里奇也无法在故事中完全抑制或消除这种场面，更无法掩盖这种场面的批判性意义。

2. 对种族欺凌的忍受

里奇始终倾向英式的自由主义行为，告诉学生们他们本质上都是兄弟姐妹，好像这种观点能够放松战后伦敦日益收紧的种族和民族的枷锁。他对费尔曼带到学校的一副人体骨骼发表感慨，强调人类的生物遗骸没有任何种族和民族的痕迹，"所有人从根本上说都是相同的，其中的细枝末节可能有所差异，但是万物的基础都是根据相同的蓝图而设计"（135）。里奇对于这种永恒的种族、文化和政治问题的回避态度以及其中隐含的寂静主义（quietism）观点还在小说中的另外两个情节中表现得淋漓尽致，而具有深意的是，这两个情节都涉及他与白人女性出现在公共场所的场景。

里奇想方设法劝说弗洛里安先生同意他带领学生们参观维多利亚和阿尔伯特博物馆，同行的还有吉莉安·布兰查德，两人后来还发展为情侣关系。

当他们乘坐地铁穿过伦敦市区的时候，里奇吸引住两位年长女性乘客的注意，她们轻声嘀咕着，"不知廉耻的女孩子们和这些黑人们"（87）。里奇没有理睬她们的蔑视，但是帕梅拉·戴尔却勇敢地反驳那两个妇女，并且使她们在所有乘客面前难堪。因为资产阶级身份首要倡导道德而贞洁的行为举止——克制、品位、端庄、体面，当然更有在公共场所表现出来的自我掌控（Kearon，2012：387），里奇虽然在书中将该情节记录下来，但是却没有多做评价，也由此表现出他对帕梅拉的行为的矛盾而暧昧的态度。实际上，该事件非常含蓄地指向20世纪50年代伦敦黑人男性和白人女性之间欢快而浪漫的政治同盟。这些女性通常会因为亲近伦敦的新移民或者支持他们的政治诉求而违背自己亲友们的种族主义观点和立场，进而受到各种苛责和非难，并且付出沉痛的代价。小说中的帕梅拉和吉莉安都因为对里奇的尊重和爱慕而选择支持他的立场，但是里奇却因为对资产阶级身份中克制和体面的毫无意义的追求而将她们的情感忽略，也由此让她们感到深深的失望。

在后来的故事中，里奇带着吉莉安到饭店庆祝她的生日，却未想遭到服务员轻慢的态度而决定离开。里奇拒绝与服务员理论的妥协态度让吉莉安感到愤怒，让她情不自禁地提到前述中的地铁遭遇：

> "你总是一味地忍受，忍受，难道你不觉得自己到时候显示出点精神来了吗？"她已经变得声嘶力竭，像个粗野的女人。
>
> "总让其他人替你战斗，代你受累。克林蒂（Clinty）在韦斯顿（Weston）面前维护你；戴尔姑娘在地铁上为你出头；难道今天晚上我应该站出来保护你吗？"（Braithwaite，2005：143）

当里奇劝说吉莉安忘记这件事情时，她几乎是充满种族歧视地说，"你这该死的黑人"（143），而后则动手打他，随即又瘫倒在他的怀里哭泣。书中对吉莉安的粗鲁举止和失控行为的描述意欲反衬里奇庄严而高贵的沉默，同时也暗示出愤怒的对抗可能引发的伤害和损失。而里奇对吉莉安理性且温柔的安慰也重新确立起他男性的控制地位，吉莉安也随即承认自己对里奇的感情。

在殖民地盛行的资产阶级文明的范畴中，自我控制、自我约束和自我决定是资产阶级自我的定义性特征。这些有关自我克制的话语能够体现出种族差异，能够澄清"白人"的概念，同时也能够界定"真正的欧洲人"的内涵（Stoler，1995：8）。同时，对伦敦种族主义的政治回应也在其被否定的同时得以凸显，因为黑人男性与白人女性在战后伦敦都市的结盟能够超越种族歧视和性别歧视的界限，为他们的共同利益而团结战斗，而非应该对种族歧视的现象视而不见或闭口不谈。在故事中的这种瞬间，抵抗性的后殖民政治在被里奇抹杀的瞬间凸显出来，但是过分执着于英式生活方式的他被蒙蔽住双眼而无法识别这种新的结盟的可能性。

这种结盟的可能性也是跨文化、跨种族和跨性别的。吉莉安可以被视为白人女性，但是她所秉承的文化传统暗示出她犹太人的血统。里奇描述她的时候提到她的皮肤是光亮的橄榄色，暗示她的犹太或者意大利血统（Braithwaite，2005：16），后来她又在附近的犹太餐馆里买午饭（56）。当年轻的费尔曼因为一把小刀引发的事件而被扭送到地方法官面前，吉莉安陪伴里奇去家访，并且和费尔曼夫人说意第绪语（Yiddish），"我从来没有想到她具有这种本领"（112）。里奇竟然对明显具有犹太血统的吉莉安的意第绪语感到吃惊，这本身就有些怪异；同时这些有关种族的细节赋予故事叙述更加复杂的文化内涵，这些是里奇无法或者无意评价和解读的。里奇曾经多次从容而理性地思考黑人与白人之间的差距，但是他没有意识到自己身处的伦敦都市环境中的文化杂合特点，也没有意识到西尔斯和吉莉安这些人是无法按照二元对立的种族范畴来界定的。里奇没有承认或者珍视这种蔓延在 20 世纪 50 年代伦敦日常生活中的跨种族的结盟，然而这种结盟才是构建更加进步和公平的都市生活的核心。

在阅读《吾爱吾师》的过程中如果能够挽救和恢复瞬间被抹杀的后殖民时期的伦敦生活的痕迹，就能够构想出 20 世纪 50 年代伦敦当地的都市文化，并且由此挑战和质疑有关种族和民族的旧有观念。但很遗憾的是，小说中的这一重要启示却是主人公里奇所无法领悟的。虽然里奇声称自己已经从伦敦东区的孩子们那里学习颇多——我在教他们的过程中也向他们学习（148）——但是他的学习没有帮助他构想出任何新事物。只要他的学生们梳洗干净且衣着整洁，他就会声称自己理解他们"积极进取的个性在坚韧而努力地寻找自我表达的途径"（148）。但是他不懈寻找文本的自我表达和自我尊重的过程中，布雷斯韦特却可以回避去反思、评价或者肯定后殖民时期日新月异的伦敦。此时的伦敦汇集着多种族和多元文化的洪流，但是复杂的种族和政治色彩在书中闪耀的瞬间就被熄灭。《吾爱吾师》的故事中充盈着无数的事件和瞬间，其中不同性别、代际、文化和种族的群体短暂且有效地携手与结盟，共同挑战和质疑 20 世纪 50 年代伦敦种族歧视的机制和规约。即使在今天重新审视这些事件和瞬间，其所体现的跨种族和跨性别的结盟及其产生的社会和文化意义仍然熠熠生辉，并且逐渐迫使英国在所有层面发生改变。而 20 世纪 70年代的摇滚反对种族主义运动（Rock Against Racism）所蕴含的多元文化的深意，以及扎迪·史密斯的小说《白牙》对 21 世纪英国社会异质性的歌颂都能够呈现这种改变。

如果我们只是盲目追随《吾爱吾师》中作者的叙述，一味追捧里奇作为教师的权威，那么该小说会因为其殖民态度和殖民谄媚而显得过时，因为该小说的确与 20 世纪 50 年代莱明和赛尔凡的小说中所展现的政治前瞻性和文化批判性格格不入。布雷斯韦特的小说中还有值得深思和领悟的启示，却并非通过里奇的言行举止所传达，而是通过其与帕梅拉·戴尔、吉莉安、西尔斯、费尔曼等人的接触中所感知。他们之间以及与里奇的有爱互动暗示出，一个转型中的后殖民时期的伦敦正在从布雷斯韦特文本的裂缝中生根发芽。如果里奇无法领会他的同事和学生们所传达的深意，我们至少可以尝试着去理解。正如法农（Frantz Fanon）所说，如果白人能够表现黑人的尊严，那么后者就无法成为具有行为能力的人，模仿的面具后面没有隐藏任何形式的存在或者身份（Bhabha，1994：88）。

小　结

小说的主人公里奇（Ricky）在故事过程中始终保持着自命不凡且高高在上的姿态，也始终以地道的英国人自居。布雷斯韦特在行文的过程中也始终致力于凸显里奇的能力、智慧和良好的教养。由此该小说与莱明和塞尔凡同时期的作品截然不同，它没有正视和描述 20 世纪 50 年代的都市环境中的敌视和歧视，而是偏安一隅地去塑造自己资产阶级英国白人形象，就如奈保尔的小说《模仿人》中拉尔夫·辛格（Ralph Singh）的变节，"我们伪装成真实的和有学问的模样，同时也假装为以后的生活时刻准备着。我们这些新世界中的模仿人，躲在未知的角落里"（88），而无法以自己本来和真实的面目示人。小说中的里奇甘愿接受英国社会中的标准化话语，并且希望由此构建出自己纯正的英国人身份，英国社会中"对正常和非正常的判断随处可见。我们的社会中存在教师法官、医生法官、教育家法官和社会工作者法官，而普遍存在的规范和标准就是基于他们的观点和意见。所有的个体，无论他身处何方都要在身体、举止、行为、能力和成就方面屈从这些规范"（Foucault，1979：304）。里奇深知在该种语境中，差异是无法被接受和容忍的。自己的肤色差异是无法弥补的，因此他便竭尽全力以举止行为和思想观念的同化加以弥补，以求得到接受和包容。但是英国社会黑人移民的经历可以显示出，这种同化的渴望是无法得到满足的，反而会加深他们的身份危机。

第二章 20 世纪 70 年代的寻根梦想

20 世纪 40 年代末期，来自加勒比的非裔黑人移民到英国以解决其建设中缺乏劳动力的问题，此次移民规模宏大并且持续到五六十年代。当非裔加勒比移民首次在 1948 年搭乘帝国疾风号的轮船来到英国时，他们发现现实的生活与自己的想象相去甚远。起初象征性的欢迎很快被仇视所代替。英国黑人生活在困窘和备受歧视的境况中，工资比白人低但房租比他们高，经常被禁止进入俱乐部和酒吧，在他们居住的街道上也经常遭到白人青年的袭击。

英国黑人在白人种族分裂主义者的眼中永远无法成为真正的英国人，而他们在英国社会中的艰难处境促发他们对故国的无限怀念。英国黑人移民对故国的怀念就是典型的乡愁体现，研究认为，乡愁所珍视的乌托邦式的过去是一种表达对如今现实不满的方式（Fritzsche，2001：1591；Stewart，2001：139），而乡愁的结果就是双重丧失的感觉，这便是问题重重的现在和无法回归的完美过去。记忆和乡愁的问题是人文和社会研究中经常讨论的话题，而记忆与历史的关系也引发诸多的讨论。皮埃尔·诺拉（Pierre Nora）在讨论场所记忆时提出，记忆依附于场所，而历史依附于事件（1989：14）。托马斯·拉克尔（Thomas Laqueur）也认为，空间是帮助记忆对抗时间的基石（2000：8）。有关记忆的观点总是围绕着引发个体和集体身份讨论的空间历史，通常会指向和超越故国和家庭的空间。爱德华·萨义德（Edward Said）和伊恩·鲍考姆（Ian Baucom）的研究都涉及个体和集体记忆的场所，及其所蕴含的记忆、家庭和身份的后殖民意义。研究一方面显示出记忆在塑造想象中和现实中的故国和家庭的重要性，另一方面也体现出空间和场所对记忆的影响。萨义德讲述他早年时期在耶路撒冷、开罗、黎巴嫩和美国等地的生活，谈论他有关场所和流离失所的记忆。他解释说，除了语言以外就是地理，特别是流离失所中的启程、抵达、告别、流散、乡愁、思念、归属和旅途，这些都是其早年生活记忆的核心（Said, 1999：xvi）。相似的场所、记忆和错位也出现在鲍考姆有关英国性及其帝国空间的研究中。他在广阔的帝国空间中发掘蕴含着英国性的记忆场所，从而显示英国的历史如何发生在海外的场所之中。萨义德对故国的记忆与他的自我认知息息相关，而鲍考姆的故国记忆则事关英国的民族认同，因此故国的记忆与身份认同的构建是密不可分的。正是在这种境况下，他们故国的文化就显得更加重要，不仅仅是使他们愉悦身心，更重要的是作为自我身份的表达和确认。黑人移民寻根是为防止自己迷失在他者的文化和身份当中，英国环境中的身份迷失以及英国白人的排斥迫使他们在新的环境中想象故国。有色移民依靠故国的想象和过往的经历来度过自己的转型阶段，以至于能够重新进行身份构建，从而再次成为独立成熟的个体。

也就是说，故国或者历史场所是民族身份认同的重要组成部分，并且人们的领域观和对场所的情感依附构成民族身份认同的重要部分，而场所认同和风景描绘则成为场所情感依附的主要表达方式（Smith, 1991：14）。20 世纪 70 年代及以后的英国黑人小说体现出"回归故国"的倾向，他们在以现实主义的笔法呈现出英国生活的孤独困窘后倍加思念自己的非洲故国，并且以或深情或批判的笔触描摹自己的故国以求得身份的归属和认同。通常来说，流散的个体都会拥有故国的记忆，构建故国的想象，甚至创造故国的神话，并且他们会通过场所的方式来叙述和构建想象中的故国，因此在当代英国黑人小说中经常出现故国旅行的意象，无论是真实的还是想象的。20 世纪 70 年代及以后的英国黑人小说中反复出现的意象之一为黑人移民"回归非洲大陆寻根的旅程"，而"回归非洲"的意象也成为非裔小说家和理论家创作的灵感。流散的主体将非洲视为他们记忆的场所，在帮助他们抵御英国社会种族歧视的同时也支持他们的身份构建过程。非裔流散者对非洲身体上和象征性的回归一方面能够维持非洲性在流散空间的生存和发展，同时也能够激发主体身份中的非洲因素。70 年代的代表小说家布奇·埃默切塔在描写黑人女性在英国的生存经历的同时也花费相当的笔墨追忆非洲部落的人物和事件，本·奥克瑞在《饥饿之路》中实现对非洲景观和神话传统的回归，卡里尔·菲利普斯、大卫·戴比迪和弗莱德·达圭尔等作者分别在自己的作品中重返非洲历史或者重走奴隶贸易时期的运奴通道，而扎迪·史密斯和伯纳丁·埃瓦雷斯托等作者的主人公分别在遭遇英国社会的身份危机后选择踏上重返非洲大陆的旅程。

　　由此非洲大陆在非裔流散者和英国黑人小说家的视界中象征着故国和家园，而非洲大陆的家园化过程同时伴随着其神秘化的过程。非洲大陆寻根的旅程的目的地通常是非洲神秘的历史，所有的回归都指向无法触及的过去。而当代的非洲也被很多研究者描述为或想象为其原初的模样，所有现代化和后现代的痕迹都被抹除殆尽以迎合非裔流散者寻根的梦想。由此在非洲寻根的话语中，非洲大陆的现代性都被否定或者删除，非洲社会被呈现为其原始的状态，而这种话语则在很大程度上等同于欧洲的帝国话语。但是回归非洲故土的寻根行为并不应该被单纯地视为返祖现象，当菲利普斯在《大西洋之声》中再现他返回加纳的旅程时说道："这并不是回家的旅程，而是探究非裔流散者和非洲在经历过多世纪的分离后，后者为何无法再次称为前者文化引力的中心"（Birat，2007：64）。而旅程的结果也多是让非裔移民意识到，非洲无法在他们所构建的流散身份中占据中心和主导地位，而仅是一个意义重要的历史存在。非裔流散者构建中的故国其实是无处可寻的，这就要求他们"在过去和现在之间实现想象的平衡"，而并非"抵制和对抗其中任何之一的边界"（Okpewho，1983：156），这就要求他们在阈限的空间中寻求自己的位置，从而能够在大西洋两岸同时扎根。

　　本章所讨论的埃默切塔和奥克瑞都在自己的小说中实现非洲故国的回归，可谓英国黑人小说中回归文学的代表，前者回归的是非洲的部落传统，而后者回归的则是非洲的神话和文学传统，但是两者的初衷和本质却不尽相同。奥克瑞的创作风格受到非洲口头文学和神话传统以及英国文学中现实主义传统的共同滋养，能够在两者之间往来游刃有余。同时他也意识到在殖民语境中非洲文学传统的尴尬地位，由此他渴望在现实主义传统的书写中为非洲文学形式开辟出生存的空间，而这种想法也帮助形成他文学书写的独特之处。埃默切塔从非裔女性的视角探究回归的旅途似乎非同寻常，因为布伦达·库珀（Brenda Cooper）曾说，"回归非洲的伟大追求和象征姿态通常被理解为男性的事业，也由男性作者来书写"（2007：30）。而埃默切塔的女性主义回归则得出完全不同的结论，她不仅揭示了非洲的父权和夫权给女性带来的禁锢和伤害，也以重温非洲女性生命历程的方式来激发她们自主和自治的潜能。故国的记忆和想象陪伴着英国黑人移民度过他们人生中艰难而黑暗的时刻，陪伴他们成长和强大，为他们在新的环境中构建杂合身份提供着支撑。

第一节 《为母之乐》中的非洲女性形象

布奇·埃默切塔 1944 年出生在尼日利亚的拉各斯（Lagos），她的父母都是伊博族人。埃默切塔在 1960 年跟随她的丈夫来到英国，到 21 岁时已经成为 5 个孩子的妈妈。从她的第一本小说《在阴沟里》到她的最近一部小说《新部落》，埃默切塔已经成为最多产也是最成功的当代英国黑人小说家之一。她的小说主要关注的是尼日利亚传统生活和欧洲现代文化之间的差异和冲突，而其中的女性则沦为"二等公民"。

埃默切塔在众多的评论中被冠以非洲和英国两种符号，而她也的确能够在故国尼日利亚和移居国英国都求得一席之地。克莉丝汀·赛兹莫尔（Christine Sizemore）认为，这种阈限位置为埃默切塔提供有利的视角，"她可以从英国视角观察到尼日利亚父权社会中的女性面对的问题，而从故国尼日利亚的视角，她能够感受黑人移民在英国的种族主义文化中所遭受的困境"（Moudouma，2009：4）。反观埃默切塔从《在阴沟里》到《可海恩德》再到《新部落》的文学历程可以看出，作者对非洲压抑女性的传统怨恨并不意味着她对非洲传统和非洲性的否定和抵制，她在对其的批判中投入爱恨交织的情感。由此唐娜·哈拉维（Donna Haraway）提出，埃默切塔将自己同时视为"非洲传统的重构者"和"非洲传统的解构者"（Nnoromele，2002：180）。她在《浮出水面》（Head Above Water，1986）中将尼日利亚视为自己的家园，虽然英国对她作为非洲女性和女性作家来说都是更加自由和有利的空间。虽然身处英国，但是埃默切塔却深深扎根于她所出生和成长的尼日利亚，而她的文学创作也从非洲的口头文学传统获得源源不断的灵感。但是同时，"埃默切塔也能在英国找寻到免受性别范式限制的空间，也由此能和其他的女性形成有益的联结"（Mekgwe，2007：170）。埃默切塔将英国和尼日利亚同时视为家园，而回归非洲的意象对她来说也是富有成效的，因为故国的旅程能够开阔非洲女性的视野，让她们意识到家园观念和归属经历之间的差别。

《为母之乐》向来被视为埃默切塔最出色的小说，小说致力于探究非洲女性的经历，这也是当前非洲文学话语中亟待讨论的主题（Palmer，1982：33）。然而在非洲女性问题的讨论中需要思考的至关重要的议题为，当今的学术界能否比 20 年前更加清楚非洲女性的境遇，而彼时玛丽莎·孔德（Maryse Conde）曾经义愤地说，"堆砌的神话、仓促的概括和明显的谎言"阴暗地笼罩着非洲女性的性格特点和内心现实，也呼吁她们为自己发声（1972：132）。但是即使是非洲女性开始以书写自己人生的方式为自己代言，她们作为奴隶被残暴地虐待的误解仍然以绝对优势统治着西方批判界的态度。

《为母之乐》现有的研究并非在重新评估非洲女性的境遇，或者质询西方评论界对非洲女性评价的有效性和正确性，而是在重申对非洲和非洲女性的陈词滥调的评价，并且将两者间原本复杂的关系简单化。努·依姑（Nnu Ego）作为小说的女主人公被视为非洲女性的典型代表。她的经历以及对世界的回应被视为非洲女性生存状况的理想再现，也被视为对剥夺女性自主权的非洲文化的控诉。在学者们的批判中，非洲强加在女性之上的罪恶是不胜枚举的。他们认为，非洲所流行的一夫多妻制和新娘的价钱（bride price）导致女性沦为货物和动产，丈夫控制自己的妻子，父亲控制他们的女儿，从而确保女性永远处在被镇压和被统治的地位；女孩永远无法获得与男孩均等的机会，因为评价她们的标准就是看她们能通过新娘的价钱为父亲带来多少财富；女孩在婚姻方面没有任何选择权和自主权，她们的两性关系也毫无浪漫可言，因为她们的父亲会将她们嫁给出价最高的男人；女性也被迫居住在后院的外屋（Nnoromele，2002：180），象征着她们在家庭和共同体的社会和政治决定中被驱赶到背景的位置。尤斯塔斯·帕尔默（Eustace Palmer）在阐述这些观点时写道，男性沙文主义在传统社会中达到登峰造极的地步，女性几乎被男性们视为商品和动产。如果她们是妻子，那么她们的主要用途是生育，从而延续丈夫的姓氏，确保他的家族繁衍；如果她们是女儿，她们的父亲最感兴趣的就是她们会通过新娘价钱的形式为自己的金库带来多少收益（1982：22）。帕特里夏·李·永格（Patricia Lee Yongue）更加深入地探讨该话题，描写妇女们捣碎木薯的意象作为非洲文化将女性碾碎成泥的隐喻（1996：76）。这些对小说《为母之乐》的解读和对非洲女性的评价其实都是在重述现有的观点。

再者，很多评论者也对埃默切塔特殊的经历和独特的立场倍感兴趣，很多评论也涉及她的女性主义观点。帕特里夏·永格在对女性的形象进行概括和总结后也对埃默切塔的女权主义立场进行探讨，并且对传统的非洲社会的家长式现象进行解读，从而凸显埃默切塔的女权主义意识形态。她认为，埃默切塔是一位狂热的女性主义者。虽然埃默切塔直言不讳地批判帝国主义，但是她也拒绝为部落文化所伤感，也拒绝将前殖民地时期的非洲简单地描写为被西方帝国主义所劫掠和摧毁的伊甸园，因为非洲部落中大部分被讲述和未被讲述的历史和故事都是有关女性的压迫（1996：74）。还有评论者将埃默切塔的立场与齐诺瓦·阿切比进行比较且提出，非洲经历多是从男性的视角再现，因此对女性存在或是忽略，或是过度美化。非洲女性存在应该从女性的视角进行协调和重构，从而实现两性视角的平衡。他们同时也认为，布奇·埃默切塔在《为母之乐》中对母性的再现从历史角度来说是全面的，也是对齐诺瓦·阿切比所构建和普及的前殖民地时期社会的理想化观念的一种清醒而冷静的回应。埃默切塔通过描写作为劳动力的女性角色，以及男性对女性生育能力的控制来分析前殖民地时期的母性的政治经济学（Lewis，1992：43）。

埃默切塔的同胞齐诺瓦·阿切比是文学界著名的先驱性人物，他们的小说都细致地再现了传统伊博族社会中的生活现实。但是埃默切塔并没有像其他伊博族的小说家那样模仿阿切比，相反她对传统伊博族社会的再现因为其不同的关注和态度而令人耳目一新。虽然阿切比时常暗示说传统社会本身存在弱点，应该更加积极地响应改变的力量，但是他总体的态度仍然是深深的敬意。这种态度与他的写作目的相吻合，其作品旨在向他的同胞以及全世界展示非洲本土文化的美好、崇高和合理。埃默切塔对待传统社会的态度却是深刻的愤慨和讽刺。这种态度可以解释为一位曾经到过英国，并且在英国居留 18 年的女性对故国疏离的反应。然而她对传统社会的质疑态度更可能来自她对女性主义事业的恪守和忠诚，因为埃默切塔将传统社会视为导致女性生存境况恶化的原因之一（Palmer，1982：22）。

虽然评论家们探究非洲女性生活的真实状况的初衷是值得赞誉的，他们试图评估男性作者对此认知的可靠性也是可圈可点的，但是他们对传统非洲文化价值的呈现却是值得商榷的。他们认识中的非洲女性作为"平滑软糯的食物被父权所吞噬""生育机器""家庭的牛马"的意象并不能够真正反映非洲女性的生存境况，这些意象也许仅能说明西方学者总是倾向于将他者文化视为野蛮而粗俗的。将非洲妇女再现为多种因素的受害者的结论与现存的很多非洲妇女的人类学和社会学研究结论是相悖的。很多研究传统非洲文化的非洲本土和西方的学者都没有将非洲女性描写为生育机器、奴隶、牲畜或者待售的商品，研究中呈现的女性过着生机勃勃、富有成就的生活，她们在各自的共同体的政治、社会和经济领域中发挥重要的作用。很多研究者都曾经研究过前殖民时期伊博族社会中两性的政治和社会体系，并且发现女性能够自由地安排自己的生活、管理自己的事务，并且积极地参与到家庭和其他共同体中的决策过程。

目前跨文化解读的理论都注意到，异文化文学的解读政治都与"文化控制和文化教条"非常相近（Fishburn，1995：2）。即使是最好的意图也无法避免误读的产生，因为读者会无可避免地将偏见带入文本中，并且阻碍而非帮助其理解。因此斯皮瓦克（Gayatri Spivak）才会生动而有力地指出，我们对被压迫民族的文本所做的一切取决于我们身处何方（1990：57）。因此富有成效的跨文化解读必须建立在互惠理解的原则上，文本既是解读的客体，也是质询的主体。读者们承认自己与文本之间的文化差异，在质询文本的同时也允许文本对自己的质询（Fishburn，1995：40）。由此跨文化解读变成一种自我反省式的经历，读者们可以探究自己将何种偏见带入文本的阅读中，而这些偏见优势如何驱动自己的意义解读。这种形式的解读正是目前非洲女性文学批评中所缺少的，也是应该被鼓励的。我们必须构建起阅读和解读非洲女性作品的新范式，由此将有关非洲女性生活的社会和历史证据都包括在内。

因此在非洲语境中对女权主义的重新界定应该体现在其本土化的研究中，从而使得女权主义理论具有非洲相关性。斯泰迪（Filomina Chioma Steady）在她女权主义的著作中强调女性的自治和合作，强调天性高于文化，同时也强调孩子和为母的中心地位以及家庭的重要性（1981：28）。她提出，非洲女权主义文学关注所有非洲人的自由和完整，虽然它起源于世界的女权主义运动，但是非洲女权主义话语仍然能够清晰地描绘出非洲语境相关的所有关注点。同时非洲女权主义在质疑非洲传统文化时并非对其进行诋毁和非议，而是清楚地认识到不同阶层的非洲女性对传统文化的特点将会做出不同的解读。

本书尝试重新评估《为母之乐》中的非洲女性形象，其目的并非简单地将努·依姑视为典型的非洲女性或者母亲形象，而是尝试探寻她的经历以及她对生活中事件的回应从哪些方面可以代表非洲女性的境况，文化期待在何种程度上导致她的困境，以及是否存在思考个体责任的空间等问题。在提出和思考这些问题的同时，本书认为《为母之乐》并非旨在构建具有普遍意义的非洲女性形象，正如奥比奥马·恩纳梅卡（Obioma Nnaemeka）所言："具有普遍意义的非洲女性形象的概念是不存在的，现实中的非洲女性既不是同质的，也无法体现为单一的身份。女性存在是多元的，正如她们不同的背景和固有的性格"（1989：75）。《为母之乐》仅是以母亲的身份为背景来讲述一位非洲女性的故事，她在追求非洲失败的传统过程中做出毁灭性的选择，并且牺牲掉健康和自我。努·依姑不应该被视为被动承受社会不公待遇和要求的客体，而是能够采取积极行动且决定自己命运的主体。

一 努·依姑对母亲身份的抗争

虽然小说的书名是"为母之乐"，但是女主人公努·依姑却从来没有从母亲的身份中获得任何快乐，反而因为对孩子的求而不得而痛苦不堪。小说开篇对主人公努·依姑的描述既富感染力又令人困扰，呈现出绝望的妇女形象，她在第二次婚姻的孩子去世后承受着心理和身体的痛苦。她在确认自己作为母亲的失败后决定自杀：

> 努·依姑后退着走出房间，她的目光茫然而呆滞，看向空蒙……她奔跑着，好像永远不会停下来。她的孩子……她的孩子！努·依姑的胳膊不由自主地支撑着疼痛的乳房，更多的是想确认自己母亲的身份，而不是减轻它们的重量。她感觉到自己的乳汁在滴滴答答地流淌，浸湿她的布巴衬衫。其他令人窒息的疼痛越来越严重，靠近她的喉咙，似乎是决定当时就将生命的气息压榨出她的身体。但是和乳汁不同的是，这种疼痛无法释放出来，但是它却总是驱使着她，而她也在逃离，逃离疼痛。但是疼痛在她的身体里，只有一种方式可以消除掉。在发生这一切后她又如何能够面对世界？不，最好还是不要尝试。最好是以这种方式结束一切吧，唯一的最好的方式。（Emecheta，1982：7－8）

在努·依姑的描述中，她的举止行为和心理过程清晰地反映出她的脆弱和情绪波动，埃默切塔在将叙事前景化的同时也启发读者质询那些促成主人公行为的原则。为什么认为自杀相对迎接生活的挑战是更好的选择；她的举动是为特定的文化行为准则所支配，还是暗示她自身的性格缺陷？

非常矛盾的是，当其他女性都竭尽全力地摆脱束缚和压迫她们的制度性负累时，努·依姑却坚信，获得幸福感和成就感唯一的方式就是传统的母亲的角色。然而埃默切塔明确地指出，努·依姑对孩子的冲动和渴望并非源自对他们的爱，或者对生命的神圣意义的哲学性思考。她渴望孩子是因为她自私地构想出他们对自己未来的价值和意义。她在她的父亲面前为自己辩护说："当人年老的时候，他是需要孩子来照顾的。如果你没有孩子，而且父母也过世，谁能是你的亲人呢？"（38）我们当然能够认为，年老时将自己的孩子作为精神的寄托是具有普遍意义的人类情感，因此并不能够反映出女主人公性格的弱点。但是对孩子病态的依赖以及将孩子视为自己人生的意义的心态却是非常极端的。

努·依姑也因为始终执着于孩子的问题而陷入疯癫的状态，她无法与时俱进，无法在心理上适应时代的变迁，也无法对未来做出切实可行的规划。她在小说叙述的过程中的举止行为与她的精神状态之间的关联也趋于明显，实际上小说在故事讲述之外也追溯着女主人公精神衰退的过程。当她被带到拉各斯去见她的第二任丈夫纳菲（Nnaife）时，她的情绪发生首次的波动。过度焦虑和疲惫不堪的努·依姑陷入有关母亲身份的噩梦。她在噩梦中喋喋不休，她丈夫的弟弟将她唤醒，并且试图安慰她说，"你会看到自己的希望得以实现，当你真正'疯掉'的时候我会再来看你的"，小说同时也指出他的意思是说，"女人们和她们的婴儿在一起时说话做事都像疯子一样，因为孩子们太小无法理解任何声音的意思"（46）。然而其中对努·依姑精神状态的影射却非常清晰，因此她自己也能够意识到，"如果你认为我将会疯掉，我愿意和你回去，我不想成为我父亲的耻辱"（46）。当努·依姑失去她的第一个孩子，试图自杀而未果时她的朋友阿图（Ato）又提出这个问题："快收起你脸上魂不守舍的表情，如果你总是这样一副表情，你意识到人们会说什么吗？他们会说，你们知道阿巴迪（Agbadi）的漂亮女儿吗，他的情人给他生的，这个女孩还有一个过世的女奴的灵魂作为她的神灵，她企图偷其他女人的孩子，又故意自杀失败来博取同情，哦，她现在彻底疯了。"（74）然而这些警告都无法阻止努·依姑自残的冲动，她也在小说的结尾处被自己的现状所击垮，被临床诊断为精神崩溃：

> 努·依姑没有任何反应地忍耐了一会儿，直到她开始丧失自己的感觉。她感觉非常模糊，人们都说她在情感上从来没有坚强过。她过去常常去一个叫作奥廷布（Otinkpu）的沙地广场，广场离她的家很近。她告诉那里的人们，她的儿子在美国（Emelika），她的另一个儿子在白人的国家——她从来都不能说"加拿大"这个名字。努·依姑在一天夜里四处游荡很长时间后在路边躺下，觉得她自己已经到家了。她在那里安静地死去，没有孩子拉着她的手，也没有朋友和她说话。（224）

　　这段引文详细地描绘了努·依姑的死亡，以反讽的方式帮助读者回忆起小说开篇时她的形象。努·依姑在故事开始时便无精打采地奔跑着，想要杀死自己，因为"能够向全世界宣布她并非不育的孩子"已经死掉了；然而在她生命的尽头，她仍然像一个不育的女人那样死去，虽然她一生生育了九个孩子，七个存活下来。无法摆脱的绝望、无所皈依的孤独和支离破碎的人生最终组成完整的恶性循环。埃默切塔将努·依姑常去吹嘘自己儿子的广场称为奥廷布是别具深意的，广场的意象也非常令人瞩目。广场名字的字面意思是"尖叫的地方"。人们通常会在被现实所击垮的时候或者感到无力改变现实而接受失败的时候尖叫（223）。崩溃的努·依姑最终惨死在路边，被她的孩子们所抛弃，而她曾经心心念念地希望她的孩子们成为她的港湾和她的救赎。莉萨·H. 艾尔（Lisa H. Iyer）认为，努·依姑死亡的方式尖锐而深刻地呼应着弗吉尼亚·伍尔夫（Virginia Woolf）的观点，认为女人的一生不会留下任何具体而有形的东西。而对努·依姑来说，生命是由不断重复的事情而组成的，最终融合成无形的人生（1996：130）。然而比努·依姑无形的人生更加令人震惊的是她死亡的文化意义。对伊博族人来说，流离失所地死在路边是最令人难堪的死亡方式，只有动物和流浪汉才会如此。努·依姑最终的结局暗示，她对母亲身份的执着和纠结导致她沦为社会中的流浪者和陌生人。

　　在对努·依姑的人生进行简单的追溯后难免会发问，她是社会的受害者吗？虽然埃默切塔对努·依姑的遭遇和困境寄予无限同情，但是她同时也提出个体责任的原则。故事中的努·依姑在濒临死亡的时候回忆自己的一生，仿佛看到自己牺牲生命而试图获取的东西都已经灰飞烟灭，她也在生命的最终时刻获得顿悟。在经历过一生的自我否定后，她最终意识到自己的人生早已偏离正轨。努·依姑开始质疑曾经为自己设计的人生道路，她"告诉她自己说，她如果有时间和那些向她示好的妇女们培养感情、建立友谊，她将会更加富有，但是她从来都没有时间"（Emecheta，1982：219）。努·依姑就好像是悲剧故事中女主角的原型，顿悟总是为时已晚。

　　虽然努·依姑的遭遇非常值得同情，但是故事的叙述清晰地指出，在她的世界中，努·依姑的行为既是不合适的也是非理性的。后来帮助制服努·

依姑从而避免她投水自尽的妇女对她的遭遇产生移情，但是同时也告诉她，"在她六次的怀孕中只有两个孩子活下来，但是她仍然活着"（62）。这位妇女"百折不挠地活下去"的宣言在故事后来的发展中再次得到重申。努·依姑自杀未遂的三个月之后，她童年时期的好友阿图来看她。阿图在打量过又脏又乱的环境以及仍然神游太虚的努·依姑后问道："努·依姑，阿巴迪的女儿，你这是怎么了？就是因为你失去一个孩子吗？"（74）埃默切塔将故事的发生时间确定在20世纪30年代，那时候婴儿死亡对尼日利亚妇女来说是生活中无法规避的现实。正如小说中的女性所展示出来的，对婴儿死亡最理想的回应就是忍受痛苦，继续生活。

努·依姑在生前没能在孩子的问题上获得及时的顿悟，却在死后化身神灵（chi）来开导和劝解其他女性。在非洲有将过世的女性的灵魂视为神灵的传统，非洲女性神灵对性别公平和平等的关注与倡导都能够挑战权威，并且拒绝为殖民霸权所湮灭。努·依姑在死后会对其他女性发表有关母亲身份的最后宣言，而这些女性也会祈求努·依姑的灵魂赐给她们孩子。努·依姑在讲话中尽力阻止女性的身体成为父权制度奴役女性的工具，并且她再次重申她之前的言论，认为"为母的喜悦只是有名无实的"（122），从而试图保护其他女性，避免她们再次因为为母的身份而遭受身体和文化方面的非公正待遇。努·依姑对那些渴望孩子的妇女们的最后一句话是响亮而决绝的"不"。虽然她死后的葬礼是"伊布扎（Ibuza）前所未有的隆重"，但是她仍然拒绝满足那些未孕妇女们的愿望，"没有满足她们祈求孩子的祷告"（224）。努·依姑死后永恒的灵魂已经认识到女性作为母亲而经受的身体和精神的痛苦，她宣称即使自己"安静地死去"，也仍然将因为父权制度的要求而被迫牺牲自己的灵魂，并且最终沦为"自己血肉之躯的囚犯"（186－187）。努·依姑以反对女性生育的立场和主张来对抗伊博族文化对女性在社会经济和政治方面的压制，同时也反驳将女性的生育能力视为她唯一的社会、文化和经济价值的观点。

二 欧娜（Ona）对婚姻制度的反抗

小说中努·依姑的人生观和世界观都是非常狭隘的，她的父亲和他最好的朋友爱达伊（Idayi）都曾经谈及努·依姑错位的价值观。她的父亲曾经希望她"能够出生在我们的时代。当我们年轻的时候，男人们很看重她所拥有的那种美"（37）。但是爱达伊却提醒他的朋友说，"她没有出生在那个时代，她出生在她自己的时代，事情已经发生很大的改变"（37）。因此努·依姑也必须习得远见、独立、创造性和适应性等品质来应对现实中的变化。这些都是努·依姑需要面对的现实考验，但是她却固执地墨守失效和过时的体制与信仰，因而在考验面前屡屡败退。

很多评论者都执着于传统伊博族社会的邪恶，也由此将努·依姑的婚姻描写为单纯的利益交换。巴津（Nancy Topping Bazin）认为，当努·依姑的父亲将她从第一任丈夫那里买回来而随即卖到第二任丈夫手中时，她的父权制度下的教育仍然继续着。在所有的情况下，新娘的价钱都在男性之间转手（1985：32）。评论者持有这种观点是因为没有认识到伊博族社会中动态的人际关系。首先，新娘的价钱并非意味着伊博族人会卖掉他们的女儿。其次，新娘的价钱也并非由父亲独占，所有的包括母亲在内的直系亲属都会分得一份，还有一部分是用来资助新嫁的女儿建立起自己的家庭。最后，伊博族社会的女性们在婚姻对象方面是有自己的选择的（Nnoromele，2002：185），努·依姑的第一任丈夫就是她自己的选择，而并非她父亲的强迫。当努·依姑的第一次婚姻失败后回到她父亲的家庭时仍然拥有决定自己命运的权利。阿巴迪为她另寻婚姻的原因是她自己有再嫁的想法。无论西方的评论者如何想法，但是任何值得尊敬的伊博族男性都不会强迫自己的女儿嫁给她无意的男性，因为在伊博族社会中人们是相互依赖以求生存的，而父母自然也会依赖自己的儿女，他们在这种情况下强迫自己的女儿嫁给她所不喜的人无异于在社会和经济方面的自我断送（185－186）。

虽然努·依姑的意识和视角在小说中占据主导，但是埃默切塔仍然试图为读者提供观察和审视努·依姑的他者视角，因此将她的自我观念与其他女性相并置，具体包括她的妈妈欧娜、她丈夫的另一个妻子阿达库（Adaku）以及共同体中其他女性的集体声音。这些女性们做出的选择与努·依姑截然不同。她们同样都出生和成长在所谓的父权制社会；但是她们都有足够的眼光和自我实现观念，并且能够明白生活并不仅仅是亦步亦趋地遵循传统和满足他人的期待。故事叙述的过程中，努·依姑和阿达库所做出的不同选择是显而易见的。她们都陷入相似的境地，每天都需要面对无能的丈夫和极端的贫困。阿达库选择离开，去为自己和女儿创造全新的生活；而努·依姑选择留下，来满足传统社会对她的期待。然而故事中最强烈的对比要来自努·依姑和她的妈妈欧娜。虽然埃默切塔仅投入一章的笔墨描写欧娜，但是欧娜迥异于努·依姑的生动形象已然跃然纸上。埃默切塔在描写欧娜的时候写道：

> 欧娜是一个非常漂亮的年轻女人，她能够将倔强和傲慢完美地融为一体。她是倔强的，因此她拒绝和阿巴迪生活在一起。男人们就是这样，他更愿意在闲暇的时候和她待在一起，和这个喜欢羞辱他并且拒绝成为他妻子的女人。很多个夜晚她都把他赶走，说她不想和他有任何关系，虽然阿巴迪根本就不是应该被女人如此拒绝的男人。但是她拒绝被他的巨额财富、尊贵姓氏和英俊外貌迷惑双眼。人们都说，诺科查·阿巴迪（Nwokocha Agbadi）终其一生来讨好他的欧娜。（Emecheta，1982：11）

欧娜和努·依姑不同，她争强好胜，心智成熟，情感坚强。故事中的她始终在为自我价值和自我实现对抗传统。她明白女人无须依附男人而变得完整，女性的自我也并不意味着永恒的母亲身份。欧娜在临终前告诉自己的情人阿巴迪说，"无论你有多爱我们的女儿努·依姑，你都要允许她有自己的生活，有自己的丈夫，如果她愿意的话。你要允许她成为一个女人"（28）。欧娜对阿巴迪的请求即刻将性别平等的问题跃然纸上，欧娜自己就生活在她父亲和情人的夹缝中间，她拒绝阿巴迪的求婚是因为不想再屈从更多的父权压制，因为她知道阿巴迪"向上帝一样统治着他的家庭和孩子们"（15）。她拒绝他的求婚是因为她已经意识到，"如果她同意成为他众多妻子中的一个，那么她的命运也会同其他女人无异"（15）。欧娜断然拒绝特权的男女婚姻关系的行为让阿巴迪感到无比愤怒，他指责欧娜说："你看，你甚至不允许自己成为一个女人，你在成为一个母亲的几周时间里，你的所作所为都是像男人一样思考，为你的父亲提出男性的问题，就因为他自己无法做到"（25）。欧娜的女性力量及其对自己父亲和情人的掌控导致男人们为争夺她的感情和忠诚而发生持久的争执。她"意识到自己应该算是幸运的，因为两个男人都想要拥有她"（25），但是她对父权制度的蔑视和挑战都让她成为反抗父权权威的社会活动家。她拒绝接受阿巴迪的钱财，但是同时也悲伤地意识到她终究是她父亲的女儿，但是她至少不是阿巴迪众多的奴隶妻子之一（26）。虽然她无法选择自己的原生家庭和原生命运，但是她的确能够选择远离伊博族婚姻制度中的诸多限制和禁忌。

欧娜的女性身份观能够有力地反驳西方研究者对非洲女性的普遍误解，认为她们将自我和女性身份等同母亲的身份。欧娜对自己女儿的期待和希望就是，她应该拥有自己的生活。也就是说，欧娜希望努·依姑成为自己命运的主人、自己行为的主体，而不是他者行为和决定的客体。这对欧娜来说就是女性的意义，也是自我的意义。值得一提的是，阿巴迪从来都没有忽略欧娜的请求，也始终在恪守对她的承诺。努·依姑有机会享受自由独立的生活，因为她的父亲坦诚地告诉她，她不需要结婚或者被谁接受，她父亲的家永远欢迎她。但是非常遗憾的是，努·依姑在拥有如此的自我实现机会和她母亲的榜样后，仍然将自己的生活过成噩梦。

三　努·依姑的神灵对男性的批判

小说中欧娜的女儿努·依姑的神灵"是一个女奴，她在自己的女主人被埋葬的时候也被迫殉葬"（9）。神灵控制着人类世界的想法在很多非洲文化中是非常普遍的。对祖先世界的人类、动物、植物和山河的泛灵崇拜影响着伊博族人日常生活的结构、功能以及决策模式。努·依姑的神灵充分地体现出她的政治他异性，同时也挑战和批判现存的父权制度和性别限制。努·依姑的女奴神灵劝诫阿巴迪终止他的奴隶贸易，告诉努·依姑说，"他已经停止奴隶交易，并且还给予家中的奴隶们以自由。他甚至还加入一个组织，鼓励黑奴们回到自己的家乡，如果他们还能够记得住的话"（35）。努·依姑的神灵作为一个叛逆的化身，在性别角色备受争议的空间内，对女性作为母亲而需要承担的单调而繁重的劳动进行抗争。女性共同体内部对待神灵的态度也是尊敬中兼有恐惧，她代表着权力关系中的一种社会和政治力量。努·依姑的神灵反抗着父权制度对女性的禁锢和镇压，同时也解构精神世界和物质世界、奴隶制度和为母身份、乡村和城市以及禁锢和自由等概念的二元对立。

努·依姑具有反叛精神的女奴神灵还总是批评努·依姑的丈夫纳菲因为长期殖民统治而形成的模仿行为，纳菲为白人殖民统治者打扫卫生和清洗衣物，他身穿"一条满是破洞的卡其色的短裤，一件破旧的、宽松的白衬衫"，他看起来像"一个中年妇女"，而不像"伊布扎的男人们身上有一种健康的木材燃烧和雪茄的味道"（42）。纳菲和那些白人殖民者非常相像，他身上有"一股肥皂的味道，就好像被过度地清洗的感觉"（44），也因此不太像当地人。埃默切塔在塑造纳菲人物形象的过程中借助霍米·巴巴模仿的学说，"一种强加于被殖民者的瑕疵的身份，他们被迫反映出殖民者的形象，但同时又是不完美的。几乎是相同的，但不是白色的"（McClintock，1995：62）。努·依姑的神灵借助努·依姑的声音对她丈夫的男性气概和生计表达出蔑视的情绪，也由此质疑他的模仿行为。她指出她丈夫的男性气质被剥夺的事实，"一个男人，嗯？一个男人"（Emecheta，1982：48）。她同时指出，"一个清洗女人内衣的男人很难被称为男人"（49）。纳菲并没有意识到自己所受的危险的双重束缚，也没有意识到自己传统的男性气概已经为殖民模仿行为所取代，这促使努·依姑意识到殖民地社会的不公正，"什么样的境况能在一个男人毫无知觉的情况下剥夺他的男性气概？你的行为就像一个奴隶一样"（36）。

努·依姑有关她丈夫被驯服和镇压的政治宣言和文化训诫体现出，一个强大的母亲有能力挑战黑格尔主人和奴隶的辩证法，然而纳菲在寻求认同和身份构建的过程中始终渴望的却是殖民控制。努·依姑由此也对殖民统治下的非洲男性进行批判："你想你的丈夫有时间来问你，你想吃米饭还是喝加蜂蜜的玉米粥？还是算了吧。这里的男人总是忙于充当白人的奴仆，以至于他们都有些不像男人。我们女人可以照看家，而不是我们的丈夫。他们的男性气概已经被剥夺，而更加耻辱的是他们对此一无所知。他们看到的只有金钱，闪闪发光的白人的金钱"（37）。安·麦克林托克（Anne McClintock）将这种直接的挑战描述为"话语的内在裂缝",而埃默切塔则在裂缝中植入女性的声音,该声音也明确地揭示出男性们所受禁锢的现实(1995:63)。努·依姑反抗的言辞中是没有任何犹豫和矛盾的,她丈夫的男性气概已经被殖民时期家庭生活的商业化所剥夺,而他自己也变成一个"女性化的男人"(Emecheta,1982:50)。她的丈夫因为生计原因而在殖民者的家庭里从事清洗打扫的家庭琐事,而家庭生活的商业化也已经导致伊博族男性气概的逐渐消逝。性别、经济和家庭生活的相互作用转变成一种社会政治等级制度,构建的目的就是服务于殖民者和被殖民者、男性和女性以及权势和无权等多重的二元对立。埃默切塔书中的努·依姑所拥有的女性意识能够挑战这些势力,而马都·克里希南(Madhu Krishnan)则认为,这种意识"在被磨灭和抹杀后再次浮现,并且以与尼日利亚小说的主流话语不同的方式发声,并且重获主导和中心地位"(2012:15)。值得注意的是,这种女性声音的标记并非如克里希南所说的那般矛盾和模糊,而是强而有力的反颠覆话语,反对和阻止伊博族被统治和被压迫的命运。埃默切塔小说中的女性们展示出政治抵抗性和社会能动性,并且由此来抵抗殖民政治。

埃默切塔因为对非洲女性的书写而被视为狂热的女权主义者,而她自己却极力否认。问其原因,这位定居伦敦的尼日利亚作者说道:

> 我开始的时候就不是一个女权主义者,现在也不是。我的很多读者都将此视为懦夫的宣言,但是并非如此。我以前以为我将会成为女权主义者,但是我最近访问美国并且和真正的女权主义者谈话后,我发觉我们非洲和非洲背景的女性如今还远远无法和这种女性相提并论……所以我美国的姐妹们,我并不是在回避你们先进的帮助,实际上我认为非洲的女性需要你们的帮助,同时我们也需要我们的男人。(Emecheta,1982:116 – 117)

实际上很多评论家们都认为,在讨论非洲女权主义的时候会涉及男性的问题,并且非洲女权主义作为一项人文变革工程是无法与男性相分离的。因此，避免男性排斥已经成为非洲女权主义区别于西方女权主义的标志特征。斯泰迪也提出，非洲女权主义意识到"与非洲男性共同的斗争目标就是消除外国统治以及欧洲和美国剥削的枷锁"（Steady，1981：28）。非洲女权主义从来都没有敌视男性，而只是提醒他们非洲女性所遭受的剥削与非洲人所遭受的普遍压迫之间的差异。

虽然埃默切塔强烈反对被冠以女权主义的标签，但是她却相当认可女性主义的说法。而女性主义的说法由非裔美国作家和女权主义活动家艾丽丝·沃克（Alice Walker）提出，女性主义者"致力于全体人类的生存和完整，包括女性和男性……女性主义者对女权主义者来说就像紫色对薰衣草色一样"（1983：xii）。随后女性主义这一术语被奥贡耶米（Chikwenye O. Ogunyemi）等批评家所采用，从而"避免伴随着女权主义一词的诸多干扰"（1996：116）。奥贡耶米更加认可女性主义一词的原因在于其能够避免女权主义的分裂主义特性，而将男性视为伙伴而非仇敌。而非洲的女权主义者艾杜（Ama Ata Aidoo）也更加欣赏女性主义包容的特性，认为其与非洲语境具有更强的相关性。她说："人们有时会非常直接地问我，我是否是女权主义者。我不但回答是，并且会坚持认为每个女性和每个男性都应该是女权主义者，特别应该相信非洲人应该接管非洲的土地、非洲的财富、非洲的生活和非洲发展的责任"（Aidoo，1998：47）。正因为非洲女性认识到男性的真正意义，所以才会对他们逐渐丧失的男性气概而深感担忧，进而发声谴责。努·依姑和她的神灵的观点反映出非洲女性对男性的挑战，同时也展示出前者对后者的关心，这也是非洲女性主义的精髓。

四　非洲女性对经济状况的改善

理查德·道登（Richard Dowden）在《非洲：改变的国家，平凡的奇迹》（*Africa：Altered States，Ordinary Miracles*，2008）一书中写道，"按照任何政治科学或者社会科学的规则来说，尼日利亚早在数年前就应该土崩瓦解"，并且将它描述为"一个仍在运行的失败的国家"（2008：4946）。布奇·埃默切塔在她的小说中形象地勾勒出这个失败的国家，以及非洲的母亲和她的家人们在殖民统治下所经历的恶劣的条件和日益加剧的贫困。埃默切塔也详细地描写出市场和贸易系统如何显著地改变伊博族的传统经济，及其传统和文化价值观。埃默切塔的女主人公努·依姑在拉各斯的生活状况就是非常典型的例证。沿海城市拉各斯是英国的殖民地，道登认为，拉各斯这座烟雾弥漫的城市作为通往西方社会的门户，是具有象征意义的，其中埃默切塔的人物仿佛被抛入愤怒而喧嚣的蒸锅，而各种资本力量的竞争使得人类为生存而挣扎抢夺（4939）。努·依姑在拉各斯的时候必须努力让收支相抵，但是同时还生出更多的孩子。

　　埃默切塔的小说显示出，很多伊博族家庭为了生存都被迫居住在尼日利亚城市边缘地带的棚户区，而他们的生活也是凄凉而沮丧的。在拉各斯，家庭的联系与团结很多时候都因为"为白人工作的原因"而丧失，导致埃默切塔笔下的母亲和孩子们独自在贫困线以下苦苦求存（Emecheta, 1982：52）。埃默切塔的叙事所关注的就是在这种资本驱使的社会秩序中，非洲女性如何挣扎求存。母亲和孩子们为求生存而成为在当地市场售卖香烟和其他物件的生意人，他们同时也意识到："这是个男人的世界，女孩子的存在就是为换取新娘的价钱而为男性支付学费，而通过接受教育而提升自己的前景深深吸引着男人们"（127）。努·依姑和她营养不良的孩子们生活在贫困和肮脏的环境中，遭受着殖民者的资本主义经济和伊博族性别歧视的双重压迫。伊博族社会中的男性非但是享有特权的，还因为他们的性别而备受尊崇，而埃默切塔的女性人物透视出伊博族母亲的生活状况，表现出女性如何在父权制的社会中求得情感、精神和经济方面的生存。埃默切塔的刻画体现出，这种摩尼教的性别二元对立和母亲身份构建是对女性的潜能和自我实现的禁锢和压抑。

　　非洲女性是如何应对这种恶劣的生存环境的，道登在观察当代拉各斯的生存模式后将其视为一个未解之谜，即当今贫困和边缘化的群体如何能够生存：

　　　　其秘密在于数以百万计的网络、个人关系、家庭联系、民族忠诚、学校兄弟会、教会联系以及许多其他未记录在册的非正式组织的信任纽带，这些都是他们能够生存的秘密。忘记政府和正式的组织吧。保证尼日利亚正常运行的是社会、政治和经济联系的矩阵，它们确保大多数人得到食物和住所。（Dowden，2008：4949 – 4951）

埃默切塔深刻地刻画出这种非正式的女性纽带，这些"朝圣的姐妹们"总是在相互帮助（Emecheta，1982：53）。伊布扎母亲们每月一次的聚会"对努·依姑的帮助很大"，给予她力量，并且指导她"如何开始自己的生意"（52）。拉各斯传统非洲女性的非政府组织帮助这些无助的母亲们筹集资金，使得她们能够开始自己的小规模生意，而埃默切塔则记录下这些历史的篇章。阿博塞德（George A. Abosede）曾经在文章中提到，女性对市场活动的参与"从历史的角度来看完全是由女性们控制和调节的空间，她们组织起来进行商品的买卖，传播消息，总体来说形成自己的共同体"（2007：128）。女性们基于市场的行动主义帮助她们在殖民语境中得以生存，并且能够保持自己的传统空间和经济地位。阿博塞德同时也指出，"市场女性们的政治基于她们对传统的女性授权的要求，并且维护该授权免受殖民地国家阴谋的损害"（128）。

努·依姑的女性朋友们构建起以市场为基础的关系网，让她"能够从女性基金中借到 5 先令"，由此她可以"买几罐香烟和几包火柴"（Emecheta，1982：52）。关系网中的朋友向她建议说，"她应该花 1 先令 6 便士买下 12 盒的一箱，然后每盒卖 2 便士，这样每一箱就可以获利 6 便士"（52）。努·依姑随后做出的买卖计划显示出，她并不是被动的受害者，而是通过售卖柴火和非法香烟的方式来赚钱"买衣服和各种舒适用品，也负担孩子们的学费"（53）。有时在晚上这些妇女们也会在亚当大街（Adam Street）的房屋前架起摊位，摆上自己的商品，这样一个小型的市场也在紧邻她们生活区的地方建立起来（113），"伊亚沃·伊塞基里（Iyawo Itsekiri）已经开始在玻璃柜中卖猪肉，隔壁院子的一个妇女拿出一个装满面包的大托盘"（113）。埃默切塔小说中所描写的女性共同体内部的相互帮助与麦克林托克的观点不谋而合，后者提出，"女性是有力量的，女性也会反抗，她们并不是沉默而被动的受害者。但是反抗的效果和潜能在不同的社会时刻会体现为不同的形式，并且被

当时的客观条件所塑造"（McClintock，1995：291）。这些坚强的伊博族传统
女性坚持着持久而有效的反抗行为，反抗传统伊博族女性因为她们母亲的身
份而遭受的错位和剥夺。

　　对小说《为母之乐》的解读能够对女性力量和能动性进行动态的社会
定位。克里希南指出："女性们被禁止拥有财产，政治权利也很大程度上屈从
于男性，但是她们却通过控制生存经济、贸易和家庭的方式来获得相当大的
权利"（Krishnan，2012：3）。而她们争取权利的方式也常常是通过非洲女性
的姐妹情谊（Sisterhood）。女权主义批评家奥耶罗克·奥耶乌米（Oyeronke
Oyewumi）推崇女性之间的团结精神（Solidarity）和姐妹情谊，强调女性应该
互帮互助，而非彼此为难。但是同时她也提出：

　　　　姐妹情谊和女权主义同样需要理论化，虽然该概念的起源是与具体
　　的文化相联系，但是它的应用却是跨文化和全世界的。如果它能够真正
　　跨越国界的话，那它会被赋予如何的意义。它应该或者能够蕴含相同的
　　含义吗？因为它本身是浸透着具体的文化想象和历史背景的。姐妹情谊
　　含义的改变取决于一系列的因素，那么它的跨文化应用究竟具有如何的暗
　　示……相关的问题还包括，白人女性使用姐妹情谊所描述的理想的关系是
　　否与其他女性使用该词汇时所期待的关系相同？（Oyewumi，2001：3）

　　奥耶乌米在论述中暗示出，姐妹情谊为白人女性所独有，而非洲女性则更
加注重为母的身份，然而她在以文化差异区分黑人和白人两个种族的过程中还
是稍显轻率。在非洲姐妹情谊的概念是如此重要以至于它能够扎根传统大家
庭，并且超越家庭的界限而体现在女性的交往过程中，同时它也体现为友谊
的一种形式。小说中的努·依姑在家庭生活和社会交往中都能够感受到姐妹
情谊的存在，无论是在她第一个丈夫的家里还是在伊布扎，都有很多妇女同
情她因为孩子的遭遇和困境。埃默切塔写道："努·依姑与阿玛通武（Ama-
tonwu）家中的妻子们保持着友好的关系，年轻的妻子并没有把她的新生儿据
为己有，而是让年长的妻子努·依姑和她共同照料他"（Emecheta，1982：

33）。努·依姑虽然没有孩子，但是并没有遭到其他妻子的奚落和虐待，她被视为第一个妻子而受到尊重。年轻的妻子给她机会共同抚养和照顾孩子。后来努·依姑离开伊布扎而来到拉各斯，但是她仍然坚持以往的拒绝关怀和友谊的生活方式。努·依姑再婚嫁给纳菲，同时也再次被成群的女人包围，她们试图传授给她生存之道。她们借钱给她做生意，并且教她如何发家致富。她们意识到，一个没有经济基础的女性是无法获得自由的。她们也试图告诉努·依姑，一位母亲无论多么宠爱孩子，如果她没有能力养育他，她都不是一位合格的母亲。努·依姑接受女人们的忠告后便致力赚钱，同时也改善自己的生活。

在伊布扎村庄所代表的旧世界中，男人将他们的妻子传奇化和浪漫化，女人们通过耕种的方式供养她们的家庭，以情感维系的家庭纽带坚实而强韧，家庭财富充足丰厚。而拉各斯所代表的新世界中的生活却是令人困惑而疲惫。人们缺乏传统大家庭的支撑，农民也不再拥有和耕种土地，妇女们必须从事买卖和交易来维持生计。正是由于她们的努力，非洲的家庭也能够得以延续，而尼日利亚也得以运行，这也是非洲女性创造的经济奇迹。

小　结

在 20 世纪 70 年代逐渐兴起的非洲女性文学创作旨在消除当时充斥着非洲文学的对非洲女性身份的误解。女权主义的践行者着力呈现，她们的写作和行动与非洲的语境相关，而并非刻意模仿西方女权主义。女权主义的激进运动和成熟思想都要求社会的积极变革，由此女性不再被边缘化，而是在生活的各个层面都被视为完整的公民。通常来说人种学文献都会"描述特定历史时刻的人类"（Ngara，1985：46），而布奇·埃默切塔的《为母之乐》也能够体现出伊博族的母亲如何积极地反抗父权和资本的势力、为母身份的阈限空间以及波动起伏的性别界限。书中提供的个体女性的故事和非洲女性人种学文献能够为理论家、人种学家和社会活动家提供丰富的历史背景方面的素材。《为母之乐》中的努·依姑有时未能做出明智的选择，但这并非非洲女性所独有的特性，也无法说明传统非洲社会通过压迫和剥削其女性的方式得以生存繁衍。正如小说显示的那样，其他非洲女性能够做出正确的选择。非洲大陆与其女性的动态关系使得压迫者和被压迫者这种简单化的区分无法成立。如果当前的文学研究致力于非洲女性的社会现实，那么其研究者就必须意识到这种现实的复杂性。小说同时也体现出多个世纪以来的父权制度造成的各种认知、态度和行为对伊博族母亲的严重伤害，但是同时也赋予她们对抗贫困、迫害和性别歧视的能动性。很多对埃默切塔小说中母亲形象的研究都重点突出父权政治的力量，以及由此而造成的对女性的迫害。但是本书认为伊博族的母亲并非社会历史语境中被动的受害者，而是努力成为社会改变和政治公正的历史动因，是身体力行地反抗性别歧视和为母身份所导致的贫困。

第二节 《饥饿之路》中的非洲神话传统

英国黑人作家本·奥克瑞以小说《饥饿之路》获得1991年的布克奖，是迄今获得该奖项最年轻的族裔作者。小说的主人公是一个自由来往于人间和冥界的灵童阿左若（Azaro），后来他因为母亲饱受苦难的脸而动容，决定背弃跟幽灵同伴的誓约而就此驻留人间，忍受生命的残酷和人世的冷漠。一方面鬼魂们经常出现，竭力把他诱回到百忧皆消的幽灵世界；另一方面深爱他的父母纵然一贫如洗，也要拼命留住他的生命。小说一经出版便获得好评如潮，作者奥克瑞也借此蜚声文坛。

布伦达·库珀在《西非小说中的魔幻现实主义》（*Magical Realism in West African Fiction*）中提出，本·奥克瑞的《饥饿之路》是后殖民时期非洲魔幻现实主义的代表（1998：71）。奥克瑞在小说中借助神话、仪式和尼日利亚传统的美学实践，构想出现实和幻想的完美融合，因此魔幻现实主义的标签对他的小说来说也是未尝不可。然而，起源拉丁美洲的魔幻现实主义难免具有其特定的历史和地理语境（Erickson，1995：428），同时在魔幻现实主义的叙事中总是存在理性的经验世界和非理性的超自然世界之间的对照和对立（440），这些特点都不符合奥克瑞作品的叙事风格。更重要的是，魔幻现实主义的概念因为其无所不包的特点而模糊掉自身的边界，又因为研究者们的众说纷纭而无法确定其内涵，以至于最终沦为一个苍白的符号。因此单纯的魔幻现实主义的称呼无法突出小说《饥饿之路》的特色和作者奥克瑞的匠心。并且奥克瑞的小说也与马尔克斯（Gabriel Gárcia Márquez）和拉什迪（Salman Rushdie）的魔幻现实主义截然不同，后两者习惯借用讽喻的方式来表现作品的历史关注（Mathuray，2009：115），而奥克瑞作品的主要特征就是使用大量的细节描述来凸显作品的模仿和指示特性（Faris，1995：164）。

奥克瑞在《饥饿之路》中采用经典现实主义的笔法描写灵童（abiku）阿左若和他父母亲的艰辛生活。他们一家三口以周围的邻居和同姓氏的大家庭为背景形成独立的叙事核心，他们日常生活的困窘、艰辛和绝望也跃然纸上。爸爸每天从事货物装卸的繁重劳动，沉重的货物几乎压断他的脊梁；妈妈每天辛苦地兜售粗制的陶瓷器皿，贫苦和绝望让她处在自杀的边缘。腐败政客们的随从和走狗砸毁妈妈在市场的店铺，也因为爸爸支持穷人政党（Party of the Poor）而不断刁难他；同时他们一家还接连受到房主的骚扰。这部小说呈现出尼日利亚民族独立前夕的历史变革以及新的政治形式的萌芽和发展，这些都是社会现实主义手法的体现。

然而《饥饿之路》中社会现实主义手法也时常被其中的宗教和神话描述所打断，幽灵和神灵的描写使得可见和不可见、自然和超自然之间的壁垒被打破。爸爸在现实的世界中拳打鬼魂，在梦境中对抗幽灵。阿左若作为在现实和幽灵世界的夹缝中流亡的存在，需要不断地反抗自己的幽灵同伴们，从而避免被再次召唤到幽灵的世界。因此小说中多重世界构建的基础来自宇宙的神话论和万物有灵论，体现出宇宙万物相互联结的观点。乌龟在非洲的神话中作为知识和智慧的原型而存在，它在故事中告诉妈妈说，所有的事物都是相互联结的（Okri，1991：483）。小说中普通人日常生活的现实主义呈现和梦境世界中的挣扎能够做到无缝衔接，奥克瑞也没有试图为读者呈现出一个双重的世界，而只是一个单一的世界，其中的存在都置身于物质和精神的复杂关系当中。

由此可见，单纯的魔幻现实主义的标签已经无法解释和界定小说中复杂的文本现象，而奥克瑞的欧洲经历和非裔背景决定他会在现实和神话两个世界进行无缝的衔接和融合。他的非洲血脉决定他无法在写作中严格遵从和贯彻欧洲的经典现实主义风格。最新的非洲人类学研究展示出巫术等魔幻行为与权力之间的关系，魔幻非但与部分非洲社会的正常运行关系密切，并且它适应现代转型的速度和策略也是令人震惊的（Geschiere，1997：2）。有些观点甚至认为，魔幻的实践和巫术的话语在非洲国家的构建过程中是不可或缺的，非洲资本主义的兴起和民主的到来将产生更多而非更少的魔幻。非洲文学中的魔幻和神话被视为反抗西方文化垄断的手段，并且与后殖民和后现代时期的文化共同体相契合，在审美生产中被赋予特殊的地位。

由此，经典现实主义在非洲文学中的接受和实践就显得有些举步维艰。西方现实主义小说的兴起被视为以文学的方式表达资产阶级的形成，世俗主义、理性主义和经验主义等哲学范式的主导，以及科学代替宗教作为主要阐释模式的转变。然而很多政治理论家注意到，后殖民早期的社会阶级分化导致非洲国家无法出现占据统治地位的中产阶级，由此神话的思想和仪式的实践在非洲治国理政中的影响持久。这种社会现实与作为一种历史—文学范畴的现实主义形成直接的冲突（Quayson，1997：147）。实际上很多指示性质的非洲小说都显示出现实主义呈现方面的不足，例如在阿切比的《神箭》（*Arrow of God*，1964）中，神灵的介入让文本的现实主义画风发生突变，现实主义模式也为神话叙事所代替（156）。因此诸如阿奇贝和恩古吉（Ngugi Wa Thiong'o）等非洲作者都以传统的现实主义模式开始他们的创作生涯，其后则转向非现实的小说策略。一方面，这种转向可以归结于非洲本土信仰的依附，例如对自然和超自然现象的动物视角阐释、对祖先和灵魂的信仰，以及对仪式在社会过程中调节作用的强调等。另一方面，该转向也试图呈现后殖民地时期的非洲变幻不定的政治现实。由此，欧洲的经典现实主义似乎是非洲艺术中无法实现的历史工程。

奥克瑞的族裔背景决定他无法在非洲的神话叙事和欧洲的现实主义之间做到非此即彼的泾渭分明，英国文学传统的影响导致他对经典现实主义拥有特殊的情感，他也和其他非裔英国作者同样在创作初期以现实白描的方式表达他们初到英国的不适。但是同时他也感到现实主义手法的缺陷和不足，因此他曾经在采访中说道：

> 每个人的现实都是迷信的，这是你们都无法回避的简单的事实。……我的传统中很重要的一部分就是我们不相信死去的人会真正死去。……我们相信，当人们死去的时候他们会去另外一个世界。……这是一种新的向往和新的发现，它正慢慢占据着对现实刻薄描述的旧专制。那些对现实和人类的线性的、科学的、禁锢的、严密的、刻薄的描写令我们越来越不满。我们想要更多，因为我们感到我们内心拥有更多。我们需要仪式、启蒙和意识的超越。……只是我们在一直前行的时候把它们忘记了。……现在我们应该通过复原这些东西的完满、丰富的和隐藏的维度来疗愈人类的精神。这就是我在我的小说中所竭力达成的——正如我所说的那样，来恢复这个王国。(Okri's Interview at International Writers Center, Washington University, 转引自 Ogunsanwo, 1995：40)。

很显然奥克瑞发现，传统的现实主义方法对生活的呈现是具有严重缺陷的，同时他也相信想象的叙事能够恢复人类精神的"完满、丰富和隐藏的维度"。这也是他在小说《饥饿之路》中所要试图达成的目标，小说展示出叙事维度的多重性与多元文化的交叉性，也是典型的欧洲现实主义和非洲神话叙事的完美融合。

一 灵童阿左若

《饥饿之路》以尼日利亚约鲁巴文化中的"阿比库"(abiku) 神话为核心意象，由于尼日利亚的大部分地区还保持着原始而传统的生活方式，恶劣的生活环境和落后医疗条件导致婴儿的死亡率较高，那些夭折的婴孩在约鲁巴文化中会转化成婴孩幽灵。而这些婴孩幽灵在幽灵国王的命令下会继续投胎到人间，又再次在未成年的情况下突然夭折，成为反反复复转世的婴孩，这就是"灵童阿比库"的神话传说。并且阿比库们在投胎前都已经在冥界商量妥当，一旦投胎到人世就会尽快脱离人间的苦海，重新回到幽灵的世界中。

于是，阿比库就这样循环往返于幽灵的世界和人类的世界。灵童的神话来自非洲约鲁巴的民间传说和口头叙事文学传统，后来非洲作家约翰·佩柏·克拉克（John Pepper Clark）和沃莱·索因卡（Wole Soyinka）也将该神话进行诗歌再创作，而奥克瑞也将灵童的神话作为他小说的主题。灵童出生的目的就是再次死亡而回到灵魂的世界，并且为他的父母带来深重的痛苦。

灵童神话作为小说《饥饿之路》所演绎的主题具有深刻的社会和文化内涵。虽然小说中并非所有事件都是通过有限的单一视角所透视的，但是其最主要的叙事行为却是以灵童阿左若的感知为媒介而开展的，尤其是他作为主人公和叙述者的"私人情感、动机和经历"。小亨利·路易斯·盖茨（Henry Louis Gates, Jr.）在 1992 年 6 月 28 日的《纽约时报书评》（The New York Times Book Review）上以半是哀悼半是规劝的语气对该小说做出评价：

> 虽然该小说有幸在当代非洲文学领域中扮演着始祖的角色，但是很少有作者愿意去挑战传统现实主义小说的极限，这种形式承袭自欧洲。……在这个文学创新的时代，边界是用来被跨越的，惯例是用来被挑战的。所以毫无疑问非洲和非裔小说家会将西方的文学传统与浸润着强大的非洲口头文学和神话叙事的书写模式相融合。（转引自 McCabe, 2005：3）

奥克瑞的确也实现了将西方和非洲的文学传统相结合的目标，由此他所刻画出的灵童既有别于约鲁巴的民间故事，也不同于克拉克和索因卡的诗歌。索因卡和克拉克的灵童诗歌采取一种咒语般的语调，由此试图捕捉仪式的安抚功能和本质。在索因卡和克拉克的诗中，灵童的本质都是残暴的，诗人恳求灵童同情可怜那个因为关心他而心烦意乱的母亲，不要跨过门槛离家而去。但是奥克瑞的灵童却迥然不同，他因为对母亲真挚的情感而决定留在父母身边，他也因为自己的决定而遭受幽灵同伴们施加的巨大压力。小说的主要情节都是关于阿左若为留在父母身边而与幽灵同伴展开的殊死斗争，他的同伴锲而不舍地迫使他回到幽灵界，而阿左若的父母却无法理解他的经历和遭遇，只是将他的行为视为招惹是非，甚至是恶意无情。尽管如此，他的父母也无法做好失去他的准备，因为他毕竟是他们唯一的孩子。

《饥饿之路》对灵童的演绎与非洲的传统神话也是截然不同的，前者故事发生的场景尤为独特。在法古纳瓦（Daniel Olorunfemi Fagunwa）和阿摩斯·图图奥拉（Amos Tutuola）的作品中，灵童的神话都发生在邪恶的暗黑丛林，这也是传统的灵童神话发生的场所，"这里是混乱的家园，很多没有名字和历史的幽灵在此出没，他们奇形怪状且心思邪恶"（Tutuola & Thelwell, 1984：xvii）。幽灵和魔鬼的世界应该和崇尚稳定、道德和秩序的人类世界相互分离，神灵、祖先和人类在后者的世界中沟通和交流。因此在非洲传统的灵童神话中，两个世界是泾渭分明的。但是在《饥饿之路》中，现实的人类世界和神话的幽灵世界不分彼此，实际上这两个世界密不可分地交织起来，而阿左若也跨坐在两个世界之上，同时观察其中发生的事情。

在小说的前五卷，灵童的存在为奥克瑞提供特殊的叙述视角，使得他能够在爸爸和妈妈所在的肮脏的现实世界和灵魂所在的奇幻的幽灵世界之间自由地穿越。在小说的第六卷两个世界相互融合，故事中人物的行为在真实和幻觉的世界中无缝衔接，从而引发两个世界的合二为一。两个世界中上演的行为相互影响，而阿左若则观察人类和幽灵中同时发生的事件。在他的视界中同时存在他的爸爸和一个老女人，"爸爸握着一把刀站在我的床边。我听见一只白鸟的鸣叫。老女人在耀眼的镜子里放出金光，挥着武器冲向鬼魂，砍下他的一个脑袋。爸爸紧攥着白母鸡，连翅膀、脚爪和头也不放过"（Okri, 1991：338）。在阿左若病得奄奄一息的时候，他的爸爸和一个老女人再次同时停留在他的房间里，两个人的行为非常相似，行动也非常一致，"爸爸割断母鸡的喉咙。老女人砍下鬼魂的最后一个脑袋。鬼魂在木舟里做着徒劳的挣扎，母鸡则在爸爸手中抽搐不已"（339）。奥克瑞在此借助阿左若的视角将非洲的神话叙事和欧洲的现实主义整合到一个单一的世界却毫无突兀之感，也正如他自己所说，"每个人的现实都是迷信的"，而每个人的迷信也都是现实的，两者实则相辅相成。

随着小说情节的发展，阿左若也不再满足于旁观者的身份，而是参与到包含他的父母和幽灵同伴的单一世界，与他们同时发生互动。由此，小说的文本就能够避免真实世界的现实和其他现实之间的传统分界，也将事实和神话进行融合，就如同后现代主义文学在历史和虚构以及生活和艺术之间的跨界。阿左若存在于合二为一的单一世界中，并且发现他的父母邻居和幽灵同伴都是真实的。而在小说的过程中他也能够与人类和幽灵两者进行交流，而在很多时候这两种交流都是同时进行的。

> 因为爸爸什么也没有跟我说，他也没有试图触及我，甚至也没有试图和我笑一笑，所以我听到三头幽灵说，"你的父母对你很残忍，"他说："跟我来吧，你的伙伴们不顾一切地想要拥抱你，还有一场美妙的盛宴等着庆祝你回家。"……爸爸从他的椅子站起来，站在我的旁边，他沉重的呼吸像一阵狂风横扫我所穿行的世界。"不要飞走，"幽灵说："如果你飞走了，我不知道你会降落在哪里。这里有很多奇怪的东西会吞噬掉旅行者，也有很多幽灵食者和间隙空间的魔鬼。继续站在坚实的地面上。"爸爸咳嗽着，我被马路上的一个绿色凸起绊倒了。(326 - 327)

这段描写能够再现灵童和他的同伴幽灵之间的永恒的联系，他的同伴们也时刻准备利用阿左若和他父母之间紧张的关系将他召回。小说中阿左若、他的爸爸和三头幽灵在此时此地剑拔弩张，而读者也没有因为现实和神话的合二为一而感到任何不适。

一方面，小说中阿左若和他父母之间的互动还是具有鲜明的社会现实主义风格。作为一种艺术哲学的社会现实主义认为，艺术的首要功能是对特定社会中表现出来的各种态度和人际关系进行未有失真和曲解的分析、描绘与评价，以期由此引发积极的变化（Rieser，2007：237）。因此，社会现实主义的首要原则就是对生活进行真实的呈现。阿兰·洛克（Alain Locke）是社会现实主义的倡导者，但是他对那些过于细致和过于聚焦的现实主义还是心有存疑的。他提出，"任何小说都无法单凭勇气和真实性而成为伟大的作品"（Mason，2015：25），作者在关注现实主义小说的社会视野和准确程度的同时还应该关心它们的艺术渗透力和艺术投射力。洛克还认为，所有"种族小说"

的实践者都应该学会不再依赖他们题材固有的冲突性和悲剧性，而是将更多的关注投入写作风格上，只有风格才能使这种叙事展翅高歌（30）。这就意味着，即使是意识形态最正确且描写最真实的作品，如果没有伴以精良的文字和丰富的想象，也无法成为真正有价值的作品，而奥克瑞所采用的神话叙事就能够弥补单纯社会现实主义艺术审美方面的缺陷，增强作品的艺术感染力。

另一方面，小说的社会现实主义风格也没有使非洲的神话和民间故事黯然失色。奥克瑞绝非在小说中重新演绎非洲经典神话的首位非裔作者，他的前辈阿奇贝、恩古吉和索因卡在这方面都为他做出了很好的示范。阿奇贝的《瓦解》就因为其中丰富的非洲神话隐喻而饱受赞誉，"非洲神话被嵌入到小说当中，由此被占据主导地位的欧洲现实主义叙事模式所吸收和同化"（Ogunsanwo，1995：42）。其他评论也无意中显示出非洲神话的尴尬地位，"小说中占据主导地位的现实主义叙事模式是殖民主义留给非洲的遗产，而非洲神话则在主流叙事的边缘充当辅助的角色"（Obiechina，1993：126）。由此引发的担忧是，"非洲文学会被清洗掉所有的独特性和他异性之后被纳入欧洲文学经典当中"（Attridge，1992：232）。

然而在上述《饥饿之路》的段落中，欧洲小说的现实主义传统和非洲的民间故事以及神话叙事在相互竞争的同时也相互衬托。更加值得注意的是，这两种风格也没有简单地融合成单一的话语，即使它们相互融合的时候也各自特色鲜明。也就是说，两种叙事模式都没有被对方所同化，没有整齐划一的现象出现。两种叙事技巧没有形成对立的立场，两种文本也保持着平行的关系，共同对抗着中心对边缘的排斥。

这种非同化的效果才能够真正实现后殖民文学中"后"字的含义，象征着为非洲文学开辟出新的空间，并且重新界定欧洲现实主义和非洲神话叙事之间的关系。两者并置也能够挑战非洲文学对欧洲文学传统的借鉴和承袭方式，并且要求我们重新考虑和认知文学中的创新和主导的问题。也就是说，两种文学传统的并置意味着非洲和非裔作者在无须拒绝和抛弃欧洲现实主义传统的情况下也能够实现非洲文学的去殖民化。非洲神话叙事的中心化使其能够与欧洲的叙事模式并肩而立，两者进而也相互融合。两种文本相互穿插和融合，在相互彰显的同时也相互影响，同时也赋予小说话语间性。文学如此，民族国家也是如此。统治者和被统治者之间也存在着相互依附的关系，因此无论是帝国还是殖民地都无法在殖民统治之后回归原始的纯净状态。由此，奥克瑞的小说以现实主义的模式来书写非洲的神话叙事，恐怕也是作者的现实主义用意所在。

二　阿左若的父亲

阿左若决定放弃自己的本体矛盾性而永久停留在人类的世界，他的决定同时意味着他放弃自己作为故事叙述者的优势，并由此引发小说结构上的变化，随后爸爸成为小说叙事的核心。爸爸多次涉足被索因卡称为原始现实（primal reality）的幽灵界，他的冒险之旅同时也是政治化的过程。他在人类的现实世界中与各种鬼魂进行过具有象征意义的毁灭性的战斗后随即陷入昏迷的状态，他也由此开始在幽灵界战斗。就像所有的英雄之神（hero‑god），他在经历过幽灵界的深渊后获得重生，并且获得新的力量。他的重生是具有政治和历史隐喻的。爸爸经历过旅程、磨难、幸存以及个体净化的过程，而他的经历则完全契合非洲传统史诗的范式。索因卡提出，人类需要面对并且试图与自己生存环境中无可撼动的强大力量形成和谐的关系，而这种需要则是史诗产生的原因（Soyinka，1976：2）。这种强大的力量就如同未知的空白，需要人类挑战者周期性地挑战和打破，挑战者踏入原始现实，得胜归来后为人类社会带来全新的道德准则。原始现实并不意味着退化进潜意识的奇幻世界，相反它是理性世界观的本质化结果，它来自社会和自然经历的现实，来自种族神话和现实生活的融合（34）。虽然奥克瑞的小说借鉴非洲传统史诗的结构及其美学和政治策略，但是同时它也对之进行讽刺，与之保持距离。

爸爸首场战斗的对手是黄色美洲豹（Yellow Jaguar），这场拳击赛后来演变为象征着自然的力量的巨人和爸爸之间的斗争，“他像一阵旋风、一阵飓风、一阵龙卷风似的袭击爸爸”（Okri，1991：356）。“爸爸则借助一些简单的东西，他依靠水、土地、道路和其他柔软的东西”（357）。整个战斗是以史诗般的语言记录的，并且被描述为非凡而奇妙的事件。当爸爸从他的昏迷状态中苏醒并且经历过与绿色豹子（Green Leopard）的第二场战斗后，他的头脑中充满诸多"宏大的计划"（408）。他想参与尼日利亚民族独立之前的生机勃勃的政治生活，但是富人政党（Party of the Rich）和穷人政党所充斥的暴力和腐败，以及爸爸政治教育的缺乏最终导致他尝试的失败。他最终只是召集一群乞丐追随他。奥克瑞在故事中讽刺以爸爸为主人公的史诗的变革过程和社会功能，揭示出爸爸试图供养穷人以及尝试成为国家首脑的努力都以失败而告终，同时也讽刺他自诩的充满魅力的政治家姿态，爸爸将一只鸡给大家分食，同时也向大家宣布"今天将会发生一个奇迹"，暗指基督将鱼和面包给大家分食的场景（49–23）。奥克瑞通过文学隐喻暗示出，个体的一己之力无法撼动和改变尼日利亚国家积重难返的状况，同时也反映出作者对国家形势的失望和痛心。

其后，小说的叙事也从尼日利亚国家的范畴扩展到全世界的范围，展示出包容和开放的力量。作为爸爸最终的庇护所的"美好的领域和空间"也帮助他理解人类的历史以及全世界人民对正义的共同需要和渴望。他最终得以洞察世界范围内的人类的境遇，并且对自由概念的理解也能够超越尼日利亚和非洲的界限，将其视为全球普遍的需要。随后他终于挣脱这种内在真实的束缚，并且感到"他的双手得到恢复，他的精神变得更加敏锐，他的绝望无限扩大，他因为更加严重的疯狂而变成一个更加伟大的人"（497）。故事结局的时刻传递出的启示也是他所认识到的，"我们的道路必须是开放的，开放的道路才永远不会饥饿，陌生的时代正在到来"（497）。虽然这种表达似乎是直接来自新世纪精神（New Age manual）的手册，奥克瑞似乎在暗示，"饥饿的路"到"开放的路"的转变是通过恪守全世界范围内的普遍正义和自由的原则而实现的。虽然作者在故事的过程中以丰富而激昂的语言描述出阿左若逃避到想象中的幽灵界的诗意和美好，但是爸爸的史诗式的旅程才是小说表意的中心，其中的现实主义风格的话语传递出作品现实主义的关注和诉求。因此当爸爸暗示说他完成最终的转变，妈妈提醒他说，在他幻想飞行的过程中，"我们是饥饿和充满恐惧的"（500）。小说中的现实主义能够平衡和抵消阿左若和爸爸神秘和梦幻的飞行。因此在贫困、异化和动荡的社会历史现状面前，奥克瑞在质疑想象力的叙事功效以及想象力所促使的精神逃避。

巴赫金（Mikhail Bakhtin）主张将史诗和小说的写作策略进行区分。在巴赫金看来，非洲小说的前身应该是民间故事而非史诗（Bakhtin，1981：3 - 40）。然而 20 世纪六七十年代的非洲文学的根本目标并非肯定官方言论（official rhetoric）或者主流意识形态，而是如夏纳迪（Amaryll Chanady）所指出，"在新殖民主义的语境中强调文化特征和差异，以及身份构建和自我肯定"（1995：125 - 144）。奥克瑞在小说中通过描写阿左若在幽灵界的旅程以及爸爸史诗式的追寻而将非洲本土的美学实践及其社会功能进行融合。因此《饥饿的路》一方面有别于沃莱·索因卡和阿摩斯·图图奥拉的史诗和神话；另一方面小说对于国家和民族问题的呈现也不同于索因卡，阿切比和恩古吉等人的作品。阿切比和索因卡在他们的政治构想中体现出民族主义者的特征，恩古吉则愿意通过动员和发动群众的方式来构建民族文化身份。奥克瑞所恪守的民族主义主张却认为，应该在世界主义的运动中获取民族救赎和复兴的机遇。他在《自由的方式》（*A Way of Being Free*）中提出，应该在人类有记录和没有记录的历史上，构建出真正意义上的普遍性的文明（Okri，1997：133）。

三 循环向前的时间

人类对时间的认知和研究由来已久，对死亡和有限的认知导致人类将时间视为不可逆和非重复的，而相互交替的自然现象则会产生循环的经历。从现代欧洲的视角来看，东方象征着永恒，即恒定不变的存在；而非洲则代表着无时间性，即没有时间的存在。有研究认为，欧洲的文字文化优于非洲的口头文化，并且认为东部非洲这个新帝国在欧洲人到来之前是没有时间概念的，这是一片没有历史痕迹的无主土地（Boehmer，1995：195）。欧洲殖民者将非洲贬斥为原始、荒谬和缺乏理性的，将殖民主义视为一项巨大的历史化工程，同时也为非洲带来线性而理性的现实主义时间和历史观念。然而时间的复杂性是远非线性和现实等词汇所能覆盖的，也有学者认识到欧洲现实主义时间观念的偏狭而将时间区分为周而复始的神话时间和线性向前的现实时间（Greenhouse，1996：20），他认为神话时间存在于非洲民间传说和宗教仪式之中，而现实时间则是线性同质且不可逆的（23）。循环时间和线性时间之间的对立正好对应着非洲殖民地的部落社会和西方现代世俗社会之间的差异，而无限循环的时间也被视为永恒。

《饥饿之路》中鲜明的神话维度以及随之而来的循环时间使得库珀将小说中的政治原动力斥为保守的。她认为，小说中的"历史和政治被一种普遍而反复的贪婪的循环所控制，其中神话的再现预示着真正的改变毫无可能"（Cooper，1998：91）。她还提出，奥克瑞对历史的宗教形式的重写是从历史的时间线性的角度构思，并且考虑到历史重写与真实历史事件之间的关系，其结果即是小说本身的自相矛盾，因为呈现出的旅程既是无效的循环也是通向新目的地的道路（99）。这些评论是基于对神话和仪式的普遍错误假设及其与历史现实关系的错误理解，认为神话和仪式是非历史和永恒的（Cezair-Thompson，1996：35），并且无限循环的性质阻碍着它们改变的可能性。《饥饿之路》中循环式的重现的确是无处不在的，以至于似乎排除掉情节线性向前的可能性。奥克瑞写道："外面，循环重现的风温柔地吹拂着大地"（Okri，1991：71）。作者将注意力集中到诸多行为的重复，例如酒吧里的服务员无数次地打扫和清洗行为以及客人们接连不断地饮尽杯中酒的场景等，同时也关注到很多情节的重现，例如阿左若家中的聚会多次循环往复地从庆祝转变为混乱。但实际上奥克瑞是通过源自非洲文化的隐喻来展示循环和线性并存的历史观。奥克瑞提醒我们说，他的路并不是索因卡的神话之路，"我的路是完全不同的，我的路是一种方式。这条路有意带你从一个地方去往另一个地方，踏上通向目的地的旅程"（interview with Wilkinson，1992：83）。这是一段包含着运动和改变的循环旅程，奥克瑞呈现给读者的是一种非洲的神话时间和欧洲的现实主义时间相融合的场景，其中的历史通过多个循环的方式而向前发展。小说的主要场景之一就是寇朵大婶（Madame Koto）的酒吧，它坐落在森林的边缘，成为幽灵们进出的门户。在约鲁巴的口头文学传统中，"森林和丛林是灵魂、鬼怪和魔鬼等居住的地方，只有最强有力的猎人和英雄才能在那里得以存活"（Apter，1992：175）。寇朵大婶的酒吧中发生的很多事件在小说中都得以细致的描写，酒客们时常在酒吧中肆意打砸，一夜狂欢最终以一片混乱而收场。酒吧似乎总是陷入"从破坏到修整再到破坏"的无尽的循环。

但是酒吧同时也朝着马路的方向门户大开，迎进象征文明进步的电和汽车，以及腐败的新政客。酒吧和寇朵大婶都在发生改变，以前的幽灵顾客被如今的普通人所取代，后者又因为新政客和他们的追随者而被排挤出门。昔日农村的酒吧如今已经发展成为电灯照明的现代化妓院，提供的也是啤酒而非棕榈酒。从前看似与普通人无异的寇朵大婶也因为支持富人政党而摇身变为当地首富。她进而在贪婪的驱使下又开始支持新兴的后殖民政治，为满足帝国主义扩张的需求而汲汲营营。这种线性和现实的运动与改变被镶嵌在神话的时间里，各种循环相互衔接，后来的循环包含且取代了先前的。阿左若在酒吧里突然意识到，他们"处在过去和未来相接的地带，一个新的循环已经开始"（Okri，1991：220）。在这个循环里"将会产生新的力量来满足时代的需要"（496）。文中"过去和未来相接的地带"意味着两个连续事件之间的关系，其中每个事件都会对相邻事件以及所有事件的连贯性产生影响。酒吧中客人的变化、酒水的更换以及寇朵大婶的改变看似是简单的相互替代，实则是相互影响中的更迭。事件之间的互动关系是双向的，由此所有的事件在稳步向前的同时也会回溯和反思，加芬克尔（Harold Garfinkel）认为这是一种自反式的前进模式（Rawls，2005：168）。这种前进模式也暗合着循环时间的特点，暗示着小说中的重复中包含着改变，人类和世界都在无数的循环相互交替中稳步向前。因此，循环式的神话时间蕴含着加芬克尔的时间观念，认为时间是一种社会建构，它并非独立于社会和历史语境的线性存在，而是发展中相互作用的各部分之间的本构关系（constitutive relationship）（165）。由此，小说中欧洲现实主义时间观念和非洲神话时间的同时存在是非常必要的，后者能够丰富前者的意义和内涵。

再者，小说的中心意象"饥饿之路"本身就含蓄地反对政治和哲学上无休止的循环和重现。故事源自奥贡州（Ogun）的约鲁巴神话，故事中贪婪无度的路王在吃掉所有东西后竟然开始攻击并吞噬自己。从心理分析的视角来看，"吞噬"的行为意味着身份的认同感，而自我吞噬就是纯粹的自恋表现，被自我的形象所完全控制。索因卡将奥贡描述为万路之王，脖颈上缠绕着一条吞噬自己尾巴的蛇来象征着重复的厄运（Soyinka，1976：88）。这条路也成为小说《饥饿之路》的核心意象而反复出现，书中阿左若一次在通往幽灵界的旅途中偶遇一些奇怪的生灵在筑路。引诱他回到幽灵界的三头灵魂向导告诉他说，这些生灵们已经在此修路长达两千多年，他们将永远不会完工。这条路是"一件艺术品，甚至是一座神殿，它的美无以言表"（Okri，1991：329）。这是象征着西方文明和进步的神话之路，但是这条路也因为给尼日利亚带来殖民主义和现代化的负面影响而遭到批判。为给修路提供便利，幽灵们的住所都被毁坏，"灌木丛被烧毁，茂盛的青草被割除，树桩被连根拔起"（137）。但是幽灵们发起攻击，召唤出暴风骤雨将这条现代化进步之路冲击成它原来的样子，"一条充满污泥的小溪，一条河流"（286）。从道路到污泥的回归颠覆掉西方的线性发展规律。

但这并不是路的最终结局，奥克瑞在小说结尾处对路做出进一步的描述和规划。阿左若的祖父曾经是路神的牧师，他给阿左若讲过路王的故事。他也在小说的结局处通过梦境的方式向人类传达这条饥饿之路的最终方向："我的妻子和儿子，你们听我说。我在沉睡期间看到过许许多多奇妙的东西。我的祖先也教会我很多哲学。我的父亲道路祭司出现在我的面前，告诫我务必把门打开。我的心必须打开，我的生命必须打开，我们的路也必须打开。一条打开的路永远都不会饥饿。奇异的时光就要到来"（497）。

小说的结局暗示出，书中的饥饿之路也会打破无限循环的怪圈而最终通向奇异的未来，而不是再次陷入泥潭。小说中路的循环向前也预示着国家和民族的循环向前。奥克瑞通过小说的结局暗示说，淫浸着鲜血和暴力的饥饿之路应该被象征着知识和智慧的神话之路所取代，这条神话之路是开放的，会指向全球化的普遍正义与和平。由此小说中的饥饿之路也在无限的神话式循环中迈向现实主义的前方。阿左若也最终明白生存的意义，他决定不再返回冥界而要留在人间那条饥饿的道路上坚强地奔走，在人类的世界中继续成长，并且接受即将来临的各种挑战。由此他的生命也结束无限的循环往复而指向未来。

奥克瑞也随即将作为灵童的知识、智慧以及其他的恩惠赋予另外一个名叫阿德（Ade）的孩子。阿德对阿左若说，我们的国家就是一个灵童式的国家，它像灵童那样始终来来去去。也许有一天它会决定留下，会变得强壮（478）。奥克瑞将出生、死亡和重生的轮回以及灵童对生存的排斥联系到尼日利亚对未来的毫无准备和优柔寡断，它对存在与当下心怀恐惧，从而导致自己陷入无休止的绝望的怪圈。阿左若非常排斥自己作为灵童的阈限存在，因此决定留下来。"我是一个反抗灵魂的灵童，想要过着地球上充满矛盾的生活。我想要充满限制的自由，想要拥有、发现和创造不同于这条道路的全新的道路，因为这条道路充满饥饿，这条道路意味着我们对存在的拒绝"（487）。奥克瑞将非洲神话叙事中灵童和路的隐喻的矛盾属性化为对尼日利亚民族国家的政治批判，他的美学构想也是为突出作品的政治隐喻。阿左若最终决定留下，选择"地球上的生活和矛盾"（487），他的决定也通过隐喻的方式暗示着后殖民时期尼日利亚民族国家的未来和新生。奥克瑞最终以神话叙事和现实主义相结合的方式为尼日利亚民族国家指出一条通向未来的道路，这也许就是饥饿之路的现实主义内涵。

小　结

奥克瑞在小说《饥饿之路》中超越传统现实主义小说的风格限制而采取更加全面的方式来呈现非洲生活的现实，同时也对尼日利亚文学经典中的非洲神话进行重新演绎。评论界在讨论奥克瑞前两部小说的时候曾经有观点认为，"他塑造敏锐的小说人物的方法和技巧"偏离了尼日利亚小说创作的传统，由此认为奥克瑞是一位现代主义的小说家（Nnolim，1992：175）。而在《饥饿之路》中，奥克瑞则在展示传统现实主义小说的中心性和主导性的同时也加强边缘化的非洲神话叙事和民间故事的中心地位，由此赋予两种叙事模式同样的关注。阿皮亚（Kwame Anthony Appiah）曾经说过，"接受殖民教育的一代沉浸于殖民者的文学，而这种文学则在反映和传播帝国主义的思想"（1992：55），并且通过强调欧洲中心意识形态中心化地位的方式将非洲的文学和文化传统湮灭在欧洲文化之中，从而噤声。奥克瑞则试图在小说中借助欧洲现实主义传统将殖民教育去殖民化，从而为非洲的神话叙事开辟出新的空间，也对尼日利亚民族国家的未来寄予厚望。

第三章　20世纪80年代的身份构建

斯图亚特·霍尔在《文化身份的问题》（"The Question of Cultural Identity"）中提出，后现代时期的主体是历史意义上的，而非生物意义上的，它的结构随着社会、文化和政治的改变而改变（Hall，1996b：274－277）。霍尔将身份观念历史化，而这种历史化的身份观在后现代时期也表现出非稳定和多变化的特点。而英国的民族认同却反其道而行之，英国对其民族身份的同质性、连续性和稳定性的强调让诸多黑人移民感到遭受排挤和排斥。英国作为一个民族国家之所以对英国性反复强调是因为共同的国家身份在国家的政治统一中起着至关重要的合法化作用，同时，召唤共同的根源和共同的性格是产生忠诚和服从的主要工具之一，也是思想动员的主要原则。民族国家也随即成为其公民获得共同体的归属感和群体身份认同的最主要源泉。然而民族国家的本质是具有矛盾性的。其中的民族是与种族和文化相联系的，尤尔根·哈贝马斯（Jürgen Habermas，1998：397－416）认为，民族从起源来说是拥有共同的血统和文化的共同体。然而研究（Rhoodie & Liebenberg，1994：1－5）却显示，在全世界所有的国家中只有百分之十的国家是基于种族同质化而形成的，而在其他国家中作为政治共同体的国家和作为文化共同体的民族是缺乏一致性的。为了符合真正的民族国家的特点，同时也为成功地行使行政和立法权力，对同质国家的治理通常涉及压制共同体中的少数群体从而实现文化和政治的统一。哈贝马斯（1998：397－416）曾经谈道，衡量一个民族认同的健康与否，就是看组成这个民族国家的各个民族在何种程度上愿意将其狭隘的认同融入超民族认同当中。然而在现实的生活当中，这种一致同意的例子是很难找到的。

也就是说，种族或者文化群体通常情况下不会愿意牺牲自己的独特性和独特身份来从属一个民族国家。由此国家建设的战略就是追求在异质状态下的"一个国家，一个民族"（Bauman，1998）。因此现如今普遍认可的观点为，民族身份认同并非自然的或者前政治的（prepolitical），它们是社会文化的构建，由此才会出现"想象共同体"（imagined communities）的概念（McCarthy，1999：175－208）。国家建构通常意味着对其公民的多样性的否定，在国家建构的视角下，公民们语言、文化和宗教方面的差异被视为尚未完全灭绝的历史遗迹，并且通常与落后和愚昧相联系。而启蒙和进步就意味着放弃种族、文化和宗教方面的多样性和独特性，从而实现共同体或者国家层面上的同一性（Bauman，1998）。

英国黑人也面临着同化和归属相互矛盾的问题，他们在意识层面渴望在英国的归属感，而在无意识层面也会抵制主流社会的同化。由此他们便会构建起抵抗身份、文化身份等身份形式，以共同体的形式追溯共同的历史以求得生存和发展空间。卡斯泰尔认为，被统治的逻辑所污名化的黑人移民构建"抵抗身份"（resistance identity），由此产生有别于或者对抗于现存社会制度的原则，并在此基础上构建起抵抗和生存的壕沟（1997：89）。抵抗身份帮助确认非裔移民的文化生产，让他们不再对自己的黑色感到羞耻。黑人移民也不再尝试通过否定黑色的方式来消除孤立的感觉，相反，他们逐渐意识到自己在文化和历史方面的独特性，并为此感到骄傲。卡斯泰尔（1997：9）提出，抵抗身份的构建是用来反抗主流的意识形态，是"被排斥者对排斥者的排斥"，"抵抗身份会促进共同体的形成，以集体的形式反抗无法忍受的压迫，而抵抗身份通常是由历史、地理或者生物特征所界定，由此将抵抗的边界本质化"。抵抗身份的主要目的就是创造一种黑人生活的体验，从而在不同的黑人群体中形成团结感以减少种族主义造成的隔阂和疏远。

英国黑人在以抵抗身份彰显出自我独特性后又以文化身份将自身的存在合理化，而文化身份的概念则来自斯图亚特·霍尔。霍尔在研究身份的独特后提出身份结构的争议性。身份认同的概念同时包含反认同的内涵，以反抗社会强加的身份认同及其所代表的意义和价值。由此斯图亚特·霍尔认为，身份并非如我们想象的那样毫无问题，与其把身份视为一个已经完成的事实，不如把它视为一个永远无法结束的生产过程，一种在表现之内而非之外构建的产物（1994：392）。为探究他所谓的身份的问题属性，霍尔具体规定出两种类型的文化身份，即集体身份和个体身份。集体文化身份是"共同拥有的文化，是集体的真实自我，隐藏在许多其他更肤浅或人为强加的自我当中，为拥有共同的历史和祖先的群体所共有"（393）。霍尔认为，集体文化身份的构建的目的是对抗种族主义：

> 文化身份就是构建起防御性的集体身份来对抗种族主义社会，事实上有色群体也许会被排斥在主流社会以外，在身份构建和身份认同方面遭到拒绝，由此他们需要找寻自己所凭借的根源。因为人们总是需要一些立足的空间、场所和位置。当他们被排斥到英格兰或者英国身份以外后，他们需要知道自己是谁，这就是重新发现和寻根的关键时刻。（Hall，2000：144-153）

英国黑人文化身份的构建会受到英国经历的影响。英国黑人移民虽然拥有不同的历史和种族背景，但是他们共同经历着英国社会的排斥和歧视，以及由此引发的痛苦、仇恨、愤怒和疏离。由此黑色的概念成为移民经历的主要特征，而所有黑人移民应该通过增强群体意识和构建共同体的方式来抵抗压迫，抵制剥削。保罗·吉尔罗伊强调共同体作为构建黑人身份的前提时说道，共同体并不意味着一种独特的政治意识形态，而是意味着日常生活中一套特定的价值和规范：互惠、合作、认同与共生。对黑色的英国来说，所有的这些都集中意味着避免和改变各种形式的从属和等级，由此避免种族主义的产生（Gilroy，1994：414）。黑人移民对身份的渴求会促使共同体的产生，并由此唤醒奴隶制度和殖民主义的记忆。吉尔罗伊也多次强调历史记忆和共同体之间的关系，因为历史能够帮助他们恢复被殖民主义所压制的独特的民族文化。因为历史和文化记忆的帮助，非洲加勒比的黑人移民构建起共同体以对抗英国社会的种族主义，他们不再是英国社会上殖民主义和种族主义发展的受害者，而是能够构建起独特的黑人文化身份。

　　黑人移民的文化记忆包括很多内容，而诺丁山嘉年华（Notting Hill Carnival）就是其中之一。嘉年华被研究者视为对英国社会的种族主义敌意的有力回应，作为加勒比文化的重要组成部分也成为黑人移民团结和对抗的象征（Dawson，2006：64）。此外特色鲜明的黑人音乐也是他们表达怨恨、愤怒和沮丧的手段，而黑人的传统歌谣和音乐也是非洲口头文化的重要组成部分。同时，非洲的民间故事、神话传说和宗教仪式也能够成为共同体凝聚的力量和纽带。英国社会的场所和经历也是黑人移民身份构建的重要参照，布里克斯顿暴乱对黑人身份斗争起到关键作用。黑人移民首次决心采取行动抵抗压迫和种族主义，布里克斯顿骚乱将英国的关注吸引到内城区黑人移民的生存境况，因此该事件象征着黑人移民在英国社会生存的转折点，他们也由此开始书写自己的历史。

　　黑人移民所构建的文化身份蕴含着他们共同的历史和文化，反映出他们对英国社会中种族压迫以及文化排斥的痛恨。这种集体文化身份继而形成一种非裔特色的流散文化。而流散文化的力量既来自他们日常经历中所蕴含的当前社会和文化环境，也来自非洲加勒比的传统文化。最终这种全新的流散文化成为远离故乡的非裔移民的自我表达。英国黑人移民的身份构建和归属寻求问题也是英国黑人小说所描写和记录的核心问题，本章所讨论的问题就是移民二代（和三代）在对抗英国社会的种族歧视的同时也积极进行身份探讨和构建的过程。伯纳丁·埃瓦雷斯托的半自传体小说中的主人公拉拉是典型的黑人移民二代，她在为同化的梦想蒙蔽双眼而认为自己是英国人的时候，她的同伴却向她提出"你从哪里来"的问题。身份的危机促使她踏上寻根的旅程，而她最后也能在英国的经历和非洲的传统之间求得平衡。拉拉的经历和解决问题的途径是多数英国黑人移民的亲身经历，因此非常具有代表性和典型性。而杰琪·凯小说《小号》中的穆迪所面临的问题更加复杂，并且由此显示出黑人移民身份构建中种族和阶级以外的因素。故事中的穆迪是拥有男性的身份却囿于女性的身体的黑人音乐家，因此他和埃瓦雷斯托的小说《爱人同志》（*Mr Loverman*，2005）的主人公都需要在身份构建的过程中掺杂备受争议的性别因素。穆迪的身份构建相对复杂且具有非典型性，但是充分体现出后现代时期身份问题的复杂性和多元化，也体现出身份构建的新趋势。

第一节　《拉拉》中的种族忧郁症和身份构建

伯纳丁·埃瓦雷斯托是出生在伦敦的英国黑人小说家，她的父亲是尼日利亚人而母亲是英国人。她本人非常博学而多产，作品包括小说、诗歌、诗体小说、短篇小说、散文、文学批评和戏剧等。她的作品多是关注非裔流散者在英国的生存状态和身份构建，涉及的主题包括审美、历史和性别争议等。迄今为止她创作生涯的巅峰时刻当属 2019 年和加拿大著名作家玛格丽特·阿特伍德（Margaret Atwood）共同获得布克奖。她的半自传体小说《拉拉》（2009 年版）基于她自己的童年和家庭生活，小说的主人公拉拉是一个混血女孩，在六七十年代在伦敦白色聚居的郊区伍尔维奇（Woolwich）出生和成长。她的爸爸塔伊沃（Taiwo）来自尼日利亚，妈妈艾伦（Ellen）是有德国血统的英国人。他们顶着艾伦家庭的压力和反对在 20 世纪 50 年代结婚，并且在 10 年中生出 8 个孩子。拉拉是家中的第四个孩子，我们目睹着她备受压抑的童年和矛盾重重的成年，跟随着她从伦敦到尼日利亚再到巴西的寻根之旅，也见证着她逐渐认知自我和构建身份的过程。小说追溯到 150 年之前的历史，在三大洲和七代人中间找寻拉拉的祖先。故事中的爱尔兰天主教徒终于摆脱艰难困苦的乡村生活而成为英国社会的中产阶级；德国移民为在 19 世纪的英国得以脱贫致富而开始新的生活；骄傲的约鲁巴人在巴西被奴役，在殖民地尼日利亚重获自由，最后在战后的伦敦开始充满希望的生活。小说《拉拉》就是探究和探讨这些流散者的生活和经历，以及他们苦苦挣扎寻求包容和接受的过程。

小说《拉拉》主要关注出生在英国的黑人移民后代（本书讨论过程中不对黑人移民二代和三代做以区分，对代际的讨论仅限于区分埃瓦雷斯托小说中呈现的父辈移民和英国出生的移民后代，后者统称为移民二代），从种族和代际的视角探讨他们的归属问题，当属新世纪英国黑人小说的代表。20 世纪

90 年代后期的英国黑人小说相对于早期的族裔叙事来说在主题和叙述声音方面都发生了改变。多米尼克·海德（Dominic Head）在讨论小说《白牙》时说，英国黑人主人公不再像塞尔文和奈保尔（V. S. Naipaul）小说中脆弱而困顿的人物那样，因为无根的状态而深感无力，他们能够成功地商榷自己的归属问题，因此后殖民身份和民族融入等诸多复杂的问题也逐渐找到了解决方式（2003：107 - 108）。马克·斯坦在分析多部 20 世纪 90 年代以后的英国黑人小说后将其界定为成长式英国黑人小说，并且指出这些小说不仅关注到主人公的身份构建和英国社会的文化改变，同时还着眼于流散的移民一代和英国出生的移民二代之间激烈的代际冲突（Stein，2004：29）。《拉拉》中的归属危机促使主人公踏上寻根的旅程，这也许意味着小说将会遵循成长式小说的叙述轨迹。新的一代通常会被想象为改变和美好未来的象征，而《拉拉》也被视为"成长式小说的创新形式，并且具有引发变革的潜力"（23）。

然而，英国黑人小说如果遵循成长的模式就会将英国二代移民的身份构建界定为同化和代际割裂的过程。英国社会有色移民的同化意味着他们须将放弃自己的特质而接受主流文化的洗礼，因此同化的过程即涉及弗洛伊德所谓的丧失（loss）。剥落成长式小说的伪外衣，埃瓦雷斯托在小说《拉拉》中抒发出种族歧视引发的伤痛以及而后的归属感丧失，由此引发忧郁症的讨论。同时她的小说也涉及英国黑人移民和他们的后代所经历和面临的各种丧失，这种丧失是具有后殖民和后帝国色彩的。《拉拉》中的忧郁症有别于弗洛伊德理论中作为临床症状的忧郁症，而是一种文化理念，"一种去病态化的情感结构"（Eng & Han，2003：344）。

弗洛伊德在《哀悼和忧郁》（"Mourning and Melancholia"）提出，忧郁症是对丧失徒劳的依恋和执着，而哀悼则是因为能够放弃丧失客体（lost object）而成功地克服障碍（Freud，2000：292）。他认为，哀悼的过程中世界变得贫乏和空虚，而忧郁症会导致自我的贫乏和空虚（248）。忧郁症因此暗示着无尽的自我枯竭境况，然而弗洛伊德同时也将忧郁症描述为一种消耗，从而赋予自我枯竭的过程以自我滋养的功能。"自我希望吸收爱的客体；在同类相食的阶段，自我所采取的方法就是将客体吞噬"（250）。也就是说，忧郁症主体将吞食掉丧失的客体。因此，"忧郁症主体必须否认客体的丧失，从而来维持占有的神话；同时忧郁症主体也必须确保丧失的客体从此去而不返"（Cheng，2000：9），从而保持住其吞噬后的占有。正因如此，"忧郁症主体与客体之间的关系就并非单纯的爱和留恋，同时还有深刻的怨恨"（9）。郑安玲（Anne Anlin Cheng）认为，忧郁症主体与客体之间这种既排斥又包含的关系可以用来描述英美等移民国家的种族关系，"白人对有色移民这种既吸收又排斥的态度构成白人种族忧郁症的基础"（10）。郑安玲进而提出，遭受种族歧视的有色群体将对这种矛盾的态度做出忧郁的回应，并由此形成被歧视主体的种族忧郁症，他们既是忧郁症的主体，也是忧郁症的客体；既是丧失的客体，也是经历丧失的主体（17）。因此，种族忧郁症对于遭受种族歧视的主体来说"既是排斥的象征，也是对抗排斥的心理策略"（20）。被歧视的有色群体将主流文化中的歧视和压迫进行内化，并非单纯意味着顺从和挫败，而是意味着他们以新的方式思考主观能动性（21），意味着他们能够以忧郁症的方式来对抗白人群体的种族忧郁症。

本章根据前述种族忧郁症的观点来讨论埃瓦雷斯托《拉拉》中的岌岌可危的归属感、忧郁的情怀以及无法消除的自我排斥。小说人物经历的无归属感是拥有和丧失之间概念，它作为一种辩证的过程暗示着主人公在霸权主义的归属感和自我意义上的归属感之间的挣扎和商榷。埃瓦雷斯托小说中的无归属感并不意味着忧郁症所导致的无力感致使主人公无法解决文化和个体冲突，而是意味着忧郁症所引发的责任感激励主人公拒绝将无归属感的状态作为自我身份认同问题的解决方式。

一　白皮肤的丧失与忧郁症

《拉拉》的主人公在 20 世纪 70 年代成长在英国白人居多的南部伦敦郊区伍尔维奇，她的母亲是英国人，父亲是尼日利亚人。拉拉作为二代黑人移民没有直接受到流散经历的影响，也自认为没有像她的父母那样被边缘化。因此拉拉相比她的父辈就更加珍视英国的归属感，也更加看重同化的梦想。在她看来，相同或者相似的外貌特征是同化的标志，因此她对同化的向往也随即转化为对白人外貌的渴望。在当今英国社会，"有色人种被主流文化所同化意味着他们要接受一系列占据主导地位的范式和理念——白皮肤、异性恋、中产阶级的家庭价值观——这些通常也是他们所无法企及的"（Eng & Han，2003：344）。拉拉因为同化的渴望而将白皮肤作为自己的梦想，同时她也希望能够拥有白人女孩苏西的丰满嘴唇，完美长腿和金色头发。"我的魔鬼，我的爱/将我褐色的皮肤淡化成魔力芭杜（Bardot）一样的颜色"（Evaristo，2009：123）。想象中的白皮肤金发女郎的形象最终让拉拉感到安心，她也将伍尔维奇当成自己的家。她感觉自己已经被同化到白人的世界，并且按照中产阶级的标准改变着自己的行为举止、穿着打扮，甚至是情感喜好。

当拉拉陷入同化的梦想无法自拔时，她同校的朋友苏西一日再次提出她曾多次面对的问题，让她终于正视自己的肤色，感受自己的不同，并且由此引发她身份和归属危机：

> "拉拉，你从哪里来？"一天午休时候在操场上，苏西突然问道。
>
> "伍尔维奇。"
>
> "别犯傻，你知道的，原来你来自哪里？"
>
> "如果你真的非要知道，实际上我出生在埃尔瑟姆。"
>
> "我爸爸说你一定是来自牙买加"，苏西坚持说。
>
> "我不是牙买加人，我是英国人！"
>
> "那你为什么是有色的？"（65）

苏西的问题"你从哪里来"时刻提醒着拉拉她在英国的无归属感，因为英国性是与白皮肤相依相随的。肤色问题就好像一个严厉的监督机制，警醒着拉拉她并非真正的英国人，也切忌肖想将英国视为自己的家园。此时的拉拉就如同托妮·莫里森的《最蓝的眼睛》中黑人女孩，她们因为"永远无法实现的完美而经历着想象的丧失"（Cheng，2000：17）。拉拉白皮肤梦想的破灭当属一种范式的丧失，"而范式的丧失——尤其是理想中的白皮肤的反复丧失——构建起忧郁的框架，将英国同化和种族化描述为一种相依相随的过程，两者相互抵触且相互融合，其结果悬而未决"（Eng & Han，2003：344）。从种族化的视角来看，拉拉的黑皮肤作为一个本质化的意象指向牙买加，"反映出种族主义思维的根本问题在于，它认为种族和出身同样永久而确定"（Ahmed，2008：97）。白皮肤的理想对英国有色群体来说是遥不可及的，因此同化的过程也由此矛盾重重且屡遭搁浅。

同化过程的悬而未决使同化的概念能够契合到种族忧郁症的框架当中。哀悼用来描述一种有限的过程；与此相反，忧郁症则勾勒出一种悬而未决的过程，该过程描述出有色群体坎坷的移民经历以及始终无法同化到英国民族结构（national fabric）中的悬置现状。这种暂缓的同化过程和无法融入的结果暗示着，对英国有色群体来说"白皮肤的理想始终是渐行渐远。它始终停留在无法企及的距离，既是引人注目的幻想也是失落已久的理想"（Eng & Han，2003：345）。因此拉拉因为苏西的诘问而正视自己的肤色，同时导致想象的白皮肤丧失是一种爱的丧失和理想的丧失。弗洛伊德早期的论述指出，忧郁症的病态主要体现在其无休无止的哀悼。忧郁症患者没有能力解决爱的客体的丧失所引发的冲突和矛盾，进而导致永无止境的伤痛。换言之，"忧郁症患者无法通过将情感投注到新的客体的方式来克服丧失的情绪或者解决丧失的问题"（345）。从该角度来说，拉拉想象的白皮肤的丧失将会使她陷入种族忧郁症的状态。

拉拉因为白皮肤的丧失而陷入忧郁症，该事件的引发者苏西在愧疚的同时也百般不解，因为在她的眼中拉拉"几乎就是白色的"，而这种似白非白的矛盾状态再次让拉拉陷入更加深刻的忧郁境地。苏西对拉拉执拗于肤色的态度感到非常困惑，"你看，我不是/故意伤害你，真的。我真的很抱歉。不管怎样，在我来看/你几乎就是白人，行吗？"（Evaristo，2009：119）苏西对拉拉肤色的评价"你几乎就是白人"完美契合霍米·巴巴"几乎是相同的，但是并非完全相同"的观点。霍米·巴巴在《关于模仿和人：殖民话语的矛盾性》（"Of Mimicry and Man：The Ambivalence of Colonial Discourse"）中提出，殖民政权迫使被殖民主体模仿白皮肤等西方理念，同时这种模仿也被斥为失败。巴巴写道："殖民模仿是对一个被改造过但仍然可以识别的他者的渴望，一个具有差异性的主体，几乎是相同的，但又并非完全相同。这就是说，模仿的语篇是围绕着矛盾性构建起来的；模仿必须始终制造出误差、不同和其他过度的行为从而达到预期的效果……几乎是相同的，但不是白色的"（Bhabha，1994：126，130）。埃瓦雷斯托在小说中也多次描述拉拉的肤色，都是在强调其肤色的似白非白、似黑非黑的模糊而矛盾的状态。拉拉在尼日利亚的时候，那时这里的孩子们对她喊着，"Oyinbo"（Evaristo，2009：104），这句非洲当地话是"白人"的意思，"Oyinbo！孩子们在拉拉的后面喊着。它的意思是/白人。塔伊沃告诉她"（156）。拉拉同化的梦想和对英国归属感的渴望逐渐模糊她的眼睛，让她无法区分浅褐色和白色之间的差异，也逐渐忽略自己与白人的差异。"拉拉·达·科斯塔跳下始发伍尔维奇的161路公交车，/肤色的差异只是模糊可辨，她没有意识到自己的不同，她的校服以及因为兴奋而叽叽喳喳的女孩子们变成她的保护色，她们的脸几乎是纯白的，红里透着粉"（115）。当她踏着晨光从公交车上走下来的时候也曾经因为青春和梦想的浓墨重彩而模糊掉皮肤的色差。

然而巴巴的殖民模仿的观点便能够揭示拉拉的肤色与她所渴望的白皮肤之间的差异，巴巴将同化的社会需要定位为模仿的殖民结构，他非但指出模仿行为的社会必要性，还指出其与生俱来且无法规避的失败的可能。"几乎是相同的，但是并非完全相同；几乎是相同的，但不是白色的"，双重的差异性导致模仿行为的矛盾性，并且由此导致其失败（Eng & Han，2003：349）。拉拉以同化的梦想为驱动所采取的模仿行为因为其矛盾性而以失败告终，因此她的朋友苏西才会质疑她的家乡。值得注意的是，巴巴分析中提到的矛盾性被弗洛伊德认为是忧郁症的界定特征。为描述矛盾性在忧郁症研究中的发展过程，弗洛伊德从物质范畴过渡到精神领域。他注意到，"由于矛盾性而产生的冲突有时来自真实的经历，有时则来自构想的因素，但都是忧郁症不可忽视的先决条件"（Freud，2000：251）。由此可见，拉拉在承受想象的白皮肤丧失而引发的忧郁症之后又因为肤色的矛盾性而陷入忧郁的困境。肤色引发的丧失导致拉拉同化梦想的破灭，进而陷入种族忧郁症的境地。她感到英国之大却无处是她的家园，"家。我曾经寻找过，但却无法找到。/屏幕上、广告牌上、书上、杂志上都没有"（Evaristo，2009：123）。她同时也对"我是谁"的问题产生怀疑，"来到屋顶，在寂静的天空下，我渴望/一个意象，一个故事，来谈论我，/来描述我，让我完整地诞生。/我生活在我的皮肤里，但是哪一个呢？"（123）。这种丧失所引发的必然是自我排斥，因此她对自己的归属感产生怀疑的同时也对自己的身份产生困惑。

二　丧失的代际传递与忧郁症

成长式小说中二代的成长和成熟多以代际冲突为背景，以代际断裂为代价，而《拉拉》中作者则将两代移民的生活和经历进行并置，并且勾勒出父辈移民的创伤经历和梦想丧失，同时揭示出丧失的代际传递及其对二代移民身份和归属的影响。诸多讨论英国黑人文学的主题转变和代际交替的文章中都会强调一代移民的负面形象，他们处在边缘化的地位且经历着深重的归属危机。萨拉·艾哈迈德（Sara Ahmed）在讨论英国政治、电影和媒体中的忧郁的移民形象时指出，"忧郁的移民对曾经的伤害的执拗不仅成为他们自己幸福的障碍，也会成为他们的后代甚至整个民族的幸福的障碍"（2008：133）。埃瓦雷斯托在小说中讨论该问题时则故意模糊代际区别，不但描述忧郁的移民一代的流散经历，还呈现在英国出生的移民二代因为代际传递而面临的紧张而危急的归属状况。

《拉拉》在触及英国出生的移民二代之前首先构建其父辈的移民经历，特别是他们20世纪50年代在英国所经历的种族歧视。拉拉的父亲塔伊沃是尼日利亚人，他初到英国时也曾经怀有同化的期待和中产阶级梦想，渴望着与中产阶级相匹配的优渥生活。塔伊沃"排斥自己的生活状况，渴望拥有自己的/妻子、孩子和家庭，渴望步入中产阶级"（Evaristo，2009：52）。然而伦敦生活的残酷现实导致塔伊沃伤痕累累，他也因为肤色和际遇的原因而无法实现他的中产阶级梦想。由此可见，以塔伊沃为代表的一代移民也曾经经历过梦想的丧失，他虽然从来没有向妻儿表达出自己的伤痛和愤怒，但是他所背负的"隐形的伤痕"总是隐隐作痛。"生活就像一个没有裁判和奖赏的拳击赛场。/我需要不断维护自己在英伦群岛上存在的权利。我对此已经厌倦，那些隐形的挫伤让我如此痛苦"（104）。"如果一代移民遭受的丧失无法在同化的过程中得以哀悼和解决——如果力比多没有通过转移到新的目标、新的共同体或者新的理想的方式而得到恢复——该情况中产生的种族忧郁症会传递到移民二代"（Eng & Han，2003：353）。由此，父辈同化希望的破灭和中产阶级梦想的落空也会传递给子女，种族忧郁症也将被重新引发。

　　塔伊沃的梦想以失败而告终，他没能在伦敦获得期望的生活，也潜意识地将这种梦想的丧失传递给拉拉，以期被她所接受，由她去弥补。虽然塔伊沃从未对自己的后代讲述过受辱的经历或创伤的故事，但是"他未能复原的隐形的创伤"（insidious trauma）（郭先进，2017：77）和未能化解的种族忧郁症始终渗透在他对待子女的严苛方式中。他不允许拉拉与想象中的"爸爸的家人们"（Daddy People）（Evaristo，2009：48）交谈，并且对她的错误严加惩罚。"'别打他们，塔伊沃'，埃伦抱怨道。她太过温和。/我不会这样。我知道如何养大我的孩子。/这是一个严酷的、严酷的世界。他们应该做好准备。/也就是说，我必须把绳索举给他们看"（105）。塔伊沃的负面情绪和观点都来自他未能得以哀悼的丧失以及由此而成的种族忧郁症，而埃瓦雷斯托也并非将移民一代视为迷惘的一代而弃之不顾。小说没有将父女之间的关系简单地界定为代际冲突和断裂，而是努力地呈现父辈们的创伤历史，并且以此为线索来解读主人公与过去以及父母之间复杂的关系，以及他们现在的自我定位。埃瓦雷斯托在小说中对一代移民创伤经历重新想象和构建，由此解释"一代移民曾经遭受过的、暂且未能解决的丧失是如何传递给英国出生的移民二代"（Eng & Han，2003：352），并且影响到他们的生活和归属，从而显示丧失的代际传递。小说将拉拉的出生描述为"混乱的、仓促的和戏剧化的"（43）场面，同样预示着她父母的历史在她生命中的纠缠。《拉拉》中作者将过去和现在以及父辈和子辈进行并置，父辈的经历象征着复杂过去的见证，弥漫和笼罩着现在。由此拉拉才会说："我因为妈妈的忧郁症而绝望，我无能为力。/她站在那里，像个俄罗斯娃娃，向下凝视着黑暗的街道。/我的爱就像浸泡在漂白剂中的毛巾，太长了，它撕碎/变成我自己的碎片，然后慢慢地分解。/我看见我自己在那里，等待着，一个来自过去的鬼魂，/用我忧郁的面孔缠扰着未来的孩子们"（Evaristo，2009：132）。虽然拉拉的父母对自己曾经的丧失闭口不谈，但是拉拉仍然能够感到他们的忧郁症蔓延在自己的生活当中。这些发生在她出生之前的历史及其种族和移民的语境让她的归属问题变得更加复杂，而她的父母所经历的丧失也在她的生命中得以延续，并且使她陷入种族忧郁症的状态。

三　忧郁的反抗与身份的构建

故事中拉拉的种族忧郁症的成因是双重的。首先她因为同化的梦想而对白皮肤产生执着，终因想象的白皮肤的丧失而陷入忧郁症的状态；再者她因为父辈中产阶级梦想的丧失以及丧失的代际传递而再次深陷忧郁症。我们会关注到忧郁症患者不惜代价而拒绝放弃他者或者放弃他异性的特点，弗洛伊德也因此认为，"客体的阴影会笼罩自我，爱的客体而非自我，占据主导地位"（Freud，2000：249）。而在种族忧郁症的描述中，"爱的客体对于自我来说是如此重要，以至于自我愿意以自身为代价来将其保留和维护……自我会以激进而好战的方式来挽回和维护业已丧失的爱的客体，并由此使爱的共同体成为可能"（Eng & Han，2003：364 - 366）。因此，社会上遭受歧视的客体，特别是种族和性别上处于弱势的他者，通过忧郁症的过程在精神领域挣扎和坚持。"这种行为来自自我反抗的态度，它展示出忧郁的自我以强硬的方式拒绝爱的客体消失和湮灭在遗忘当中。自我对即将逝去的客体的维护可以视为忧郁症自我的伦理坚持，相反哀悼者则缺乏这种伦理信仰"（364 - 365）。

拉拉所经历的丧失都源自她的非洲血统，她因为忧郁症而抗拒真爱之物的丧失，也就是抗拒其非洲血统和根源的丧失，她也由此踏上忧郁的寻根之旅。拉拉因为她的父亲决意断开代际传递的故事链而有时只能依靠旅途中的想象来构建自己的家族谱系，因此有些故事能够得到详尽的讲述，其他故事则与沉默产生共鸣。拉拉在想象中感到祖辈的魂灵萦绕不散，并且在想象中重拾与过去的联结。她重新构想出祖辈们在奴隶贸易时期和流散过程中的路线，从消失的故事和缺席的记忆客体中"制造记忆"，这种策略非常契合玛丽安·赫希（Marianne Hirsch）提出的"后记忆"（postmemory）的概念。赫希在研究大屠杀幸存者的后代时提出和发展此概念，她认为后记忆即二代的记忆，"是一种强大的记忆形式，因为它与所有记忆客体和来源之间的联系不是以回忆为媒介，而是以富有想象力的投入和创造为媒介"（1998：420）。在拉拉现实和隐喻的旅程中，家族历史的点滴也历历在目。拉拉的曾祖父莱昂纳多"出生在奴隶制度时期，遥远的一百多年前/是的，你的爷爷生来就是奴隶/被甘蔗种植园主费尔南德斯·达·科斯塔先生拥有"（Evaristo，2009：172）。后来拉拉的曾祖父遇见自己喜欢的姑娘乔安娜（Joana），之后他们的儿子格雷戈里奥（Gregorio）出生。莱昂纳多决定带着自己的儿子离开巴西的巴伊亚（Bahia）去非洲。拉拉的祖母季诺碧亚（Zenobia）是一个温和可爱的女人，"季诺碧亚像凤凰木一样可爱，/她脑袋里的话吱吱作响，就像蟋蟀一样扰人清静"（162）。拉拉的家族故事散落在漫长的奴隶制历史和殖民主义过去中，她以后记忆的方式将这些碎片拼凑起来。拼凑起来的故事随即成为聚集起来的力量，成为支持她探寻身份和归属的动力，帮助她解答"我从哪里来"的问题。小说的旅行是主人公寻找潜在的归属线索的探寻之旅，同时也是她自我构建的成长之旅。

　　拉拉的寻根之旅自然会经过她的祖先曾经旅居过的巴西，并且在这里产生多元文化的顿悟，"今天是圣枝主日。我在门后哼唱着，/目睹着一种文化和另一种文化完美地融合。/过去的已经过去，未来意味着变革。/船上的号角急切地召唤着我。我匆忙离开"（187）。因为这种多元文化的顿悟，拉拉对自我身份产生新的认识，从而能够自信地带着非洲的肤色和血统回到伦敦，走向未来。

　　　　我经过洗礼，决心将奴隶的历史从我的生命中删除，
　　　　以浓墨重彩将爸爸的家人们呈现在画布上。
　　　　深夜的噩梦让我大汗淋漓的时候，
　　　　他们的歌声会指引着我。
　　　　……
　　　　非洲是我身体里的小小萌芽。我会飞回尼日利亚，

一次又一次，兴奋地俯冲向一条曲曲折折的灯火。

琥珀色的灯火，象征着拉哥斯杂乱无章的活力。

是时候离开了。

回到伦敦，跨越国际时区。

我走出希思罗机场，走向我的未来。（188）

旅行归来的拉拉终于能够将自己非洲的历史和英国的未来加以融合，两者都是她生活中的重要组成部分。她自信地"以浓墨重彩将爸爸的家人们呈现在画布上"，说明她不会再因为同化的梦想而执着于白皮肤的丧失及其所代表的霸权主义的归属感；她的身体里存在着非洲的萌芽，并且由此与祖辈和父辈产生联结。她因为忧郁症对丧失之爱的执着而踏上寻根之旅，并且在山顶的教堂目睹"一种文化和另一种文化完美地融合"而产生顿悟，进而发现和认同多元文化的存在策略，并且完成自我的身份重构，也由此自信满满地走向未来。

四 寻根之旅与黑人种族历史

故事中拉拉的寻根之旅并不仅仅是她身份构建之旅和寻找归属之旅，因为她构建起的家族故事能够与奴隶制度暴力的历史相契合，她祖辈的流散路线也能够与奴隶贸易的航线相吻合。她祖先的历史透视出甘蔗种植园中苦难的劳作，诉说着数代人在中间通道的奴隶贸易和运输中的惨痛经历。拉拉出生的房屋叫作"Atlantico"，由此与"中间通道"形成暗恐式的联系。因此拉拉所经历的丧失和种族忧郁症并非个人行为，而是黑人移民作为群体的丧失和种族忧郁症。大卫·L. 英格（David L. Eng）和韩申熙（Shinhee Han）在文章中提出种族忧郁症的观点，认为"丧失的历史创伤无意识中从一代传递给下一代；忧郁症中经历的丧失通常是集体无意识的丧失。忧郁症并不仅是个体的经历，而是在社会群体的成员当中代际传递"（Eng & Han, 2003：354）。

埃瓦雷斯托在拉拉的故事中也尽量避免使叙事单纯关注主人公的个体发展，避免使故事中的归属问题变成一个私人问题或者一种个体行为，从而使故事与当前仍然产生影响的种族主义历史和现实相联结。利沙·洛维（Lisa Lowe）坚持反对"将遭受种族歧视的族裔群体的文化政治问题简化为移民一代和二代之间的代际斗争和私人化的家庭对立"（1996：63）。埃瓦雷斯托本人也曾经表达过类似的担忧：

> 曾经有评论家在《诗歌评论》（*Poetry Review*）上对我的小说《皇帝的宠儿》发表评论说，我通过探究英国黑人历史的方式来找寻自我认同感。我对此感到非常恼怒，因为对我来说它是有关英国历史的，是我们所有人的遗产，而并不仅是我的遗产。800年前存在于罗马不列颠（Roman Britain）的黑人是我们民族遗产的组成部分——这不是我在进行自我追寻，好像这是我个人的奥德赛式的长途之旅。……我对历史感兴趣——缺失的历史——这在一定程度上是我创作的原因。……我的确因为有些故事被排斥在民族叙事和欧洲叙述之外而体会到不公感和失落感。所以那是我更大的设想的组成部分——把它们都呈现出来。（Evaristo & Velickovic, 2010：204）

埃瓦雷斯托在小说中更加关注的是黑人移民作为群体在流散过程中的丧失及其所引发的种族忧郁症，因此无法将其简单化为主人公个体的身份构建和归属追寻。主人公在成长过程中经历的冲突和丧失都会直接或间接地导致忧郁症的现象，而她所体验的忧郁症则是英国黑人群体种族忧郁症的组成部分，她所重构的家族历史也是黑人移民的种族历史。

拉拉在旅途过程中将家族历史和种族历史完美契合的事例发生在非洲—巴西（Afro-Brasilero）博物馆。她在旅途中始终以重构先辈们的故事和历史为己任，但是当她抵达她父亲家族的祖籍萨尔瓦多时却感到强烈的迷失，因为她无法获得与自己出身相关的任何信息。于是她来到博物馆，希望找到她曾祖父或者其他先辈的线索、照片，或者贯有她父亲家族姓氏达·科斯塔（Da Costa）的任何事物。"进入非洲—巴西博物馆，我暗自希望/找到我的曾祖父或者曾祖母的线索或者照片，/我也许会立刻奇迹般地认出来"（Evaristo, 2009：

186）。但是博物馆的管理员告诉她，萨尔瓦多有成百上千个达·科斯塔的姓氏，也许还有其他的达·科斯塔姓氏散落在世界的各个角落。"'周围仍然有姓达·科斯塔的人吗？'我问管理员。/当然，数百人，几千人，成百上千人。/我离开这座激情之城，去往港口城市贝伦，/再也不知道应该寻找什么"（186）。这种答案对拉拉来说既是烦扰又是安抚。她父亲姓氏的起源无法在博物馆中找到线索，该姓氏也并不仅仅局限于拉拉的家族谱系，达·科斯塔这个姓氏超越了她的家族历史而融入萨尔瓦多的地方志之中，而萨尔瓦多作为19世纪奴隶运输的主要港口又成为非洲黑人历史的见证。

因此，拉拉在无法寻到自己家族谱系的线索而感到失落的同时也产生更加深刻的领悟，因为她家族的姓氏也是众多的奴隶制度遗产的姓氏之一。拉拉在追寻她家族史的同时也揭露出英国在尼日利亚的殖民历史和奴隶贸易历史。拉哥斯岛屿在1861年被英国占领，"运送甘蔗的船只，/奴隶制度遗产的姓氏：萨尔瓦多、卡多苏、罗伯托、/埃瓦雷斯托、德索萨、达西瓦、达·科斯塔"（161）。"达·科斯塔"是众多奴隶制度产生的姓氏之一，拉拉的家族史也是黑人奴隶历史的一部分。此时她"沉溺于悲哀的巨浪中，感觉到自己的个体性逐渐消失，进而融合进集体的苦难……她也由此与自己种族的真实命运紧密相连"（Nichanian，2003：117）。至此，拉拉将自己家族的历史完美地契合到黑人移民的种族历史之中，而她的忧郁症也汇集到黑人移民的种族忧郁症之中。大卫·L. 英格和韩申熙提出，种族忧郁症是具有政治和伦理内涵的，自我以强势的态度拒绝放弃爱的客体，这种强势的拒绝才能够催生出忧郁症的政治潜力（Eng & Han，2003：365）。因此，埃瓦雷斯托通过拉拉的家族故事与黑人奴隶历史相契合而呈现出"过去压迫的记忆和未来自由的承诺之间的紧张关系"，从而"使人们意识到构建现在的非正义的基础"（Durrant，2004：1）。她同时也将拉拉的种族忧郁症汇入非洲人们的种族忧郁症从而激发政治和伦理的力量，并且由此打破欧洲中心历史的主导叙事（master narrative）及其失忆症。她叙事中裸露的伤口及其引发的忧郁症展示出她对记忆和忘却以及官方历史和非官方历史之间的矛盾抱有持久的兴趣。

小 结

《拉拉》的主人公和所有的英国黑人移民同样面临着身份和归属的问题，她因为种族忧郁症的原因而踏上旅途来探究自己的身世和血统，并且通过指向记忆和过去的隐喻旅途来重返丧失的历史。拉拉在旅途的过程中经历着时间的往复，也始终尝试与过去产生联结，"对过去的重新阐释影响了当下的行动，也作用于对未来的期待"（刘智欢、杨金才，2016：51），由此民族、种族和帝国的历史在当下和未来的影响也得以呈现。主人公重走流散旅程的经历以及她重构沉默的历史的行为都会对当下产生影响，因此考比纳·莫瑟（Kobena Mercer）才会认为，流散是英国悬而未决的殖民历史的提醒者和残余物（1994：7）。小说《拉拉》呈现出民族、种族和帝国悬而未决的历史残留和遗骸，揭露出霸权主义的归属感的运作方式，其中的主人公并不仅仅期待在个体层面解决归属和身份问题，而是期待在黑人移民社会和文化可见度的语境中讨论归属感。

第二节 《小号》中的叙事认同与爵士乐身份

苏格兰桂冠诗人和英帝国勋章获得者（MBE）杰琪·凯拥有非同一般的生活经历，她在 1961 年出生于苏格兰爱丁堡，父亲来自尼日利亚，母亲则来自苏格兰。然而对于凯来说，在她人生中扮演着父母亲角色的却并不是她的亲生父母，而是在她还是婴儿时就收养她的白人夫妇，海伦和约翰·凯（Helen and John Kay），她真正的家人也是她的养父母以及同样被收养的哥哥麦克斯韦（Maxwell）。在凯被收养时，苏格兰西部还少见黑皮肤的身影出现，因此凯夫妇收养的这一对儿女也自然而然地引起白人社区的居民们的纷纷议论。不仅如此，凯在学校里也无法免受同学和老师种族歧视的行为困扰。所幸在父母的关怀与引导下，她并没有因为这些问题陷入自卑与怨世当中，而是逐渐学会接纳自己，为自己黑皮肤和苏格兰人的双重身份感到骄傲。这样与众不同的种族身份和经历也融入她日后的写作当中，身份认同及其影响成为她作品中非常关注的主题。在这些作品中，凯的思考并未局限于与众不同的身份可能带来的消极影响，而是通过对于平等信念的表达以及虚构人物的行为来告诉人们或启发读者去思考，应该用什么样的心态来看待和处理身份认同问题，以及要怎么做才能让社会向着平等的理想不断迈进。凯的写作风格融合近多种音乐体裁并受到多种方言的深刻影响，源自美国黑人音乐的爵士乐、布鲁斯音乐以及极富苏格兰传统特色的凯尔特音乐都是她重要的灵感来源，在凯的作品中都有非常明显的反映。她无拘无束的个性也在个人生活方式上有所体现，她与传统的保守观念背道而驰，公开自己的同性恋取向，并与女诗人卡罗尔·安·达菲（Carol Ann Duffy）保持约十五年的伴侣关系。而她生活中的两个重要因素都体现在她的小说《小号》中，小说以身份问题为核心，并且将音乐和饱受争议的同性爱情问题融入其中。

　　杰琪·凯于1998年出版首部小说《小号》，随即获得年度《英国卫报》小说奖和国际都柏林文学奖候选提名，成为西方著名的性别解放文本。《小号》的创作灵感来自爵士乐钢琴家比利·提普顿（Billy Tipton）的生平，提普顿是20世纪初出生在美国的一位女孩，却终生做男士装扮。杰琪·凯以此为蓝本，构想出名为乔斯·穆迪的苏格兰黑人小号手。虽然比利·提普顿生平对该部作品的影响清晰可见，但是《小号》与杰琪·凯其他作品之间的互文关系也是无法忽视的，她在多部作品中都将家族谱系的重构作为对抗恶劣生存环境的心理策略。艾莉森·拉姆斯登（Alison Lumsden）认为，《小号》与作者的剧作《两倍》（*Twice Over*，1989）极其相近，而彼时提普顿的死亡还没有引发公众的关注，自然也没有成为杰琪·凯创作的灵感（2000：87）。《两倍》的主人公科拉死后的灵魂仍然盘旋在她与家人和朋友曾经居住的地方，并且帮助他们摒弃所有偏见而构建她真实的人生。而《小号》的读者自然会在经历同样过程后构建起乔斯·穆迪的人生，小说中爵士乐在统领文化线索的同时也成为颠覆传统身份和对抗叙事认同的有效工具。詹妮特·金（Jeanette King）认为，爵士乐就其定义来说是需要即兴创作的，需要丢弃乐谱和先例，需要在现有曲调中推陈出新的能力，而非按部就班地沿用既定的角色和形式（2001：106－107）；而爵士乐的特点刚好契合故事中穆迪的身份构建过程。

一　《小号》中的叙事认同

1. 穆迪的传记身份

《小号》中穆迪男性身份所掩盖的女性躯体是故事中讨论的焦点，公众们在他死后对此惊天秘密既感到震惊和厌恶，同时也因为好奇而探究其中细节。人们对穆迪生平的关注为他的身份构建提供契机，也促使他传记身份的诞生。穆迪本身未曾出现在小说中，他的存在是通过作品中多元化的声音而重构的。而心理学研究则认为任何体验只有通过语言的构建才变得有意义，个体是通过话语来构建自我的。产生于此基础的叙事认同（narrative identity）概念认为，个体通过叙事来整合、内化他们的生活经历，从而形成自我身份认同和发展自我故事。叙事认同在重构过去的基础上想象未来，从而赋予个体生命以目标、意义和统一性。因此个体的生平叙事能够将情景记忆和未来目标进行整合，从而在当前的时空中创造出有关身份的连贯的叙述。个体通过叙事认同的方式向他者传达"我是谁和我将会是谁"等信息（McAdams，2013：233）。麦克亚当斯（Dan P. McAdams）同时也提出，生平叙事并不仅是过去的再现，而是具有定义的性质，他的观点将学界的目光引向传记研究（转引自 Bamberg，2011：13），而《小号》就是杰琪·凯对传记身份的文学注释。

　　穆迪的身份问题是众多参与者关注的焦点，参与到穆迪人生和身份重构的除了他的朋友和家人以外还有一位名叫索菲·斯通斯（Sophie Stones）的记者，她决心写出一部音乐家穆迪的耸人听闻的传记来揭露他的性别隐私，从而实现商业目的。她在写作的过程中无意于重现穆迪的声音和人生，而是着眼于寻找他生活中具有商业价值的信息来吸引冷漠却猎奇的读者，而传记读者对公众人物的私密形象更加感兴趣。同时，传记写作的传统也是更加关注私人和家庭层面的事件。塞缪尔·约翰逊（Samuel Johnson）认为，传记家的职责就是要忽略那些看似宏伟实则庸俗而空洞的表演和事件，而"将思考转移到家庭和私人层面，展现日常生活的细枝末节。……约翰逊试图证明传记关注家庭维度的合理性，他相信私生活中的伦理事例是习得道德戒律的最有效和最可靠手段"（转引自 McKeon，2008：339－340）。传统的传记家通过关注传主的私生活来展现他的性格特点和道德风貌，而斯通斯则是通过关注穆迪的隐私来揭露他变态堕落的人生。她费尽心机地搜罗穆迪鲜为人知的生活细节，具体包括穆迪作为女孩的童年生活、他作为男性的起居习惯、他的居所的详尽描述，以及他女扮男装以前的生活的揭秘解惑。同时她还搜集很多客观的资料来证实她写作视角的公正性和合法性，例如学校成绩单、获奖证书、照片甚至是私人信件。她决心"跟踪追捕他，我要追溯到他在格林诺克（Greenock）作为女孩子的生活，追溯到他作为约瑟芬·摩尔时的生活。乔西（Josey）、约瑟（Jose）、乔斯（Joss），但是他从哪里得来穆迪的名字？或者只是因为忧郁的蓝调（Moody blues）？我要写他的传记，我要讲他的故事，我要成为他的犹大"（Kay，1998：61－62）。按照约翰逊的思维方式，自我并非蕴含在其所承担的社会角色中，而是显现在社会角色的外表剥落后所显露的始终如一的品格中，或者说外部特殊性和内部普遍性之间的辩证关系使得自我成为普遍当中的独一无二（McKeon，2008：342）。斯通斯为穆迪做传的目的的确是要透过他公众形象的外在而揭露他内在的荒唐无度，她眼中穆迪的独一无二则体现在他的异装癖和性变态。斯通斯执拗于写出一部畅销书的狂热，因此对穆迪有关其人生的自我阐释视而不见，甚至还有意曲解从而达到保证销售的目的。

斯通斯在不择手段地搜集穆迪的生平隐私以外还试图诱导他身边的亲人和朋友披露他鲜为人知的隐私，而穆迪的养子科尔曼就是她诱惑的目标。她对科尔曼（Colman）访谈的目的就是要瓦解他与穆迪之间的情感纽带以及颠覆他的伦理观念，从而使他在盛怒之下讲出穆迪荒诞不经的隐私来吸引读者。斯通斯在收集齐有关穆迪生平的信息后也毫不犹豫地对其进行加工和篡改，在小说有关穆迪的传记的介绍部分，她就模仿科尔曼的声音描述他父亲的可怕和残暴。"当我 10 周前赶到陈放我父亲尸体的伦敦北部殡葬厅的时候，我发现我的父亲不是男人而是女人。如果我仅仅说我对此感到震惊，这语言显然不够强烈。……我简直无法相信，但是我却必须相信。女人身体的部分是所有人都能够看到的……"（Kay，1998：265－226）斯通斯对这种诱骗和篡改习以为常，并且对此辩解说："他说谎是吧？他的人生就是一个谎言。那么即使科尔曼把事情改变一点又有什么关系呢？他也会为此得到回报"（123）。因此在斯通斯的传记叙事中，生平的真实性更加取决于叙述的通畅连贯，而非传主的真实感悟和伦理观念。

由前述可见，传记家斯通斯采用搜集整理隐私素材和诱导式采访的方式写就穆迪的传记，也从叙事认同的角度将穆迪的身份定义为腐化堕落的性变态者。这种身份构建体现出，传记并非单纯对其叙述主体进行描述，而是对其进行定位，"社会文化的规约似乎总是或者已经将传主进行定位"（Bamberg，2011：10）。生平和叙事之间的紧密连接为叙事认同和传记叙事的研究提供广阔的视角，但是这种生命的追溯和回顾的方式也倾向于"重视反思中的人生而轻视生活中的人生"（14）。萨特韦尔（Crispin Sartwell）也就此提出疑问，传记中的生命是否真实具有传记家所赋予的目的和意义，传记叙事是否具有传记家所认定的连贯性和目的性（转引自 Bamberg，2011：14）。萨特韦尔认为传记作为叙事认同方式的最主要问题在于，生命中那些被感知和被经历的关键时刻只能通过与其他时刻相联系而获得意义和价值，所有的时刻只能叠加起来按照时间顺序组成有意义的故事情节。萨特韦尔认为，以这种方式构想的叙事非但无法赋予传主以生命的意义，还会阻碍传主从此时此地的生活中获得愉悦和快乐。传记叙事作为规范化的机器最终将会击垮传主。（14）萨特韦尔对传记作为叙事认同方式的担忧和顾虑主要来自传记家对写作素材的筛选和曲解，同时还因为传记写作规范化和标准化的范式无法还原传主真实的生活经历。而《小号》中斯通斯对穆迪传记的处理就并不仅仅是规范化的问题，她受商业利益的驱使而将穆迪妖魔化，从而构建出他性变态者的身份。因为她清楚地意识到，穆迪生平的重新解读成为畅销书需要满足的首要条件是，这部传记要成为备受责难的行为的典型。因此她在开始传记叙事的时候就兀自站在道德的制高点，从特权的视角审视和指点穆迪的人生。正如朱迪思·哈尔伯斯坦（Judith Halberstam）所说："如果分析的对象是离心的主体，那么这项传记工程总会在开始的时候赋予传记家道德特权，传记家首先必须说服自己她的生活是正常的、诚实的和无可挑剔的，然后才能讲述那些异装癖者和变性人的故事"（2000：73）。斯通斯将自诩的正常和诚实的人生与穆迪的荒诞和虚伪的经历相比对的行为再次证明萨特韦尔等研究者的担忧，生平经历和生平再现之间的联系总是很脆弱，并且只能依靠传记家的参与。也就是说，传主的存在有时竟然完全处在传记家的操纵之中。

2. 穆迪传记身份的伦理问题

索菲·斯通斯采用叙事认同策略构建出穆迪的身份，从而实现商业价值的行为是隐含伦理问题的，这种伦理问题首先体现在她违背了真实呈现的原则和传记家对传主的责任。叙事伦理（narrative ethics）的第二重含义为表现的伦理（representational ethics），涉及将生平转化为故事的过程，意指现实人物和书中角色之间细微却重要的差别以及自我呈现和自我为他者所呈现时存在的得失和风险（Newton，1995：18）。传记作为经历、记忆和事实的融合，其真实和虚构的界限很难泾渭分明，霍姆斯（Richard Holmes）认为，"传记家将自己的作品基于那些本质上不可靠的原始资料。记忆本身是充满谬误的，回忆录无可避免地充满偏见，书信则是倾向于它的阅读者……传记家总是要从这些虚构的和重新创作的材料中构建或者编排出貌似真实的模式"（17）。虽然传记的真实是具有构建性和主观性的，但是"生平叙事从伦理角度来说应该坚持非虚构性和历史事实性"（Wiesenthal，2006：64）。因此斯通斯作为传记家一方面需要满足读者有关可读性的期待，"另一方面也对传主负有责任，这就是传记书写中涉及的伦理问题"（Bank，2013：8）。另外，叙事的行为同时也构成斯通斯"作为主体面向他者的伦理性言说（Saying），而言说则强调语言与伦理的关系，是自我向他者履责的本质方式"（陈博，2018：101）。然而她却无视自己对穆迪的责任，而是利用他生平的新闻效应和读者们对传记性作品真实性约定俗成的信赖来突破伦理底线，同时诱导读者对故事中穆迪被压抑的性欲倒错产生认同来掩盖她叙事中涉及的伦理问题。

其次，斯通斯的虚假传记所产生的暴力后果给穆迪的家人带来诸多困扰，同时也引发传记写作的伦理危机。伦理概念在范畴上的模糊性让米德尔布鲁克（Wood Middlebrook）觉得，"无法对传记家的伦理行为提出很高的要求"（1996：124）。这番评说的起因是她所著的安妮·塞克斯顿（Anne Sexton）的传记所引发的争端，她在传记中使用塞克斯顿心理治疗期间的录音和其他私密材料，她信誓旦旦地说自己原本没想将其公之于众。她为自己辩解说：

> 死去的人无法拥有愿望，他们只有遗嘱，而遗嘱将会委托做决定的权力和责任。……我发现，利益相关各方都声称自己知晓死去的人的想法，并以此作为利己的策略。因此塞克斯顿对我使用何种素材——包括治疗的录音——的可能的态度在我看来就是毫无意义的问题，因为死去的人无法像活着的人那样被要求结合语境而做出判断。虽然无法和死去的人协商，他们也无法像活着的人那样因为自己经历的事情遭到披露而感到羞耻或者受到伤害。（127）

就这种观点而言，死者的意愿是无足轻重的，因为他们不会因为自己的秘密被揭露而受到任何影响，但是《小号》中杰琪·凯却突出强调传记叙事对那些被暴露在公众视线中的活着的人们的重要性，穆迪的家人正因为斯通斯的传记而遭受巨大的困扰。他的妻儿并不仅仅因为穆迪的自私行为而受到伤害，斯通斯即将出版的传记也让他们陷入恐惧。穆迪的妻子米莉感觉无法掌控自己的生活，"我的生活现在就是一部小说、一本打开的书。我深陷于书页当中，任何事情都有可能。我的生活就是任人攫取的"（Kay，1998：154）。她的现实因为丈夫的死亡而分崩离析，而现在她被迫参与重构的生活是她自己都无法识别和认同的。也就是说，她迫于斯通斯的意愿而要将自己从未参与的生平叙述合法化：

> 这完全是个阴谋，我需要一遍一遍地重复阅读她恶毒的语句来说服自己，这是真实的。乔斯活着的时候，生活从来没有这样，它是真实的。我们只是继续生活下去。自从他死后，所有事情都停止了，现实也停止了。"你会合作吗？"这对我来说是如此奇怪的想法：我要和一本有关我的生活的书合作，我要将自己移植到他们认为我曾经经历过的生活中。（153）

米莉痛苦而惶恐的状态能够反映出斯通斯的传记所引发的伦理危机，因为有的时候"讲述故事和揭露秘密的传记也是暴力行为，传记应该遵守伦理规范"（Halberstam，2000：61）。斯通斯有悖伦理的传记书写必定会遭到质疑和反抗，而第一个反抗者就是未曾出现在故事中的乔斯·穆迪。穆迪终其一生在社会规约中挣扎，反抗那些试图将他的身份固定在公序良俗范围之内的势力，因此他无法容忍自我身份的决定权旁落他人之手，并且这些麻木的他人无法与他产生共鸣和移情。而他对抗这种虚假的叙事认同的手段则是他所钟爱的爵士乐以及他与养子科尔曼之间的传承。

二 穆迪的爵士乐身份

1. 穆迪的爵士乐身份

爵士乐特有的即兴、杂合和流动的特点完全吻合穆迪对身份的要求，他首先借助爵士乐和小号的手段来跨越性别的障碍。自20世纪末期爵士乐被很多后现代评论家化用来表现多元文化和多种传统相互杂合的身份构建。西蒙·弗里思（Simon Frith）曾经主张以音乐作为隐喻来暗指身份的流动性以及这种流动性为主体带来的自由，"身份是易变的，是一个过程而非一件事情，一种化成而非一种存在。……我们的音乐经历——制作音乐和聆听音乐——可以诠释为'自我处在过程当中'的经历。音乐和身份都既是表演，又是故事，描述个体中的社会因素，社会中的个体因素，身体中的灵魂和灵魂中的身体"（1996：109）。弗里思的观点不但说明音乐可以成为流动身份的隐喻，同时也指出身体之于身份构建的意义。身体作为社会因素的承载者在身份构建中起到举足轻重的作用。朱迪斯·巴特勒（Judith Butler）在《性别麻烦：女性主义与身份的颠覆》（Gender Trouble：Feminism and the Subversion of Identity，1990）中将身体的再现形式区分为真实的和文字的，以对应作为构建的现实的身体和身体的意识形态解读。"身体已经成为一个文化符号，它能够限制它所引发的想象的意义，但是它也无法避免地成为想象的构建。想象的身体无法通过与真实的身体相比较而被理解，它只能通过与其他的文化想象构建相比较而被解释，那种既存在于文字表述，又存在于现实的文化想象"（Butler，1990：

71）。如果身体只是一种想象或者一个构建，并且无法通过与物质身体的比较而被解读，那么身体的性别差异就会被忽略。而乔斯的跨性别现象则可以理解为多元化自我的一种可能的解释，他女扮男装的行为并非性别的僭越，而是流动身份的象征。同时，穆迪所弹奏的小号本身就暗示着性别的非确定性，也由此成为自由的象征。托马斯·蒙特雷曾经谈道："这种乐器因为它含混而矛盾的形状而具有特殊的意义。……在形状中融合进男性和女性两种特质，就像乔斯的外貌。乔斯虽然身为女性，却没有人会否认他是男人"（2000：172）。由此，故事中的穆迪通过小号这种乐器而模糊了性别的差异，他的女性身体不再成为他构建流动身份的阻碍，进而他将通过爵士乐这种杂合而流动身份的隐喻构建起自己的身份。

杂合流动的身份是穆迪借以摆脱桎梏和获得自由的方式，他在故事中也随着音乐的律动而剥落身上的文化和社会烙印，展示出面具之后隐藏的身份的绝对不确定性。《小号》的文本结构仿照爵士乐的韵律，并以此为隐喻来暗示个体重新定义其血缘谱系，进而构建杂合身份的选择。作者利用文本的碎片化结构从不同的声音和视角探究小说的主要冲突，杰琪·凯在玛雅·雅基（Maya Jaggi）的采访中对此做出评价说："《小号》的形式呼应着爵士乐。有独奏，且伴随着即兴创作。……一个副歌以不同的形式演奏。爵士乐令人迷醉，因为它是流动的，它也包含着过去——劳动之歌、奴隶之歌和蓝调。爵士乐就是自我重新创造的过程。在爵士乐中种族也是少些固化，多些流动。爵士乐的感觉就像是一个家庭"（Jaggi，1999：54）。爵士乐所象征的流动和混杂使得杰琪·凯将其视为穆迪身份构建的隐喻，她曾经说："身份是如何流动，人们是如何重新创造自我，我们是如何将性别和种族归为固定的范畴从而保存我们的偏见，那些所谓的非同寻常的人如何去过平凡的生活，我对这些问题很感兴趣"（55 – 56）。由此在小说题为"音乐"的章节中，全知全能的叙述声音贯穿文本，通过模仿爵士乐即兴创作中的摇摆和动荡来定义穆迪的存在，而穆迪的身份也演变为一个反复而易变的符号。爵士乐中融合着各种迥然不同的文化因素，由此成为自由的象征。穆迪在身份构建的过程中也最终能够摆脱肉体的束缚，解构所有本质化的描述，获得重新定义身份的可能性：

离开这个世界，他可能成为天启第四骑士、信使、摇滚乐演奏家；他可能成为摆渡者、移民、流放者。他无法阻止自己的变化。奔跑着的变化；变化在奔跑着。他始终都在改变。所有的东西都掉落——绷带、牙套、袖扣、手表、发油、西装扣和领带。他又变成多年前的自己，用他妈妈自制的绳索在铁路沿线跳绳。穿着红色的连衣裙，获得自由，成为一个女孩。成为一个男人。……他的自我土崩瓦解——他的特质、性格、自我意识、性别甚至最后他的记忆。所有的这些纷纷剥落，就像一层一层褪掉的皮。他用小号将自己一层一层展开。在最底层，直面他是一个无名小卒的事实。他越是无足轻重就越能够吹响小号。吹小号并不意味着他是颇有来头的重要人物，反而意味着他是毫无根基的无名小卒。小号无情地将他剥光，直到他没有身体，没有过去，一无所有。（Kay，1998：135）

所有包裹他身体的附着物都伴随着音乐的韵律和他的情感起伏而逐一剥落，期望中的本质却变得更加遥远。他无数张面具后面并没有隐藏着真实，而是隐藏着可以做出各种解释的绝对不确定性。在他漫长的生命旅程中，穆迪的身体也曾经被烙上性别和出身的印记，他首先通过服装掩饰的方式挑战这些文化规约，他的身体也由此部分逃脱文化规范的解读。他获取男性身份的事实意味着他对传统性别定义和界限的挑战。然而，"社会决定着我们如何在具体的文化中依靠过往的经历创造意义和建构秩序。我们无法避免再现，我们只能尽量避免再现过程中观念的固化，避免再现的滥用，或者尽量做到跨历史和跨文化"（Hutcheon，1988：54）。穆迪想要完全逃避特定文化中的规约和准则是无法实现的，他费尽心机而求得的男性身份也仅是特定文化规约中的男性身份。他也由此感觉自己深陷其中烦琐的过程，并且担心女扮男装的秘密终究一日会被识破。最终音乐成为他唯一的自由源泉，帮助他摆脱矛盾和冲突，他也在音乐的旋律中想象着自己身份的无尽变化和无限可能。他在沦为一无所有境地的同时也抛弃掉社会规约借以选择和判断他的标签，此时的他能够消除掉长久郁积于心的焦虑，为自己求得无限可能的化成身份。

2. 穆迪爵士乐身份的传承

穆迪以爵士乐为蓝本而构建的流动化成身份对人对己都是意义非凡的，

特别是他的养子科尔曼，科尔曼一度因为穆迪真实面目的暴露而产生严重的身份危机。杰琪·凯也评价说，"相对于乔斯生平的本身，我对乔斯周围的人对他生平的回应更加感兴趣，一段人生会对其他人产生影响"（Jaggi，1999：53）。穆迪的身份对于他的养子科尔曼格外重要，他在接受斯通斯以传记方式构建的穆迪的叙事身份后也经历着严重的身份危机。他所处家庭中有违人伦的事件严重影响到他的个性化身份，他的真实感也荡然无存。与现实达成和解绝非易事，其过程对这位年轻人来说是痛苦而漫长的。他完全丧失掉对生命的诠释能力，甚至"无法判断自己究竟是好看还是丑陋无比。镜子里面有两个科尔曼·穆迪：过去那个戴着眼镜的男孩和现在这个男人"（Kay，1998：181）。虽然他仍然没有意识到，但是这种支离破碎的身份实则是在帮助他理解他父亲的奋斗和努力。他以这种自我否定和自我毁灭的方式来理解这位冒牌父亲的身份构建过程。

　　穆迪身份构建的成功并不仅仅体现在他爵士乐式身份的确立，更体现在他的养子科尔曼对这种流动化成身份的接受和传承。穆迪的女性身体成为科尔曼最大的困扰，因为这意味着他们之间父子情谊的割裂和家族谱系的断裂，科尔曼无法从家庭中汲取身份构建的支撑。所幸穆迪在故事中给科尔曼留下了一封信，以此告诉他生命的意义和身份的含义。穆迪也努力教会他如何根据自己所希望的现在和未来而操控和掌握过去，如何以想象的方式构建自己的家族谱系和身份。穆迪讲述的故事成为科尔曼可以求助和依靠的多重身份文本，后者也由此获得更多的自由和选择：

　　　　我的父亲总是告诉我，他和我在很关键的方面紧密关联着。……他说，科尔曼你可以创造自己的血统。创造出来，然后追溯到过去。设计出你的家谱——你到底是怎么了？你难道没有想象力吗？……科尔曼你看，我可以给你讲我父亲的故事。我可以说，他在 20 世纪初的一天从船上走下来，就说是一个冬日。在寒冬的一天从遥远的黑色大陆跋涉而来，船停靠在格林诺克。……或者我可以说我的父亲是一个美国黑人，因为种族隔离问题离开美国，千里迢迢来到苏格兰并且遇到我的母亲。或者我可以说我的父亲是一个士兵或者一个水手，被部队或者海军派遣到此。或者我可以说我的父亲来自加勒比的一个海岛，岛屿的名字我无从知晓，因为我的母亲没有记住，或者根本没想问。这些故事中的任何一个都有可能是真实的，科尔曼。(58－59)

穆迪给科尔曼留下的书信意味着他也将自己生命的拥有权交给他，"这很简单，这些都是我的过去，这些是你的部分，你是我的未来。我会以一种奇怪的方式成为你的儿子。你将会成为我的父亲，决定是否讲述我的故事"(227)。这时候科尔曼成为穆迪隐喻意义上的父亲和穆迪家族想象的谱系的继承者，家族谱系需要他将记忆和想象加以整合从而得以再现和传承。穆迪在信的最后也谈到家庭谱系对身份构建的积极作用，然而穆迪的家族谱系却是以收养为基础，以情感为纽带。

多年前想到你将要经历的种种就会让我有大病一场的感觉。你会理解，或者误解。你会拥有我，或者失去我。你会恨我，或者爱我。你会改变我，或者珍视我。你在以后的多年中会选择其一，或者两者兼有。但是我将会走远，将会离开。……你还记得坐在我肩膀上的情景吗？记得坐在我的肩膀上，记得玩我的小号。你记得和安格斯在那艘旧船上钓鱼的事情吗？我当时真傻：记住你喜欢的事情吧。我已经把所有事情都告诉你了。我的父亲确实是从一艘船上下来的。(277)

有关科尔曼血统最重要的信息就是他的祖父在假想的过去乘船来到苏格兰，他和他的后代需要以这种模糊的信息为构建自己身份的语境。作为这种灵活多变的遗产的继承者，他们身份构建的范围会更加广阔。穆迪希望科尔曼能够明白这种抽象化和本质化过程中隐含的自由和可能性，从而能够逃避霸权语篇的限制。同时祖辈、父辈和孙辈之间的情感纽带也会成为身份构建的有力支撑，以弥补他们之间血缘关系的缺失。故事的最后部分也暗示出，科尔曼最终能够接与穆迪家族收养和想象的谱系达成谅解。他在读完穆迪信里的故事后最终能够与他的家庭和他的妈妈达成谅解，"她刚拐过弯，就在渔船停靠在水面处看到他。他正向她走来，他走路的姿势是那么像他的爸爸"（278）。这种接受意味着他最终能够摆脱斯通斯传记的影响而接受穆迪作为他父亲的身份，这既是斯通斯所构建的叙事认同的失败，也是穆迪爵士乐身份和家族谱系构建的成功。

小　结

《小号》这部作品可以视为作者杰琪·凯对身份问题的思考和探索，故事中塑造出穆迪这个充满矛盾和离经叛道的人物——一位多种族、跨性别的流亡音乐家。穆迪作为出色的公众人物倍受崇拜，同时也因为私生活的曝光而遭到鄙夷，两者之间的对比被传记家斯通斯加以利用，并且通过叙事认同的方式将穆迪界定为放荡堕落的性变态者。斯通斯的出现象征着社会规约为那些超凡脱俗的人生所设置的重重障碍，同时也在抨击"20 世纪媒介文化的猖獗和泛滥"（Clanfield，2002：16），及其因为利益关系而毫无节制地篡改和操纵他人生平的恶行。斯通斯的设计以失败告终，这象征着她无法将规范性的定义强加在音乐家的生命中，因为穆迪利用他能够掌控的乐器谱写出他的人生篇章，赋予他人生特有的含义。爵士乐的隐喻对理解《小号》不可或缺。就像爵士乐演奏需要多种乐器的相互混合和多种节奏的相互交融，生平的叙述也是如此。生平叙述就是所追忆的生活和参与其中的诸多生活之间相互联系的最终结果，身份因此也是流动的过程和集合的结果。

第四章　20世纪90年代的种族融合

　　20世纪90年代在全球多种族和多元文化的背景下，英国的种族问题也在经历过近半个世纪的冲突和矛盾后开始探讨种族融合的希望，尽管这种融合的希望可能是当今社会的大势所趋，也可能是英国黑人小说家的一厢情愿。英国黑人小说家扎迪·史密斯向来被认为是多元文化和种族融合的代言人，她的首部小说《白牙》的发生地威尔斯登（Willesden）就是典型的种族融合区域，在该区域的运动场上，我们可以发现"伊萨克·梁（Isaac Leung）坐在鱼塘边，丹妮·拉曼（Danny Rahman）站在足球球门里，宽·欧罗克（Quang O'Rourke）在拍篮球，艾丽·琼斯（Irie Jones）在哼着小调。孩子们的姓氏和名字处在直接碰撞的航向上，这些名字本身蕴含着很多故事：大规模的迁移，拥挤的轮船和飞机，在寒风中抵达目的地和体检"（Smith，2000a：326）。小说中也并非简单地描述多种族和多元文化背景的移民居住同一社区的事实，而是以阿奇（Archie）和萨马德（Samad）之间的友谊来证明种族融合和互动的真实发生。迪兰·阿德巴约的小说《某种黑人》也讨论各种族群体之间相互交往的话题，小说以主人公德勒（Dele）的亲身经历显示出，英国黑人之间因为肤色差异和文化来源的问题而相互倾轧的现象屡见不鲜。在此时的英国社会，种族和肤色并不是促使或者阻碍共同体形成和个体互动的唯一因素，阶级和经济地位也参与其中。小说中以德勒的女朋友为例的白人相反却更加能够欣赏黑人的价值观念和生活方式，尊重和接受他们的文化传统，黑人与白人之间的互动更加频繁和和谐。

　　英国黑人移民对种族融合的渴望和赞美来源于他们在英国社会中隔离的生存状态。即使在当代英国社会中很大一部分的黑人移民还是生存在种族隔离的状态，这种现象的原因是多样的，其中包括经济原因、制度方面的种族歧视以及民众的生活习惯等。其中前两种原因是最为主要的，黑人移民在租住和购买住房时都会遭受诸多的限制，房地产经纪人、公寓经理、房东和房地产开发商通常会联合起来抵御和防止黑人移民侵入白人居住区，这种现象在诸多的英国黑人小说中都有细致的描写；同时暴力事件和法律规范也会强制黑人移民远离白人区域。

　　由此种族融合始终是反种族主义群体所致力实现的理想，种族融合首先是指白人和黑人在能力允许的情况下自发主动地居住在相同社区的状态，并且在居住的环境中奉行社会平等的原则（Heumann，1979：60）。其次，空间的接近性并非种族融合的满足条件，最为主要的是不同种族成员之间的沟通和互动（Pettigrew，1969：43 - 69）。由此种族融合也区分为物质融合（physical integration）和社会融合（social integration）。物质融合是较为表面现象的融合，意味着一段时间内社区内部较为稳定的随机种族融合。这些不同种族的群体会因为各种原因杂合而居，但是他们也许会选择各种形式的种族隔离，例如交友、俱乐部和教堂等。因此真正意义上的融合指的是物质和社会相结合的融合，具体表现为跨种族的交友模式、俱乐部和教堂等集会场所。由此，种族融合判断的标准并非空间距离，而是社区内部的成员在种族方面是容忍还是歧视，他们之间是否有充分的沟通和互动。在现实的英国社会也并非只有种族隔离和种族融合两个极端可以选择，更多的状况是处在两者之间的。一种模式是种族分层的融合，诸多相互不平等的种族单位被统一协调为一个整体，这种形式的融合多是政府或者政策的行为，没有遵从自发的原则而无法形成成员之间真正的互动。另一种模式则是非种族主义的融合，该模式是以个体而非种族单位为基础，融合中的每位成员都可以享有同等的机会，选择相应的位置以及参与不同的组织或者集体活动。后者融合的模式也是很多有色群体的政治目标。

　　种族融合的本质在于对日常多元文化（everyday multiculturalism）的接受，而对于日常多元文化的概念和现象，英国一代和二代移民显然有着不同的理解和接受程度。随着 20 世纪 70 年代的一代移民、90 年代的一代和二代移民以及当代英国社会的二代和三代移民的逐步发展，他们中间针对少数族裔和有色移民的种族歧视虽然仍然存在，但是日常多元文化主义为逐渐出现和成熟的主体间性交往打下了坚实的基础。

普尼娜·维尔布纳（Pnina Werbner）在 2013 年的研究中以 20 世纪 70 年代的曼彻斯特的朗塞特（Longsight）的一代移民聚居区为例，探究城市中的日常多元文化和种族融合状态。移民聚居区向来被视为具有强烈的社交意愿的场所，也被称为"城市乡村"。朗赛特是不同肤色和种族的移民聚居的场所，在这里"家庭也是不容侵犯的隐私堡垒，而街道则是供人们礼貌问候和简短交流的场所"（Werbner，2013：404 - 405）。此时的种族融合因为文化差异和沟通障碍还只停留在表面状态，真正的深层次交往还是种族内部群体。

英国二代移民已经在学校的环境中完成社会化的过程，由此日常多元文化对他们来说是不言而喻的。用舒茨（Alfred Schutz）的话来说，他们与其他当地人分享相同的关联系统、期望、沟通技巧和类型化模式（Schutz，1962：407）。他们能够读懂他人的肢体动作和面部表情，也知道如何做出正确的回应，而日常多元文化主义正是需要依靠这些共同的解读和技巧。"伦敦 2013年的奥运会上英国代表队的组成就是一个很好的例证，这支队伍中很多运动员的父母都是来自不同的国家"（407）。

吉尔罗伊曾经在他的书中探讨当今的英国究竟是种族忧郁症还是欢快文化，而后者的欢快文化则是存在于英国多民族且全球化的城市中。在多元文化的研究中有通常的多元文化（multiculturalism "as usual"）和历史的多元文化（multiculturalism "in history"）的区分。前者是指当代英国在食物、服饰、宗教、庆祝方式等方面的多样性的公开展示，后者则指历史上产生的那些不可调和的文化冲突（Werbner，2005：745 - 768）。其实多元文化主义还能够分为自上而下的多元文化主义（multiculturalism "from above"）和自下而上的多元文化主义（multiculturalism "from below"）。前者是政治化的话语，谴责政府资助社区导致文化分离；后者是少数族裔需要被承认和认可的正当要求（Werbner，2012：197 - 210）。虽然日常多元文化是非政治性且弱势和隐性的存在，但是它终究是一种成就和进步，它是一种内聚的且规范的道德力量，在抵抗并超越分裂的同时也为许多不同的身份提供维护和滋养。自下而上的多元文化主义是种族融合进程的风向标。

本部分所讨论的两部小说分别为扎迪·史密斯的《白牙》和布奇·埃默切塔的《新部落》，从不同的视角对种族问题做出讨论。小说《白牙》在发表之初就被视为英国社会多元文化的宣言，其中对种族融合的渴望和向往体现出史密斯作为年轻作者的乐观。但是细读之下却发现小说中对种族问题的深刻讨论却是草蛇灰线，伏脉千里，因为小说无论是"二战"期间研究基因的纳粹军医还是战后的未来鼠实验都是对英国社会种族问题的追根溯源。其中的观点并非我们所想象的乐观，同时也体现出史密斯对种族问题的迷茫。相比之下埃默切塔的小说却是更加直抒胸臆，作者以构建英国社会种族新部落的方式来表达对英国种族融合前景的乐观态度。

第一节　《白牙》中的杂合性和多元化

扎迪·史密斯的小说《白牙》因为对后殖民时期伦敦的生动而形象的描摹而饱受赞誉，也由此被誉为英国多元文化和种族融合的代言作品。乍一看来，小说中种族不同且肤色各异的人物之间的相互交流和互动呈现出一派其乐融融的情态，然而细品其中却发现他们的生活中也充斥着各种焦虑和担忧。《白牙》聚焦的是20世纪末期居住在后殖民时期多种族的英国的有色移民群体，以诙谐幽默的方式讽刺那些困扰着他们的顾虑和担忧，并将他们安全感的缺乏与种族和归属相联系。定居英国的有色移民为更好地融入主流社会而本应该接受同化的洗礼，但是他们所秉持的故国传统和血统观念却导致他们对同化的未来排斥不已。《白牙》深刻探讨文化谱系和种族血统对当代英国社会中身份认同和归属感的影响。因此基因与文化的交集也是该小说中始终聚焦的主题，小说旨在探讨在后殖民时期的英国社会中基因和文化对人类的决定程度，以及两者对种族身份以及种族融合的影响。由此可见，"尽管这部小说在人类超越差异的潜力方面提供出许多安慰，但最后还是有一颗嘀嗒作响的炸弹，即科学与上帝的把戏——现代性的梦想"（Braun，2013：222）。小说中基因决定论的情绪始终与多元文化的氛围如影随形，使得种族融合的未来迷雾重重。

一 基因的纯粹性和杂合性

优生学一词的本义就是"出身高贵"的意思，来自达尔文的表弟弗兰西斯·高尔顿（Francis Galton），他受达尔文自然选择理论的启发，曾对英国社会杰出人物的家庭背景进行研究，然而得出结论认为，成就和血统的联系是显而易见的。由此优生学的拥趸们则认为，最明智的选择就是应该避免最高贵和纯净的血统被贫穷阶级所湮没。无论是如今的流行文化圈还是学术界，人们都将优生学视为陈年旧事，认为它早在1945年之后就因为法西斯德国实行的极端优生学举措而伴随纳粹政权的灭亡也迅速走向消亡。纳粹对优生学的热衷导致他们犯下累累暴行，其中包括犹太人集中营、非自愿安乐死、种族灭绝大屠杀等等。全世界人民认识到纳粹的残暴后，优生学便不再有市场。它不再是背后有着国家力量撑腰的社会运动，也不再是受到大众认可且能够指导社会政策的科学理念。

然而透过《白牙》的纸背却仍然能够感受到优生学思想的残余，小说首先因为阿奇和萨马德的"二战"经历而影射到该时期的优生学观念的根深蒂固，进而通过马库斯（Marcus）未来鼠实验揭示出当代社会中优生学观念的一息尚存。在小说结尾的场景中，很多相互擦肩而过的人物都汇集在新千年科学委员会（Millennial Science Commission），来见证马库斯·查尔芬（Marcus Chalfen）博士的未来鼠实验项目的揭幕。查尔芬尝试着将这项基因重组和定制的"创造"作为遗传学研究的实验，他天真地认为他的基因工程事业是纯粹而崭新的，并且与弥漫小说的政治和社会紧张局势毫无关联，但是小说的结尾处展示出遗传和繁殖方面研究的高风险，而查尔芬单纯的想法也被彻底粉碎。虽然种族暴力没有直接而明确地出现在《白牙》中，但是英国的殖民历史对小说中的人物施以重压，塑造着他们的身份认同，并且在有色移民中间代际传递。在小说结尾处，马库斯·查尔芬的新闻发布会被冲突所阻断，他的未来鼠（FutureMouse）也就此逃脱，小说也就此模棱两可地结束，所有的种种都暗示在后殖民时期的英国生物繁衍和国民生育也日益政治化。史密斯的《白牙》中对基因革命的探究是具有种族蕴意的，小说中对生命权力（biopower）最新形式的呈现及其深刻的解读也是可圈可点的。实际上该小说的声名鹊起也证明着后种族时代的种族融合性和杂合性是具有持久魅力的。

在当代社会，各种形式的生命权力已经渗透到社会的各个层面，而生物决定论的当代话语也随之被广为熟知。法国哲学家福柯首先用"生物权力"的概念来描述国家对其民众实行控制的方式，即使在所谓的民主国家，社会科学和政治科学的结合也会影响到对人口的高度控制。个体也并非在封闭而孤立的情况下做出生育决定，而是在国家移民和公民身份的立法语境中，而该立法也通过遗传而严格控制着群体的流动性、归属感和集体身份认同。而英国这种控制在过去的半个世纪中竟然变得更加种族化（Dawson，2007b：152）。英国社会的各阶层和各领域早已因为种族主义的纷争而四分五裂，而《白牙》中所讽刺的种族差异的生物决定论构想则继续在该国家中得以渗透和扎根。在这种语境中，基因研究和实验所探究的导致人类差异性的物质基体（material substrate）终将导致各种形式的优生话语的复苏，而非种族观念的消失。史密斯的《白牙》通过探讨当代英国社会中优生学的蠢蠢欲动来提醒我们，种族的历史远远没有结束。

1. "二战"时期优生学观念的影响

基因工程技术从本质来说就是优生学的工具，而优生学又是种族主义的理论基础。"二战"前优生学的备受推崇与欧洲国家的帝国主义野心密不可分，因此种族主义的科学实验才会得以盛行。这些所谓的科学实验结果与阶级、种族和性别身份的观念相辅相成，并引发排他性的社会等级制度，由此对大众意识产生巨大影响，进而导致欧洲人担心自己纯正的血统和文化遭到玷污。19世纪深受社会达尔文主义影响的小说中的一个最基本的奇思妙喻就是"家族和血统的特性总会显露出来"（Dawson，2007b：159）。狄更斯的奥立弗·退斯特（Oliver Twist）等人物能够摆脱救济院且重新赢得他们在社会上的合法地位是因为他们贵族血统能够战胜他们误入的窘境（Lewontin，1992：23）。而在殖民主义语境中的小说更是能够凸显基因决定论的观点。例如拉迪亚德·吉卜林的金（Kim）的欧洲基因最终使他的童年得以救赎（Said，1993：160）。金的经历显示，基因决定论的观念使 19 世纪所谓的欧洲帝国使命得以合法化，同时也宽慰殖民地的官员无须惧怕他们所接触的非欧洲社会状况对他们的影响，他们只需遵循正确的礼节礼仪即可。这些生命权力的例证能够显示现当代民族国家深受殖民时期所发展的种族歧视观念影响的程度。如果说纳粹的种族灭绝政策催生出西方世界对优生观念的抵制，那么该政策同时也隐藏起美国和欧洲的社会各界将优生观念视为常识的事实。西方世界战前对优生学是普遍接受的，他们也认为遗传而非经济、社会和文化因素决定着种族群体的社会地位。

《白牙》因为萨马德和阿奇两个人物曾经的军旅生涯而间或穿插有关"二战"时期的片段，小说中英国士兵和以萨马德为代表的有色士兵虽然立场各异，但是他们的思维和行为都渗透着典型的优生学观点，也都为种族和血统的观念所左右。一方面，英国本土的士兵反对和抵触有色移民士兵的加入，原因是担心他们混淆和玷污英国男士所独有的男子汉气概。另一方面，以萨马德为代表的有色士兵也并非真正愿意为英国出生入死，他们奋力作战的原因是试图证明自己血统中的英雄气概。由此，看似有关生死和财富的"二战"实则浸透着优生学的观念。小说借此聚焦这种殖民主义的种族信仰对欧洲大陆的影响，并且以重回"二战"的方式来强调这种决定论的邪恶本质及其引发的社会不公对个体身份的影响。虽然《白牙》没有直接涉及大屠杀，但是种族灭绝的阴影却始终笼罩在萨马德和阿奇笨拙的英雄主义尝试之上。另外，萨马德对自己与生俱来的高贵血统的信仰受挫以及他对纳粹优生政策的自相矛盾的控诉都能够戏剧化地反映出，优生学和身份的观念是最近历史上的一股强劲的力量。《白牙》中优生学的回归暗示，当优生学的新形式在当代文化中浮出水面的时候，人种学的历史应该被牢记。

首先，《白牙》中促使萨马德浴血疆场的原因并不仅仅是自己的英国身份，而是基于优生学的家族和血统观念以及由此观念而衍生的个人英雄主义情结。很多来自殖民地的士兵都希望在欧洲的战场上赢得辉煌，从而捍卫家族荣誉（Paul，1997：xi）。对萨马德来说，社会地位和血统是值得他珍之重之的事物，以至于他在和阿奇谈及未来的妻子时还强调他未来的岳父岳母"有极高的社会地位和极好的血统"（Smith，2000a：100）。支持他浴血奋战的唯一理由便是恢复家族曾经的荣光，即使他在战场上无法大显身手的时候，他还是梦想着，"萨马德，我们要授予你崇高的荣誉，我们要派你到欧洲大陆作战，而不是到埃及或者马来亚去挨饿，去喝自己的尿解渴，不会——你会跟德国佬正面作战"（100）。

由此可见，萨马德被一种类似基因决定论的传统优生学观念所驱使，而这种观念则早已在殖民语境中的欧洲萌芽。他的祖父曼加尔·潘德（Mangal Pande）是孟加拉军队中上层种姓的本土士兵，也是在维多利亚时期帝国主义者所谓的塞波伊兵变（Sepoy Mutiny）中率先反抗英国统治的第一人，因此萨马德也自视为印度独立运动领袖的后代。对他来说，"没有什么比他的血统更加亲近或者更加有意义"（83），但是他展示自己血统高贵性的尝试总是以失败而告终。更加让萨马德难以接受的是，英国殖民历史学者没有呈现出曼加尔·潘德原有的英雄气概，而是将他描述为一个醉酒冲动且懦弱无能的小丑，在不知不觉的情况下被卷入历史的洪流中（212）。当萨马德被自己太爷爷的故事激励得周身血液沸腾而对阿奇讲述这些霉迹斑斑的陈年旧事时，阿奇却告诉他："殖民地史课本上有个贾格斯先生：秃头、鱼眼、老糊涂蛋——我是说贾格斯先生，不是你太爷爷。……你知道，要是哪位哥们有点叛逆，你还会听到部队的人叫他潘德，我根本没想到这个名字的来历，潘德是叛逆，不喜欢英国人，射出哗变的第一颗子弹。我现在记住了，记得明明白白，那就是你太爷爷。"（212）萨马德对自己的曾祖父所受的侮辱愤慨不已，同时也心有不甘，"你会受那些小家子气的英国教科书的误导，那些课本都极力贬低他，因为他们无法容忍一个印度人得到应有的评价。但是，他仍然是个英雄，我在战争中所做的一切都是以他为榜样"（212）。史密斯非常巧妙地利用英国对殖民地民众的分析和评价来说明，历史记录可以被操纵和篡改，从而服务于当权者的利益（Baucom，1999：9 – 13）。在小说中强烈地驱使着萨马德所有行为的动机就是要擦拭掉殖民历史编纂强留在他家族荣誉上的所有污点。

他的祖父屈辱地被殖民者描述为懦夫，而他又无法在生活中展示出自己高贵血统的特质，两者重叠让他沮丧不已。而当他对自己的血统变得越缺乏信心，他就越恐惧自己的失败和死亡。萨马德战时的经历显示出内在的遗传身份无法战胜负面的环境条件，也由此开始瓦解他对基因决定论的笃信。当他的手被糊涂无能的锡克教的工兵炸掉后，萨马德意识到他成为飞行员的希望也随之化为泡影。他最后只能在武装营中做一名坦克无线电话务员，"这是一群怪胎和异类的集体，他们的恐同昵称凸显出尚武的男子气概与国民身份认同之间的关系"（Dawson，2007b：158）。优生学家总是将种族杂合性和同性关系与不育和退化相联系。萨马德将这些观念的内化，因此当他一再辜负祖辈的英雄历史时就觉得自己像一个杂种，并且认为杂合的英国和孟加拉文化已经将他的男性气概破坏殆尽。

其次，萨马德在战争中与纳粹优生专家遭遇，他缺乏击毙后者的勇气恰能证明他对优生学观念的潜在认同。"二战"即将结束的时候，阿奇和他的战友萨马德·伊克巴尔（Samad Iqbal）非常被动地蹲坐在损毁的坦克中，和他们死去的战友们一起等待救援。正在前行的苏联部队告诉萨马德，身患糖尿病的法国人佩尔雷（Perret）原来是纳粹优生学计划中的重要成员，因此萨马德决定抓住佩尔雷。与佩尔雷的对峙不仅意味着萨马德即将赢得在战场上求而不得的荣誉，更是意味着他坚决抵制纳粹分子通过种族工程学（racial engineering）来控制未来的企图。因此他对于抓捕佩尔雷博士格外热衷，并且声色俱厉地告诉阿奇说："他是一个科学家，跟我一样——知道他研究什么吗？选择谁该生下来，谁不该生下来——把人当作小鸡来孵化，如果规格不对就销毁。他要控制未来，支配未来。他要一个人种，一个无法毁灭、能挺过地球末日的人种。但这不可能在实验室中完成。这必须也只能通过信仰完成！只有真主才能拯救世界！我不是一个虔诚的人——我不具备那种力量——但我不会傻到否认事实"（Smith，2000a：21）。因为当时苏联的军队还没有完全解放波兰的囚犯劳动营（work camps），阿奇和萨马德也还没有完全知晓大屠杀的恐怖。虽然萨马德对纳粹优生学计划的范围和时间一无所知，但是他仍然将佩尔雷的研究视为异端邪说。对萨马德来说，优生学从本质来说是亵渎神明的，并且将会从真主安拉的手中夺走人类命运的控制权。萨马德告诉阿奇，"他这种人认为有生命的器官应该按设计产生反应。他们崇拜肉体的科学，而不是给予我们肉体的神！他是纳粹，最坏的那种"（21），因此他们对待佩尔雷的方式牵涉反极权主义斗争中更加深刻的道德问题。更具有深意的是，萨马德和阿奇与这位纳粹种族主义信徒的偶遇能够显示出，种族殖民主义的学说在20世纪前半期俨然已经回归欧洲大陆的腹地（23）。

但是当萨马德真正承担起抓捕佩尔雷的行动时，却发现自己无法胜任。他因为对出身和血统的笃信而将自己之前战场的失败归结为文化杂合的结果，他认为自己所沾染的西方文化已经将他高贵的英雄血统玷污。由此可见，对文化杂合性及其所引发的非法性的恐惧已经将萨马德击垮，使他无法很好地组织对希克博士（Dr. Sick）宅邸的进攻。而他虽然多次对阿奇控诉纳粹的优生学实验及其所引发的后果，但是却对优生学中所倡导的纯正高贵的血统说笃信不已，并且对自己身上的杂合因素感到耻辱和恐惧。和他们同行的一位保加利亚士兵抗议说，这是一场西方的战争，与他毫无关系。而萨马德听到这些话时便逃离到黑夜之中。当阿奇找到他的时候，他竟然在考虑自杀，"我将来干什么呢？战争结束后，战争已经结束了——我将来干什么呢？回到孟加拉吗？还是到德里？谁要这么个英国人呢？回到英国？谁要这么个印度人呢？……我有什么用呢，琼斯？如果我扣动扳机，我将会留下什么呢？一个印度人，一个叛变的印裔英国人，手腕软得像一个同性恋，也没有勋章可以带回家"（95）。萨马德意识到他已经成为一个模仿人、一个被殖民主体，并且已经在生活中试图遵从帝国制定的自相矛盾的同化的规定。作为印度人，他无法成为英国部队中的军官，虽然他已经偷到阵亡的指挥官的制服（33）。并且他试图通过为英国而战来赢得荣誉的想法既有悖于他曾祖父反殖民的努力，也有别于当代印度的民族独立运动。他无法在战争中证明自己尚武好战的血脉，却被错位和羞愧的感觉所羁绊，于是立刻将这种男性气质的缺乏和不孕不育的恐惧与同性恋联系起来。此时的萨马德处在深重而尖锐的矛盾之中，他虽然反复强调自己对纳粹优生计划的抵制，却对其宣扬的种族和血统优越性和纯净性深信不疑。这种深重的矛盾导致萨马德无法处决希克博士，而只能催促阿奇以愤慨的欧洲的名义来执行枪决，"萨马德坐在吉普车里，大约过去五分钟左右，他听到一声枪响"（88）。但是响起的枪声没有结束佩尔雷的性命，却打碎萨马德"二战"时期维护和恢复家族荣誉的优生学梦想。

2. 未来鼠实验中的优生学回归

马库斯宏伟计划的核心是他的未来鼠实验，这种经过基因工程改造过的动物能够在具体的时间在特定的组织内部产生指定种类的癌症。正如马库斯以简洁而讽刺的话语为自我辩解道，"你消除随机，你统治世界"（283）。因此他也对那些质疑和挑战基因研究的伦理特权的人充满鄙视，马库斯相信科学和社会进步是亲如手足的兄弟。然而《白牙》在描述马库斯研究事业时则是暴露出他的狂妄自大：

> 他极尽上帝想象之能事，能造出耶和华所无法想象的老鼠，带着兔子的基因的老鼠、长着蹼脚的老鼠（这可能是乔伊斯想象出来的，她没有问马库斯），年复一年、越来越清晰地显示出马库斯所设想的老鼠。从选择育种的碰运气的过程，到胚胎的荒诞的融合，随后是超出乔伊斯的认知范围的快速的发展。在马库斯的未来——DNA 显微注射、逆转录病毒媒介的基因转移（此项成果差点使他获得 1987 年的诺贝尔奖）、胚胎干细胞的基因转移——马库斯就是通过所有这些过程操纵卵子，调节基因的过度表现和不足表现，在生殖系统中植入实现物理特征所需要的指示和命令，创造出身体功能完全按照马库斯意愿运作的老鼠，始终牢记人类的需要——治疗癌症、脑瘫、帕金森症——始终坚信要让所有生命都完美无瑕，努力使生命更有效、更有逻辑性。（259-260）

马库斯盲目而轻率地相信自己研究的神圣意义，并且也始终回避该研究所引发的复杂的伦理问题。马库斯要研究和利用令人敬畏却不被理解的重组DNA，因此他所从事的异花授粉会让他妻子书中所描写的杂交过程黯然失色（55）。人类在过去的数千年来始终在驯化和培育动植物，但是我们始终将杂交的尝试限制在物种本身所形成的自然边界内。而重组 DNA 则通过操纵基因的手段而打破这种边界。马库斯从事基因突变老鼠的实验，并且希望由此开启生物科技的新时代，由此所有生命形式都能够被转变为商品生产的工厂，并且生命本身的基因密码也被日益商品化。马库斯将自己置身于上帝的位置，并且开启潘多拉宝盒而释放出诸多与基因研究后果相关的问题。

马库斯·查尔芬的未来鼠实验看似是前所未有的科技独创，但是它和"二战"时期优生学的关联却最终被阿奇·琼斯所识破。这位总是犹豫不决的英国工人阶级正坐在千禧之年科学委员会（Millennial Science Commission）的观众中间，无意中听到查尔芬·感谢他的精神导师马克－皮埃尔·佩尔雷博士（Dr. Marc-Pierre Perret）。佩尔雷的名字和他遗传性糖尿病所导致的血泪（bloody tears）将阿奇带回半世纪之前战火燃烧的巴尔干半岛上的一间废弃的住宅。因此小说的场景也能够从21世纪的基因实验瞬间转换到"二战"时期的佩尔雷博士的住宅，而未来鼠的实验自然也呼应着"二战"时期纳粹的优生学计划及其大屠杀的实施。由此优生学的观念在21世纪得以回归，而该实验的乌托邦和反乌托邦的双重属性也同时呈现。

马库斯的未来鼠实验所收到的回应和反馈也是褒贬不一，毁誉参半。一方面，作为研究者的马库斯有自己的支持者和追随者，而马吉德就是他拥趸，后者同时也是未来鼠实验的宣传者和鼓吹者。《白牙》中详了述围绕着未来鼠而生的诸多争议以及马吉德的公关活动，旨在抨击伴随着生物科技的蓬勃发展应运而生的科学研究成果商品化的潮流。马吉德在给艾丽的新闻稿中写道，未来鼠能够开启历史的新纪元，从而人类不再是"偶然事件的受害者，而是自己命运的指挥者和仲裁者"（357）。如果考虑到马吉德创伤的生活经历，那么他控制自我命运的欲望是可以理解的。然而他的渴望和马库斯的基因决定论同样无法避免失败的命运。其次，马库斯的妻子乔伊斯也因为未来鼠的实验而对他倍感崇拜，因为他能够创造出上帝都无法想象的老鼠（259）。具有讽刺意味的是，乔伊斯以夸赞她丈夫的"好基因"的方式来表达对他的赞许和崇拜，并且认为他们的儿子也是家庭中好基因的延续。

但是另一方面基因实验矛盾而暧昧的属性也引发很多争议，也有社会活动家指出他的动物实验所引发的伦理问题。小说中的反对声音首先来自米拉特（Millat）所在的宗教组织 KEVIN（Keepers of the Eternal and Vigilant Islamic

Nation）和马库斯的儿子约书亚（Joshua）所属的一个激进的动物权利组织 FATE（Fighting Animal Torture and Exploitation）。约书亚更加感兴趣的是 FATE 中性感的女性领导的身体，而非组织成员有关动物权利的讨论；而米拉特的伊斯兰好战主义是来自斯科塞斯（Scorsese）的电影，而非《古兰经》。虽然史密斯以诙谐幽默的方式描述出 KEVIN 和 FATE 两个组织及其成员的弱点和错误，但是他们在《白牙》中仍然分别代表着当代社会对生物科技的神学和伦理批评。虽然小说并没有详细阐述两个组织的观点，但是他们对生命的物化和商品化的抗议是对未来鼠所代表的生物决定论的有效挑战。另外，虽然小说中两个组织与科学机构之间的冲突并未解决，但是有关遗传基因控制问题的冲突提醒着我们，优生学和种族学的遗产仍然非常活跃。

另外，相比两个社会组织闹剧般的抵制和反抗，马库斯在机场偶遇的一位亚洲女性的诘问却是更加深刻和尖锐。马库斯向来对基因实验的反对声音嗤之以鼻或置之不理，但是机场的偶遇却迫使他重新审视自己的傲慢和狭隘。马库斯作为一位遗传科学家和科普畅销书作者向来对自己充满自信，但是这位女性读者却直言，"他的书很奇怪，也很可怕，因为书中描写的生物技术会扰乱人类的身体"（345）：

> 我是说，我是学政治的，啊，我考虑的是，他们在创造什么？他们想消灭谁？如果认为西方人不会用这种垃圾对付东方人、对付阿拉伯人，你就太幼稚了。对付穆斯林原教旨主义，这是最快的方法……事情变得越来越可怕。我是说，看这种垃圾，你会意识到科学如此接近科幻。……我的意思是，如果你是像我这样的印度人，你就会有些担心了，啊？（345 – 346）

她向马库斯解释说，她作为一个亚洲人和一名印度教徒使她看到生物科技反乌托邦的一面。她忧惧西方国家可能对东方使用致病细菌，基因工程会产生的种族等级，以及生命的神圣和尊严不复存在（345）。这名女性所表达的关切意味着当代文化中科技意识的提升，她担心这些生物技术将被应用于东方人、阿拉伯人和印度人，而这种担忧就是在提醒人们种族歧视和民族分裂的危险。这位女性从他的工作中预见的新法西斯主义可能性让他感到茫然无措。他深深地沉浸在科学研究和发现的细节当中，同时也对该研究潜在的医学收益感到欣喜，因此他丝毫没有准备接受公众的伦理审查。

有关未来鼠实验的正反两方面的观点都是可以理解的，而来自艾丽·琼斯的第三种观点却是和实验本身同样矛盾和模糊。艾丽从马库斯那里得知转基因老鼠的事情，"创造转基因老鼠——既有来自其他物种的基因，也有自己的基因——可以让人控制它们的发育"（282－283）。艾丽对转基因所导致的杂合性充满向往，对她来说该实验的魅力在于它所提供的控制的承诺，这也是人类基因组计划（Human Genome Project）等研究成果的言辞中隐含的承诺。她厌恶和憎恨自己卷曲的头发和丰满的身体这些基因遗传特征，进而想象自己成为一个转基因的个体，因为她渴望成为查尔芬家庭中的一员，从而摆脱她的原生家庭带给她的"肆意疯长的肥肉，想通过转基因的方式而融合进其他家庭。一个独特的个体，一个全新的物种"（284）。在艾丽的想象中，转基因动物的杂合性是充满诱惑的，能够帮助她脱离家族基因的影响，摆脱自己半是白色、半是黑色的身体特征。她也认为杂合的身份能够超越黑白之间的界限，从而赋予她全新的身份。但是对于萨马德来说，杂合性却意味着身份的丧失以及孩子们的失控。他的儿子米拉特的状态让他感到愤怒，因为他"既不是这个也不是那个，既不是穆斯林也不是基督徒，既不是英国人也不是孟加拉人"（291），这种无所归依的杂合状态让他在愤怒之余也深感恐惧。一方面是艾丽对基因杂合性的无限憧憬；另一方面是萨马德等人对杂合身份的无限恐惧，由此生物科技的发展将会带来的新变化及其所引发的身份、种族和霸权等新问题都需要人们面对和正视。因此，基因的杂合带给人类的影响是无法预期的。

二　文化的单一和多元

萨马德在战争中因为英雄梦想的破灭而倍感失落，而在战后的英国生活中则因为种族主义的氛围而无所归属。此时基于种族的制度和民众歧视依然顽固存续，研究者们认为 1945 年之后的后优生学时期主流的歧视是基于文化而非生物学差异（Gilroy，1991：43）。就像史密斯在本部分题记中所引用的臭名昭著的忠诚测试（cricket test）所说，"板球比赛实验——他们为哪边欢呼？……你是在盼望着原来的国家赢，还是现在的国家"（89），当今的民族归属感要通过文化标准而判定，例如个体对英国板球队还是对巴基斯坦或者印度板球队更加忠诚。由此，"二战"时期的生物学种族话语为当代社会的文化种族话语所取代，少数族裔群体便进一步发展文化种族主义的反话语（counter discourse）。虽然这种防御行为没有沾染强势话语（dominant discourse）的制度化种族主义特征，但是这种反话语所产生的同质化和本质主义的身份观却是与其初衷相悖的，同时也对有色移民产生深刻的影响，而萨马德就是其中之一。有色移民反话语的影响促使萨马德在战后仍然向优生学的方向靠拢，他将文化杂合和多元的现象等同于腐化和堕落，其本身就反映出古典优生学话语的观点。

1. 单一文化的构想

萨马德在战后决定定居在伦敦西北，并且与阿奇保持着战争中建立的友谊。他作为决定生活在英国的有色移民，其初衷应该是通过同化的过程而日渐融入英国社会，但是他保持种族和血统纯净性的欲望却让他对同化的未来避之不及。当萨马德遇见他儿子们的音乐教师波比·伯特－琼斯（Poppy Burt-Jones）的时候，波比告诉萨马德所有人都喜欢米拉特，并且告诉他米拉特长得好看是因为他的好基因（Smith，2000a：113）。具有讽刺意味的是，波比在和萨马德调侃的时候也以基因为借口暗示他的魅力，而这种基因的暗示也使我们意识到，有关种族和血统的基因决定论思想是如此根深蒂固。更加讽刺的是，萨马德后来与音乐老师波比开始婚外情，而他也认为自己纯净的基因已经被西方文化所玷污，因为这位妇女的双姓氏显示出她典型的英国性（Dawson，2007b：161）。萨马德所展示出的东方人的刻板印象却让波比深受吸引，而这段婚外情让他的腐败堕落感再次升级，他对一位侍应生同伴倾诉说，他的身体因为被英国所腐化已经出现躁动不安的迹象（120）。他被自己祖先曼加尔·潘德的幽灵所纠缠，他将这位先祖视为文化民族主义者的典范，也祈求他能够帮助自己对抗西方文明的腐化而保持自己的东方传统。

萨马德认为自己的人生是令他沮丧的，他在战争中英雄梦想的破灭、战后在英国极其卑微的生活状况，以及他与波比的婚外情所引发的愧疚都迫使他接受保罗·吉尔罗伊所批判的"种族绝对主义"（ethnic absolutism）思想。对吉尔罗伊来说，一些黑人反种族主义群体所秉持的狭隘的文化种族主义将会使以反种族主义为基础的更加宽泛的黑人性的定义变得支离破碎（Gilroy，1991：65）。扎迪·史密斯同样质疑和挑战这种狭隘孤立的种族身份构建，因此她以这种诙谐滑稽的方式描写着萨马德将自己强行塞进纯粹化和本质主义的文化身份模式的企图。《白牙》显示出，有色移民对传统和身份消亡的恐惧更甚于民族主义者对渗透的恐惧（Smith，2000a：272）。正如小说的叙述者所评价，萨马德的寻根行为变得日益狭隘，最后竟达到腐化堕落的程度。

> 如果说宗教是人们的鸦片，那么传统就是更具有欺骗性的止痛药，因为它很少表现出欺骗性。如果说宗教是紧箍咒、是跳动的静脉、是针，那么传统则是更家常的调味饮品：加婴粟籽的茶，加可卡因的甜味可可饮料，这种饮料可能你的祖母都会调制。和泰国人一样，对萨马德来说，传统就是文化，而文化则会通向一个人的根，这些都是好的，都是未曾受到玷污的原则。但是这并非意味着你可以以原则为生，遵照原则，或者按照原则要求的方式成长。但是根就是根，根就是好的。你无法说服他，野草也有茎块，而牙齿松动的第一迹象是牙龈深处的溃烂发炎。(161)

虽然《白牙》喜剧的模式能够让读者对萨马德这种疏离错位的人物存有一丝啼笑皆非的同情心，小说同时也以抨击他幼稚可鄙的本质主义的方式来讽刺当代英国社会中的宗教和文化原教旨主义的潮流及其将英国公共领域两极化的现象（Alibhai-Brown，2001：266–69）。

萨马德颓废的生活状态和婚外情的发生让他的思想产生深刻的转变，他对肮脏不洁的杂合性和多元文化的恐惧就愈发转化为对他两个儿子身份的担忧。萨马德感到自己身份的支离破碎，因此便坚持为他的儿子构建起严格到僵化程度的种族和宗教身份。他担心英国的文化形式会腐化马吉德和米拉特，例如他们学校组织的丰收节（Harvest Festival）活动在他看来就是基教徒的活动。更加糟糕的是，萨马德得知马吉德告诉他的同学他的名字叫"马克·史密斯"（Mark Smith），而米拉特则梦想成为布鲁斯·斯普林斯汀（Bruce Springsteen）那样的摇滚明星。萨马德为自己的儿子们被西方文化的完全同化而感到震惊和恐慌，并由此忽视他们作为生活在英国的少数族裔而必须经历的商榷和融合过程（Gillespie，1996）。他没有帮助他们来构建可行的杂合身份，而是自以为是地将他们送回东方来打消他们对西方的好奇和渴望。因为他无法负担两个儿子的机票，所以只能将更加聪明的马吉德送回孟加拉，并且希望他成为一个神职人员；而将更加叛逆的米拉特留在英国。他自己无法恪守清真的饮食习惯，因此决定通过改变儿子们的生活环境来决定他们的身份。鉴于他之前抗拒希克博士企图通过优生工程来控制人类命运的做法，他如今的策略就颇具讽刺意味。他的妻子也意识到，虽然萨马德经常断言说只有真主（Allah）才能决定人类的命运，但是他却罔顾别人的意愿而试图控制他人的命运。

小说中描写马吉德和米拉特分别的一章被恰如其分地命名为"有丝分裂"（"Mitosis"）。有丝分裂通过单一细胞分裂和复制的方式在所有的新细胞中产生相同的遗传物质。文中的生物学指涉旨在强调萨马德的两个儿子是同卵双胞胎的事实，因此从基因的角度来说是无法区分的。如果他们在完全不同的环境中成长，他们之间的相同和差异就反映出遗传和环境之间相互作用关系。当萨马德把他两个儿子分送两地的时候，他也在不知不觉中重现20世纪的生物学家为研究遗传基因的影响而做的实验。《白牙》通过描述萨马德双胞胎儿子始料未及的成长来讽刺他对文化决定论的笃信，以及对自己家族血统的盲目骄傲和单一文化的盲目笃信。马吉德和米拉特虽然拥有相同的基因，但是他们却如同萨马德所预想的那样成为截然不同的人，但是又和萨马德的规划迥然相异。

首先，成长在孟加拉国的马吉德并没有符合马吉德的单一文化设想而成为典型的东方人，而是成为思想杂合的亲英派。他因为孟加拉国的灾难四起而被逐渐吸引到一位亲英派教授的周围，并且坚信只有西方国家才能为混沌无序的东方带来秩序和规则（Smith，2000a：239）。这种改变让萨马德无所适从，他预想马吉德会在想象中的纯粹而洁净的东方环境中成长为一位顺从的伊斯兰教信徒。然而现实始料未及，正如爱德华·萨义德所强调的，帝国主义和新自由主义全球化等后殖民的衍生物（postcolonial supplements）将会培养出一批杂合身份，并且与原教旨主义和文化民族主义等观念针锋相对的人（Said，1993：336）。萨马德所想象的东西方的绝对分离仅是他的错觉，他的两个儿子在分开之后仍然在相互渗透的东西方文化的基础上构建出全新的杂合身份。

其次，马吉德成长为亲英派的事实颠覆了萨马德有关文化纯洁性的幻想，而米拉特加入一个具有杂合性质的帮派则凸显出二代移民所经历的多元文化相互沟通和商榷的过程：

> "拉加斯塔尼"们的语言是融合着牙买加方言、孟加拉语、古吉拉特语和英语的奇怪混合语。他们的精神、他们的宣言，如果可以这样说的话，也同样是混合物：以真主为主要特点，但与其说真主是上帝般的存在，倒不如说他是大家的领头大哥，一个能在关键时刻挺身而出为他们打架的大哥。功夫和李小龙的作品也是他们处世哲学的核心部分，此外还有对黑人权力运动的一知半解（"人民公敌"的唱片《黑色星球的恐惧》就是其写照），但是他们的主要使命就是要让印度硬起来，让孟加拉猛起来，让巴基斯坦爬起来。（Smith，2000a：192）

小说对米拉特所在的"拉加斯塔尼"的帮派精神精彩的描写其实是借鉴文化研究对英国青年的亚文化的分析，这种分析通常都会重点关注亚文化对阶级和以年龄为基础的社会等级的抵制及其象征意义（Dawson，2007b：165）。迪克·赫伯迪格（Dick Hebdige）等批评家提出，亚文化借助拼贴（bricolage）手段让很多商品和媒体形象改变形式和性质，并且由此来挑战霸权的表意系统和意识形态（Hebdige，1990：103）。米拉特和他的拉加斯塔尼战友们借助亚文化模式来调整和修正李小龙和教父等具有男性气概的流行文化偶像，从而表达亚裔群体自豪感中激进好战的一面。

然而拉加斯塔尼成员的拼贴行为中也隐含着自相矛盾的因素，构成"拉加斯塔尼"文化身份的世界主义拼贴和杂合被用来迎合和维护日益本质主义和排他性的种族身份模式。虽然米拉特和他的朋友们倡导流散文化的融合，但是他们在布拉德福德（Bradford）烧毁萨尔曼·拉什迪的小说《撒旦的诗篇》（*The Satanic Verses*，1988）的举动就反映出他们对多元价值观的抵触。米拉特而后日益身陷伊斯兰好战主义，而扎迪·史密斯也戏剧化地展示出他所推崇的男性气概的好莱坞灵感以及伊斯兰原教旨主义的反西方定位，并且揭示出两者之间的内在矛盾。米拉特所经历的文化杂合的悲喜剧也重现他父亲坚持自己纯洁理想的失败。《白牙》通过讽刺性地描写米拉特和马吉德的世界主义身份的不稳定性来揭示流散杂合性中令人始料未及的政治结果，并且由此颠覆肤浅而轻率的基因和文化决定论模式。

2. 多元文化的误区

小说《白牙》则通过描写萨马德在英国的转变来讽刺单一文化的谬误，同时也戏仿杂合性话语中的生物决定论。萨马德的文化观念存在问题，而查尔芬家庭所代表的多元文化主义又何尝试无懈可击。那么人类的种族身份的未来究竟是由什么决定和主宰，既然诸如弗朗西斯·福山（Francis Fukuyama）等生物技术评论员都已经开始分析后人文主义的未来，那么我们应该如何衡量该未来中种族差异的深刻意义呢（Fukuyama，2002）。其中一个着眼点就是要审视在所谓的后种族时代中"种族"概念的持久性以及与其相悖的多元文化和杂合性等概念的影响。《白牙》通过塑造分子生物学家马库斯·查尔芬和他的妻子乔伊斯（Joyce）来尖锐地揭示当代中产阶级多元文化论话语中的自相矛盾，从而说明能够促成英国社会真正意义上的种族融合的文化观念并非教条而刻板的多元文化主义。虽然查尔芬（Chalfen）家庭也是坚持自己的宗教信仰的少数族裔，但是他们作为中产阶级的知识分子却为阿奇和萨马德的孩子们树立起成功的英国人的典范形象。而对查尔芬家庭来说，阿奇和萨马德的孩子们所代表的文化、种族和阶级差异为他们原本枯燥平淡的生活注入很多兴奋和乐趣。

乔伊斯对杂合性和多元化的兴趣首先体现在植物培育方面，史密斯也将笔墨重点放在评判查尔芬家庭等英国中产阶级白人所持有的微妙的歧视，例如《白牙》通过乔伊斯·查尔芬所著的《新花权》（*The New Flower Power*）中的园艺描写来揭露她对差异性的兴趣以及该兴趣所掩盖的病态的窥探嗜好：

> 事实上异花授粉能产生更加多样的后代，它们应对环境变化的能力也更强。据说，异花授粉的植物所产生的种子往往也在数量和质量上更占优势。如果可以忽略我一岁的儿子（他是离经叛道的天主教女权主义园艺师和犹太知识分子异花授粉的结果），那么我当然可以证明其正确性。（Smith，2000a：258）

史密斯借助乔伊斯有关杂交授粉的人类中心论的描述来讽刺杂合性的后殖民论述，而《新花权》则是对该论述最好的戏仿。罗伯特·杨（Robert Young）认为，当下流行的杂合性作为一个反种族主义的概念是具有讽刺意味的，因为该概念深刻植入19世纪的人种学所狂热推崇的差异分类法（classification of difference）（Young，1995：10）。乔伊斯的园艺专业术语能够凸显两者之间的联系，史密斯也由此讽刺"种族杂合"这种当下流行的说法。另外很多有关杂合性的当下描述都在推崇一种无关历史的流散身份，而乔伊斯对异花授粉的描述暗示出，杂交植物比同种的纯种植物具有生物学优势，因此会更好地适应快速变化的环境。正如我们所意识到的，对排他性身份模式的批判是值得赞誉的，然而对差异性和多元化的一味推崇也是极端的态度和表现。

乔伊斯进而将对植物的异花授粉（cross-pollination）和差异性兴趣浓厚转移到移民二代的青少年，因此当阿奇的混血女儿艾丽·琼斯和米拉特因为在学校行为不当而被送到查尔芬家接受辅导时，乔伊斯被他们深深吸引住。而当米拉特和艾丽逐渐融入查尔芬家庭的时候，乔伊斯对他者性的狂热瞬间暴露无遗。艾丽被查尔芬家庭表面的知性和理性所吸引，而后竭尽所能地模仿查尔芬家庭所体现的中产阶级礼仪规矩和行为方式。与其相反地米拉特却苦苦思索如何不劳而获查尔芬家的金钱，而非规范的行为举止和文化知识。可以料想到的是，艾丽越是尝试着遵循查尔芬主义，乔伊斯对她的兴趣就愈发减弱。而米拉特越是偏离正途，乔伊斯对他的问题身份就愈发兴趣浓厚。后来米拉特身陷一个浮躁且激进好战的伊斯兰教组织，并且以此来实现自己"正义的反抗"的年轻的梦想，乔伊斯将他日益极端的文化民族主义视为一种好奇心和心理问题而大加支持和赞赏。乔伊斯对米拉特短视而肤浅的支持可以视为对英国社会上制度性多元文化主义政治的一种含蓄的评价，其倡导者总是将文化差异的最极端形式视为集体身份认同最真实可信的表达。多元文化主义在英国也由此成为众多批评的对象，因为其在毫不知情的情况下助长着少数族裔共同体内部的反动的保守潮流。英国反原教旨主义女性（Women Against Fundamentalism）组织的活动家提出，保守派的宗教首领是多元文化主义规范的最大受益者，因为他们可以按照这些规范将那些挑战他们的计划和纲领的人界定为种族主义者（Sahgal and Yuval-Davis，1993：16）。乔伊斯虽然自诩拥有进步的观点，但是还是教唆米拉特参与激进好战的伊斯兰教组织。乔伊斯简单地认为，伊斯兰教组织能够体现出米拉特作为孟加拉人的种族特点，应该成为该区域移民身份独特性的最直接表现形式。这种对极端差异性的强调和宣扬有碍和否定有色移民对英国文化接受和融入，也有碍英国社会中多种文化真正意义上的相交相融。她的行为暴露出多元文化主义教条内在的矛盾性。由此可见，所谓多元文化主义的支持者和倡导者的所作所为并不能够真正促进英国社会的种族融合。

小　结

诸多评论者认为，小说《白牙》勾勒出一幅正面而积极的多元文化图景，因为在故事的结尾处艾丽和她的孟加拉—牙买加—英国血统的孩子将摆脱基因的束缚而憧憬美好自由的未来。我们也仿佛从该图景中想象出作为"多元文化乐土"的伦敦，年轻而精力充沛的有色移民甘愿背井离乡而来到这里，他们在这片土地上寻找机会且与其融合。但是这种正面的憧憬始终会因为小说中的优生学和基因决定论的暗示而干扰。因为同样在小说的结尾处，阿奇在未来鼠揭幕仪式对"二战"的回忆再次将作为当代生物科技的核心的种族学遗产推进人们的视线。通过他的回忆我们得知，阿奇最终没能处决佩尔雷医生，或者又称希克博士，而这位纳粹优生学的拥护者也在战后一跃成为马库斯·查尔芬的导师和未来鼠研究机构的主任。小说的结尾处对"二战"时期的事件和优生学思想的追溯是显而易见的。有些批评家对扎迪·史密斯小说模棱两可的结尾多有抱怨。既然她在小说中提及优生学的回归问题，为什么没有在讨论其影响方面选择明确的立场。小说如此的结局可能是因为现如今无法断定生物科技对人类世界的影响，也无法断定人类种族关系的走向。《白牙》提及优生学回归的目的是提请我们注意轻率而任意的自由主义的多元文化模式，同时也以期美好的种族融合的未来。

第二节 《新部落》中的种族融合

布奇·埃默切塔的小说《新部落》讲述的是一个黑人男孩切斯特（Chester）的故事，他在被自己的亲生父母遗弃后被一个英国白人家庭收养，这个家庭在此之前还收养一个名叫朱莉娅（Julia）的白人女婴。切斯特对自己的出身和生身父母一无所知，所有有关他的过去的信息都来自他的养母，这让他感到非常迷茫。随着切斯特和朱莉娅的逐渐成长，他的身份危机也变得逐渐深重。后来朱莉娅意外怀孕而离家出走时，切斯特感到强烈的背叛和失落，同时也深深感到自己的无根状态。于是他踏上寻根的旅途，途中偶遇一位尼日利亚老人教他厨艺，并且告诉他这是"成为一个非洲人的第一步"（Emecheta，2000：84）。他最终决定以渡船的方式去非洲，然后他和一个形迹可疑的尼日利亚人吉莫（Jimoh）交换护照，去寻找他养母故事中的非洲王国，他相信他的王国和臣民都在焦急地等待着他。切斯特的旅途注定要因为非洲国家严酷的生活现实而幻灭，他也会逐渐意识到英国和非洲之间巨大的差距，以及作为想象和故事的非洲和作为现实生活的非洲之间的截然不同。最终他回到英国，不再压抑自己对养父母深刻的爱，与自己的黑人英国女友埃丝特（Esther）重修旧好，与他的白人妹妹朱莉娅恢复往日的亲热。他也不再将自己的英国家庭视为"无法改变的过去"（68），而是在这里找寻一种满足感和平衡感。这个21世纪英国社会中的多元文化家庭也就是埃默切塔所谓的"新部落"，由此可见，作者所谓的新部落也就是象征着种族多样性和种族融合的日常家庭生活。

一　黑白相间的尼日利亚

埃默切塔作为生活在英国的非洲移民，在接受英国杂合性的生活的同时也在感受非洲的多元文化转变，在其心目中纯粹而单元的生活和存在是无处可寻的，由此她在小说中描述的非洲也是多元和杂合的。《新部落》中的非洲大陆首先是从白人女性金妮的视域中构建起来的，因此也是黑白相间的意象。在切斯特成长的过程中，他的养母金妮（Ginny）早已预料到他作为白人社区中的黑人男孩将会产生的身份危机，因此她竭尽所能地给他讲一些尼日利亚的事情。她所有故事都是来自一本尼日利亚神话和民间故事集，从中"她勾勒出她自己对非洲村庄景色的想象，女人们的头上顶着水罐，男人们成群结队地坐在树荫下，周围有孩子们在玩耍"（8）。面对切斯特的身份困惑，金妮借助非洲的民间故事帮助他认知和接受自我。

小说《新部落》是一个对于想象中原初非洲的解构过程，而其中首个解构的对象就是非洲的神话和民间故事，并且凸显出其黑白相间的特性。埃默切塔经常在小说中使用和演绎非洲传统的民间故事，小说中切斯特的养母金妮经常给他讲的故事《失踪的伊杜王子》（"The Lost Prince of Idu"）就来自古老的贝宁城（Okafor，2004：119）。金妮将古老的故事按照自己的想象进行改编，而故事也构成切斯特对自己人生的梦想。故事中的国王有12个妻子，而他的第一任妻子姆普拉斯（Mpulasi）身形消瘦且始终无法获得他的欢心，但是因为是他的第一个妻子并且为他的父母所中意，姆普拉斯在家庭中的地位还算稳固。国王的妻子们给他生出好多女儿，所以他非常渴望拥有一个儿子。后来国王寻求药师的帮助，他将仅有的一颗雄性种子种在花盆里，让所有人都感到懊恼和惊讶的是，竟然是普姆拉斯生下国王的儿子。但是在此之后，她和她儿子的生活就因为其他妻子的嫉妒和仇恨而变得异常危险和艰难。埃默切塔将这个民间故事融合到她小说的情节当中，书中的姆普拉斯在万般无奈的情况下只能祈求"一对白人夫妇将孩子带回到他们的国家，并将他养大成人"（Emecheta，2000：43）。埃默切塔将非洲的民间故事、金妮的想象和切斯特幼稚的幻想拼贴成为自己的故事。故事中的白人夫妇后来在交通事故中丧生，那个被收养的非洲男孩暂时为家里的黑人女仆凯瑟琳（Catherine）所照看，但是凯瑟琳自己也怀有身孕且生活窘迫，因此感到焦急万分。直到后来，"她在报纸上看到一对善良的基督徒夫妇收养了一个被遗弃的孩子，就写信给他们"（43）。切斯特在白日梦的过程中将故事和想象中的点点滴滴拼凑成他王室出身的传奇，其中包括非洲国王的生父、非洲王后的生母、非洲女仆凯瑟琳，还有他的养父母金妮和亚瑟。埃默切塔在小说中始终暗示，切斯特的故事的文化来源是有各种瑕疵的，切斯特也并不是非洲的王子，也没有什么非洲王国在等待着他。

　　金妮的非洲故事都是来自殖民图书馆（colonial library），殖民图书馆的概念来自穆迪姆贝（V. Y. Mudimbe），他认为欧洲帝国话语为非洲创造出一套知识体系，其中的非洲社会被视为原始和落后的。针对这种状况，穆迪姆贝在《非洲的创造》（*The Invention of Africa*，1988）指出，"19 世纪和 20 世纪的知识体系创造出静态和史前的传统"（Mudimbe，1988：189）。埃默切塔在小说《新部落》中以虚构的方式展示出殖民图书馆的运作方式，其中金妮利用在英国图书馆中的资料为切斯特构建出他的非洲身份和历史。金妮的非洲构想以尼日利亚传统生活方式的画面形式呈现出来，"她在封面画上绿油油的香蕉树，高大挺拔的棕榈树围绕着低矮的泥墙，泥墙合拢包围着院落"（Emecheta，2000：8）。院落中非洲国王和他的妻子们正在为子嗣的问题备受困扰。院落的描述和人物的刻画与穆迪姆贝的观点非常吻合，"描绘出具有异域风情的图画，从而创造出文化的差异……需要感谢那些偶发差异的积累，包括黑色的皮肤、卷曲的头发、赤裸的身体以及佩戴的手镯和成串的珍珠"（9）。而小说中正是这些来自殖民图书馆的故事构建起切斯特的身份和历史。

　　小说中非洲神话的来源意味着切斯特在成长过程中所接受的有关尼日利

亚的信息都因为金妮想象的介入而具有杂合的特性，因此所有的信息有来自转述的民间故事，其过程也融合进他的英国白人养母自身对非洲的认知。金妮在没有接触非洲民间故事之前也认为尼日利亚仅仅是"一个非常恐怖的非洲国家，那里的士兵们不断地推翻民主政府，国家便沦为混乱、贫穷和暴力的境地"（8）。然而之后她却惊奇地发现尼日利亚"是一个多语言和多民族的国家，拥有悠久而丰富的历史和独特而古老的传统方式"（8）。埃默切塔在小说的初期为读者展示的是想象中的尼日利亚，这种构想是结合非洲民间故事和白人女性的主观想象，由此此时的尼日利亚意象是复杂多面的，同时也是杂合的。作者也通过这种想象而暗示出，此时的非洲和尼日利亚在经历过殖民的统治和现代化的进程后已经无法退回到原初的状态。但遗憾的是，切斯特在决定他的非洲之旅时却没有办法认识到真正的尼日利亚的复杂和多面，由此他的旅行也就注定是失败的。令人伤感同时又充满讽刺意味的是，切斯特原原本本地将这些故事当作自己人生的指南，他甚至假设这就是他自己出生的真实历史，他自己就是那个被流放的非洲王子，那个村庄就是他失去的王国，他在思考着自己什么时候"能够重新夺回他的城市"（17）。

此外，切斯特在完全接受杂合性的非洲神话后便以旅行的方式亲历杂合的非洲大陆。切斯特的身份危机促成他旅行的构想，而埃默切塔也借助他的实地之行解构非裔移民想象中的非洲，以借此显示出杂合和多元的非洲。切斯特旅程的首站并非非洲而是利物浦，他在利物浦的乌格武（Ugwu）家庭中与非洲发生首次的接触。他在圣西蒙（St. Simon）的海滨浴场偶遇乌格武和他的两个孩子，他们结伴来到利物浦，并且在那里生活长达两年之久。切斯特在那里遇到自己的女朋友埃丝特，她是一个年轻的英国黑人女孩，在地方政府工作，同时也结识了来自尼日利亚的流浪汉吉莫，后来在他的帮助下开始自己的非洲之旅。总体来说切斯特和乌格武一家生活在一起的时光是积极而美好的，同时他也慢慢地平复着当初急切地寻找失落王国的心情。他再次萌生非洲之行愿望的原因是吉莫的出现，同时也伴随着他身份危机的深化。吉莫开始的时候没有意识到切斯特将尼日利亚的民间故事作为他身份构建的基础，由此非常随意地肯定其真实性，并且建议切斯特与自己交换护照后去尼日利亚寻找失落的王国。随后他还安排自己的妻子和弟弟负责切斯特在尼日利亚的接待工作，所有事情准备就绪后切斯特也踏上了他的非洲之旅。

小说在切斯特启程非洲之旅后便有机会展示出现实的非洲世界的模样，而现实也注定会令他失望。但是此时的切斯特还是非常确定他总有一天会离开自己现在英国的家庭，"会逃回到自己的城市"（20），而他的幻想终究是会破灭的。殖民和后殖民时期的非洲流散者的梦想就是寻找失落的非洲王国，然而埃默切塔却以戏剧化的方式对这个梦想进行去崇拜的处理，揭开它神秘的面纱，使得非裔移民的非洲回归之旅不再具有寻找圣杯和重返非洲伊甸园的象征意义。切斯特在非洲之旅遇到困难的时候求助一个名叫吉莫的尼日利亚人，作为一个贫穷且狡猾的黑人移民，他策划了一个与切斯特交换护照的阴暗计划以便自己可以获得在英国工作的合法身份。作为交换，他将帮助切斯特以渡船的方式回到尼日利亚，并且保证他的家人会帮助切斯特找到他的王国。正如我们所想象的那样，切斯特最终抵达的非洲是嘈杂的声音、混乱的景象和难闻的气味的混合体，这种残酷的现实与他彩虹般美好的梦想完全无关，并且随时都有可能将他击垮。他觉得，"当然，这不是他的王国，也不是任何人的王国"（122）。但是失望至极的他还是勉强继续着自己的非洲之旅，也寻找自己曾经的王国。

切斯特在寻找失落的王国的旅行中来到奥巴宫殿（Palace of Oba），而此时的所见和所想却充满英国的元素。吉莫的弟弟卡里木（Karimu）在他的奥巴宫殿之行的过程中始终陪伴着他，虽然他知道"自己不应该期待奥巴宫想白金汉宫那样，但是他对此还是没有做好充分的心理准备"（125）。他们遇到的门卫向他们索要礼物，在他心满意足地得到一瓶烈酒后才把他们带到宫殿群，切斯特深深地感到，"所有的一切都太过普通了"（127）。奥巴宫并非他所想象的金光闪闪的富丽堂皇的宫殿，而是被踩踏得非常坚硬的地面和"瓦楞铁皮屋顶的小房"，在场的孩子们都身着西式的衣服，好奇地瞅着他们（127）。切斯特面对这一切的时候显然是茫然不知所措，他此时最渴望的不再是他的王国，而是一瓶冰可乐。最具讽刺意味的是，他们的奥巴首领（Oba）无处可寻，最终被告知"他到英国去看病了"（130）。这令切斯特感到非常困惑，为什么一位伟大的非洲国王还需要到英国去看病，英国可是他备感厌烦而亟待逃离的地方。切斯特默默地思量着，"他梦中的那些非洲药师呢？他们为什么没有给国王看病呢？"（132）此时的切斯特虽然身处奥巴宫，但还是因为非洲宫殿的杂合模样而无法躲避无处不在的英国。

此后他们再次试图寻找切斯特的王国，便来到距离贝宁只有几个小时车程的夏马拉奥巴宫（Oba of Chamala），而这里的情况却因为融合进西方文化因素而让他感觉更加糟糕。切斯特还是需要按照老规矩准备好各种各样来自英国的礼物，用来讨好和贿赂宫殿的门卫，这样他们才会打开宫殿的转门让他们进去。他非但没有被非洲的这些经历赋予权力和勇气，反而被剥夺掉他所拥有的和他所知道的一切。贝宁的奥巴首领在英国接受医疗，而夏马拉的奥巴首领说着流利的美式英语，因为他曾经在匹兹堡接受过教育。夏马拉宫殿及殿内的装饰和摆设都被作者非常具体和细节地描写，从而再次颠覆切斯特曾经的梦想。宫殿的接待室被装饰成西方的奢华和非洲的媚俗相混杂的风格，显示出赤裸裸的炫耀感："地板上严严实实地满铺着粉红色的厚绒毯。室内有各种各样的家具，包括涂有金色的直背椅，也有粉红色的软垫，它们沿着墙壁排列着。接待室中还有三套或者更多套设计完整且风格各异的套间，一套是红色毛绒的，一套是黑色皮革的，一套是斑马纹的"（137）。按照埃梅切塔的描绘，宫殿的装饰是非洲和西方的家具和手工艺品的后现代式的混合。

再者，切斯特在结识多名非洲女性后发现，她们并非想象中囿于家庭的传统女性，而是像西方女性那样能够在家庭和社会中扮演双重的角色。切斯特在非洲的流连非但让他能够对其景观逐渐熟悉，并且也有机会接触更多的非洲女性，埃默切塔也借此机会颠覆根深蒂固的非洲女性刻板印象。埃默切塔在小说《新部落》中刻画出多名传统的非洲妇女，她们的角色在英国得到重新定位。故事中一位非洲女性名为乔（Jo），是乌格武（Ugwu）遵从父母之命从尼日利亚带回来的新媳妇。乔初到英国的时候扮演着顺从的传统非洲女性的角色，小说如数家珍般地列举她的日常工作，"煮饭、洗衣、打扫，好像理所当然地认为这就是她的工作"（98）。另一位尼日利亚妇女是吉莫的妻子莫妸米（Mowunmi），她也在家庭中默默地承担着所有的家务，并且将其视为女性的本分。她在家中男性面前毫无存在感，她所承担的家务也被他们视为理所当然，"她拿着一个大塑料桶为切斯特打洗澡水，她给他们拿来煮熟的木薯和蔬菜"（122－123）。通过这两位女性的描写，埃默切塔实则批判非洲的男性和男权社会，将所有的家务视为女性的责任。伊菲·阿马迪恩（Ifi Amadiune）却认为，这些角色都是由社会上普遍接受的性别范畴所构建的（Amadiune，1987：21），这也是性别歧视形成的重要原因。切斯特也感觉到，尼日利亚的社会现状已经将他在英国形成的性别意识完全颠覆，当莫妮米来码头迎接他时他感到非常尴尬和震惊，"她将切斯特的行李举到自己的头顶，还坚持说，一点也不重"（Emecheta，2000：117），强壮能干的非洲女性让他无法继续自己对女性的性别期待。

埃默切塔在小说中以英国的乔和尼日利亚的莫妮米为例，描写出男权控制和支配下女性的生存状态。她刻画多位非洲女性的目的就是要提出，女性在社会和家庭中的角色是动态的，而非固定不变的。由此她也在小说中展示出莫妮米的另一面，虽然作为家庭主妇非常投入尽职，但是在教堂中也是一位出色的女牧师，并且能够自如熟练地在家庭主妇和精神领袖的两个角色之间切换。当"她穿着飘逸的白色长袍"出现在他面前时，切斯特感到非常震惊，"他竟然目睹了沉默寡言的莫妮米转变为一位出色的精神领袖"（134）。这说明，在非洲传统的宗教、政治和经济共同体中，女性也可以承担重要的角色。

总而言之，小说《新部落》对非洲神话、非洲境况和非洲女性的描写旨在呈现当代非洲社会多元和杂合的现实。然而小说对多元文化和种族融合并没有进行直接而显性的宣扬，而是通过聚焦日常具体细节的方式得以实现，这就是霍尔所说的日常多元文化。日常多元文化的研究就是要捕捉在普通的多元文化区域"不同的群体共同生活且彼此互动时所产生的动力"（Ang，2001：4）。因为文化多样性只有在日常的生活中才能够实现，也只能在日常生活中进行评估。生活和生存在充满差异的空间中，宿主国的群体和有色移民之间会进行理智、情感和关系方面的沟通和协商（Neal，Bennett，Cochrane & Mohan，2013：308－323），同时多元文化接触区的共同体的认同感对于培养差异性的接受发挥着重要的作用，共同体内部的共存非但包括群体成员之间的互动和交换，还可能产生场所、文化、家园、身份、渴望和希望等价值观的空间和时间上的重构（Wise，2010：917－937）。小说中的切斯特通过和非洲的景观以及居民的密切接触而目睹和亲历当代社会中多元且杂合的非洲，由此颠覆他想象中原始而纯粹的非洲的意象。小说显示，当今世界中作为流散者聚居地的英国应该被视为崇尚多元文化和种族融合的新部落，而非洲也初具新部落的元素。

鉴于当代非洲大陆的杂合和多元属性，切斯特回归的意义更体现在精神而非物质的层面。斯图亚特·霍尔始终强调非裔移民故国回归的象征性意义，"人们真正想要回归的并非是现实中的非洲，而是语言，是描述苦难的象征性的语言，这就是一个隐喻"（Hall，1995：13）。霍尔认为，非裔移民并非想要真正回到非洲，而是想要象征性地参与到这种回归的经历当中，从而能够找到一种语言来重新讲述和书写他们自己的历史（13）。霍尔同时还暗示，从流散者的角度来看，这种象征性的回归的旅程对所有人来说都是必要的（Hall，1994：399）。非洲作为非裔移民象征性的回归的目的地是一个已然改变的场所，它已经成为"新世界中的非洲，成为我们所塑造的非洲，成为我们通过政治、记忆和欲望而重述的非洲"（399）。这个非洲会为那些身处逆境的非裔移民提供力量和能动性，但是同时它也是一种潜伏着雷区和陷阱的战略。因为一些非裔移民将非洲作为恐怖或欲望的源泉，虽然他们的本意是要颠覆西方的隐喻，但是却在无意中保留这种范式（Mudimbe，1988：x）。这种情况在黑人解放运动的时代就曾经发生，当时许多诗人用反殖民的姿态召唤出一个鼓声、节奏和鲜血的非洲，这种姿态的本意是推翻和颠覆西方世界的种族主义观念以及对非洲大陆的荒谬见解，却在无形中将它们保留和传播下去。V. Y. 穆迪姆贝就已经意识到这个问题并且明确表示，"事实上直到现在西方的评论者和非洲的分析家都在沿用的范畴和概念系统是基于西方的认知秩序"（x）。而埃默切塔在小说中的本意也是提醒读者们对当代社会中非洲回归现象能够理性对待，同时也展示出真实的非洲以对抗诸多非裔作者和研究者想象中的本质主义的非洲。

二　黑白相间的英国杂合新部落

《新部落》中的故国回归之旅最终并非指向非洲，而是回到英国，作者也希望通过这种旅程终点的反转而暗示出当代社会中"家园"的概念。当切斯特首次准备离开英国的旅行时，家园的概念就已经浮出平面，虽然彼时他还无法确定他的家园在何处。切斯特将通往尼日利亚失落的王国的旅途视为一种自我审视的过程，同时也是通过重访历史的方式来重新商榷自己的身份。当切斯特同意和吉莫交换护照时，他同时也解释说自己很期待英国的回归，"我一直想看看非洲，但是我只是不想失去这里的工作"（Emecheta，2000：112）。如果探讨切斯特的回归问题，那么他的家园是在英国而非非洲。正如塞迪娅·哈特曼（Saidiya Hartman）提出，"在当代的流散文学中，回归的概念已经发生改变，从原来的故国回归转变为流散地的家园化，虽然作者和书中的人物都在流散地遭受过种族歧视和排斥"（Hartman，2007：xiii）。埃默切塔的小说就完全契合这样的范式，虽然她将尼日利亚和英国都称为家园，但是她还是以流散者的视角进行写作，小说对切斯特旅程的描写能够帮助他与自己的过去产生交集，而并非真正实现严格意义上的非洲回归。

小说中的切斯特无法将非洲视为自己的家园，他的非洲回归因为两个主要原因而以失败告终。一方面，他在尼日利亚无法找寻到家庭的纽带，因此家园的构建没有可能；另一方面，他在旅途中也没有发现通往非洲家园的道路。小说在描写回归的过程中还通过对比当代流散者和历史流散者与非洲的不同联结来说明当代的非洲回归缺乏可行性和可能性，其中非常典型的事例就是吉莫写信给切斯特讲述自己未来的计划，"上帝帮助了我，我已经有足够的钱给家里盖一所房屋。现在我可以回家了……去照顾我的妻子和儿子"（Emecheta，2000：148）。这段描写鉴于当代移民自南向北的路线来说实在是有些过于简单化和非洲中心，但是它至少可以说明，对当代的流散者来说，真正意义上的非洲回归能否实现取决于他是否有家园和土地去依附。就埃默切塔来说，虽然她在英国扎根和成名，但是她仍然有家人在尼日利亚，由此能够在回归非洲的旅程终点有自己的家园区归依。小说中的吉莫也是处在同样的境况，当他在英国挣得足够的钱可以在家乡建起教堂和房屋时，他就能够回家。虽然小说中没有说明或者暗示非洲和非洲人之间相互拥有的关系，但是书中的人物的境况和经历确实能够显示出他们的家园在哪里，即切斯特会回到英国而吉莫则应该留在非洲。

切斯特与吉莫的境况大不相同，他的家园和母亲都在英国。他梦想中的王国在非洲无处可寻，他也没有家人在非洲等候着与他团聚。家庭在小说的回归主题中成为一个主要的概念，并且在很大程度上决定回归的成败。金妮以故事的形式为切斯特构建起他的出身和血统，并且她的用词"你的家人们"让他感觉到，她从种族的视角否定掉自己作为切斯特母亲的身份。由此他的非洲之行同时也是寻亲的旅程，这就能够契合塞迪娅·哈特曼有关失去的母亲的观念。哈特曼认为，流散的主体需要在大西洋的对岸有亲人的存在才会思考寻根的旅程，而亲人的缺失则象征性地表现为母亲的缺失，哈特曼也由此区分历史的流散者和非洲当地的居民（6）。哈特曼提出，当黑人奴隶与他们的亲人分离的时刻开始，他和他的后代们就已经失去非洲大陆。由此她认为，黑人奴隶已经被迫忘记自己的母亲，而现在他们的后代却被鼓励来进行"寻找母亲"这项无法完成的工作（Hartman，2007：162）。小说中的切斯特也面对同样的问题，他被阿灵顿（Arlington）家庭收养的事实就意味着他的母亲对他的放弃，由此"他在梦中也没有看到母亲的脸"（Emecheta，2000：121）。然而在英国，金妮作为切斯特的养母却是真实存在的，并且对他的爱和付出也是无法忽视的。小说也由此暗示出，相比非洲，英国才是他真正的家园，而家里的成员才是构成他生活的新部落。

切斯特的家园虽然在英国，但是非洲之旅的意义在于帮助他找寻和重构自我，进而能够在英国安置。切斯特的非洲之旅也并非单纯的返祖现象，菲利普斯就曾经在《大西洋之声》（*The Atlantic Sound*，2001）中讨论过自己对加纳的回归，"并非是家园的回归，而是探究且证实，经过多世纪生活在其他地方的经历的阻隔，非洲对非裔群体来说已经无法再成为文化的重心"（转引自 Birat，2007：64）。然而《新部落》中的非洲回归既不是家园的回归，也并非要取消非洲作为非裔流散群体文化重心的位置。此时的非洲已不再是他生活的中心，而成为一个富有深意的历史存在。切斯特在尼日利亚痛苦的经历让他明白，他梦中的王国是根本不存在的，至少是不存在于非洲。但是非洲之行的经历却教会他如何商榷和重构自己的流散身份，让他明白虽然梦想中的王国并非真实的存在，但是失去的王国意味着他重拾的过去。他逐渐明白他失去的王国的隐喻意义，并且在回归的旅程失败后能够更加坦然，因为"他不再感到孤独和漂泊，他的头脑是清楚的"（Emecheta，2000：148）。因为他在旅途之后突然意识到，虽然他并没有找寻到梦中的王国或者说梦想中的王国根本不存在，但是他在非洲仍然找寻回家的感觉，这种感觉让他在英国的返程之旅中精神振奋。只有在他实现自己非洲之旅的愿望后，他才会将真正地将英国视为他的家园，将阿灵顿家庭视为自己的家人，并且将自己视为英国社会的新部落的成员。因此非洲之旅就成为他的启蒙之旅，让他放下无知和幻想的包袱。由此奥卡福（Clement Abiaziem Okafor）是如此评论切斯特的非洲之旅的，"经过所有的这些，切斯特逐渐变成一个性格多面且充满自信的人……他最终的确回到作为众多流散者聚集地的英国，但是此时的他却满怀着对祖先的故国的真挚的爱以及对自己的身份的积极的理解。由此，他再次回到流散地的时候就不再仅是英国黑人中的一员，而是全新的非裔英国移民部落中的一员"（Okafor，2004：129）。按照奥卡福的观点，切斯特并没有因为旅行中所见的英国和尼日利亚之间的差异而感到梦想的幻灭，他的新自我和新身份也并不会陷入重重的内部矛盾之中。他的作为"非裔英国人或者英国黑人的"的复杂新身份自然也会让他成为"英国黑人的新部落中的一员"（转引自Cooper，2007：22），而小说中黑色与非洲的联结则显示和体现为历史的复原。切斯特回到英国之后才发现，他的妈妈是普通的尼日利亚女性而非王后，他的父亲是一位非裔美国人而非非洲国王，他自己也并非出生在非洲，但是所有这些事实都无法阻碍和割裂他与祖先的土地的连接。切斯特的神秘的理想王国是无处可寻的，但是却要求他"在过去和现在之间达成想象中的平衡，同时也接受两者的边界"（Okpewho，1983：156），也就是说，切斯特会和作者埃默切塔那样在大西洋的两岸同时发现自己的根源。由此，有意义和有成效的回归并不仅仅体现在实地的旅程当中，还体现为思想和意识的回归。

最后随着故事情节的发展，新部落的意义也逐渐变得杂合。首先，新部落是由几代非裔移民群体所构成，其中就包括切斯特的女友埃丝特（Esther）。她能够勇敢地面对萦绕在英国社会的种族歧视的话语，努力地彰显和颂扬自己的流散杂合身份。和切斯特不同，她深深扎根于英国社会的日常生活，与自己的家人保持着亲密友好的关系，而不是和切斯特那样沉溺于神话和梦想。她对自己的英国黑人身份毫无排斥且充满归属感，她认为切斯特寻根的想法是荒唐和过时的。其次，这个新部落当然也包含切斯特，虽然他觉得通过故国非洲的寻根之旅会为他们的流散身份增加价值。他失败的非洲之旅也是非洲去神秘化和去崇拜化的过程，让他认识到真实的非洲。最后，这个新部落还包含吉莫和朱莉娅等所有人从而成为兼容并包的共同体，实现多种族和多元文化的种族融合。

小　结

埃默切塔在小说《新部落》中想要传达的含义为："我们不属于非洲，我们是英国人，也许是英国黑人，但是现在这里是我们的家园……所有的寻根的想法都是如此地过时。看看现在黑人移民是如何改变英国文化的，难道你不想成为其中的一部分吗？"（2000：164）因此在小说的结尾处切斯特将英国视为自己的家园，随着他的英国父亲将自己的半数财产留给他后，他自然也成为"继承人"，而他的家人也自然组成象征着种族融合和多元文化的新部落。

改变篇

——英国性的改变

引 言

作为英国国民身份认同的"英国性"很早就进入研究者的视线，维多利亚晚期和爱德华早期的文学家都在或明或暗地关注着英国性的属性和内涵。对英国性进行思考后提出的两个关键问题为：英国人作为一个种族的本质特点是什么？英国作为民族国家是如何构成的？而这两个问题的讨论还涉及英国与其个体民众的关系以及与超越英国国界的整个世界的关系。

面对殖民主义、性别混乱和阶级动荡，有些世纪之交的作者或是拒绝正视性别、种族和社会方面杂合的挑战而坚持认为英国性意味着男性、白人和中产阶级；或是允许英国性中掺杂些许哥特式的或者殖民主义的成分。拉迪亚德·吉卜林和约瑟夫·康拉德（Joseph Conrad）的小说似乎暗示着，英国性在通过与殖民地居民相遇的方式或者发生温和的调整，或者产生灾难性的巨变。而奥斯卡·王尔德（Oscar Wilde）或者弗吉尼亚·伍尔夫的作品则显示出，英国的性别身份经历着或直接或潜在的错位，并由此导致英国性有限的改变。由此可以看出，英国作家或者在绘制杂合的蓝图，或者仍然保守地抵制所有形式的文化改变。

综合文化理论家的观点来看，作为英国民族身份认同的英国性主要体现在英国文学、英国历史、英国的场所和空间等方面，最终凝结为英国的民族精神。首先，文学作品在民族特色的体现和民族身份的构建方面都起到至关重要的作用，英国文学既是英国性的组成部分，也是其载体。安东尼·伊斯特霍普（Anthony Easthope）认为，英国文学被委以构建、重塑和再现英国性的重任（1999：117 – 118）。而布赖恩·道尔（Brian Doyle）则认为，英国文学作为学科门类非但仅展现出文明社会的高雅文化，还能够展示出民族性格，该学科还被赋予培养民族修养的重任（1989：12）。其次，历史作为一种隐性的文化要素和文化资源将对身份构建产生积极的影响，而历史的消失所带来的无归属感和无文化感将会对民族文化身份带来强烈的冲击。对英国性的讨论就相当于讲述有关集体身份（collective identity）的故事，这同时也是神话制造的过程，需要我们深入历史去寻找民族身份的象征，从而使我们能够对现在做出有意义的解释和对未来做出有意义的预测（Habermann，2010：29）。最后，19世纪以来空间和场所在英国民族认同中占据着重要的地位，伊恩·鲍考姆认为，"场所和空间的身份赋予功能在英国性的界定中起到重要作用"（Baucom，1999：4）。他同时也提出，英格兰和英国性自始至终都暗含着过去和丧失的意味，"场所能够成为有关英国民族身份认同的怀旧话语，能够让过去可见，并且使之成为现在，从而见证着民族国家在时间的长河中绵延持续"（4–5）。而这种观点所暗示的场所多指英国的乡村大宅，它因为承载着英国悠久的文化而成为英国人理想中的家园。而这种乡村大宅也会成为英国性的象征，将民族身份认同赋予它的居住者。

法国作家阿贝·普雷瓦尔（Abbé Prévost）认为，"英国人在行为举止和风俗习惯方面是非常统一的"（转引自 Langford，2000：15）。有关英国国民性格的起源众说纷纭，却在第一届英国世博会（Great Exhibition）时期获得具有较高辨识度的轮廓（15），并且在其后得到较为稳定的发展，进而在19世纪开始参与到英国性的构建中。英国性是一种始终发展和演变的概念，批评家们对其解读也各不相同。曼蒂娅·迪亚瓦拉（Manthia Diawara，1990：830）提出，英国性作为一个群体的语言、文学、历史和意识形态而赋予该群体相对于其他群体的特权。英国性在白人和黑人、英格兰和西印度群岛以及文明和原始之间设置绝对的障碍，并且在此过程中将英国公民视为真正的人类而赋予其权力，同时将被殖民主体视为复制的人类而剥夺其权力。

与此同时，文化理论家也在从各种视角探究世纪之交时期英国性的非稳定性。玛丽·路易斯·普拉特（Mary Louise Pratt）在《接触区的艺术》（*Arts of the Contact Zone*，1991）和《帝国之眼》（*Imperial Eyes*，1992）中提出，英国性和所有文化都是连续不断的跨文化的杂合过程的结果（Pratt，2008；1997：61–72）；同样罗伯特·杨也认为，英国性从本质来说是属于非稳定和过渡式的范畴（Young，1995）；更具有影响力的是，霍米·巴巴发现一种矛盾性，能够动摇英国殖民书写中稳定的文化和种族范畴（Bhabha，1994：161）。然而吉卜林、哈葛德（Rider Haggard）和约翰·巴肯（John Buchan）

等作家却对他们的帝国姿态颇有信心，认为英国性是深入他们骨髓的特质。但是他们的姿态却最终被证明是故作姿态，因为他们书中的主人公通常都为他们想要探索和征服的区域、民众所纠缠、吸引和着迷。吉卜林的同名小说中的主人公金（Kim）和巴肯的《绿斗篷》（*Greenmantle*，1916）中的桑迪·阿布什诺（Sandy Arbuthnot）都经历过身份的转变，而他们的英国性都遭受过侵袭。由此殖民经历总是构成殖民文本的组成部分，而霍米·巴巴也认为，英国的作品总是会被种族、性别、暴力以及文化和气候的差异的暗恐力量所侵扰（161）。对巴巴来说，英国文学成为杂合的产物的事实意味着自由和解放，因为它"将不再能够发号施令"（161）。由此自维多利亚时期以来，被英国人视为种族、社会和性别的他者也逐渐进入英国性的范畴，并且在英国文学领域引发热议。

英国性作为英国国民身份认同也始终处在化成的过程，并且会因为各种契机而发生改变，其中当代英国社会的黑人移民和黑色存在就是其中之一。而与此同时英国黑人移民也以改变英国为己任，当代英国社会和英国性所发生的变化自然也被记录在当代英国黑人小说中。第一，当代英国小说的故事背景首先经历着从乡村到城市的变化，因为以伦敦为代表的英国都市是年轻的英国黑人所钟爱的场所，由此当代英国黑人小说多以伦敦为故事发生的背景。英国乡村作为英国性的承载的观点也悄然发生变化，而英国性的载体也随之由乡村转变为城市，这其中当代英国小说功不可没。第二，随着身份问题的逐渐迫近，当代英国黑人小说对历史的兴趣也油然而生，他们通过追溯英国历史中奴隶贸易的篇章来为自己的身份构建寻找支撑，同时也发掘奴隶制度历史在当代英国社会的意义。第三，当代英国黑人作家与英国文学传统的渊源不言而喻，他们所接受的教育中都有弥尔顿、莎士比亚、狄更斯和其他英国作家的身影，由此他们的作品也是对英国文学传统的传承和发展。英国的场所、历史和文学都是英国性的重要方面和体现，由此英国黑人小说对其传承和改变也自然会导致英国民族认同从英格兰性到英国性的改变，而英国的民族性格特点也实现了从忧郁的小英格兰性到多元文化以至世界主义的改变。

第五章　从乡村到城市的转变

　　城市作为文学再现的对象在历史上的评价却是毁誉参半，伯顿·派克（Burton Pike）将其称为"西方文化的双视野"，认为它同时代表着堕落和完美（Pike，1981：8）。在基督教的传统中，城市交替象征着天堂和地狱，未来的希望寄托在理想化的新耶路撒冷，而过去的故事却将城市描述为傲慢、腐败和邪恶的化身（Ball，2004：20）。雷蒙·威廉斯（Raymond Williams）在《乡村与城市》（*The Country and the City*，1973）中也认为，城市已经成为聚集成就的中心：学识、交流和光明。同时颇具说服力的敌视的联想也层出不穷：城市被视为喧嚣、世故和野心的场所（Williams，1975：1）。他得出结论说，好像从一定程度来说，有关城市的所有描述，从伟大到灾变，都可以被同时相信（278）。

　　很多有关城市和城市生活的相互矛盾的观点并不是始于当今，而是在 18 世纪时就已经被思想家和作家阐述。罗伊·波特（Roy Porter）在稳步向前的城市化进程中提出，启蒙运动的思想家已经意识到未来在于城市，并且认同，虽然自古以来存在反城市化偏见，当今的城市却意味着进步、和平、收益、愉悦以及无知的消除，城市人也是文明人（Porter，1994：160）。但是同时，城市也被华兹华斯和布莱克（William Blake）等人描述为象征着异化、罪恶、疾病、肮脏、邪恶、压迫和社会动荡的反人类的场所。经历过 19 世纪快速的工业化和现代化的发展后，19 世纪末期和 20 世纪初期的城市越来越扮演着现代生活和现代意识中心的角色。此时威廉斯也提出，城市的瞬间性、偶发性、其本质的令人兴奋的疏离感以及其中接连不断的人物和事件，所有这些城市的社会属性同时也是人类生活的现实（Williams，1975：234）。马尔科姆·布拉德伯里（Malcolm Bradbury）也注意到，对现代主义者来说，城市在社会功能、沟通交流和实践经验方面高度的集中使之成为"普遍的社会秩序的中心以及成长和改变的生成前沿。换言之，城市既是过去也是未来，既是文化博物馆也是全新的环境"（Bradbury，1978：97）。

　　有关城市对民族认同的承载的讨论也是文化学者所关注的话题，而作为英国民族认同的"英国性"却被认为以英国乡村庄园为载体，乡村庄园"是最具英国性的事物。乡村大宅是大英帝国的文化遗产"（王卫新，2010）。弗吉尼亚·肯尼（Virginia C. Kenny）认为，自18世纪以来，英国的乡村庄园就成为美好社会的隐喻。在简·奥斯汀《曼斯菲尔德庄园》的时候，英国的庄园被定位为英国民族精神的重要方面，并且成为体现英国民族身份的重要场所。而在伊夫林·沃的《故地重游》中，"英国的乡村庄园作为英国民族认同的象征"（转引自王卉，2014：134），并且借助庄园的荣衰来隐喻英国性的发展变化。但是世界大战、现代化的进程、经济萧条以及再次世界冲突的必然性等因素都逐渐破坏乡村庄园作为民族象征的合理性和可能性。罗杰·布罗姆利（Roger Bromley）也提出，"二战"后的发展，特别是有关去殖民化和全球移民的现象已经把英国性撕扯得形迹全无，并且还将其推向新的发展方向（Bromley，2000：129）。

　　然而区域和场所作为英国民族认同载体的事实却是无法改变的，既然英国的乡村已经无法继续承载英国性，那么都市就应该当仁不让。伦敦不仅是英国的首都，也是"英国性真正的所在，并且后殖民时期的伦敦在社会形态和种族结构方面都已经发生深远的改变"（Cuder-Dominguez，2004：174），也由此急需新的再现，而由伦敦所承载的英国性也必然需要新的界定。无独有偶，霍尔、吉尔罗伊和其他理论家都孜孜以求地通过理论的方式将黑人界定为英国地理政治实体的组成部分，以及英国文化和民族身份的构成要素，使其参与到英国性的构建当中。理论家们奋力在英国民族身份中打开缺口，从而为有色移民争取更多的空间，而后者在过去的数十年中也确实在英格兰性和英国性的构建中提升着自己的可见度和可听度。在此基础上伦敦也许仍然会被后殖民时期的移民视为象征着英国帝国霸权的场所，并且由此成为抵制的客体，但同时也被视为后殖民时期的接触区域（contact zone），玛丽·路易斯·普拉特的接触区域是指各种文化因为帝国主义行为而相遇且相互影响的中介空间（Pratt，2008：6）。而有色移民与作为接触区域的伦敦都市之间的互动一方面帮助前者进行宿主国的身份构建，另一方面使得后者获得跨文化和跨国界的色彩，同时也改变着后者所承载的英国性。

在有色移民与伦敦的互动中，两者都发生悄然的改变。前者已非全然的黑色，后者也绝非纯粹的白色，而前者对后者的改变也通常被视为无声的抵抗。米歇尔·德·塞托（Michel de Certeau）的《日常生活实践》（*The Practice of Everyday Life*，1980）能够提供这种抵抗的理论模式，德·塞托认为有色移民对都市空间的化用就是他们对强加在自己身上的宿主国文化的颠覆和改变。德·塞托谈及曾经被西班牙殖民者统治的印度人看似顺从，但是他们"却经常使得强加在自己身上的仪式、规定和法令变得与他们的征服者心中所想不尽相同"（de Certeau，1984：xiii）。任何社会中的弱势群体都可以利用德·塞托所讨论的策略，借助陌生的和异己的力量来实现他们自己的目的（xix）。行走在城市街头的行为就是典型的范例。他认为，就像语言的言语行为一样，当个体在城市的街道上行走或者穿越城市时，他实则在统摄地图的城市，穿行城市街道的行为就是重塑城市的力量。城市行走将会改变城市作为时间和叙事的功能，弱化城市的有计划和有组织的静态特性，将其转变为活跃的和自发的重组空间（117）。这实际来说就是对城市的接管，在自我故事的具体语境和自我旅行的独特空间中描述城市。进而，有色移民对伦敦都市虚构或者现实的再现也可以视为来自底层的抵抗，而德雷克·格利高里（Derek Gregory）将其称为"空间策略或者通过命名的方式来接管"，或者说是以自己的意象来书写新的空间场所（Gregory，1994：171），而帝国主义的殖民者也曾经以同样的方式来宣告他们对遥远国度中的殖民地的主权。

伦敦由于被前殖民地的移民"反向殖民"，因此成为尤其复杂的接触区域，其中的跨文化邂逅非但构成当前的机遇和挑战，同时也承载着遥远的殖民地时期文化融合的遗产和负累。诸如泰晤士河和大本钟等处在伦敦的物质空间时刻提醒着，该座城市既是当地的也是世界的；城市所处的时间既是当前也是过去。然而诸如新印度群岛夜总会和巴基斯坦商店等其他物质空间则指向新联邦的有色移民为伦敦所构建的未来。伦敦曾经被视为控制着英国历史和文学经典的白人城市，而伯纳丁·埃瓦雷斯托、扎迪·史密斯和大卫·戴比迪的小说却令人信服地驳斥这种观点，他们的小说同时也追溯着战后英联邦有色移民在英国的历史根源，并且主张其英国身份或者超越此时此地的伦敦身份，因此他们的作品也构成基于肤色和种族的英格兰性和英国性的反叙事。由此 20 世纪后半期英国黑人文学中出现的后殖民时期的伦敦因为这些小说作品的问世而更加深刻和包容，该城市也因为有色移民的抵达和经历而变得国际而当代。

第一节　当代英国黑人小说中的伦敦意象

在帝国主义权力顶峰时刻的 19 世纪末期和 20 世纪初期，伦敦也成为举世闻名的都市。在 1904 年的著名画作《帝国的中心》（"The Heart of Empire"）中，伦敦以世界中心、发达文明的源头和全球时空的起点的形象出现在其殖民地居民的脑海中。伦敦作为帝国权利的起点以及帝国形成和发展的核心已经成为帝国主义的隐喻，而伦敦的泰晤士河、白金汉宫、大本钟、国会大厦和格林尼治子午线等地标性建筑也随着伦敦的崛起而声名大噪。一位亚裔英国作家曾经说过："泰晤士河造就出伦敦，伦敦造就出英格兰，英格兰造就出国会，国会造就出英帝国，英帝国造就出全世界。英帝国也造就出我，无论是好还是坏"（Alibhai-Brown，2001：8）。这种简练而浓缩的谱系概括能够再现帝国和后帝国时期的伦敦，从而使得此时此地的伦敦与彼时彼地的伦敦在朦胧中相互交融。伦敦作为一个千年物质历史的缩影是具有英国特色的场所，而它作为各种国家关系的枢纽又是具有跨国特色的空间。

在战后的去殖民化时期，伦敦逐渐以其他方式来包容和呈现世界，从 1947 开始英格兰逐渐从世界各处收回自己帝国的触角，而前殖民地的居民则蜂拥而至，其开端是 1948 年乘坐帝国疾风号的首批 492 位非洲加勒比移民。在以后的数年中，帝国的世界公民以入侵者的姿态强势聚集在伦敦，而牙买加诗人路易丝·贝内特（Louise Bennett）则将这种现象形象地称为"反向殖民"（转引自 Dawson，2007a：3）。作为新联邦（New Commonwealth）移民潮的结果，曾经占有世界很大部分领土的都市如今包含着一个跨国界的世界，并且该世界正在逐渐占领伦敦。伦敦在 2000 年拥有两百万有色移民（Ackroyd，2003：715），由此从人口组成的角度来说越来越全球化或者跨国化而非传统化，从种族和民族的视角来说是英格兰或者英国特色逐渐淡化。迪克·赫伯迪格（Dick Hebdige）写道，城市中的压力持续上升，旧时的种族排斥的英国身份正在接缝处开始破裂（1990：142），而出生和成长在英国的移民二代也将自己视为英国人，他们也在以小说的方式叙述自己的成长经历，讲述自己和都市伦敦特别是伦敦东区之间的互动。

19 世纪在英国，随着伦敦泰晤士河码头和工业区扩大，形成著名的"伦敦东区"，那里因为中世纪开始的城市规划而变成人口稠密的穷人区。柏拉图曾经说过，任何一座城市，不论它的规模有多小，其实都分为两个部分，一部分是穷人的城市；另一部分则是富人的城市。伦敦东区那些穷人的生活可见于世人皆知的狄更斯的小说《雾都孤儿》（*Oliver Twist*，1838）。而作为伦敦贫民窟的内城区却延续到当今，其中的居民也多是贫困的有色移民。对他们来说这里是各种对抗、压力和阻碍的场所，边缘化、种族隔离、孤独、异国的气候和建筑环境、种族主义、贫困和文化冲突等都充斥着他们的日常生活。而有色移民也成为生活在社会底层的群体，英国黑人作家也以小说的方式记录下他们在都市空间中举步维艰的经历，沦为"社会底层"的命运，以及努力抗争的精神，其中最具影响的英国黑人伦敦小说包括亚里克斯·惠特尔（Alex Wheatle）的《阿克里巷之东》（*East of Acre Lane*，2001）和《肮脏的南方》（*The Dirty South*，2008），科迪亚·纽兰的《学者：一个西区的故事》（*The Scholar：A West Side Story*，1997）以及布奇·埃默切塔的《二等公民》、《在阴沟里》和后来的回忆录《浮出水面：我的自传》（*Head Above Water：An Autobiography*，1986）。这些小说的主人公多为黑人青年男女，他们因为备受社会的忽略、禁锢和压迫而沦为"社会底层"，并且由此生活在岌岌可危的处境。

所谓的"社会底层"群体的存在以及导致其存在的原因已经被从各种意识形态视角进行讨论和热议（Tönnies & Lienen，2014：71）。其中最有争议性的人物是美国研究者查尔斯·默里（Charles Murray），他最知名的问题是，"社会底层这种疫疾的传染性到底有多强？它是将会无限制地传播，或者是自我包含的？"（Murray，1990：20）。他以极富有争议的方法通过三种行为准则来界定"社会底层"，即"年轻男性退出就业市场，暴力犯罪和未婚女性的生育"（Murray，2001：26）。默里的观点强调个体的责任，而研究美国社会底层群体的威廉·朱利叶斯·威尔逊（William Julius Wilson）和研究英国社会底层的约翰·雷克斯（John Rex）等处于政治立场的另外一翼的研究者则是强调，我们社会中的某些结构促使社会底层的产生。雷克斯在《贫民区与底层社会：种族与社会政策随笔》（*The ghetto and the underclass：essays on race and social policy*，1988）中强调有色移民所处的境况，"在就业市场上处于劣势地位，被隔离在环境恶劣且人口密集的居住区，就读的学校中种族隔离的趋势也愈发明显，他们被剥夺平等的机会……他们发现自己在各个方面都处在底层的位置"（1988：112-113）。英国黑人伦敦小说主要关注的还是那些处在社会底层且没有工作、金钱和权力的黑人年轻人，他们在构建积极正面的身份方面是困难重重的。

英国黑人伦敦小说多以年轻的黑人男女为主人公，他们在英国的经历同时也是自己成长的过程，但是由于英国社会种族和肤色的歧视，他们无法像传统的成长小说的主人公那样获得所需的成长空间和守护者，而是沦为社会底层而无法自拔。他们无法获得可选择的都市空间，因此也无法离开禁锢他们的内城区。帝国的意识形态要求被殖民者蜗居在自己所属的空间当中，通常来说该空间象征着种族秩序制度中的下层地位，而欧洲白人则是高高在上的。因此尽管他们占据着都市中心的位置，却仍然被排斥到主流社会之外。这种小说打破传统的成长式小说中核心的既定空间发展，并由此创造出绝望和禁锢的氛围。作品中所有可能的运动都是螺旋式的坠落，象征着主人公悲剧性的命运。小说采用的是社会底层黑人青年的叙述视角，读者们由此能够共享他们的经历和问题，并且由此跨越阶级的差异而对他们产生同情。

一 都市空间的禁锢和压迫

英国黑人伦敦小说和雷克斯的社会学著作中讨论的重点之一都是恶劣的居住条件及其对"社会底层"形成的影响。"社会底层黑人"的文学再现通常会描绘一个笼罩在绝望氛围中的破败的居民区，通常位于小说中人物无法逃脱的贫穷的内城区。作品中的人物几乎是无法离开他们居住的社会（Cuevas，2008：210－217；Immonen，2007：93－116），无论是在科迪亚·纽兰小说中所描写的格瑞赛德廉租房区（Greenside Estate），还是在亚里克斯·惠特尔小说中对布里克斯顿更加现实的描述，抑或是在布奇·埃默切塔的伦敦小说中的有色移民混合杂居的生活空间，都充分证明英国社会对底层群体的排斥和隔离。实际上如果将黑人伦敦小说中的各条街道和市政府的廉租房社区都标记出来，我们就会发现书中人物所生活的空间是如此有限和闭塞。即使他们能够走出内城区，这种运动也并不会促成积极正面的发展，这与传统的成长式小说大相径庭。相反的是，这些新的空间会将书中的人物再次丢弃到他们各自的内城区，而他们也将在那里被社会底层的旋涡所吞噬。

由此可见，"社会底层"的群体与空间流动性无缘，他们被勒令停留在各自的政府廉租房居住区，科迪亚·纽兰在《学者》中描述该居住区的作用为："很多黑人家庭发现他们都被迫居住在遍布英国的各个格瑞赛德（Greenside）廉租房区，和下层社会的白人一道被掩藏起来，而中产阶级和上层社会的人们不需要看见他们"（Newland，2001：37）。由此空间可以被视为一种霸权关系的表达。在英国黑人伦敦小说中，政府廉租区象征着深怀敌意的环境，象征着囚禁和压迫的空间，而书中人物的命运则与该空间纠缠不休。正如前述的引文所示，政府廉租区的作用是"掩藏"（37）社会中不受欢迎的部分。而小说中的一个廉租区也因为没有窗户被其居民称为"监狱"（Wheatle，2006：68）。小说通过将廉租区与监狱相联系而影射米歇尔·福柯所说的监狱的规训作用，并且以此来突出英国社会通过国家霸权手段来使社会底层群体沉默和边缘化。

亚里克斯·惠特尔的小说《阿克里巷之东》和《肮脏的南方》都是典型

的英国黑人伦敦小说，故事的主人公都是沦为社会底层的黑人青年。前者以 1981 年布里克斯顿暴乱（Brixton riot）为背景，故事的主人公绰号"饼干"（Biscuit），而惠特尔则通过他来结识他的团伙以及他们所在的区域。他为伦敦南部的犯罪团伙头目努查克斯（Nunchaks）跑腿打杂来挣钱补贴家用，虽然他想尽力摆脱这种生活的陷阱，但是却无法看到努力的方向。随后出版的《肮脏的南方》则是布里克斯顿骚乱发生 20 年之后的事情，小说讲述布里克少年丹尼斯·哈金斯（Dennis Huggins）的冒险经历以及他危险而堕落的贩毒生涯。惠特尔的小说反映出肮脏的伦敦南部的暴徒生活对黑人青年的致命吸引，虽然他们所面对的问题无法找到简单的答案，但是作者也没有回避这些尖锐的问题。主人公哈金斯生活在中产阶级的家庭，他的父亲是图书管理员而他的母亲是公司职员，他们希望哈金斯未来可以在大学任教。但是街头生活和不义之财对哈金斯产生致命的诱惑，他也由此和粗鲁暴力的诺埃尔（Noel）为伍，而此后糟糕的生活似乎也是命中注定的。惠特尔也在作品中通过最为直观的描述来强调，这些小说中的城市及其廉租区并不是成长式的空间。这些好比监狱的廉租房很多都没有窗户，房屋的朝向都是向内而非向外，而从这些建筑的"小路都无法看到居住区以外的风景，并且也很少感受到阳光"（27）。实际上在如此恶劣的环境中任何生物都无法成长，这里也没有生命的存在。这种死亡的意象在另一个被比作"鬼城"的居住区内继续延续。在这毫无生机的环境中就好像没有住户存在，这些建筑物本身也好像被赋予生杀予夺的权力。战争的声音在描述中回响，"矗立在那里的一排一排的建筑物就像混凝土的军队一样，在侵占该地区后等待着更多的命令"（Newland，2001：126），同时也在营造着威胁生命的氛围。这段描述同时也在影射小说中政府廉租区的功能，这些居住区控制着社会底层的群体，将他们排斥在主流社会以外。

　　埃默切塔同样在《二等公民》中将英国黑人的居住条件作为小说的描写核心，女主人公艾达在抵达英国时不仅对弗朗西斯（Francis）为他们找到的这间肮脏公寓感到震惊，她还因为需要和尼日利亚穷人共享这间公寓而感到惊恐。虽然《二等公民》的主要情节都发生在英国伦敦，但是小说的叙事却是以艾达·奥菲利（Adah Ofili）出生在后殖民时期的都市拉各斯为开端的。在拉各斯生活期间，尽管她在欧比家族中处于从属地位，但是她还是已经习惯一个受过教育的精英女性的生活，有许多仆人的服侍和相当的社会地位。然而当她抵达伦敦时从她的丈夫那里得知，英国的种族主义已经摧毁掉尼日利亚的阶级制度，所有后殖民时代的非洲和非裔移民都被当作母国的二等公民聚集在一起。艾达实在无法适应英国生活中社会底层贫民窟的居住状态，更想通过改善居住条件的方式来修复自己和丈夫之间的关系。但她在寻找住房时却遭到很多英国人对后殖民时期的黑人移民的歧视和偏见。在一个无奈和幽默交织的场景中，艾达在和她潜在的女房东通电话时伪装自己的声音，以便能够得到看房的机会。当艾达和弗朗西斯最终出现在城镇破旧地段的破旧建筑外时，房东太太注视他们的眼神如同在看癫痫病发作的病人（Emeche-ta，1975：77）。因此艾达想通过寻找一个更好的住处来挽救婚姻的希望最终落空。

与此同时，英国黑人伦敦小说在描写禁锢压抑的都市空间的同时也强调空间与身份构建之间的紧密联系，占主导的氛围毫无疑问会影响其居民。这些空间剥夺人们仁爱和同情的情感而使他们相互对立和争斗，而生存则成为他们的首要目标。《学者》中肖恩意识到，他在去往另一处居民区的途中唯一看到"一个推着婴儿车的黑人女孩，她的头朝向前方，她的眼睛像阅兵中的士兵那样目不斜视"（Newland，2001：126）。肖恩在"鬼城"（126）敲开一所公寓的房门后看见"一个高大的混血女孩，一手抱着孩子，一手拿着一根板球棒"（126）。两个事例都能够说明，廉租区的人们看护婴孩的行为中闪烁着仁慈和爱意，但是此处敌意的环境已经引发人性和生存需要以及自我保护之间的冲突。又如在小说《肮脏的南方》丹尼斯（Dennis）将诺埃尔（Noel）丰富的街头知识归结于他政府廉租房的出身背景，"我从来没有听说过这种狗屁的说法，但是诺埃尔应该知道，他住在塔尔斯山（Tulse Hill）"（Wheatle，2008：8）。同样对警察的深切敌意而将他们视为宿敌的想法也与空间位置密不可分。例如在经历过一次暴力袭击并且失去自己的朋友之后诺埃尔解释说："我不会把任何事情告诉给那些猪狗不如的警察，他们可能住在像新马尔登

(New Malden) 那样的地方。"（176）这些情节和引文让我们觉得，来自不同空间的人物根本无法建立起交流和合作的基础。警察作为他们共同的敌人也无法促使"社会底层的黑人青年"团结起来；相反，警察的存在则是开辟出第二条冲突战线而使得他们之间的冲突复杂化。一方面，这些小说中的空间是由人物构建和绘制的，暴露出各种主观的地域观念（转引自 Barrell，1998：99）；另一方面，人物所处的原初空间也会影响他的自我形象以及在他人眼中的形象。由此小说中的人物和他们的空间相互影响且相互纠结，而书中的人物也很难超越禁锢他们的内城区和社会底层。

有研究认为，有关"社会底层"的小说都主要集中于男性人物以及他们处于社会底层所面临和遭遇的问题。其中的女性角色形象不甚突出，但是却更加轻易地超越她们原本的阶级背景，并且被主流社会所接受。其中一位女性角色对此问题做出评论说："这仍然是一个种族主义的社会，其中黑人女性比男性更容易被接受"（Wheatle，2006：209）。这并不意味着社会底层的女性无须奋斗，通常来说小说中的女性角色一部分会成为男性主人公努力奋斗从而摆脱社会底层的动力，另一部分也会成为沦落底层社会的黑人女性。布奇·埃默切塔的伦敦小说为研究该问题提供出一个清晰而独特的视角。这些小说以纪录片的形式和笔触，记录下 20 世纪 60 年代末和 70 年代初一位黑人妇女在都市伦敦中的痛苦煎熬，以及她鼓起勇气而为自己发声的努力。在埃默切塔的《二等公民》中，都市空间转化为种族主义和夫权制度，助长着主人公艾达的丈夫弗朗西斯对她的折磨和虐待。因为从她踏上英国土地的时刻开始，艾达就意识到法律制度使她成为丈夫的附属物（Emecheta，1975：40）。20 世纪 60 年代英国移民法的种族变化对妇女产生尤为不利的影响，导致她们只有依靠自己丈夫才能在英国继续居住（Patel，1997：261 – 263）。离开弗朗西斯意味着可能被驱逐出境，这是艾达不愿承担的风险；因此她仍然围困在这种虐待关系中。艾达在小说接近尾声时试图以节育的方式来反抗她丈夫的虐待，而此时的她也深刻意识到自己对弗朗西斯在法律上的依赖程度。令她惊愕的是，她发现自己必须首先得到弗朗西斯签名的同意书，然后才能获得节育的工具。这显然是英国长期奉行的法律原则的产物，该原则明确规定，妇女在法律上应向男性承担家务劳动和生育劳动的责任（Freedman，2002：130）。如果艾达无法控制自己的身体，这并不仅是因为弗朗西斯拒绝使用节育措施，更重要的是因为国家立法的规定能够帮助他掌控自己妻子的身体。而当她最终决定离开弗朗西斯时，寻找住处便成为更大的困难和障碍。由于自己与世隔绝的生活状态，艾达非但不知道自己有权为抚养子女而得到政府的救助，而且也不知道英国政府会为有需要的群体提供公共住房（public housing）。当她清楚这些资源和福利时，艾达就觉得自己更有能力离开弗朗西斯，这表明她对弗朗西斯的依赖并不是单纯的心理因素的作用，而是出于物质上的匮乏和贫穷。伦敦的都市空间对黑人女性的歧视和压迫致使无法实现自主的生活，也无法构建独立的女性身份，而只能屈从于男性的压迫和虐待。

二 挣脱束缚的努力

在更多的空间和地理的文学语境中，帝国主义就意味着人们无法永久停留在固定的场所，因此詹姆斯·克利福德（James Clifford）和玛丽·路易斯·普拉特等理论家认为帝国文化就是一种旅行的文化（转引自 Ball，2004：8）。旅行引发差异的融合，以及人们对地理、文化和语言方面的跨界。洲际旅行曾经是欧洲人的特权，他们在帝国时期就不再永居在自己的物理空间，而后帝国时期却目睹着大量的前殖民地的移民来到伦敦。当曾经的被殖民者在伦敦定居或者行走在伦敦街头的时候，他们也在悄然改变这座城市。当族裔作者们将这些都市经历写就传记或者虚构文学时，他们根据自己的背景和自己作为前被殖民者的身份重塑伦敦都市。曾经对他们施以权力和构建力量的都市如今为他们所重新构建。

吉尔罗伊在《后殖民的忧郁》（*Postcolonial Melancholia*，2006）中谈及伦敦的都市空间和街道，"这些迷失的、受挫的、无法找到方向的年轻人"，这些出生和成长在英国的年轻人却因为制度化的种族主义的缘故而被禁锢在永久局外人的脆弱角色中（Gilroy，2006：126，123）。吉尔罗伊认为英国社会对这些黑人青年迷失和堕落的历史原因视而不见，并对此感到非常愤怒。这些黑人移民的后代被定位为低等的和次要的，受"白人至上"原则的影响，该原则所引发的细微的羞辱和日常的挫折都让他们感到愤怒和痛苦（126）。这些年轻人希望能够摆脱内城区令人窒息的生活而逃离到街道上来寻找他们所渴望的自由。但是麦卡伦（Pamela McCallum）也曾警告过说，伦敦的街头充满能量，"也充斥着意外和暴力的可能性"，麦卡伦认为英国黑人小说展示出伦敦都市的欢快以及人民聚集起来时所发生的偶然的相遇；然而麦卡伦也认识到这种偶遇的黑暗和负面的因素，因为她提出，"多种族、多元文化和跨代际的伦敦街头充斥着焦虑不安，时时刻刻都可能爆发出强烈的情感"（McCallum，2012：486－487）。对她来说，伦敦的街道"很有可能成为愤怒和狂躁的场所"，由此她认为"多重的误认和误解将导致行进中的人们的紧张关系"（496）。虽然伦敦的街头充斥和危险和暴力，但是当代英国黑人小说中的诸多主人公还是非常热衷地成为街头行走者。《肮脏的南方》的主人公丹尼斯和《学者：一个西区的故事》的主人公肖恩（Sean）就是都市街头行走的代表。

科迪亚·纽兰1997年的首部小说《学者：一个西区的故事》就显示出他与传统成长式小说旅程的主题相悖离的决心。该小说记录两位堂兄弟的成长过程，作为小说中的学者的肖恩（Sean）奋力通过教育的方式脱离格瑞赛德，而他的堂兄弟科里（Cory）则早已沦落至社会底层的境地。然而他们两人都没能挣脱社会底层的命运，最终的结局都是"迷失在黑暗中"（Newland，2001：344）。也许有观点认为，科里将肖恩拖累至社会底层的深渊。科里的死亡是读者们所期待的，但是肖恩的堕落却始终在小说的过程中牵动人心。

肖恩对空间和社会流动性的渴望是简单而直白的，虽然他居住在市政府的廉租房，并且在州立学校接受教育，他就早已身陷雷克斯所说的促使社会底层形成的社会结构当中。但是，他始终在通过学业的方式试图使得自己的中产阶级梦想付诸现实。肖恩面对重重困难仍然奋力挣脱格瑞赛德居住区的束缚，试图通过教育的方式为自己和女朋友谋得美好的未来，他的努力也符合白人中产阶级社会流动性（social mobility）的理想。他也在小说的过程中以行走街头的方式来实现空间流动，他对全新的陌生空间的渴望表达出他摆脱底层社会的决心。旅程的初期依稀吻合传统的成长式小说，读者们分享他在"新世界"的遭遇和感受，"肖恩看到街灯、红色公共汽车和黑色出租车逐渐消失，一个全新的、异国的世界重新焕发出生机，这与他所成长的伦敦西区形成鲜明的对比。他向自己发誓说，今后一定多出来走走……"（155）他对这方新的空间充满好奇，他"看世界"的心愿也暂时得到满足。

但是肖恩随后因为帮助科里而卷入持械抢劫的犯罪，而这也标志着肖恩堕入深渊的开始。抢劫发生之后，肖恩仍然觉得自己有别于其他罪犯，他的犯罪行为并不是发自内心的，而此时小说叙事所关注的便是肖恩自诩的"学者"形象和其他人对他的刻板印象之间的冲突：

> 在今天之前，他没有盗窃、抢劫、暴乱，也没有参与过任何人们认为对他这个肤色和年龄的男孩来说是天经地义的犯罪。他一生都在试图证明自己与众不同。是他现在所处的环境和境况，而不是有意识的决定，迫使他成为一个完全违背他本性的犯罪行为的参与者。但是那些白人有没有注意到他的不同呢？今天，或者是在他生命中的任何时候？"没有"，这种想法让肖恩愤怒。（170）

该段引文凸显出肖恩作为努力挣脱社会底层束缚的个体和主流社会无法抗拒的压力之间的冲突。引文最后的设问促使读者们从肖恩的角度考虑问题，公众基于他的肤色和穿着打扮而对他产生的刻板印象是无法打破的，而肖恩也无法"出现在主流社会的表现系统中"（come into representation）（Hall，1996c：164）。他试图通过教育来改变自己且获取成功的努力没有被认可。因此他在抢劫发生之后则反其道而诉诸"抵抗的政治"（politics of resistance）（163），并且在身份构建的过程中有意识地抗拒中产阶级白人所推崇的社会流动性（social mobility）。

> 那我为什么要费心与众不同呢？我为什么要在意呢？当汽车平稳地转弯的时候，肖恩在心里想着。他盯着枪灰色的天空和他周围司机的无聊面孔。他也看到他们像往常一样回头盯着他看，他再也想不到一个自己应该与众不同的理由。（Newland，2001：170）

肖恩的想法恰如其分地显示出，试图与众不同的个体和无所不能的社会之间的冲突。抢劫案发生后的记忆已经将他的自我形象击垮，"人们脸上的表情，在街道上，在商店里，在乡间的路上，对他大喊大叫，指指点点，恶语相向"（169）。代表着主流社会的白人中产阶级似乎没有意识到，甚至也毫无兴趣超越他们对黑人青年的传统刻板印象。有观点认为，肖恩此时陷入社会底层和主流社会的夹缝当中，而并不是类属任何阶层。当他被后者的接受的努力和尝试以失败告终后，他便对前者的洪流放弃抵抗。既然他已经无法鼓起勇气对抗"社会底层黑人男性"的强势而有力的异己刻板印象（heterostereotype），那么如今他唯一的选择就是加入其行列。

《学者》描述个体选择的过程，但是这些选择也是周围环境和社会结构所驱动的结果。由此小说中所坚持的观点也与默里的行为理论相悖，强调社会结构对个体的影响。虽然小说让读者获悉肖恩决定的原因和过程，却并没有美化其结果。相反小说强调，处在肖恩的环境中选择正确的道路而非让自己"迷失在黑暗中"（344）是何等困难。维多利亚·R. 阿拉纳（Victoria R. Arana，2005：93）也强调说，《学者》中的人物并非开始的时候就注定悲惨的结局，也是他们自己做出错误的选择。肖恩的街头旅程虽然源于美好的初衷，但是结局无疑是失败的，而这种失败也注定他的社会流动性的无法实现，以及他社会底层身份的无法撼动。

埃默切塔的主人公艾达在伦敦也面临着和纽兰的主人公同样的命运，她在离开自己的丈夫后便深陷政府福利和救济的旋涡，《在阴沟里》则描述出她作为一个单亲母亲在政府福利制度和管理的面前为保持尊严和自主所做出的努力。艾达在离开弗朗西斯后得到政府社会化住房计划（socialized housing scheme）的救助，但艾达很快就意识到这种救助有附带条件，尤其是对单亲家庭。艾达在搬进来后不久便发现，猫咪公寓（Pussy Cat Mansions）是留给"问题"家庭的（Emecheta，1975：17）。这种分类意味着作为单亲母亲的女性是非正常的，她是影响社会秩序的一根刺，因此需要尽快拔掉。这种自主的妇女对任何社会来说都是危险的，因为社会的顺利运转都是建立在妇女服从家庭伦理的基础上的。然而在 20 世纪，社会对妇女家庭劳动和市场工作的两方面的需求相互矛盾，由此导致政府制定出一些新的方案，从而将父权中心从男性转移到国家。随着政府逐渐掌握调控妇女生育劳动和市场劳动的能力，国家随即也发展出一整套监管机制，对挑战家庭伦理的妇女的生活进行干预（Abramovitz，1996：4）。这些妇女被社会所污名化，并受到政府对其生活和性行为的严格监督。这种趋势在 20 世纪 70 年代达到顶峰，并且随后导致对虐待儿童问题的道德恐慌（Featherstone，2004：71）。

对传统家庭衰落和传统道德危机的深切忧虑助长了国家家长制的滋生和逐渐蔓延，这种家长制采取明确的形式来控制贫穷妇女的育儿做法，其中包括强有力的儿童保护立法和社会工作者的积极干预。作为这样一个"问题"家庭的首领，艾达受到父权制国家的许多纪律管控。因此在她到达猫咪公寓后不久，该居住区的"家庭顾问"卡罗尔（Carol）就拜访了艾达，"这里的人，"卡罗尔告诉艾达："说你的孩子太吵了，说你晚上根本不管他们"（Emecheta，1972：24）。艾达很快就明白，她那些激进的种族主义邻居已经向卡罗尔举报过她。面对卡罗尔的指控，艾达料想到最坏的情况，"那么女士，你是来把他们从我身边带走的？"（24）面对卡罗尔试探性的问题，艾达竟然完全屈服，无可奈何地想知道社工是否会把她送进监狱。然而卡罗尔的行为竟然比艾达最初的猜测更难预料。出乎意料的是，卡罗尔并没有惩罚她，而是对艾达采取一种虽然居高临下却相对温和的态度。卡罗尔在艾达面前确立下自己的权威角色后又以援助人员的身份提出帮助艾达寻找保姆，在晚上照顾她的孩子们。艾达很清楚地意识到这种帮助背后所隐藏的规训和惩戒（48）。因此她对卡罗尔的评价是："这位女士是一位真正的外交官，是一位受过训练和经验丰富的社会工作者，人们永远不确定该把这种女人当作朋友还是当作社会警察的成员对待"（25）。

对艾达来说，接受卡罗尔的救助无异于饮鸩止渴。尽管经济困难，但是艾达还是拒绝领取英国政府为单亲母亲发放的救济金。艾达对国家慈善的抵制部分原因是她对那些被迫接受政府救济金的人的刻板成见的内化。当她初次来到猫咪公寓的时候，那里几乎所有的妇女都靠救济金维持生活，艾达便认为那些依赖政府援助的人是懒惰的寄生虫（33）。但这并非她反抗的唯一原因，艾达在刚刚摆脱掉她对自己丈夫的严重依赖后不再愿意依靠任何人，其中也包括政府的福利和援助。这种依赖更加导致人们将贫穷的女性视为社会问题，应该受到政府和社会的监督和控制，从而使人们不再关注社会结构和机构对贫困女性的歧视和边缘化行为。虽然艾达可能无法清楚这种政治背景，但卡罗尔与她交谈时的屈尊态度以及她随时能够剥夺艾达孩子们的能力，使得她与卡罗尔交往中固有的权力关系变得非常明显。因此艾达和很多其他女性同样认为，依赖男性或政府福利对她自我实现的前景同样有害（Sudbury，1998：14）。然而尽管艾达渴望独立自主的生活，但她无法做到家庭和工作所需要的双班制（double shift）（Abramovitz，1996：8）。她每天将孩子们很早送到学校以便自己有更多的工作时间，却为此受到卡罗尔的指责，为此她不得不放弃自己的工作而生活在"阴沟里"。

艾达还发现，救济金的目的是让黑人女性陷入这种屈辱的依赖。埃默切塔的主人公在很早的时候就表达出对政府救助和福利的批判，而这种批判也出现在随后的新自由主义时代保守派的论调中，认为救济金通过剥夺人们的工作权力的方式来剥夺他们的尊严（Featherstone，2004：71）。埃默切塔认为，处在社会边缘地带的女性们建立起强大的团结互助的纽带。艾达的邻居考克斯夫人（Mrs. Cox）让她想起"非洲母亲"（African matrons），她们有着共同的互助意识，这种意识根植于共同体而非个体的生活方式（Emecheta，1972：65）。这种团结互助非但仅表现在生活在猫咪公寓的妇女之间的感情纽带中，她们同时也会团结起来抵制福利国家欺凌和官僚的集体行动。艾达的最终解放并不是由于任何有益的外部力量的干预。相反，她通过发出自我的声音来实现自己的解放。当艾达待在家里照顾她刚出生的第四个孩子时她写成一本小说，她将这本小说视为自己思想的孩子（166）。艾达的作品是一个非常重要的象征，意味着她能够重新获得独立的身份和在场，这些从童年开始就对她而言意义深远。正如女权主义的女性写作理论长期以来所强调的那样，叙事尤其是自传体叙事能够为女性提供自我发现的空间，传统上被排斥在公共领域之外的女性可以通过这种空间将自己转变为话语主体（Smith & Watson，1998：3 – 56）。

在她的小说《二等公民》《在阴沟里》以及后来的回忆录《浮出水面——我的自传》，埃默切塔详细地记录和描写出英国黑人女权运动之前黑人女性所经历的种种不堪和不幸。作者在挑战非洲传统对女性的压抑和禁锢的同时也不遗余力地批判英国社会中的种族主义氛围。因此，她的作品详实地记录下后殖民时期的都市伦敦中，黑人妇女遭受多种形式的边缘化。然而，这种黑人女性所遭受的双重殖民不仅通过与特定男性个人的接触而发生，而且还因为英国社会公民的种族和性别而愈加深重。正如《伦敦三部曲》所记录的那样，英国政府试图通过提供社会福利来规范和控制贫困妇女，这种方式也随即加剧基于性别和种族的不平等。正如女权主义者批评者随后所说的那样，1945 年后的福利国家具有两个层次的特征，其一是将男子视为有权享受社会保险的工人；其二是将妇女视为有权享受福利待遇的"母亲"（Dawson, *Mongrel Nation*, 2007：98）。这种男女区别对待的福利结构重新确立性别关系的主导地位，以及在家庭、社区和劳动中的公私分离。以类似的方式，社会福利中的种族主义按照种族划分社会，剥夺黑人家庭获得社会安全所提供的即使是最微薄的保护（Mink, 1999）。非裔黑人女性在这两种形式的机构歧视中首当其冲，为双重殖民的概念的形成提供典型的范例。

换言之，如果埃默切塔的伦敦小说的目的是描写主人公艾达（Adah）为逃避婚姻中的伤害所做的努力，那么三部曲的另一个同样重要的目标就是控诉英国社会公民权力的制度结构。为此，埃默切塔的伦敦三部曲详细地记录下作为非裔流散主体的女性在获得福利权利方面所遭受的不平等和不公正待遇。此外，埃默切塔的作品还描绘出父权制的英国福利国家在给予艾达这样的贫穷黑人妇女福利帮助的同时也强加对她们的管控和监视。因此，尽管艾达没有参加任何有组织的社会运动，但她对自己经历的虚构性的叙述和记录就能够成为对英国家庭和政府等机构的批判，这些机构在随后的数十年里将成为黑人女性主义理论和激进主义的重点目标。因此，埃默切塔的纪实小说对黑人女性主义的政治和理论如何从英国非裔流散妇女的日常关切中脱颖而出提供出重要的见解。在埃默切塔的伦敦三部曲的小说中所隐含着社会批判，不仅要求建立一个更具包容性的想象共同体模式，而且要求全面重新确立英国社会的公民权从而改变英国身份的制度性特征。

小　结

在传统的成长式小说以及部分英国黑人成长式小说中，城市被塑造为成长的空间，而"社会底层黑人"小说则对城市作为对抗的空间进行意识形态的重新评估，城市空间挑战主人公们去抵抗社会底层的逆流，去相互争斗，去对抗占主流地位的白人中产阶级，去对抗霸权的国家政权对他们的再现。因为"都市和都市空间因此成为争斗的背景，但是他们同时也是争斗的赌注。人们如何能够在追求权利的同时又远离权利的所在，而不是去占领权利的空间和创造全新的政治形态"（Lefebvre，1991）。但是真正能够赋予他们权力和力量的政治斗争又是无法实现的。这些小说中再现的城市不再是理想中帮助年轻人确立社会定位的空间；相反，政府廉租区的充满敌意的环境被国家霸权所利用，而把社会上令人不悦的部分隐藏和禁锢起来。生活在其中的人们在生存的斗争中相互敌对，因此也无法以协调和团结的方式进行集体抵抗。因此这些小说反对默里所提出的"社会底层"作为特定群体的本质和天性的观点，而是强调社会结构对人们境遇的影响。小说中以"社会底层"群体的视角叙事，从而表现出在充满敌意的环境中的个体很难做出正确的选择。因此这些小说的目的既不是加强年轻黑人的刻板印象，也不是美化贩毒和暴力等行为。相反，这些作品提请读者关注社会底层群体所处的社会环境，他们居住在城市的地理中心却被排斥在主流社会之外，小说同时也抨击造成这种现象的主流社会的权力结构。

虽然小说中的人物多为社会底层，他们也很难获得都市伦敦的包容和认可，但是他们无可置疑地在伦敦街头留下自己的印记。在诸多后殖民时期的叙事中，书中的人物以想象的方式重新创造伦敦来承载他们个体或者群体的经历，这些方式包括他们的抵达、居留、行走、工作、交流和观察等。并且他们对城市的重塑会受到他们故国的影响和限制，也就是他们记忆或者想象中的殖民地和前殖民地。伦敦都市以文本的方式被赋予印度或者加勒比情感，而伦敦作为帝国的首都也与特立尼达和尼日利亚紧密关联。在很多有关伦敦的后殖民叙事中，该城市与其前殖民的距离在形象和概念上被无限缩短，甚至是消除。伦敦非但要包容帝国的公民，还要被吸纳进他们的后殖民时期的意识，并且由此与遥远的国度和文化产生紧密而复杂的联系。伦敦因为他们的存在而被打下他们故国的烙印，从而具有世界主义的风采。

第二节　扎迪·史密斯小说中的伦敦西北

都市伦敦是当代英国黑人小说中永恒的空间和主题，本章第一节"当代英国黑人小说中的伦敦意象"讨论的是英国黑人移民笔下和眼中的伦敦，分析的文本多是黑人成长式小说，凸显出伦敦在有色移民成长中扮演的角色以及伦敦的都市空间因为黑人移民的成长而收获的特质。而本节则是聚焦青年黑人作家扎迪·史密斯的伦敦西北小说，剖析她的伦敦西北情结。两节并置则点面结合地展示出伦敦的都市空间与当地英国黑人移民之间的互动。

移民是全球化背景下当代英国社会的主要问题，而伦敦则是讨论该问题的最好的场所。莎拉·斯宾塞（Sarah Spencer）早在2003年的时候就曾经做过统计，英国的居民有8%都是少数族裔，而少数族裔则占伦敦居民的29%（Spencer，2003：1）。根据英国《卫报》2005年对伦敦少数族裔共同体的调查，"2005年的伦敦是未有标记的区域，从未有如此多的各异的人种努力着和尝试着生活在这个地方。很多人所谓的多元文化的伟大实验会在这里成功或者失败"（Benedictus，2005）。而英国黑人小说家扎迪·史密斯就是众多的少数族裔移民二代中的一员，出生和成长在伦敦西北的她自然也对该区域情有独钟，也在自己的小说中对该地区反复描摹。她在自己的首部小说2000年《白牙》中以无限的热情和乐观刻画出伦敦西北的众生相后，又在2012年的《西北》中回归该区域，在此之间的多部小说也或直接或间接地回顾伦敦西北，她对伦敦西北的情感虽然百转千回却可谓初衷不改，也可谓对该场所极具感情。

相比其他文学作品对伦敦的文学再现，史密斯的北部伦敦可谓一种空间的他者，并且她处理这种"他者空间"的手法也随着每部新作的问世而有所不同，她在《白牙》中所构想的多元化和多种族的新英国也逐渐被恐怖袭击、战争和经济危机所引发的文化焦虑所代替，英国也由此清楚地意识到国内的社会差异。史密斯在《伦敦西北的布鲁斯》（*North West London Blues*，2012b）展示出，她已然意识到"这种全新的、共同的全球现实"。她对这种全球现实的回应始终贯穿在她对伦敦北部的文学再现当中，并且由此透视出当今社会和文化的现实状况。同时史密斯对伦敦北部的构建和剖析也日益呈现出一种自我指涉的姿态，并且显示出她作品中的伦理议题。她的作品强调空间对个体心理和集体意识的影响，同时也呼吁活动在该空间中的个体和群体对其承担责任。总体来说，史密斯的作品揭示出，很多普遍性的主张只有借助具体的空间或者地点才会产生意义，而这种观点也可以帮助她晋级为具有空间观的作者。

一　广阔包容的伦敦西北

史密斯的首部小说《白牙》被视为伦敦社会多元文化主义的庆典。迈克尔·珀菲克特（Michael Perfect）认为，史密斯"为 21 世纪多元文化伦敦的未来提出一个绝对乐观的愿景"，在这个愿景中，"英国与其后殖民移民之间的紧张关系最终可以被克服并被抛诸脑后"（2014：95，79）。本特利也同样认为，史密斯的首部小说试图"提供一个重新构建的国家认同模式"，一个当代版本的英国性，一个直面和强调 20 世纪末 21 世纪初英国社会的多元文化构成，反过来又在很大程度上质疑英国性和多元文化主义之间的相互对立和敌视（2007：485，495）。

《白牙》中故事的发生地点威尔斯登向来被视为典范的跨文化空间的构想，而在小说描写的新英国的运动场上我们可以看到"艾萨克·梁在鱼塘边，丹尼·拉赫曼在球门里，宣·欧·洛克在拍篮球，艾丽·琼斯在哼着小曲……这些名字本身蕴含着很多故事：大规模的迁移，拥挤的轮船和飞机，在寒风中抵达目的地和体检"（Smith，2000a：326）。这些孩子们都是混血婚姻的后代，犹太人和东亚人、凯尔特人和南亚人、东亚人和犹太人或者爱尔兰人、牙买加人和英国人，他们的名字包含着他们的父母流散到英国的经历和历史。艾萨克·梁的祖父母是否经历过大屠杀，宣·欧·洛克是否是乘船来到英国，丹尼·拉赫曼的父亲来英国是躲避什么冲突呢？（326）虽然孩子们显然对他们的名字所暗示的过去漠不关心，但20世纪的移民史意味着，有色移民逃离熟悉的村庄或城市，经过长途旅行和无休止的等待，抵达的时候还要面对移民官员或难民委员会的严厉责难和灰暗寒冷的气候，这都是他们的家庭在英国生活中不可逃避的组成部分。由此可见，小说《白牙》谱写出英国社会多元文化的图景，而故事的发生地威尔斯登在此时还是宽广和包容的。

小说主人公琼斯和伊克巴家庭似乎没有经历过引文中所说的千难万险，而是更加关注他们在千禧年前夕即将成年的孩子们。史密斯勾勒出诸多各不相同的殖民和后殖民的时空片段，这些时空片段的集合勾勒出故事发生的场景，同时也揭示有关故事人物血统和谱系的信息。来自孟加拉的伊克巴尔家庭、英国和牙买加混血的琼斯家庭以及犹太人的查尔芬家庭的两代人组成伦敦多元文化的马赛克，他们因为年龄和背景的原因而选择相聚在各自的都市空间，或是酒吧，或是学校，所有的这些场所的空间都是混杂和多元的象征。

小说中被人物们所占据，为叙述者所细致描摹，并且由此转化为具体的地点的空间就是威尔斯登。在《白牙》中史密斯经常采取威尔斯登街头行走的方式来反映英国社会发生的变化和变革。在她看来，街道、公园和游乐场是20世纪移民史中各种族群体互动中形成的场所。她的描述并非应简单地理解为不同种族和民族的群体的同时存在，相反她是在强调各群体之间的交流、矛盾和互动。小说中经常出现的场景便是奥康奈尔（O'Connell's）酒吧，也是让萨马德·伊克巴尔和阿奇·琼斯感受到宾至如归的地方。奥康奈尔既不是爱尔兰风格的，也并不是酒吧，而是由阿拉伯人经营的提供清真油炸食物的店铺，而店铺的常客除去两位牙买加老人就是萨马德和阿奇：

> 最终，还是去了奥康奈尔。照例，还是去了奥康奈尔。就因为在奥康奈尔，你可以没有家庭，没有财产地位，没有过去的光荣和未来的希望——你可以一无所有地推门进去，与那里的其他人毫无分别。屋外可

以是 1989 年、1999 年、2009 年，而你仍然可以穿着 1975 年、1945 年、1935 年结婚时穿的 V 形领，坐在柜台前。这里一成不变，这里只有复述、回忆，那是老年人喜欢这里的原因。

　　……对于阿吉和萨马德而言，最要紧的是自己是这里的见证人，是这里的专家。他们来这里，是因为了解这里。他们了解这里的里里外外。如果你无法对孩子讲清，为什么玻璃受到某些撞击会破裂而受其他的却不会，如果你不理解民主世俗主义和宗教信仰如何能在同一个国家达到平衡，如果你想不起来德国是在什么情况下分裂的，那么只要你从亲身体验中，至少知道某一个地方、某一段特定时期，见证了这里的一切，只要你是这里的权威，时间都站在你这边，你就会感觉很好，岂止是很好，简直是飘飘然了。说起奥康奈尔台球房的战后重建和发展，世界上没有一个历史学家、没有一个专家比得上阿吉和萨马德。(183–184)

小说中的奥康奈尔酒吧是威尔斯登的缩影，象征着该地区的多元文化和包容特性，包容着阿奇生活中的随意和萨马德人生中的失意。

萨玛德和阿奇的孩子们和他们的父亲一样，也去寻找能够包容他们且让他们感到宾至如归的场所。父辈的移民有着自己占有和享受空间的方式，而小说中年轻的移民二代则是以创造习性的方式将都市空间占为己用。艾丽·琼斯总是流连在查尔芬家的房子，沉浸在书籍、植物和图片的空间中。萨马德的儿子马吉德在孩童的时候就偷偷给自己起名字叫"马克·史密斯"，从而能够假装自己是英国白人而非孟加拉裔英国人，而他后来则在学术界找寻到自己的一席之地。而他的双胞胎兄弟米拉特则成长为典型的内城区的坏男孩，他后来加入伊斯兰原教旨主义的组织拉加斯塔尼，而他的人生哲学和举止行为都是他的父亲所无法接受的东西融合。动物权利行动主义和耶和华见证会也都是指向未来的虚拟组织，将故事中的人物从他们在威尔斯登的看似平淡乏味的生活中解脱出来。

然而《白牙》中最具象征意义的空间开放发生在汉密尔顿（J. P. Hamilton）先生的家中，其中汉密尔顿和移民二代孩子们的互动显示出，史密斯《白牙》

中的伦敦西北还是多元而包容的，其中的有色移民都能够找到和享受各自的都市空间。史密斯将这位名为汉密尔顿的老兵作为帝国遗产的背负者和象征者安排在伦敦都市的中心位置，同时也暗示出英国白人的种族优越感是时时刻刻存在的。汉密尔顿先生在收获节的时候与伊克巴尔和琼斯两家的孩子们不期而遇。孩子们的敲门声带给汉密尔顿先生的是高贵而矜持的恐惧，他将这些有色的孩子们视为上门窃取现金的毛贼。但是最后这位貌似开明的老先生被孩子们所劝服而接受他们来做客，并且开始有趣而热情的交谈。汉密尔顿先生的家虽然也是伦敦都市空间的组成部分，但却是有色移民很难涉足的场所，因此有色移民二代在此处的停留可以视为具有象征意义。这次做客象征着有色移民在伦敦的种族隔离会有解除的未来，也意味着伦敦都市空间对有色移民更加开放和包容。虽然小说中数不胜数的人物都过着随波逐流的生活，但是故事的发生地威尔斯登会帮助他们最终得以扎根安居。史密斯的多声部叙事透露出很多各异的观点，然而所有的观点都因为有形而固定的空间而融为整体，因此小说中的地点是所有事物的联结。

《白牙》时期的史密斯是热情而乐观的，而这种情感色彩也无疑渗透到小说当中。而《白牙》后的12年，史密斯则在小说《西北》中实现对伦敦西北的强势回归。故事发生在伦敦西北区的小镇威尔斯登，名为考德威尔的政府廉租房区。小说以拼贴的方式讲述其中的四位主人公利亚（Leah Hanwell）、娜塔莉（Natalie Blake）、菲利克斯（Felix Cooper）和内森（Nathan Bogle）的故事，生长于此的他们又都在成年后渴望离开，尽管在精神上从未停止过对考德威尔的依恋。没有哪位作家比史密斯更熟悉当下伦敦中下层人民的生活，也没有人比她更富有表现力，《卫报》评论家更是盛赞她为"最接近狄更斯的作家"，称作品"是自狄更斯以来对伦敦最好的观察和叙写"。小说延续着自《白牙》起对种族、信仰和移民生活的关注，又发扬《签名销售商》包罗万象的写法，杂糅着生活的片段和碎片。

小说《西北》中最出彩的人物莫过于娜塔莉，童年时期的困窘是激励她青年时期努力的动力，她最终也在成为律师之后而嫁给银行家，实现自己的中产阶级梦想。但是随着故事的发展她对自己成功之后的生活态度充满了矛盾，而终是因为生活的放荡而失去所有，最终又回归自己所拼命逃离的威尔斯登。小说中含义深刻的时刻莫过于故事结束时娜塔莉和内森的并肩而行。娜塔莉的人生长久以来都被冠以"受过高等教育的黑人女性、成功的律师、银行家的妻子"等标签，而她却采取婚外情的方式去打破这种停滞而郁积的生活状态。东窗事发后娜塔莉则"走出家门，然后左拐"（Smith，2012a：260，263），开始疯狂地步行，她一路上经过汉普斯特荒野（Hampstead Heath），然后走到海格特（Highgate），至少走过 8 英里的路途。最后包容和接受她的正是她曾经急于逃离的考德威尔廉租区。她在经过考德威尔的时候遇见街头混混内森并与他结伴而行。考德威尔是他们成长的住宅区，"五个街区被边界墙所包围，又被通道、天桥、楼梯和电梯所联结，而电梯在初装的时候就被人们避之不及……这是门，这是窗户，然后就是重复，重复"（264 - 265）。虽然考德威尔的空间是狭窄而闭塞的，此时却是唯一能够包容娜塔莉并且让她感受到适意的场所。

娜塔莉和内森步行的路程就和他们的生活同样开始于考德威尔住宅区，或者更加确切地说是"考德威尔的最低处"（Caldwell basin），其暗示他们在回归生命的最低点的同时也开启新的旅程。而内森以娜塔莉曾经的名字凯莎（Keisha）来称呼她也意味着她向原初自我的回归。两个身份迥异的人结伴而行，并且因为同样被抛弃的命运而产生共鸣。从一定程度来说，当娜塔莉在年少时开始自我重塑是就预示着后来的命运转折，她改掉自己的名字，放弃自己的身份，然而她所致力构建的新身份最终也并非尽如人意。因此娜塔莉对考德威尔的回归也意味着她对真实的自我和生命的本真的回归。当娜塔莉和内森相遇时，他们流浪汉般的穿着都是异曲同工的，"一件肥大的 T 恤衫，一条打底裤，一双脏兮兮的红色拖鞋，就像一个吸毒者"，她也被邀请加入他，"来和我一起，我在飞……今天晚上我或者飞起来，或者干脆放弃"（263，265）。他们看似拖沓的穿着打扮一如考德威尔居住区，带给他们的同样是舒适随心的感觉。虽然娜塔莉会认为她的目的地是"无处可去"（260），但是这种"无处可去"又何尝不是随心所欲。在内叙事层面（the diegetic level），他们飞翔的想法反映出他们解决生活中极端危机的尝试。他们所有的过往和是非都非常直白而彻底地袒露，最后也被考德威尔所包容和原谅。

史密斯也通过允许小说中人物在空间中流动的方式来挑战场所的局限性。然而更加重要的是，小说借助人物在内叙事层面的流动来以一个固定的空间取代另一个固定的空间，从而克服空间的局限性。小说一方面将镜头聚焦在具有普遍性意义的空间细节，另一方面也构建起有关能动性的元小说话语。史密斯小说中的人物与各种的空间频繁互动，他们或试图逃离压抑的空间，或在自觉舒适的空间中安居乐业，而空间的意义也在小说的题目"西北"中得以彰显，而"西北"也通常被视为伦敦的邮政编码。虽然《西北》同样传递出"人们被围困在四方围墙之内"的观点，但是人们关注的范围却要广阔很多，覆盖住整个伦敦西北以及附近的区域，并且作者还借助多视角和碎片化的手法在如此广阔的范围内实现对细节的关注。

二　狭窄而闭塞的伦敦西北

然而，评论家们在史密斯后期的作品中却发现她多元文化模式的英国性的转变。克莉丝汀·萧（Kristian Shaw）提出，史密斯小说《西北》中的种族间紧张关系并没有得到缓解；小说"超越《白牙》的多元文化范式和后殖民关注，为后千年的文化互动提供出一个无法妥协且忧郁困顿的视角"（Shaw，2017：3）。萧认为在史密斯的叙述中，与文化杂合有关的问题是"后千年都市环境的日常特征"（17）。而这种空间与族裔群体的紧张关系其实在她的第二部小说《签名销售商》（The Autograph Man，2002）中可见一斑。史密斯的第二部小说非但没有像当下流行的写作那样变得简约，而是趋向于包罗万象，小说有着更大的地理和文化跨度，且关乎宗教、种族、伦理、娱乐、家庭、爱情、友谊等各种主题。华裔犹太混血的签名销售商艾利克斯（Alex-Li Tandem）倾其毕生寻求女演员基蒂·亚历山大（Kitty Alexander）的签名，她的签名因其本人日渐隐退的原因而非常罕见。由于他的执着，他竟然做到许多签名收藏者们梦寐以求却很难实现的事情——得到偶像的亲笔签名。

《签名销售商》的故事发生在蒙特乔伊（Mountjoy），这也是艾利克斯出生和成长的地方，而他本人也频繁地往来于拍卖所和他在蒙特乔伊的公寓。

史密斯在故事开篇时就非常直白地说道，蒙特乔伊"并非什么应许之地"（Promised Land），是坐落在伦敦最北端的村庄，居住者多是往返于伦敦和蒙特乔伊的工薪阶层，是人们能够"负担得起的居所，50年代的时候建造的，标准的中央暖气，附近有学校"（Smith，2002：8）。该地区的嘈杂和压抑能够从描写中深刻感受到，这个地方有"低矮的郊区宫殿和梅树"，周六的车流事实胜于雄辩地显示出，居住在此的人们"都正在寻找逃出生天的路"，人们"已经将生活基于妥协的原则"，容忍着"耳塞、偏头疼和压力引发的肌肉不适"，用来交换"正好坐落在国际机场航线上的便宜住宅"（8）。而蒙特乔伊最具代表性的意象就是炸鸡店，这些炸鸡店铺的存在为伦敦西北涂抹上厚重的油腻气息，同时这种非健康的饮食和生活习惯也常常和社会底层以及有色移民相联系，由此使得蒙特乔伊的空间沾染上浑浊和压抑的气息。而《签名销售商》中的人物们却要整日面对这些商铺的背面，"亚当坐落在音像店上面的住所还真不是宫殿，打开正门面对的是一处混凝土修筑的公共区域，好像是一个地下停车场的角落，没有窗户，也没有电灯，因此永远是黑暗的"。楼上，视线越过围墙，映入眼帘的是"幸福炸鸡店（Happy Fried Chicken）的阴暗的水泥后院"（124）。小说中的亚当就始终承受着如此的空间，"亚当的公寓的所有设施都是沿着一个狭窄的走廊而建，一个盒子大小的起居室、一个盒子大小的卧室、一个盒子大小的厨房和一个盒子大小的厕所……没有淋浴，也没有浴缸"，但是他也逐渐甘心接受现状，并且学会依赖大麻和"城镇另一端的公共设施"（126）。蒙特乔伊有很多居民同亚当一样在此处逼仄的空间中苦苦求存。

蒙特乔伊是小说中虚构的伦敦西北一隅，也由此能够抽象出该地区所有的精髓。蒙特乔伊能够凸显伦敦北部的境况，作为城镇因其凋敝和破败理应被废弃，但同时也因其对居民的归属感和身份构建产生的影响而被正视。"艾利克斯一直觉得自己像一个伦敦北部的男孩，……对于这个世界的角落，他存有一丝不理智的情感。北部对南部。……最后艾利克斯提出他唯一诚实的理由：我想这是因为在伦敦南部没有人认识我。我不认识任何人。就像死了一样"（167）。艾利克斯的想法能够充分显示出，场所（place）的独特性主要是通过"人际关系和互动而非强加的边界而构建起来的"（Massey，1994：7）。同时，具体的空间也会对人物产生影响，反映出他们的精神状态，甚至作用于他们的身份构建。小说中蒙特乔伊的沉闷压抑的空间就可以透视出其人物迷茫的精神状态和业已丧失的自我身份。小说的"抒情器乐曲部分"中艾利克斯病后未愈的身体和他公寓凌乱不堪状态相互并置，可以视为空间反映人物状态的很好的例证（Smith，2002：45）。蒙特乔伊人的生活状态和他们所占据的空间同样扭曲凌乱和充满妥协，但是他们都和亚当一样必须适应这种住所。

就像《白牙》中的多种族和多元文化暗示着伦敦西北以外的更广阔的空间，《签名》中的犹太神秘主义、亚当所迷恋的缤纷的电影世界和艾利克斯闪光的签名收藏都预示着无限的可能。但是这些超越蒙特乔伊的世界总是显得遥远而虚幻，只能暂时将小说中人物们的目光引向蒙特乔伊以外的世界。而逃离过后的回归总会令人分外迷茫，虽然他们对于蒙特乔伊的感知会因为吸毒、脑肿瘤和宗教逃避主义的原因而模糊不清，但是蒙特乔伊则始终都会控制和界定他们。而伦敦北部因为其有形的细节描写而具体化，同时也因其虚构性而抽象化。如果说伦敦北部在《白牙》中能够充当坚实的现实背景，那么它在《签名》中则抽象为启航和回归两种可能，而蒙特乔伊的居民也在这两端之间游移不定，迷茫不已。

《签名》中逼仄狭窄的空间并没有从史密斯的小说中消失过久，而是在2013年重现在她的短篇小说《柬埔寨大使馆》中，《柬埔寨大使馆》是扎迪·史密斯发表于《纽约客》的短篇小说。尽管小说起始展现在读者面前的是"我们"复数的叙事声音，但故事真正的主角却是来自科特迪瓦象牙海岸的名叫"法图"（Fatou）的非洲裔女佣。她是伦敦西北区一个巴基斯坦家庭的住家保姆，没有过多的个人时间和空间。她莫名地被位于威尔斯登的柬埔寨大使馆这幢建筑所吸引，时常坐在使馆楼对面的车站观看两名从未露面的羽毛球选手的对抗。此外，每周日上午她与来自尼日利亚的教友安德鲁（Andrew）碰面，接受他馈赠的咖啡和小食，也接受他的说教。两人间存在一种从未言明的暧昧情愫。在《柬埔寨大使馆》中，法图非但对英国白人来说是他者，甚至对于她所服务的更加成功和同化的移民来说也是他者，她的流散生活并没有带来她所希望的更好的生活。她为改变自己的生活状况，冒着生命危险非法偷渡到英国，却发现自己与英国社会格格不入。她在伦敦西北处在困境和绝望当中，而她所受的禁锢是由柬埔寨大使馆的院子里被来回击打的羽毛球所暗示出来的。而她在没有手续和证件的情况下受雇于名为"德拉瓦尔斯"（Derawals）的亚裔英国家庭，赚取自己的食宿和微薄的工钱，这便是她孤独而禁锢的生活现实状况。

故事的叙述显示出，同时存在的不同种族之间没有任何建设性的互动，他们唯一的联系就是他们所居住的区域。在这样一个相互脱节的社会里，史密斯向我们展示出一个黑人移民女性如果无法为自己找到安全的栖息之所，她是如何感到被孤立和被边缘化的。因此她被迫开始寻找一些有关种族和宗教问题的答案，并且由此确立自我身份。多元文化社会排斥她且拒绝承认她，也无意为她提供平等的社会权利和公民身份；当地英国白人不承认她的公民身份，其他移民也不接受她的平等地位。故事中她被德拉瓦尔斯家没收了护照，为使用游泳池而只能去偷他家客人的通行证。而且她在德拉瓦尔斯家的工作是没有报酬的，因为他们给她提供食宿，"她从一开始就被告知，她的工资将被用来支付她在逗留期间所需的食物、水和暖气，以及支付她所居住的房间的租金"（Smith，2013：7）。后来他们家中最小的孩子阿斯玛（Asma）因为窒息而岌岌可危却被法图救下，德拉瓦尔斯夫妇开始意识到她的存在，却非常讽刺地因此解雇了她。显然，法图的国籍和种族造成她和其他群体之间的障碍，甚至在故事的最后，她在多元文化社会中的边缘状态也并没有改变。因此，史密斯的叙述能够说明英国的多元文化政策无法将多元文化主义和英国性进行融合，也无法为向法图同样的黑人移民提供成长和发展的空间。

同样，正如乌尔里克·皮尔克（Ulrike Pirker）所说，在史密斯的作品中，北伦敦扮演着"他者"的角色，史密斯的方法"随着每部新作品的出现而改变，部分原因是作品问世的不同时期，而《柬埔寨大使馆》的时期见证着一个繁荣的多民族的新英国被一种焦虑文化所取代，焦虑文化由于恐怖主义袭击、战争和金融危机而产生，同时让英国敏锐地意识到其社会分化"（Pirker，2016：

64–65）。因此，史密斯的"与北伦敦的虚构接触是对当今社会和文化状况进行观察的方式"（55）。史密斯向来致力于更加敏锐而准确地表现出空间的局限性，在《柬埔寨大使馆》中威尔斯登的人们认为，"诚然，我们在自己的关注力周围画一个圆并且待在里面也是无可厚非的"（Smith，2013：24）。在《柬埔寨大使馆》中，局限性首先反映在作品的长度，该作品只是一个中篇小说。小说中存在两种相互交替的叙事立场（narrative instances），分别是作为"我们威尔斯登人"的同故事叙述者（homodiegetic）和作为异故事叙述者（heterodiegetic）的"法图"。小说中规划的固定空间仅局限于威尔斯登地区的几条街道，内部空间局限于德拉瓦尔斯家的屋内、法图周一游泳的健身中心以及她周日和安德鲁见面的突尼斯咖啡馆，后者是来自尼日利亚的半工半读的学生。小说的时间框架也只是局限在2012年的夏秋时节，从奥运会的8月6日开始，到10月1日结束。史密斯在小说过程中也尝试也以其他空间和时间的事件来拓宽小说中的都市空间，也试图借助法图的经历和记忆引入一些历史和当下的事件和话语，由此其他空间、时间、事件和经历也有暗示。例如大屠杀、红色高棉、现代流散和奴隶制，其世界意义对有限的空间产生重要的影响，但是与这些"重大事件"模糊而虚幻的意象形成鲜明对比的是空间叙事中细微且重复出现的意象和瞬间，例如大使馆如今对威尔斯登的人们来说仍然是令人惊奇的，法图每周一都会在当地的健身中心一圈一圈地游泳，或者她总是执着而强迫地观察大使馆围墙背后的永远持续的羽毛球比赛。小说中循环出现的一个主题便是像羽毛球那样被围困在四方高墙之内却不停地从一堵围墙走到另一堵围墙；小说中羽毛球循环往复的运动象征着法图和其他威尔斯登居民的生活状态，他们和《签名》中的居民同样忍受着单调而乏味的生活，而都市空间对待他们的方式可谓是禁锢而压制的。

三　冲突暴力的伦敦西北

作为史密斯创造的出版奇迹的《白牙》也绝非凭空而生的，她此前在《纽约客》发表的短篇小说《斯图尔特》（"Stuart"，2000）可以视为她伦敦西北小说的萌芽。这个故事重温当代英国流动的、多元文化的、多种族的、代际融合的街道和广场的公共空间，但代表着隐藏在这些熟悉地点的潜在和公开的暴力。约翰·克莱门特·鲍尔（John Clement Ball）借鉴了城市理论家简·雅各布斯（Jane Jacobs）和理查德·森内特（Richard Sennett）的理论，强调城市街道在产生"无序和混杂"方面的可能性（Ball，2004：25）。史密斯在《斯图尔特》中描绘出一个不同的伦敦，此时的伦敦仍然充满创造力，但是这些活力充满引发偶然和意外暴力的潜能。《斯图尔特》故事的开篇详细描述着在拥挤的城市街道上的日常活动，然而结局却出人意料地发生了可怕的冲突，并且导致一名年轻人身受重伤。如果《白牙》是一部庆祝20世纪末伦敦多元文化融合的小说，那么《斯图尔特》则清楚地表达出对城市街道的更为不祥的理解，这些街道是愤怒的发源地。

《斯图尔特》的情节可以说是直白且略显粗糙的。故事的开场聚焦的是两名希腊移民在伦敦的街道上，他们在学校假期的时候来热狗摊打零工。他们的顾客是三个青少年，点完热狗后四处闲逛，边喝着啤酒边等着他们的快餐。这时其中一个男孩把啤酒罐扔进一个装有纸巾的塑料桶，而一个希腊小贩便在拥挤的街道上追赶这个醉醺醺的男孩。不幸的是，这个希腊人与名叫斯图尔特的高大肥胖的男子相撞，并且猛烈地将他撞倒在地。由于撞击的力量，由于斯图尔特的笨拙，或者由于他巨大的体重，他受伤严重。他"短粗的如香肠般的右腿在膝盖处向后弯曲。他的脚被从后边掰到前边。他面对自己的脚跟，就像木偶在跳康康舞"（Smith，2000b：60-67）。斯图尔特的身份也许就此永远变得扭曲而残疾。

《斯图尔特》的故事显示出伦敦街头的阴暗面，揭示出漫游在伦敦街道的移民青年们被伤害和被抛弃的悲惨命运。故事反映出史密斯复杂而现实的城市生活观，揭露出伦敦都市生活中的风险。城市环境中除了自由和欢乐之外，还有很多消极和负面的因素，"疏远的人群，无家可归群体的危险和悲伤，迷失的恐惧，以及来自敌对的他者的危险"（Ball，2011：232，236）。《西北》中的伦敦西北也同样是令人不安的，菲利克斯与泰勒（Tyler）和内森的邂逅，描绘出这座城市所充斥的危险和威胁，以及旅行和偶然的互动所固有的风险。菲利克斯在开往基尔本车站（Kilburn Station）的地铁上坐在泰勒和内森的对面，而后者却误认为他是一位白人妇女的朋友，"这位白人妇女因为怀孕而体态肥胖，大汗淋漓"，急需找个座位坐下休息。菲利克斯将自己的座位让给这位妇女，而他的行为却招致泰勒和内森的咒骂，他们还在车厢门打开的时候推搡他（Smith, 2012a：194）。几分钟后当菲利克斯拐上艾伯特路（Albert Road）朝格蕾丝的公寓走去时，他被推倒在地，泰勒和内森嘲笑他不再是"地铁上的大英雄"（197）。菲利克斯将脸转向他们，"他对他们感到一丝怜悯……他们可以拿走他的手机，他们如果愿意也可以拿走他兜里仅有的20镑……他所关注的都不是这些"（197）。但是当这些恶棍们要抢走格蕾丝送给他的耳环时，他不得不做出反抗，他也为此被刺死（197-198）。无论是偶然的还是命中注定的，菲利克斯还是在伦敦街头的行走中遭遇不幸，最后也在伦敦街头流血丧生。

菲利克斯是存在于《西北》中的其他主要人物生命中的边缘人物，但是他是这部小说中最可爱的人物。他也是西北地区的当地人，因此娜塔莉在读《基尔本时代》（Kilburn Times）而看到"艾伯特路上的杀戮"的新闻时便认出他。菲利克斯在该场景中被边缘化和背景化，他虽然被认出，却没有任何有关他的具体而明确的描写，他父亲的照片被刊登在报纸版面的中间部分，而他的照片只是出现在他父亲的照片之中（288）。这种安排反映出他在小说中有限的存在。他在小说中并没有与其他人物发生明确而具体的关联，只是在聚焦利亚和娜塔莉的两部分被当作艾伯特路上谋杀案的受害者而勉强被认出。但是在这两部分之间，史密斯投入一部分的笔墨专门塑造菲利克斯。菲利克斯的部分是小说中最为连贯而顺畅的部分，交代他从日出到日落的完整经历，间或点缀着些许零星的记忆片段，从而使得他的人生轨迹更为圆润和丰满。与利亚、娜塔莉和内森等人物相比，菲利克斯具有更高的识别度和更强的虚构性。作为典型的成长式小说的主人公，他刚刚抵达人生成熟的巅峰，做好安居乐业的准备，然而却悲惨地遭受死亡的命运。为什么菲利克斯的悲剧成为构成《西北》的片段，史密斯做出如此解释：

当我在写这部小说的时候，以刀伤人的案件如传染病般在伦敦频发，通常都是黑人青年被黑人青年所伤。当你读着这些头条的时候——它们通常都不会非常醒目——你可能会有这样的想法，这就是一个年轻人被另外一个所杀害……但是这是一个拥有历史、家庭、兄弟姐妹和朋友的人……为了能够让他活在别人的想象中——我非常愿意尝试去做，因为在英国很多人生活在同质化的共同体中，对他们来说这就是一个社会事件。（Rifberg，2013）

菲利克斯的人性能够获得我们的同情，由此史密斯也成功地实现了她的目的。这位生长在伦敦西北的黑人青年早已对自己的生活做出规划，但是却意外被害，但是他在死亡之前所有鲜活的形象和积极的行为却给读者留下深刻的印象。菲利克斯在小说中与诸多人物发生交流和互动，其中包括他父亲的邻居、他的前女友、现女友以及名为汤姆的白人青年等，他在所有的互动中都是笑脸迎人且生机勃勃的，展示出强烈的存在感和主体性。此外菲利克斯最喜欢的事情就是漫步在伦敦西北的街头，而他也正是在街道上与自己的女友格蕾丝相遇和相爱。对史密斯来说，街头行走是显示黑人青年流动性的重要方式，能够反映出他们对英国移民生活的积极参与以及对伦敦都市的正面影响。虽然史密斯塑造出菲利克斯这种积极正面的形象，但是小说的字里行间还是流露出她对伦敦都市的非确定性，她也能够时刻感受到伦敦都市对有色移民兼具排斥和包容的态度，她的小说显示出，在伦敦的西北和世界的西北都始终萦绕着种族主义的观念。《西北》和《柬埔寨大使馆》显示出，史密斯对于被种族、性别和阶级观点所牵制的都市空间不再单纯以幽默的方式进行反讽，而是深刻探究该空间强加于个体之上的局限性和决定性。

四　自主权和能动性

其实史密斯对伦敦西北的感情可谓爱恨交织和喜忧参半的，她一方面出声抗议都市空间对有色移民的压制，另一方面对西北的眷恋和描摹却从未停止。因此她的小说中对伦敦西北的描写也并非单向的，而是毁誉相间的。史密斯的伦敦西北对她来说是特殊的空间，既禁锢又自由，既排斥又包容。因此她的每一部伦敦西北小说都呈现出色彩各异的都市空间；即使在同一部小说中所有人物对伦敦西北的感受都是各不相同的。而伦敦西北似乎也扮演着既疏离又亲切的角色，在限制着年轻的移民后代的同时也赋予他们些许的自由。

但是史密斯在小说中却没有仅将黑人青年能动性的缺失归结为宿命的安排或者空间的压制，反而塑造出生机勃勃的人物来凸显虽然有限却并非全无可能的主体性和能动性，其中典型的代表当属《西北》中的菲利克斯和利亚以及《柬埔寨大使馆》中的法图等。史密斯在小说中也以行走和搭乘各种交通工具的方式来表现这种自由和流动性，而流动性对于年轻的移民二代来说又意味着能动性和主体性。小说中搭乘出租车的情节很好地展示出史密斯在叙事层面展示出人物的流动性。小说中的人物因其社会阶层的区分而分别借助汽车、出租车、公交车或者地铁而流动，所以说"城市中的昆虫，闭合了它的翅膀"（Smith，2012a：39），却永远在步行中。

《西北》中的利亚能够在被围困的状态中找到自由，她的权威性体现在对空间的守护和防卫。她的婚姻是相对稳定的，但是她没有任何孕育后代的打算。她多次秘密进行的人工流产就暗示出，她已经将空间转变为自我私有的场所，并且无法与除去她丈夫米歇尔（Michel）以外的任何人分享。她将自己的场所安全而稳固地驻扎在当下——一个狭小的单间公寓、一份驾轻就熟的工作和她的丈夫米歇尔；而米歇尔的场所却是指向未来的，有待去规划和成就，他也非常努力地工作去实现他更好的住宅和家庭的愿景。而这些愿景在一定程度上也对利亚的空间构成干扰和威胁，因此利亚便选择秘密的行使自己的主动权和宣示自己的主体性。然而她暗中行使自主权的行为也存在一定的伦理问题，因为这在很大程度上剥夺了米歇尔的自主权，同时也操控着他的空间，导致她在没有得到他允许的情况下支配和控制着他们共同的空间。《西北》中的利亚虽然以自己的方式获得对空间的控制权，同时也宣示着自己的主体性，但是这种控制权和主体性都是有限的。

《柬埔寨大使馆》中的法图也是在有限的空间中争取无限自由的典范。由于她在伦敦的生活条件，法图越来越意识到自己的边缘化状态和差异性。她是个一无所有的人，她越是明白自己以及所代表的种族和当地人之间的差异，就越感到痛苦。她在游泳池中的倒影显示出她性格中坚强不屈的特质，这种特性使她有别于其他非洲移民，"时不时地，法图发现自己和其他非洲同胞同在泳池中。当她看到这些大块头像婴儿似的疯狂地划水和挣扎着，仅仅是为保持漂浮的状态时，她为自己的能力而自豪"（Smith，2013：2）。她记得在旅馆工作时学习游泳的经历，"她所在度假区外侧是大海，她艰难地穿游在灰暗的大海中学会游泳。她在肮脏的泡沫上起起落落，起起落落"（2）。她学习游泳的经历表明她坚强的决心，这个重要的性格特征帮助她在这个多元文化功能失调的土地上生存。

因为威尔斯登社会多元文化环境的现实，法图逐渐被推向激进的民族主义的立场。当地人的种族意识以及与移民的保持距离的姿态，逐渐将法图推向自己的非洲种族和血缘。尽管她自己的土地和同胞远在千里之外，但她越来越关注自己的种族问题。同时由于她悲惨的处境，法图在心理上也需要和她的非洲朋友安德鲁亲密接触，他的出现和存在能够舒缓她紧张的情绪。他鼓励她面对她所生活的这个冷漠世界的现实，"安德鲁是她在伦敦找到的唯一能和她进行这些深入交谈的人，部分原因是他对她有耐心和同情，但也因为他是受过教育的人，他目前在伦敦西北学院攻读兼职商业学位"（10）。他们的主要话题是他们自己的种族和宗教状况，法图渴望与安德鲁讨论这些问题，因为她对多元文化的土地感到失望。在安德鲁理性的影响和自身处境的驱使下，法图摆脱掉对同化的渴望而转变为一个对自己民族和宗教深感关切的民族主义者。法图对自己处境和种族做出的更加深刻的思考后决定，他们应该做出"自己的安排"，从而能够"作为一个民族生存下去"。法图通过对自己国家和种族的反思，从英国文化走向自己民族的文化。因此，她在多元文化国度的经历彻底改变了她的思想，这片所谓的多元文化土地的现实唤起她隐藏的情感。由此虽然她的身体仍然禁锢在伦敦西北，但是她却能够获得思想和精神上的能动性。对场所的理解会帮助我们在与场所的互动中获得主动性和权威性，因为"场所的身份总是不固定、有争议和多元化的"，场所本身也是"开放的和多缝隙的"（Massey，1994：5）。这也许就是史密斯在寻求更精确的方式描绘伦敦西北和讲述其故事的过程中所洞察的道理。

小　结

当今的伦敦正在经历着政治、人口和话语的后殖民化过程，并且由此转变为跨国界和跨文化的城市，而史密斯笔下的伦敦西北正是当代伦敦的缩影。史密斯在描写和塑造伦敦西北时借助多元化的视角、抽象化和元思考（meta-reflection）等多种手段，因此伦敦西北在她的每部小说中都焕然一新。她在每部小说中都明显或暗示地回归伦敦西北，她对空间细节、场所名称和个体流动性的关注都传递出个体与空间互动的重要性，因为空间将会对在空间中行动和与其互动的人们产生重要的影响。史密斯在小说中揭示出个体囿于空间的各种表现，然而更重要的是，小说中的人物能够采取多种策略来对抗环境、社会和无望的自我期待为他们既定的角色和写就的脚本，也以各种方式赋予人物一定程度的能动性。而伦敦西北的有色移民的存在也说明，作为中心的伦敦已经开始去中心化。如果一个城市的国际关系和居民成分倒退到罗马帝国时期，那这个城市也毫无疑问如此倒退；而伦敦当今的跨国式的去中心化则成为该城市重要的构成特征。

第六章　英国文学传统的承袭和改变

　　民族国家的兴起所伴随的是可辨识性的民族文化的发展，安东尼·伊斯特霍普认为（Easthope，1999：117 – 118），从 19 世纪初期开始民族文化交由民族文学经典所界定，由此民族身份的特殊性进而在文学艺术的普遍性中占有一席之地。19 世纪英国民族文学的兴起从普世的启蒙运动思想中开辟出更加多样化的视角，其中的文学批评视角就专注于如何创造和培育出民族文学。民族文学宣言是欧洲国家浪漫主义运动的重要组成部分，激励作者和读者们在民族传统和爱国动机的基础上发展出文学的民族性。文学经典构建的过程中需要政治斗争，而文学的性质和意识形态结果也被记录在册（Baldick，1983；Doyle，1989）。在很多有关英国文学和英国民族身份认同的阐述中，海伦·加德纳（Helen Gardner）的观点最具代表性，她认为既然文学能够传递民族认同感，那么英国文学就能够展示出英国生活方式中隐含的美德（Gardner，1982：46）。

　　安东尼·伊斯特霍普在《英国性和民族文化》（*Englishness and National Culture*，1999：117 – 118）中提出，英国性的传统有其自身的愿望和可能性，英国作为民族国家由一系列的机构和实践所组成……所有这些都可以被定义为具有英国特色的。同时，英国性概念的文化构成也包括英国的语言、英国的谈吐方式、英国文学经典、英式的幽默以及英国的常识等。所有这些有形和无形的文化因素相互融合并且贯穿国家和文化之中，从而形成统一的英国性，并且吸引所有英国公民对其产生所谓的民族身份认同。其中英国文学随着英国的强大而发展，"在 1700 年没有任何接受过良好教育的欧洲人会热衷于英语的读写，而在 1800 年英语的读写却被认为是关键而必需的，那些来到英国书写自己经历的外国人已经在脑海中构想出他们宿主国的印象，而这些印象多数来自英国文学作品"（Langford，2000：7）。

英国人性格中的某些特质使得英国的国民性格值得分析和研究，英国小说作为英国文化最主要的象征在塑造人物和描写举止行为方面是无懈可击的，伊斯特霍普也在自己的著作中讨论英国国民性格和英国文学经典之间的互动（Easthope，1999）。法国人在多佛（Dover）登陆的时候就会将从书中读到的英国印象转变为他们在英国偶遇的场景，正如莎士比亚的翻译者阿梅德·皮肖特（Amédée Pichot）所说，"我当然会观察店主所表现出的性格特点"，英国的小说家们非常愿意描写刻画这些人物，有时甚至会模仿既定的人物形象，虽然这些形象几乎没有允许任何变化的余地，但却是非常真实准确的。一位热心的德国读者将范妮·伯尼（Fanny Burney）的小说称为"国民举止行为的历史"。意大利读者阿戈斯托·波齐（Agosto Bozzi）说，他从斯莫利特（Tobias Smollett）和菲尔丁（Henry Fielding）的小说中非但收集到大量的英语单词和口语表达，还有大量的英国人举止和行为特点，"这些知识几乎可以将我转变为英国人"。可见英国文学和英国的国民性格也是相辅相成、相互成就的。

安妮特·鲁宾斯坦（Annette T. Rubinstein）在其所著的《英国文学的伟大传统：从莎士比亚到萧伯纳》的前言中写道，英国文学的伟大传统是那些莎士比亚称为"能够在现在洞察未来"的伟大作家的传统。未来总是在现在的心脏底下搏动着。因此最贴近时代心脏的人，也最能把握未来生活的脉搏。英国文学的伟大传统是伟大的现实主义作家的传统。也就是说，代表该传统的作家能够透过生活表面无数旋涡和逆流看到永不止息的时代主流，并密切加以关注。鲁宾斯坦在书中从伊丽莎白时期的莎士比亚谈起，将他视为英国文学经典的起源。而哈罗德·布鲁姆（Harold Bloom）则认为，莎士比亚就是经典，他设立文学的标准和限度。莎士比亚历史剧的创作动因就是探索历史且预示未来，从该视角来说，莎士比亚也是能够基于现在的基础洞察未来的伟大作家，因此也能够当之无愧地代表英国文学的传统。而《哈姆雷特》则被哈罗德·布鲁姆称为"经典的中心，那种自由反思的内省意识仍是所有西方形象中最精粹的，没有他就没有西方经典"（转引自 Rubinstein，2011）。

19 世纪的英国现实主义经过狄更斯和萨克雷等文学大师而迎来辉煌的时代，并且随着资本主义向垄断资本主义过渡而经历巅峰。而 20 世纪初期的现实主义倾向仍然是维多利亚时期现实主义传统的延续，其代表人物有威尔斯（H. G. Wells）、高尔斯华绥（John Galsworthy）和贝内特（Arnold Bennet），而这些现实主义作家在 20 世纪初期也遭到现代主义作家的质疑，英国文学也由此开启现代主义时期。现代主义在质疑和反对威尔斯、高尔斯华绥和贝内特的基础上产生和发展，并且开始英国文学的再度辉煌。现代主义小说领域中人才济济，各领风骚，涌现出詹姆斯（Henry James）、康拉德、伍尔夫、劳伦斯（D. H. Lawrence）、乔伊斯（James Joyce）以及戈尔丁（William Golding）等泰斗级的人物。英国的现代主义虽然以否定现实主义为基本特征，但是所有成就非凡的作家都是在力求创新的同时兼顾传统，而正是这种传统和创新兼顾的做法才带来英国现代主义的繁荣。回顾 20 世纪英国文学所经历的路程，英国小说家和评论家戴维·洛奇（David Lodge）从中发现钟摆状的运动规律，即英国的小说和其他文学形式在现实主义和现代主义之间像钟摆一样规则地来回摆动。现实主义和现代主义相互统治，分别在不同阶段成为英国文学的主要倾向，共同构成英国文学的伟大传统。

英国黑人小说家与英国文学传统之间的交集由来已久，他们所接受的教育中都有弥尔顿、莎士比亚和狄更斯等。由此当威尔逊·哈里斯在采访中被问到"认为自己是圭亚那人，英国人还是南美人"时，他在回答中谈到自己与英国文学之间的渊源"我从青年时期就不由自主地对英国诗歌产生无比的崇敬，其中包括多恩、莎士比亚、弥尔顿、布莱克、柯勒律治等。英语对我来说就是母语，我觉得英语属于我"（Harris，1980：102）。哈里斯的想法可谓颇具代表性，而扎迪·史密斯与 E. M. 福斯特（E. M. Forster）之间的师承关系也向来被研究者所津津乐道，史密斯也在小说《论美》中公开承认两者之间的"联结"，并且以模仿《霍华德山庄》（*Horwards End*，1910）开篇的方式致敬福斯特。同时，英国黑人小说家对英国传统和文学作品绝非亦步亦趋的学习和模仿，而是继承和发展，并且最终为己所用。20 世纪 50—60 年代的小说家在抵达伦敦的初期就以现实主义手法描写自己在英国生活的困顿窘迫，抒发心中的愤懑和委屈。本章所研究的乔治·莱明则对抗着多重的压力和争议，以现代主义手法来抵制英国的殖民惯性思维，颠覆加勒比移民愚昧无知的刻板印象。而莎士比亚在十四行诗中塑造的黑女士形象也因为其肤色的特别而倍受当代英国黑人小说家的钟爱，也被扎迪·史密斯和伯纳丁·埃瓦雷斯托等作家不断改写和重塑。

第一节　乔治·莱明的现代主义书写

巴巴多斯裔英国作家乔治·莱明 1927 年 6 月出生于巴巴多斯（Barbados），是西印度群岛的小说家和散文家，始终致力于著述以帮助加勒比国家的去殖民化和民族国家的重构。莱明后来离开巴巴多斯，1946 年至 1950 年间在特立尼达任教，而后定居英国。他广受赞誉的首部小说《在我皮肤的城堡里》（*In the Castle of My Skin*, 1953）是一部自传体成长小说，故事的背景是20 世纪三四十年代加勒比英属殖民地民族主义的兴起。莱明在其随后的三部小说中继续讨论去殖民化的议题，《移民》是关于"二战"后英国加勒比移民的绝望和孤独的作品，《年代和纯真》（*Of Age and Innocence*, 1958）是对政治独立问题的微观审视，《冒险季节》（*Season of Adventure*, 1960）中的西印度群岛裔女性努力找寻自己的非裔根源，《流放的喜悦》（*The Pleasures of Exile*, 1960）审视国际化语境中的加勒比政治、种族和文化。莱明后期的小说《浆果拌水》是基于莎士比亚的《暴风雨》的政治寓言，而《本地人》（*Natives of My Person*, 1971）是有关 16 世纪时期在西印度群岛的探险者。乔治·莱明在战后英国文学领域被公认为实验主义高雅文学的代表，他的实验性可以理解为延续福克纳（William Faulkner）、乔伊斯和伍尔夫等现代主义作者有意识的晦涩难懂的写作风格。很多评论者对莱明作品中的政治隐喻以及晦涩难懂的风格颇有微词（Brown, 2006：670 – 672）。而莱明似乎对这些众口一词的评论颇为享受，"这意味着相比其他作者，我的作品要被读得更慢些，我认为这是好事"（Munro & Sander, 1972：11）。莱明在这番评价后立刻意识到其中隐含的精英主义嫌疑，这也是他的作品招致负面评价的主要原因。

　　作为流散作家，莱明的现代主义风格是可以被理解和接受的，因为流散本身就是现代主义的主要特征。雷蒙·威廉斯提出，新兴的都市应该将自己打造成为没有疆界的艺术都市，"它们新的剪影应该是陌生者的城市，是国际上反资产阶级的艺术家们在移民和流放中所产生的艺术的最合适场所"（Williams，2007：34）。威廉斯在讨论中提及的作家原是指乔伊斯和贝克特（Samuel Beckett）等现代主义作家，但是他的观点同时也适用类似乔治·莱明这些来自加勒比地区的非裔作家。然而莱明也始终如一地坚持文学作品陌生化和离间化的效果，而如此的风格选择是因为他对文学阅读功效的理解刚好契合现代主义文学的原则。现代主义认为文学应该不遗余力地"阻挠习惯化沟通的现实主义过程"（Eysteinsson，1990：238）。伍尔夫也曾经说过，"让我们永远勿要停止思考——我们身处其中的'文明'究竟为何物"（转引自 Brown，2006：669）。由此可见，伍尔夫的现代主义风格的核心要求她反复审视自我所身处的文明，并将其视为伦理责任。伍尔夫和莱明同样将文本的"顽强抵抗"视为积极有效的手段，如此读者们就必须"停止，追溯，尝试各种方法，然后一步一步地前进"。她感慨当时的作者"以近乎卑微的勤勉协助我们的阅读之路，对我们阅读的注意力仅做最基本的要求"（673），而她也和莱明一样认为，文学最适当的功用就是对读者习惯性的理解框架做出颠覆性的挑战。她坚持认为值得一读的小说应该具有反传统的性质，甚至应该具有冲突对抗性。她也谈论作者之于读者的价值，认为"如果我们能够带着在阅读的过程中获得的问题和建议找到他们，他们才能够帮助我们。如果我们只是成群结队地蜷缩在他们的权威之下，就像绵羊那样躺在篱笆的阴凉之下，他们也无法为我们做任何事情。只有他们的准则和我们的准则相互冲突且相互征服的时候，我们才能够理解前者"（675）。由此可见，莱明和伍尔夫同样相信文学的责任就是要揭秘和颠覆人类习惯的思维模式和解读模式，文学文本就是要强有力地对抗和抵制读者们的常规思维，从而为他们指引新的方向。而与伍尔夫不同的是，莱明所要对抗和抵制的是西印度群岛读者的精神惰性以及西方读者对被殖民者的刻板观点。

一　以现代主义的方式对抗殖民空间中的刻板印象

战后的文学批评家普遍愿意将莱明晦涩难懂的作品与战前极端现代主义（high modernist）的前辈们相联系。《时代文学副刊》（*The Times Literary Supplement*）在评论《在我皮肤的城堡里》时说道："人们会禁不住将这本书重新命名为《一位青年巴巴多斯艺术家的肖像》（*The Portrait of the Artist as a Young Barbadian*）。该书能够唤起詹姆斯·乔伊斯的《肖像》和《尤利西斯》的很多记忆，两者并非模仿与被模仿的关系，而是在想象和视野方面存在着奇特的相似。他同样还将《移民》和《尤利西斯》进行比较，抱怨前者'毫无必要那么难懂'。"（Marshall，1958：669）

在当代批评家对莱明的复杂文风的一片批评声中，种族主义色彩的声音也能够被捕捉到。些许评价将莱明的作品视为失败的现代主义尝试，认为他更适合一些更加直观和自然的创作。《时代文学副刊》1955 年的评论文章《加勒比的声音》就非常清晰地表达出该种观点（Pedrabissi，2013：83-98），文章认为米特霍兹曾经极力避免意识的非连续性，却被莱明所接受且视为人类正常的状态。该评价不仅意味着莱明这种天真幼稚的移民作者无法掌控其欧洲兄弟的复杂而老练的风格，并且愚蠢地认为自己简单的种族文化具有普世意义，同时还将莱明的写作过程贬低为他自身困顿混乱意识状态的再现。文章从始至终都在重申该观点，认为读者很难断定莱明的小说是有关一个男孩还是一群男孩的童年经历，"很难看出作者是否意识到自己的所作所为。很难想象作者从第一人称过渡到第三人称的理由，如何分析都会觉得不妥"。文章在反复强调莱明作品中的非欧洲和非理性成分，同时断定他是凭直觉获得作品的效果，同时提出他有意识强迫自己创新所取得的效果远远不如他无意识中偶得的新颖。然而英国读者所要求的清晰和连贯恰好是莱明极力抵制的，因为在莱明看来，自诩清晰而连贯的英帝国叙事方式在无意识层面将西印度群岛移民等同为简单轻率和毫无思想的孩童（Scott，2002：125）。这部"殖民地青年艺术家的肖像"被视为一部半自传体小说或一个成长的故事，为加勒比成长小说的整个创作传统树立起典范。莱明也借助这部小说的机会一方面颠覆西方世界对西印度群岛移民的刻板意象，另一方面也提醒被殖民者对西方殖民话语的审慎和警惕。

首先，《在我皮肤的城堡里》是非典型和非传统的成长小说，因为其主人公 G 是逆成长的典型。这部小说是作者从青年到流亡时期的再现，呈现出一个名叫 G 的男孩从 9 岁到 19 岁离开巴巴多斯到特立尼达的成长过程。然而由于该小说题材的模糊、主人公的非确定性、复调的结构、离题的情节和开放的结论，它明显偏离以个体进入成年之旅为原型的传统成长小说的模式。G 作为小说中的成长主人公，他的位置却是远离中心的。尽管小说的开头和结尾的章节都是以他为中心，但在文本的其他部分 G 只是倾听其他男孩的声音，或者在讨论其他事件的时候从场景中消失。塞缪尔·吉坎迪（Samuel Gikandi）曾经指出，通过这些"离题的部分"，莱明"似乎阻碍了叙事的节奏，阻碍了时间的发展，而传统的成长小说应该是走向知识和结局的"（Gikandi，1992：87）。同时，《在我皮肤的城堡里》还是维持着开放的结局。G 逐渐走向成年的旅程不断被延迟，最后竟然遭受流放的结局。通过扰乱成长小说"向前发展的情节"，莱明得以质疑和颠覆自我身份构建的普遍叙事以及支撑自我构建的西方主流话语。莱明在颠覆传统成长小说模式的同时也将白人主流文化进行解构，由此以现代主义的方式打破殖民者对于加勒比移民的刻板意象。

其次，《在我皮肤的城堡里》的非典型性也体现在小说杂合和颠覆的写作风格。小说是一部多层次且风格混杂的作品，而莱明在其中也故意模糊了多种文学体裁和风格之间的界限。莱明在接受采访时指出这部小说的特点，"小说中有直白的叙述，戏剧性的对话，日记，诗歌。……小说的形式将包括所有这些多种多样的形式，每一种形式都可以自成一派"（Scott，2002：196）。第一人称叙述 G 的成长与第三人称叙述克里顿村（village of Creighton）从 1930 年代末到 1946 年所经历的变化相互并列。从男孩有限的视角转向更成熟的成人视角，这种聚焦的转变有助于在小说中创造出纯真和经验之间的主题对比。此外，叙述中还穿插着些许对话，记录下来的内容很少或根本没有作者的干预。小说文本还穿插进自传统的巴巴多斯口头故事，标准英语中掺杂进的克里奥尔语进一步混合着体裁和语言。莱明认为这种体裁和语言的混杂目的是把中心放在"村庄中所有村民的群体"上，而不是像当代英国小说中所谓的"对个人意识的长期探索"（Lamming，1991：24）。由此英国资产阶级的小说形式被化用而再现西印度群岛的农民和村民，从而表现出莱明所认知的西印度群岛文化的真实性。莱明在《流放的喜悦》中提出，文化真实性是西印度群岛小说的主要特点，西印度群岛小说家所反映的都是西印度群岛的现实，他们所塑造的人物都是该地区典型的村民形象（Lamming，2005：39）。然而莱明却无法接受现实主义的写作风格，而是打破小说的形式且消除"因果连续性"，转而采用现代主义美学所独有的"最基本的联想模式"（Bogues，2011：281）。《在我皮肤的城堡里》的复调和反等级的结构中"挤满着名字和人物"，实际上与它所描绘的僵化的殖民地阶层结构形成一种刻意的对比，而在后者结构中"所有形式的社会地位都是由肤色来决定的"（Lamming，1991：24）。形式上的独创性本身并不是目的，而是反映出作为作家的莱明激进的反殖民主义情绪和对集体身份问题的深切关注。

莱明以如此难度的现代主义风格写就自己的半自传体小说是别具匠心的，其目的之一便是抵抗西方对西印度群岛民众的刻板印象。欧洲人总是习惯将有色人种视为原始和幼稚的化身，认为他们无法达到西方的理性标准，同时也试图以人类学的研究方式来证实他们的观点。虽然杰德·埃斯蒂（Jed Esty）认为，早在 20 世纪 30 年代随着英帝国日渐明显的衰败，英国人就开始将人类学的透镜转向他们自己的民族文化，但是埃斯蒂对日渐崛起的英国本土主义的强调也无法掩盖英国人向外对他者的凝视，以及这种凝视在战后英国文化想象中占据的位置，而凝视中的他者通常都被客体化或者被视为有严重缺陷的（Esty，2004）。1962 年的《时代文学副刊》中的一篇文章《共同的语言》（"A Language in Common"）着重关注非英格兰作者的英语写作（转引自 Brown，2006：670），认为这些同样折射出帝国思想的作品却在社会和文化归属方面因为种族差异而泾渭分明。题为"加勒比混合物"（"The Caribbean Mixture"）的文章重点关注加勒比作者（671－672），开篇便提出融合中的多种文化相互之间实则是拒绝相互影响和渗透的，当两种文化并置时人们通常会选择承袭强势文化中的习惯，并且将该文化的模式强加到弱势文化上。文章假定一种文化对另一种文化的妥协和投降，然后断言这种关系首先会给主体文化带来一定的影响，进而会促进弱势文化的繁荣兴旺，例如西印度群岛文学。西印度群岛文学所属的范畴绝非高尚或者严肃的，而似乎只是能够激起一些人类学方面的好奇和兴趣。文章在末尾处毫不掩饰地指出，"按照最高的标准来衡量，还没有哪位西印度群岛作者能对英语语言做出任何贡献"。西印度群岛文学在艺术层面的失败进而被其在人类学方面的作用所弥补，"它们为我们展示出热带生活的风貌，以及热带地区的很多美妙的风光，否则这些都是我们所无从知晓的"。由此加勒比文学就沦落到狭隘的民族志学范畴，仅能为游者提供当地的异国风情，而不具有任何文学价值。

因此从作者中心的视角来看，莱明对加勒比作者建构主义式的强调旨在反驳英国评论家有关西印度群岛作者头脑简单的评价；而从读者接受的视角来说，莱明试图以叙事方式来干扰英国读者对加勒比文学中的人物和场景的客体化和人类学的解读。莱明在创作技巧方面的实验就是要防止他的作品被当作杰里米·麦克兰西（Jeremy MacClancy）在讨论 20 世纪初期的人类学的时候所说的"傍晚消遣的最新形式"（MacClancy，2003：78）。莱明在讨论当代西印度群岛作者时指出当时文学对加勒比社会描写中的缺欠，并且将作品中加勒比生活的现实主义呈现与人类学相联系，"我们早已有社会和经济方面的论著，人类学家已经在该方面有所动作。我们还有政府白皮书以及州长夫人的黑色日记。但是这些就如同老式相机，尽全力捕捉到他们所能够捕捉到的——其实并非很多，效果也不尽如人意，因为他们从未将相机放置得足够近"（Lamming，2005：37－38）。在莱明看来，西印度群岛文学中旧有的人类学式的现实主义应该为更加复杂的写作方式让路。

莱明的现代主义书写的目的之二是针对西印度群岛移民，警醒他们不要全盘接受西方的殖民话语。莱明在《在我皮肤的城堡里》中也不失时机地揭示自诩清晰连贯的殖民主义叙事（colonial narrative）的权宜性和欺骗性。故事中一重要事件的背景是房东克里顿先生（Mr. Creighton）举办的晚会，特兰佩（Trumper）、蓝色男孩（Boy Blue）和书中叙述者之一 G 偷偷爬上屋顶，偶然遇上一个士兵在黑暗中企图诱奸房东的女儿却反过来被抓。该部分以男孩子的口吻第一人称叙述此次灾祸，接着又以妈和爸（Ma & Pa）的第三人称口吻对此做出更加传统的讲述，因为这两个人物都是岛上典型的传统农民。该章的焦点是妈非常不安地向爸讲述她从克里顿先生那里听来的故事，也就是房东对晚会当晚发生的事情的叙述。很明显"房东的故事是令人难以置信的"（Lamming，2001：187），妈"是不会相信他的故事的，他的消息来源也并非是无可置疑的"（184）。但是当自私自利的房东诬陷男孩子们企图强奸时，妈和爸仍旧非常平静地将其视为事实。莱明将他们的平静以及平静背后的本质原因在后续的戏剧性对话中加以渲染，揭示出妈和爸只是在扮演好各种设定的角色，因此只能选择相信和接受一个读者们都知道是杜撰的故事。

莱明在小说中非常清楚地描述出当前普遍存在的不加批判而全面接受的逻辑，并且强调其语言和文学基础，"监工的话，公务员的话。神话已经渗透到他们的意识，就好像蛀虫彻底穿透陈旧的文件"（27）。莱明通过这些场景呈现出消极且屈从的衰败意象，暗示出自主而积极的意识由于不假思索地接受现存的意识形态而正在逐渐消亡。小说中的这种精神惰性逐渐蔓延进而笼罩整个村庄，"以经久不变的形式，它缓缓流动的历史不会被任何差异所干扰"（24）。描述中妈和爸对房东讲述的故事毫不犹豫暗示出这种精神惰性是"如此深刻地占据着他们"（32），并由此导致他们无法产生其他行为或者想法。而《在我皮肤的城堡里》的形式似乎就是为干扰和打破这种行为，就是要对抗而非屈服于书中插入的殖民主义话语。对莱明来说，单纯再现《伦敦时报》（London Times）所期待的那种清晰而连贯的故事相当于自暴自弃。他不遗余力地将自己与20世纪50年代伦敦那些崭露头角的现实主义作者做以区分，其目的不仅是展现自身的与众不同，更是要凸显这种因为晦涩难懂而与众不同的话语的重要性。

综上所述，莱明在《流放的喜悦》中再次提出，复杂难懂的文风是对抗种族主义话语的有效手段。他再次借助普洛斯彼罗（Prospero）和卡利班（Caliban）的比喻提出，卡利班必须以新的形式叙述历史从而吸引普洛斯彼罗的注意，而语言问题就是其中的核心，"我们将永远无法打破普洛斯彼罗旧有

的神话，除非我们能够重新命名语言，除非我们能够让语言成为人类努力的
结果，除非我们能用语言描述出那些口不能言而身体畸形的不幸的奴隶和他
们的后代，以及他们所长期致力的事业"（2005：118 – 119）。莱明观点中的
现代主义色彩是显而易见的，只是他强调语言是人类努力的结果，从而将其
中的建构主义转化为反殖民主义的策略。在该书中莱明同时也赞扬一位对西
印度群岛文学感兴趣的德国学者，因为他在认真倾听加勒比作者的诉说。莱
明强调说，"真正重要的是，他们是严肃的读者，他们的兴趣是对话的良好基
础"（29）。由此莱明也拒绝将文学视为原始的天赋或者自然的直觉，同时将
加勒比人看作智慧的语言使用者和有思想的存在。

　　在当代英国对他作品接受的语境中，乔治·莱明的难度在于将政治元素引
入到复杂的文学和社会领域。他利用文学作品的难度去保持自己与当代流行的
文学实践的差异性，同时也避免自己在毫无知觉的情况下因为异国情调的书写
而踏上另一个不利的极端，以至于最终能够小心谨慎却充满斗志地在休姆
（T. E. Hulme）所说的同化和异国情调的两个极端中间开辟出一条新的文学航
线。莱明清醒地意识到自己作为一位生活在帝国都市的后殖民知识分子的悖
论式的境地。他在采访中分析 BBC "加勒比之声"（"Caribbean Voices"）在
西印度群岛文学发展的作用时，提到自己在经济、政治和文化方面所受到的
约束，认识到 BBC 节目"起到的作用就是获取原材料，然后再将其返回；就
好比种植在西印度群岛的蔗糖，被收割后送到国外去提炼，然后以成品的形
式返回"。莱明在采访中也谈到年轻的西印度群岛作者"对英国出版商的意见
的依附"，这种状况即使到 1971 年也无法得以彻底改变（Munro and Sander,
1972：9 – 12）。莱明清晰地认识到战后英国的文学领域因受殖民主义意识形
态的影响而仍然傲慢而专制的现实，因此他作品的难度可以视为激进却实用
的策略，避免英国读者随意消费他的作品而不去思考其中所蕴含的历史和人
文因素。

二　以现代主义的方式对抗殖民主义的人际关系

　　莱明在英国文学领域实施的标新立异的策略虽然智慧且成功，但仍然并

非他的晦涩难懂的文风的全部含义。他用心良苦的难度在彰显西印度群岛移民的主体性和思维能力的同时，也显示出他们与英国主流文化和政治倾向的差异，同时还与读者建立起建设性的关系，引导他们分析和参与周围的世界。

莱明心中所设定的读者群体始终是令人困扰的话题，但是他毋庸置疑是一位具有读者意识的作家，并且始终考虑同时兼顾英国和加勒比的读者。莱明写作时脑海中其实想象着理想化的加勒比读者群，然而战后的西印度群岛读者深受社会、经济和教育方面的限制。他曾经说过，"最大的乐趣莫过于知道西印度群岛的甘蔗收割者和体力劳动者能够阅读和理解《在我皮肤的城堡里》"（11）。塞尔凡的一篇自传式的广播稿记录着他与莱明的对话，强调后者对西印度群岛读者的贡献，"我们都认为应该小心避免被英国读者的赞誉冲昏头脑——我们应该关心的是西印度群岛的读者如何评价我们的作品"。莱明在他创作生涯的早期就将他自己和其他帝国疾风号的作者视为西印度群岛文学的先驱，肩负着引领该文学流派走向的重任。他在《流放的喜悦》中断言说，"他同时代的西印度群岛作者之于西印度群岛殖民地读者来说就如同菲尔丁、斯莫利特和其他早期的英国小说家之于他们同时期的读者"（Lamming，2005：38）。然而他在1958年的《加勒比之声》也明确表示过，西印度群岛读者群体的构建是一个长期持久且面向未来的过程，并非短时期内能够很快实现的。他在反思故国的读者对西印度群岛移民文学犹豫又试探的态度后说，"西印度群岛读者早已存在，然而该读者群体的形成还是任重道远"（转引自Brown，2006：672）。莱明在寄希望于加勒比读者群体的形成同时也强调说，他希望他的作品"能够在英语的世界里与智慧且敏感的阅读行为相关联"（Munro and Sander，1972：11），并且由此扩展他所希望的读者的范畴。

莱明始终相信文学作品对读者的指导和引领作用，坚持以文学的方式来隐喻人生。他在《移民》中尝试以小说的形式描绘加勒比人民移居英国的历史经验。但是读者却感觉，莱明的叙事策略和语言表达都过于抽象，由此无法为读者提供加勒比移民的具体历史和经历。莱明最关心的是殖民主体的轨迹是如何被殖民无意识以及它所影响的语言所阻碍的，因此莱明在小说《移民》中采用错位、间断和碎片的叙事策略。在这些现代主义的叙事模式所创造的"非确定性空间"中，莱明试图表现出被殖民主体所遭受的压抑及其无法在殖民空间中找到自我表现系统的现状。此外，移民从加勒比海群岛到英国的旅程意在隐喻殖民地人民到母国去实现其教育和文化所承诺的身份认同，以最终满足对帝国的幻想。然而在叙事过程中，这些被殖民主体通过流亡的体验发现自己与都市伦敦的关系仅体现在错位和否定当中，他们希望通过离开加勒比而摆脱的支离破碎的生活再次在英国社会中得以遭遇。而莱明在《移民》中则是将虚拟的文学世界和现实的真实世界相结合，通过阅读行为来影射人生经历。

莱明在小说《移民》中详细地描写人物的阅读行为，并且以阅读行为影射现实生活中的人际交流和互动。他在《移民》的开头对阅读的概念做出解读，认为阅读行为是联结知识、行为和意义的纽带。小说的叙述者在回忆自己如何踏上驶往英格兰的轮船时也讨论他此阶段生命中的转折点，对他享受的自由和独立进行思考，并且顿悟到这种唯我论的解放和自由的局限（Lamming，1980：13）。与此相呼应的是他阅读小说《活着的小说》（*The Living Novel*）的行为。他将自己的阅读描述为无益的阅读行为，他"一页一页好像习惯成自然地阅读，持续数个小时"（14），充分体现出阅读行为中的惯性、疏离和机械。紧随他阅读行为描写之后，小说情节过渡到叙述者对他的朋友所说的支离破碎的独白，他的朋友似乎在倾听，"始终在点头，同时也保持着低头的姿势，好像他说什么都是无关紧要的"（14）。就像叙述者本人的阅读行为那样，他的朋友也只是机械地迎合着他的独白；他并非真诚地回应叙述者的话，而是平静地认同他的所说。莱明此处所再现的是一系列并置的事件，共同导致叙述者情绪的低谷，最终导致他的离开。其中朋友之间的疏离感和互动的缺失是其中最主要的原因，青少年时期所渴望的自由、心不在焉的阅读和空洞而机械的对话都好像是没有方向和没有目的的私人行为。叙述者重点强调人生中毫无意义的停滞状态，"《小说》是活着的，虽然它只是死物。而自由竟是死的"（14）。莱明显然是在谴责这种不假思索且毫无价值的交流和阅读行为，虽然小说的形式似乎能够显示出生命的希望，但是这种疏离、无趣和惯性的阅读行为却无法承载这种希望。莱明在书中将貌似毫无联系的三个事件进行并置而暗示出，《活着的小说》的生机只有通过读者与文本之间的神交才能够被感知和获得。而《移民》中的叙述者和他的朋友之间的交流和互动就是毫无意义的，因为后者根本无意聆听和理解前者的意思，而这种机械和空洞的沟通方式也被莱明视为殖民空间中自我和他者关系的写照。

《移民》中无效的阅读和交流意味着自我对他者的漠视，这也和该小说中殖民者和被殖民者之间的互动形成呼应。莱明所谓的严肃阅读引发的关键问题是，如何将文学的启示和教训与现实世界的具体操作行为相联系。对莱明来说，虚构的文学和真实的世界两极会在所谓的"符号的陌生化"（semiological estrangement）中得以统一，也就是对世界中的现象进行重新审视、解读和调整。如果说莱明能够创作出复杂晦涩的作品是因为他所描写的世界是复杂的，那无疑是将其中的原因过于简单化，而他意图在读者中间激发的专注和参与似乎会延展到阅读行为之外。《移民》中也曾经描述过皮尔逊（Pearson）和科利斯（Collis）之间的互动被不良的阅读行为所破坏的场景，帕奎特（Sandra Pouchet Paquet）在分析该片段时说，两个人物"都被自身所承袭的殖民主义态度和姿态所束缚"（1982：40）。在移民的早期航行中，科利斯试图与迪克森·皮尔逊结识，以期穿透后者在自己周围建立起的牢固的心理防御。然而在皮尔逊的心目中自我与他者之间的紧张关系早已根深蒂固，因此他认为科利斯存在的本身就是对他的威胁。虽然英国人皮尔逊努力尝试着克服偏见和体谅他异族的行为方式，但是他最终还是无法与科利斯成功地互动。事已至此，"科利斯意识到他对于皮尔逊先生来说是不存在的，同时也明白皮尔逊先生对他来说也是不存在的"（Lamming，1980：139）。两者之间的关系难免让人联想到前述中叙述者和他的朋友之间的对话，后者对前者的淡漠象征着殖民者对被殖民他者的无视。此处所描写的人际交流经历双重割裂，谈话者因为旧有的偏见而忽略他者的主体意识，而莱明将该种现象定义为殖民主义。而这种殖民主义的僵硬死板的行为模式正是他的作品所抨击和控诉的，并且前述互动中的种族主义问题体现在种族和阶级两个方面。帕奎特认为小说中的这种交流模式"必定会对移民的心理造成毁灭性的伤害"（Paquet，1982：40）。莱明似乎在回应米特霍兹的《办公室的早晨》（*A Morning at the Office*）中的伦理思想而提出，我们应该以开放和分析的态度接近他者，热切地关注能够界定他者的印象、欲望和历史经历等因素。

莱明在他的作品中总是不遗余力地向读者灌输这种对待他者应该谨慎且体贴的态度。莱明将文学文本与现实世界相等值的做法招致颇多的负面评价，然而他的想法似乎与德莱克·阿特里奇（Derek Attridge）的最新观点有些相似；后者提出阅读陌生的文本与偶遇他者之间的结构性相似。阿特里奇提出，有意义的阅读"意味着抵抗思维中将他者进行同化的倾向，关注到容易被忽略的声音"（Attridge，1999：25）。他进而强调说，他者被理解为"一种关系或者关联，而非一个客体"，"一种行为事件，并非由一系列的能指和所指组成，而是等待人们去意识和理解而却无法提前确定的潜在含义"（25）。莱明的小说同样将关注文本细节的行为等同于对待他者的伦理姿态，《移民》中叙述者和退休老人在街头的偶遇和对话就能够充分表明莱明的立场。当这位老人骄横且带有成见地询问叙述者他是否来自非洲时，叙述者既没有感到冒犯，也没有咄咄逼人地反驳，而是简简单单地回答说，"不，但是我知道你是什么意思"（Lamming，1980：225）。这种说法能够说明叙述者明白并且能够包容对方的无知。对莱明来说，这种社会沟通的阐释学是一切问题的基础，他曾经多次表示普世的伦理责任就是要思考和致力解决将人与人相隔离的鸿沟和距离（Ellis，2012：214），而文学家和艺术家应该一马当先地承担该责任。无论是主题还是形式，莱明作品的难度都是要强调人物之间以及读者与文本之间的互惠的关注和解读，莱明认为这种相互关系是构成他所构想的社会民主的核心，如此整个世界才能成为"理性的公民的自由的共同体"（214）。

莱明的这种观点能够解释他的小说中经常出现的长篇大论且繁复异常的对话，如果说他后期小说中人际沟通的政治色彩愈加浓郁，而他早期小说则是重点关注主体间的交往。莱明的这种做法可以视为他的审美坚持，同时这种观点也无形中促成莱明和伍尔夫的结盟，因为伍尔夫最著名的实验性小说也徘徊在个体意识和公众互动之间，特别是《达洛维夫人》（*Mrs. Dalloway*，1925）和《到灯塔去》（*To the Lighthouse*，1927）。虽然伍尔夫的关注更多是以英格兰为中心，而无意于反殖民主义的努力，但是两位作者都格外关注复杂而深刻的人类意识问题。伍尔夫以其对"一个普通的大脑一天里的活动"的描写而广为人知，而莱明则有意关注日常思维过程中的错综复杂，两者的异曲同工之处显而易见。伍尔夫曾经说过："大脑会接收到无数的印象——琐碎的、奇异的、易逝的或者如锋利的钢铁般留下烙印的。他们从四面八方席卷而来，就如无数的原子像连续不断的细雨飘落；它们纷纷落下，同时也将自己化成星期一或者星期二的生活，重点符号落下的位置与旧时不同，重要的时刻不是这里而是那里"（Woolf，1984：106）。对伍尔夫和莱明来说，如此细致而敏感地呈现思维过程的冲动就是为对抗那种"被广为接受的风格"（106），从而以文学的方式来遏制社会交往简单化的现象。

小　结

莱明以作品的难度来吸引读者，他的意图是多重的。战后的英国读者浸淫在种族主义和阶级分化的世界观当中，因此莱明以如此强势的写作方式来吸引读者，来对抗和打破当下英国读者普遍的阅读方式，从而迫使他们正视莱明与当代英国本土作者之间的差异，从而避免读者们或者将前者同化，或者将其作品视为仅具有人类学意义的简单、原始而异国的读物。莱明作品的难度所传达出的信息在加勒比语境中也是颇有深意的，即通过质疑和瓦解殖民统治及其形成的定势思维而实现精神去殖民化的目的。然而莱明的作品放置在战后英帝国陨落的艰难而紧张的形势中，也通过邀请和吸引读者的方式来显示出建构和调和的色彩。在此语境中，莱明作品复杂难懂的结构提请读者们思考复杂而细致的个体意识以及个体意识与其他个体意识以及社会、经济和政治洪流的关系。小说中富有挑战性的创作手法有时体现为相互并置且相互矛盾的观点和志向，而有时则体现为多个角色在深度反思和考量后在思想上产生的骤然变化，这些创作手法都能够迫使读者在日益延展和变化的语境中将相互矛盾的元素整合为有意义的整体。从这种意义来说，莱明的小说迫使读者产生一种具体的阅读伦理，并且将解读的行为视为主体间性的沟通和调和。莱明重视作者和读者对意义的双重构建，因此暗示说主体在创造他们自己的物质和文化环境方面具有强大的潜力。莱明以文学为例，将沟通和交流等同于在世界中的存在，进而断言说，沟通和存在得以进行的前提是个体从互惠互利的角度将他者视为具有思想和情感的主体。由此莱明的小说呼应着伍尔夫的小说，两者都旨在质疑、挑战和迫使人们重新思考语言的作用。他利用现代主义的晦涩的文章和反传统的形式以及乌托邦式的理想，从多种层面出发来倡导特别的加勒比世界观，同时也充满自信和同情地面对伦敦都市的读者们。对莱明来说，现代主义复杂难懂的形式帮助他向读者们展示，加勒比移民应该被视为具有思想和创造性的人类。

第二节　当代英国黑人小说中的莎士比亚黑女士

当代英国黑人小说很多都互文莎士比亚的作品，其中最具代表性的当属卡里尔·菲利普斯的《血的本质》（*The Nature of Blood*，1997）、扎迪·史密斯的《白牙》和伯纳丁·埃瓦雷斯托的《幽灵旅伴》（*Soul Tourists*，2005）。这三部小说都通过与莎士比亚经典作品的对话，从而探讨当代的英国和欧洲身份问题。在《血的本质》中卡里尔·菲利普斯重新塑造出奥赛罗式的角色，身处威尼斯早期的他努力接受着自己作为局外人的身份，他第一人称的叙述与其他人物的故事相互交融，因为他们都是在欧洲的各地面对着流放和阈限的现状。扎迪·史密斯在《白牙》中引用《暴风雨》（*The Tempest*）中的语句"凡是过去，皆为序章"（What is past is prologue）作为题记，从而展现出英帝国的历史对小说中当代人物的影响，并且还在小说中借助莎士比亚的黑女士（Dark Lady）的意象巧妙地暗指早在文艺复兴时期的英国就有非洲人的存在。伯纳丁·埃瓦雷斯托在《幽灵旅伴》中记录两位主人公穿越欧洲大陆之旅，他们所到之处都萦绕着非洲人的鬼魂，埃瓦雷斯托也重构莎士比亚十四行诗中的黑女士的故事来弥补欧洲历史中缺失的非洲部分。

伯纳丁·埃瓦雷斯托的小说《幽灵旅伴》延续着作者一贯散文间或诗歌的文风，主要记录34岁的斯坦利（Stanley）和45岁的杰西（Jessie）两位主人公穿越欧洲大陆的旅行，前者是在伦敦从事金融行业的加勒比裔英国人，后者是来自利兹的加纳裔英国爵士歌手。故事发生在20世纪80年代，讲述的过程中交替着第三人称叙事和斯坦利的声音，同时偶尔夹杂着诗歌段落，其中斯坦利和杰西的声音相互补充，可以视为对莎剧中人物的轮流对白（stichomythia）的模仿（Muñoz-Valdivieso，2012：460）。斯坦利在刚刚失去父亲的时候偶遇杰西，随后接受她从英国到澳大利亚的冒险之旅的建议，他们的出行工具是一辆破败不堪的四轮汽车，非常应景地被称为"玛蒂尔达"（Matilda），意思是"徒步旅行者的行囊或者战场上的强者"（460）。他们在旅行中所到之处都萦绕着非洲人的鬼魂，《幽灵旅伴》也被描述为"通向落满灰尘的欧洲档案馆之旅"（Hooper & Evaristo，2006：3）。小说探究非洲移民在欧洲国家留下自己的足迹和印迹的艰难过程，他们的存在已经在欧洲的官方历史中被抹掉，他们也无法在公众呈现（public representations）的镜子中找到自己的身影。而埃瓦雷斯托的意图显而易见，她决心收集起档案记录中散落的非洲线索，从而编织起诸世纪以来生活在欧洲大陆的非洲人的形象。

非洲人在欧洲大陆的存在史也是学界热议的话题，当前西方所普遍接受的观点认为，前殖民地国家的有色群体在 20 世纪 40 年代的战后移民潮期间涌入英国而成为劳工，因此搭乘 1948 年帝国疾风号而来到英国的加勒比劳工是非洲英国移民的开始。而弗赖尔 1984 年出版的《持久的力量——英国黑人的历史》（Staying Power：The History of Black People in Britain）却记录着黑人移民在英国的早期历史，书中开篇写道，"非洲人在英国人之前到达英国"（Fryer，1984：1），他指的是公元 3 世纪罗马帝国军队的北非士兵驻扎在岛上保卫哈德良城墙（Hadrian's Wall）的事件，而他的著作试图将欧洲大陆早期的非洲黑人纳入英国的历史书写当中。在弗赖尔等人的带动下，很多英国史学家也塑造出"二战"后期移民潮之前的非洲流散者形象。其中最具代表性的当属伊姆蒂亚兹·哈比卜（Imtiaz Habib）的《英国档案馆里的黑人生活——从 1500 到 1766》（Black Lives in the English Archives，1500 – 1677，2008），该书"非常大胆地重新构建起 16 世纪、17 世纪英国历史的档案馆，并且为此追根溯源到当时实际存在的黑人群体，而这些黑人曾经被认为是微不足道和无关紧要的"（Singh & Shahani，2010：136），该书发现，从英国都铎王朝到斯图亚特王朝的历史时期，掩藏在伦敦内部和以外的教区教堂的大量档案卷宗中有很多含义模糊的引用，诸如"nigro，neger，neyger，blackamoor，moor，barbaree"等（Habib，2008：2），这些都是英国社会中黑色存在的有力证据。埃瓦雷斯托的小说与这些历史著作相互呼应，以更加生动形象的方式勾勒出非洲黑人在欧洲大陆的早期存在。

伴随着主人公欧洲之旅的开始，飘荡在欧洲大陆的黑色幽灵也接踵而至。借助幽灵的存在来表现逝去的过往则将埃瓦雷斯托的小说"牢固地置身于黑人写作既定的传统当中"（Tournay，2011：114），该传统也在托尼·莫里森（Toni Morrison）的《宠儿》（*Beloved*，1987）中得以呈现。《幽灵旅伴》中"暗恐的幽灵般存在萦绕在普遍接受的历史版本周围"，那些业已消失的非洲人曾经存在于英国、法国、意大利、俄罗斯以及迦太基南地中海地区（115）。逝去的非洲存在在英国呈现为莎士比亚十四行诗中的黑女士露西、曾经参加过克里米亚战争（Crimean War）的牙买加裔的黑人护士玛丽·简·西科尔（Mary Jane Seacole），以及英国夏洛特女王（Queen Charlotte of England）。夏洛特女王拥有一张"真正的黑白混血的脸"（Evaristo，2005：287），据说是15世纪时期葡萄牙王室中的摩尔人血脉路易十四（Louis XIV）的女儿。在法国斯坦利感知到的幽灵包括小摩尔人（the Little Mooress）路易斯-玛丽（Louise-Marie）、玛丽-特雷瑟女王（Queen Marie-Thérèse）和她的黑人侏儒情人那波（Nabo）的女儿黑修女莫雷特（Black Nun of Moret），还有被誉为圣乔治骑士（Le Chevalier de Saint Georges）的音乐家约瑟夫·布洛涅（Joseph Boulogne）。布洛涅是法国庄园主和他的非洲奴隶的儿子，斯坦利在法国巴黎的幽灵咖啡馆偶遇布洛涅和他的传记作者赫克托（Hector）。斯坦利途经欧洲其他国家的时候也感知到很多外来者的幽灵，在西班牙有9世纪来自伊拉克的扎里亚布（Zaryab），在意大利有佛罗伦萨公爵（Duke of Florence）亚历山德罗·德·梅迪奇（Alessandro de' Medici）、朱利奥·德·梅迪奇（Guilio de' Medici）和非洲奴隶西蒙内塔（Simonetta）的私生子，在俄罗斯有诗人亚历山大·普希金（Alexander Pushkin）以及他拥有埃塞俄比亚血统的曾祖父。

一　黑女士的真实性

斯坦利之所以做出旅行的决定是因为他留宿在杰西克勒肯维尔（Clerkenwell）的公寓时产生奇幻的梦境，在光影中杰西开始"变形为另外一个人……一个名叫露西的黑人"（60）。当晚斯坦利看着杰西入睡，并且听见她在睡梦中以古老而奇怪的味道喊着"威廉"（60），而清晨醒来的时候，斯坦利感到杰西向窗边的影子慢慢靠拢，进而与她合二为一。"一个叫露西的黑人，站在那里/身处克拉肯韦尔那摇摇欲坠的房屋中，/她看着窗户下面的小贩和装聋作哑的乞丐/她对此再清楚不过"（60）。此时的杰西已经化身为英国伊丽莎白时期的妓女露西，"她的家乡在约旦河上，她的耶路撒冷"（62）。虽然"有关几内亚海岸的村庄，还有那条 1563 年将她带往西方的伯吕克之神（Jesus of Lubeck）号轮船，她只有模糊的记忆"（62），但是她却永远无法忘记约克郡林顿的玛格丽特·梅斯夫人，因为正是这位梅斯夫人将露西买下并放置在伦敦的那条充满罪恶的崎岖之路，最终使她成为妓女。

埃瓦雷斯托在小说中塑造出诸多曾经居住在欧洲的非洲人形象，而她所选择的英国形象则是莎士比亚的十四行诗中的黑女士。出现在小说中的所有幽灵中，只有黑女士的形象是缺乏推敲和考证的想象，而非真实的存在。然而黑女士的形象自从在莎士比亚的十四行诗中出现后便多次在英国文学中复现，以至于最终通过文学作品所赋予的生命而获得真实性。

安东尼·伯吉斯（Anthony Burgess）在《什么也比不上太阳：莎士比亚爱情生活的故事》（Nothing Like the Sun：A Story of Shakespeare's Love-Life，1964）中曾就黑女士的问题大做文章。书中的黑女士露西也许曾经从事妓女的行当，并且与格雷客栈（Gray's Inn）的多名男士保持着暧昧的关系，"可以肯定的是，她在住过一段时间，就在特恩布尔街（Turnbull Street）的天鹅旅馆（The Swan），而且她和格雷客栈里的一些绅士也始终保持着友好的关系"（Burgess，1964：125）。莎士比亚曾经在戏院见到过她，自此便念念不忘，"也许是出于好奇，他无法阻止自己的脚步迈向她的方向"（126）。除了《什么也比不上太阳》，伯吉斯还在文学传记《莎士比亚》中谈及黑女士的形象和原型。他在《莎士比亚》的前言中谈论过莎士比亚的生平，认为他留给世界的影响总是模糊不清的，因为"用作撰写莎士比亚传记的史料寥若晨星"，人们只能用约翰逊博士或许会称为"歌功颂德狂想曲"之类的东西凑数（Burgess，

1970：前言）。虽然他知道自己缺乏"合适的颜料和画笔，也知道自己终将画出拙劣失真的肖像"，却仍然认为"古往今来每一个莎士比亚爱好者都有按自己的意思为莎士比亚画像的权利"（前言）。他认为自己两部有关莎士比亚的作品中虽然存在缺乏依据的虚构和些许的揣度，但是更多的却是经得起考证的史实，"我们从莎士比亚的十四行诗中看到他披露心迹，这些诗证明他坠入情网，然后又挣扎出来，这是人人都会遇到的事情"（前言）。并且从"今昔沃里克郡的街谈巷议中也知道，莎士比亚酒量很差，还曾经染上过性病"（前言）。黑女士的名字和形象也反复出现在伯吉斯所著的莎士比亚的传记中，"谁是黑女士？其实存在很多候选人，或者过于迂腐地说，有很多黑鬼（nigrates）。……克勒肯维尔的妓院有很多黑人女性，距离莎士比亚的住处非常近……她的确是住在克勒肯维尔的特恩布尔大街的天鹅旅馆，附近有一家丹麦啤酒店"（146）。同时伯吉斯还直言不讳地指出，莎士比亚在两性关系方面是非常复杂的，"他无法抗拒存在于所有女人身上的原始的黑暗的诱惑，无论是白人还是黑人"（148）。于是他在自己的作品中结合莎士比亚的十四行诗和街谈巷议重新塑造出黑女士的形象，并且将她确定为具有非洲血统的黑人。

同样对莎士比亚的生平故事感兴趣的还有罗伯特·尼耶（Robert Nye），他曾经在莎士比亚的虚构传记《已故的莎士比亚先生》（*The Late Mr. Shakespeare*，1998）中讨论他与非洲出身的黑女士之间的千丝万缕的联系，书中的很多描写和观点与伯吉斯的作品相吻合。在传记中黑人露西又名露西·摩根，在圣约翰街（St John Street）经营一家妓院。她被称为"女修道院院长"，是声名狼藉的黑人修女姐妹会的首领。她的名字来源于"她的肤色，她是来自西印度群岛的混血儿，她的血管里流淌着非洲的血液"（Nye，2001：273）。根据尼耶的记载，黑女士露西在1610年死于梅毒，并且还将病毒传给莎士比亚，"这就可以解释他在谈及她的时候很多激烈而愤怒的表达"（275）。

尼耶认为，莎士比亚似乎对露西多有迷恋，而露西却似乎是通过出卖自己的身体而求生存的女人，因此"可怜的莎士比亚！露西生来就是为惩罚他的"（272）。当她开始交往莎士比亚的朋友里兹利（Rizley）时就逐渐冷落莎士比亚，而尼耶认为后者也在十四行诗中将三人之间纠葛反复吟诵。他对里兹利说："你占有了她，我并不因此过度伤情，/虽说我对她也还算有一片痴心。/她占有了你，这才令我号啕欲绝，/这至爱的丧失使我几乎痛彻心庭。/……你爱她，不过是因为我是她的情人；她骗我，也因为她对我无限倾心"（莎士比亚十四行诗42）。而对黑人露西他说道："我有两个爱人，分管着安慰和绝望，/像两个精灵，轮番诱惑在我的心房，/善的那一个是男人，英俊潇洒，恶的那一个是女人，脸黑睛黄"（莎士比亚十四行诗144）。由此尼耶认为，莎士比亚的情人黑女士的确是一位拥有非洲血统的黑人，而他在十四行诗中谈论他的黑女士情人时，"他的字面意思就是他的真实意思，从一开始就应该很容易看出，这绝非一位女士有着黑色头发的问题，正是她黑色的全部使他惦念，使他着迷，也使他倍受折磨。她的头发是黑色的，眼睛是黑色的，皮肤是黑色的"（Nye：2001：275）。

黑女士的形象来自莎士比亚的十四行诗，就如同莎士比亚本人及其所创作的所有作品同样无法通过历史考证而确定她的真实性，但是她却很有可能是诗人生活中原型的艺术外化形态。由此可以说，黑女士的形象来自诗人的现实生活，却又在一次一次的文学再创作中超越现实生活，并且在创作过程中浸润着创作主体的个体化生命体悟，从而具有形而上的美学内涵。黑女士的美学内涵的核心价值在一定程度上取决于其形象本身所传达的信息的真实性，然而这种真实性却并非由客体形象的客观真实性来支撑的，而是由主体生命体悟的真实性来支撑的，即为客体形象内部所蕴含的主观真实性。客观真实性是主观真实性的基础，主观真实性是客观真实性的升华，主观真实性将最终决定文学形象的美学价值。而黑女士就是具有主观真实性的文学形象，她就是莎士比亚的情人，也是他的灵感女神。

二　黑女士的审美意义

《幽灵旅伴》中的露西在伦敦的生活无疑是肮脏而堕落的，并且时刻面临着被驱逐的危险，因为"女王发布的公告最近正张贴在街道上：女王陛下得知本地最近有各色摩尔卖淫者，人数早已太多……根据女王陛下意愿，此等人俱应遭送出境……"（Evaristo，2005：63）虽然如此，但是露西并没有感到过多的恐惧和悲伤，因为她有自己的情人威廉的倾心和陪伴，"她并不是一个人。舞台中央，站着威廉"（63）。年轻的诗人和剧作家威廉忧郁而沉静，他也丝毫没有掩藏自己对露西的爱。"威廉是一位著名的剧作家，间或也参与演戏，他端坐于三条腿的矮凳上，卑微地仰望着露西。他的长相和许多睁着迷梦般双眼的诗人一样，面色苍白，鼻子挺直，双唇敏感，满脸胡须。他穿着一件黑色天鹅绒镶金边的紧身上衣，黑色马裤上缝着樱桃色的丝绸镶条，时髦的镂空皮鞋带有软木的鞋跟。他的右手拿着几张脏兮兮的纸，那是几首爱情诗的初稿"（63）。小说在细致地刻画过威廉的外貌后又以描写他的出身和经历的方式来印证露西的情人威廉就是英国剧作家莎士比亚。这位年轻的剧作家此时正生活在忧郁和悲伤之中，"自威廉年幼的儿子哈姆内特（Hamnet）夭折后，冬日的雾霭就始终弥漫着威廉……他得不停地证明自己，因为他只是个没有文化的手套工人的儿子，这位暴发的剧作家没有上过大学"（63 - 64）。小说中的这些描述与莎士比亚的外貌和经历相吻合，由此进一步确认他和黑女士露西之间的关系。

黑人妓女露西之于年轻的莎士比亚来说是缪斯女神和美的化身，他对露西目前的处境熟视无睹，而是对着她朗读表达爱意的十四行诗。"我的心上人的眼睛绝不像太阳；/红珊瑚远胜过她唇上的红润；/雪若是白，她的胸脯就成了黑暗地牢；/发如是丝，她头上长满了黑色铁丝"（65 - 68）。黑人露西绝非欧洲传统标准意义上的美女，但是即便如此，诗人仍然将其视为他创作的灵感和风姿卓绝的美人。"一次次我求你给予我诗歌的灵感，/有你相助，我的诗才妙不可言。/……你明知在我充满爱意的内心，/你就是最美丽最珍贵的珠玉。/……亲亲，亲亲，我的美人"（65 - 68）。而在莎士比亚与这位黑女士的对话中也融入他的十四行诗，十四行诗130中说，"我爱人的眼光并非阳光灿烂，/珊瑚也远比她的双唇红艳。/她的胸脯也说不上雪白光鲜，/满头乌丝，也无法比拟金线"，虽然他似乎从始至终都是在说他的爱人并非多么美丽，"可是老天作证，我觉得我的爱人着实稀罕，/毫不逊色于那些矫饰的红颜"。

这位十四行诗中的黑女士作为非洲人的标志性和形象性价值是令人无法抗拒的。莎士比亚十四行诗对黑女士的描述非但能够证明非洲黑人在早期欧洲的存在，并且能够挑战欧洲传统的白人审美标准。审美和审美问题的研究几乎和人类的历史同样悠久，并且通常和种族身份等问题产生交集。古尔巴斯（Lauren Gulbas）的研究表明，种族历史导致当代社会对身体审美的关注，这种将审美白人和欧洲人的身体特征视为美，而将边缘化群体的身体特征贬为丑（Gulbas，2008）。泰勒（Paul C. Taylor）认为，现代西方文明的基石之一就是对人类种族的等级评估。种族化等级制度最突出的表现就是将黑色视为令人鄙视的特征，而这种等级制度进而将其态度进行延展从而覆盖描写黑人身份的所有身体特征（1999：16）。白人主导的文化将审美种族化，将美本身也界定为白人的美，界定为白人更加可能拥有的身体特征（17）。

审美问题的重要性在于它并非仅仅停留于肤色和身体特征，更多是指向身份和等级。苏珊·博多（Susan Bordo）曾经著书讨论女性的身体，她认为"我们的身体必然是文化形式，无论解剖学和生物学扮演什么角色，它们总是与文化相互作用"（1993：16）。身体与文化的互动可以表现在通过控制女性的身体来实现民族身份认同的构建，而根据审美语用学（pragmatics of beauty）的观点来说，女性与审美之间的关系较比男性更加紧密（16）。如果说有色男性的身份构建要根据血统而定，那么种族化审美语境中女性的身份要同时根据血统和外貌而定。由此非裔女性会因为血统和审美的问题而遭受双重的歧视，而这种歧视也从奴隶制度时期延续到当代的欧洲社会。在早期的欧洲，性别通常被应用在阐释差异的实践中，而在欧洲扩张的进程中，非洲女性的身体则被用来阐释所谓的种族差异，进而为大西洋奴隶贸易所辩护。

詹妮弗·摩根（Jennifer Morgan）借助 17 世纪的欧洲旅游叙事来显示，"有关黑人女性的看法和信息已经先于新世界的种植园而流入欧洲"，冒险家和未来种植园主所做出的记录和描绘的形象向新兴的种植园传递出野蛮和文明、非洲和欧洲、白人和黑人以及奴隶和奴隶主之间的二元对立（Morgan，2004：49，47）。非洲和非裔女性因为与肉体诱惑、种族和奴隶制度相关联而背负着三重负面的身体联想，在奴隶制度中，她的身体非但被视为动物的身体，还被当作可以随意掠夺和取用的财物（Bordo，1993：10－11）。由于种族化的审美，黑人女性在很多国家都被视为"一个没有尊严的女人，一个充满情欲的玩物，或者是一个用来取悦男人或服务白人女性的女人"（Carter，1985：74；Nichols & Morse，2010：210）。由此，奴隶制度时期的黑人女性被种族化的偏狭审美而异化和物化。

奴隶制度时期如此，后奴隶制度时期亦是如此。欧洲社会后奴隶制度时期的宣传多将"白色"等同高贵，而将"黑色"等同低贱，黑人移民的生活中充斥着描绘身体美的文化图标：电影、广告牌、杂志、书籍、报纸、橱窗标志、洋娃娃和酒杯，黑人女性多成为这种宣传的受害者，而受到种族自卑情结的困扰。那些屈从于欧洲女性审美标准的黑人移民必将被其所湮灭和边缘化，最终也屈从于霸权式的身份构建（Gibson，1989：20）。审美观的接受和屈从将会导致更加严重的后果，如果露丝·伊利格瑞（Luce Irigaray）所谓的普遍性的女性主体被界定为缺乏（lack）或者缺位（absence）的话，那么黑人女性所面临的就是双重的缺乏，当她将自己的黑色掩盖或者隐藏起来时，她就必须模仿或者假装自己的女性气质（Grewal，1998：26）。最终黑人女性也只能沦为"西方概念范畴中的女性的欲望"，进而被他者化（Barnes，2006：93）。更有研究认为，黑人女性对白色审美的追求而导致的他者化结果将会影响到黑人种族群体的身份认同，洛拉·杨（Lola Young）曾经谈及黑人女性主体在法农的《黑皮肤，白面具》（*Black Skin*，*White Masks*，1952）中的缺位，法农就曾经通过黑人女性虚构的叙述来证明，她们因为对白人外貌特征的渴望而成为导致黑人潜在的种族灭绝的共犯（Young，1996：87–97）。

由此可见，黑人女性对欧洲传统审美观的屈从将会导致其自身的身份危机和缺位，同时也会对黑人群体的身份构建造成障碍。如果在这些背景知识的前提下进行考量，那么莎士比亚十四行诗中黑女士的存在和赞美就是具有变革性意义的，由此也能够理解埃瓦雷斯托将其视为早期英国黑人的典型形象的原因。埃瓦雷斯托在以黑人女性为描写对象的小说中记录下她们在奴隶制度时期所遭受的奴役和残害，同时也对女性气质和审美问题念念不忘。埃瓦雷斯托从她的小说《拉拉》开始就关注黑人女性在社会中的地位，同时也批判整齐划一的理想女性审美。她的小说《金色的根》（*Blonde Roots*，2008）又以特殊的方式探讨和批判女性审美的社会构建属性，以及黑人女性因为被排斥在偏狭的审美范式之外而备受奴役的问题。小说因为是对奴隶制度历史的逆写而将白人奴隶主和黑人奴隶的位置做以颠倒，小说中的白人女性也争相模仿非洲黑人的审美标准。小说中的白人女性做出极不自然的非洲发型，借助日光浴来改变肤色，还将自己的鼻子整成扁平的形状（Evaristo，2008：30）。

埃瓦雷斯托以诙谐幽默的方式写成的文字显然是在控诉刻板印象的女性审美的野蛮和残暴，而在该小说的语境中，女性们早衰的身体因为遭受侵犯而布满疤痕，这都说明女性们对审美理想和标准的坚持是徒劳的和悲剧的。小说显示出，女性的自我构建是个体的，也是社会的行为，这种观点与考比纳·莫瑟在他的文章《黑色的头发/风格政治》（"Black Hair/Style Politics"）中表达的意思不谋而合，莫瑟认为头发并非一个简单的生物学事实，而是一种文化现象（Mercer，2000：118）。莫瑟在文中所聚焦的"文化实践"始终参与到女性审美的过程当中，而埃瓦雷斯托也在小说中强调白人妇女将头发拉伸和染色以求非洲式发型的非自然效果。由此可见，小说《金色的根》是在控诉和抨击种族化的女性审美。作者在小说中同样讨论奴隶制度的身体伤害，也没有回避审美意识形态及其所诱发的种族主义的残暴性。"我一想到巨大的木槌砸到自己的鼻子上就吓得口不能言"，奴隶对奴隶主身体特征的复制应视为一种残酷的自我毁灭行为，而埃瓦雷斯托则试图发掘这种行为背后的双重责任，同时也以诙谐幽默的方式来表达对这种行为的批判。虽然白人女性将自己打扮成黑人的行为是笑中带泪的，但是正如扎迪·史密斯和莫瑟所言，这些逆转绝非单纯的生物学事实，也绝非仅由种族来决定。相反它们反映出自然化的审美习俗对女性的奴役和残害。由此可见，作者在《幽灵旅伴》中再现莎士比亚黑女士的形象和她在《金色的根》逆转以白人为中心的女性审美的用意如出一辙，都是在控诉当代社会中狭隘而种族化的审美观，从而帮助黑人女性构建完整的自我身份。

三 黑女士的当下存在

《灵魂旅伴》中的黑色幽灵在自我叙述的同时也非常渴望和身处当下的斯坦利和杰西产生沟通和交集，渴望能够在当代的欧洲社会中获得认同。黑女士露西希望通过斯坦利来提醒剧作家威廉她自己所面临的危险，希望斯坦利催促威廉带自己离开。小说中的人物和 16 世纪英国的幽灵水乳交融，杰西的心中住进露西的灵魂，而斯坦利也化身为莎士比亚，两个生活在 20 世纪末期的人"还在敲击着 16 世纪腐烂的内心"（Evaristo，2005：69）。历史的幽灵在当代的生活中反复重现，埃瓦雷斯托的小说冲破时间的阻隔，将欧洲早期的非裔女性的渴望投射到当代欧洲社会，展示出历史书写的当下意义。如此，黑女士就能够通过杰西和斯坦利的方式而得以再现，而她的存在也能够为当下欧洲社会中的黑人女性提供参照。

　　黑女士进而复现在扎迪·史密斯 21 世纪伊始的小说中。史密斯的《白牙》也借助莎士比亚的黑女士的形象来颠覆从文艺复兴到如今的主流的女性审美观念。小说中黑女士的意象出现在 20 世纪 90 年代英国伦敦北部的一间英国教室的语境中，一群种族各异的少年正在他们的老师鲁迪夫人（Mrs Roody）的指导下讨论莎士比亚的十四行诗。其中一个加勒比—英国混血的学生艾丽（Irie）在莎士比亚十四行诗的 127 首和 130 首两首中发现疑似对非洲女性赞美的诗句，其中非传统的女性特征在诗歌中得以颂扬。她询问老师这位黑女士是否是黑人女性，而鲁迪夫人却自信地回答：

　　　　不是，亲爱的。她肤色较黑，但不是现代意义上的黑人。那时还没有——嗯，那时英国还没有非洲裔——牙买加——人，亲爱的。黑人是现代才出现的现象，我想这你肯定知道。但当时是 17 世纪。我是说我不敢肯定，不过这似乎完全没有可能，除非她是奴隶，作者也不可能给贵族写一组十四行诗，同时又给奴隶写，对吗？（Smith，2000a：272）

　　艾丽终于找到自我形象的感觉仅维持数秒钟，在听到老师的回答后对自己的想法感到羞愧，"她的脸慢慢变红"（272）。处在青春期的她总是因为自己非洲的头发和圆滚的腹部而对自己的外貌自卑不已，如今面对老师的回答更是对自己的无知深感羞愧，艾丽在初读莎士比亚十四行诗的瞬间曾经以为自己已经在英国社会的公众镜像中看到自己的身影，但是此时的身影却逐渐变得模糊不清。

熟悉弗赖尔的著作《持久的力量——英国黑人的历史》的读者们自然会知道，文中的老师所说的莎士比亚时期的英格兰是没有非洲人的存在的观点是错误的。近期的文艺复兴研究已经开始关注英格兰的黑色存在，并且称之为"经验主义的种族研究"（empirical race studies）。鲁迪夫人的解释在小说中行使着意识形态的霸权力量，而主流文化也由此再现其等级的权力结构（Grewal，1998：24）。吉布森（Donald B. Gibson）同样认为，鲁迪夫人对十四行诗的解读是主流文化通过教育的手段行使其霸权的最主要和最隐秘的方式，它显示出教育在压迫受害者以及在诱导受害者如何通过内化主流审美标准的方式来压迫其黑人自我方面所扮演的重要角色（Gibson，1989：20）。

即使那些对此研究毫无所知的读者也能够意识到，课堂中对黑女士讨论的片段体现出，身处当代英国社会的艾丽试图在为自我形象的构建而寻求合理的依据，为此她尝试着重新解读莎士比亚这位最具英国性的作者的作品。她的举动与埃瓦雷斯托的拉拉的追寻如出一辙，他们同样感觉到，"英格兰就像一面巨大的镜子，而艾丽却无法在其中找到自己的身影，陌生国家的陌生者"（Smith，2000a：230）。她加勒比裔的妈妈克拉拉（Clara）是一位美女，但是小说中的叙述声音所指出的她在外貌上的缺陷刚好与课堂上老师的回答中所暗含的价值观不谋而合，"克拉拉·鲍登（Clara Bowden）在任何意义上说都是一位美女，却因为是黑人的缘故而无法成为典型的传统美女"（23）。对埃瓦雷斯托和史密斯来说，莎士比亚的黑女士能够帮助"二战"后移民运动之前在英国存在的非洲黑人重新站上历史的舞台，而他的十四行诗中对黑女士的赞美有助于颠覆西方霸权而偏狭的女性审美，因为"狭隘的美的定义已经持续太久"，她也希望以此让非裔女性认识到"我们都是艺术品，都是生活中的模特"（Evaristo，2019）。

由《白牙》中艾丽的例子可以看出，小说《幽灵旅伴》中以黑女士为代表的黑色幽灵的存在对于英国社会上的非裔二代移民来说具有特殊的意义，因为前者可以为后者的存在而正名，同时也帮助他们获得英国社会的文化身份和归属感。《幽灵旅伴》中的斯坦利在经历旅行的过程中逐渐明白，"这趟从英国开始的旅行，让他见识了各种人和事，不仅让他从之前的束缚中解脱出来，还为他开启了祖国和故乡大陆的历史"（Evaristo，2005：209）。斯坦利留恋遍及欧洲大陆的非洲鬼魂是因为他们的身体里都流淌着非洲的血液，而后者能够帮助他在欧洲大陆获得他所需要的归属感。斯坦利的家族虽然两代都生活在英国，但是他们却始终为无身份和无归属的境况所困扰。《幽灵旅伴》中斯坦利在他父亲死后回忆起后者始终喋喋不休的话题，"32年来他始终靠着这身肤色在英国社会里打拼，也由此获得认可或者拒绝，这也是他总唠叨不休的话题。我们不属于这个国家，我们是不行的，斯坦利。他在故国是位货真价实的药剂师，移民后却成为薪水微薄的邮递员，始终很难被社会接受，这是个痛苦的转变"（19）。这种无归属的感觉困扰着他的父亲，同时也困扰着斯坦利。当斯坦利感知到欧洲大陆早期的非洲存在后，他的自我形象和身份也逐渐变得明晰起来。非洲和非裔幽灵作为欧洲大陆的真实存在自然也是欧洲身份认同的重要组成部分，他们的身份构成也自然会参与到欧洲身份认同的讨论。而他血统中的非洲成分也自然会融入欧洲的身份认同，并且由此挑战白色欧洲的观念。而旅途过后他对于英国和欧洲的归属问题也获得全新的理解，"这些探访来自历史的身体内部，把它的皮肤翻个底朝天，将骨头削成鹅毛笔，蘸着鲜血写就一段全新的历史。斯坦利坚信，欧洲并非它看似的模样，至少对他来说欧洲如今与以往大不相同"（189）。

埃瓦雷斯托的小说中刻画的欧洲大陆上的以黑女士为代表的黑色幽灵对当代欧洲的非裔移民来说是非常可贵的，因为这些黑色幽灵能够使他们的存在和归属合理化，为他们的身份构建提供有力的支撑。作者采用寓意深远的"幽灵"作为小说的人物来描摹也是别具匠心的，因为德里达就将始终游荡在资本主义世界上空的马克思主义称为幽灵，虽然以福山为代表的新自由主义话语宣称，"马克思主义已经死亡，共产主义已经灭亡，确确实实已经灭亡，所以它的希望、它的话语、它的理论以及它的实践，也随之一同灰飞烟灭"（2011：75），德里达却认为这是霸权主义建立在可疑和悖论基础之上的独断论，而马克思主义不会因为任何国家或者政党的解体而消失。而《幽灵旅伴》中的黑色幽灵"正如德里达笔下的幽灵，始终介于在场和缺席之间，是一个无法依照传统形而上学的存在观念界定的力量"（王冬青，2019：53）。

正如马克思的幽灵飘荡在资本主义世界的上空，非洲的黑色幽灵也飘荡在欧洲大陆的上空，他们背负着已经被遗忘和抹杀的历史，目睹着欧洲非裔移民的困境，同时也参与他们构建未来的努力。这些黑色的幽灵以自身的存在打破欧洲的官方历史，为非裔移民的救赎求得弥赛亚时间。弥赛亚时间的概念随着本雅明从犹太神学向马克思主义的转向而发生转变，由犹太教中的世界末日转变为线性时间样态历史的断裂。这种历史的断裂使得书写的历史为存在的历史所替代，从而使得被官方的历史书写所忽略或者排斥的他者重新进入真实的历史。由此一来，所有被排斥在书写历史之外的个体都可以获得救赎，弥赛亚时间就是无数个体存在的历史并置的样态，是非线性和非单维的时间。

德里达在讨论"马克思的幽灵"时提出弥赛亚性（messianicity）的观念作为转译马克思主义关于共产主义未来思想的轴心（王勇，2018：73）。德里达借助本雅明弥赛亚的概念讨论幽灵的继承和生成逻辑，提出共产主义幽灵是朝向未来而非朝向过去的（德里达，2011：108）。本雅明在《论历史哲学》（*Theses on the Philosophy of History*）中讨论弥赛亚主义，将其称为一种"虚弱的弥赛亚力量"，并且讨论其与历史的相关性。本雅明提出，"过去随身携带一个时间指数（temporal index），借此指示着救赎。过去的几代人和当今的一代之间存在着一个秘密的协定，我们的到来在世间是预料之中的，和先于我们的每一代人同样，我们已被赋予一种虚弱的弥赛亚力量、一种过去所呼吁的力量，那种呼吁无法被轻易地平息，历史唯物主义者们都能够意识到这一点"（Benjamin，2007：254）。本雅明认为，历史主义仅仅是历史哲学的功能替代物，只有通过激发激进的弥赛亚时刻，被"寂静主义"规律体（历史主义、经济决定论，历史规律的自动体思想）所束缚的正义才能出场。这个"现时"是历史与未来互动关系中的时刻，其对未来和过去承担责任。在这个弥赛亚时刻中，过去的苦难被唤醒，当下紧迫的政治行动得以发生，未来的正义得以形成。

埃瓦雷斯托小说中的黑女士和其他黑色幽灵的重现能够打破线性的欧洲

历史，从而为非裔移民赢得救赎的契机，这些幽灵的弥赛亚目的就是让过去死去的历史复活。欧洲的官方历史是按照时间顺序或者逻辑顺序建构的，而这样的历史也无可避免地成为被设定的"死物"。而埃瓦雷斯托的目的就是带领我们不断地重新回到过去的历史当中，并且以无意图的形式去重新阐释历史，如此历史就会不断地重新获得意义，并且由此死而复生。从该层面来说，弥赛亚就是重新回顾和阐释历史而产生的结果。

小　结

黑人的历史自主权问题向来是埃瓦雷斯托小说关注的主题，但是《幽灵旅伴》则展示得最为明显。小说中的主人公经历着一次欧洲历史的真实和精神的旅行的同时也结识了很多非洲和非裔群体的幽灵，但是他们曾经在欧洲的存在已经被时间和历史书写所抹杀。埃瓦雷斯托在凯伦·胡珀（Karen Hooper）的采访中曾经讨论过这些幽灵的象征意义以及他们对于非裔二代移民的影响，"这些幽灵延展着欧洲和欧洲历史的观念，在小说伊始和旅行之前，他（斯坦利）对自身的归属感问题非常迷茫，因为他的父亲认为，虽然他出生在英国，但是作为一个牙买加人他是不属于英国的。小说中的幽灵在一定意义上向他展示出，欧洲历史的非洲和非裔联系比他想象的要更加广泛和深远——这让他感到非常兴奋"（Hooper & Evaristo，2006：10）。非洲和非裔移民在英国的早期历史是弥足珍贵的遗产，因此应该被记录和重现。《幽灵旅伴》中约瑟夫的鬼魂对民族健忘症的恐惧反映出作者对历史的湮灭的担忧，因此作者在旅途的过程中让曾经存在于欧洲大陆的非洲幽灵显现，其意图无异于重写英国和其他欧洲国家的历史，由此能够融合进那些被噤声的少数族裔群体的声音。黑人小说家安德里娅·利维和埃瓦雷斯托的所见非常契合，她创作的主要目的就是将英国黑人融合到英国的民族叙事当中，她曾多次说道，她写作的目的就是将加勒比移民呈现在英国的历史中，同时展示出他们的故事就是英国历史的重要组成部分，"英国亏欠英联邦其他国家一笔巨大的历史债务，我希望通过文学的方式让我们共同的历史得以更好的理解"（Levy，2005）。正因为英国黑人小说家的如此想法，非裔英国的历史才能够得以重现。

第七章 奴隶贸易在英国历史中的浮现

对英国性的探究需要处理以历史形式存在的各种形式的记忆。赫伯曼（Ina Habermann，2010：26-27）认为，无论是个体还是群体的身份话语都是神话创作式的，而这种神话创作的过程都与"历史"和"记忆"息息相关。而记忆"从本质来说是一种社会现象，包括个体记忆和集体记忆，个体记忆的建构是建立在社会互动以及个体对社会关系网络的融入的基础之上的。集体记忆是集体渴望记住过去的投射，也是个体渴望通过记忆而获得归属的愿望的投射"（Assmann，2006：7）。而这种意义上的集体记忆无疑问题重重，集体身份认同通常是在对冲突和排他机制的刻意记忆中形成的，这种记忆需要持续长存以确保集体身份认同的存在。

作为英国集体记忆的英格兰历史是由众多作者所创造的，并且在英国民族认同的概念化过程中起到至关重要的作用。我们也会发现，英国历史的一些章节要比其他章节得到更多的笔墨，例如14世纪的农民起义、1889年的码头工人罢工和妇女参政运动的胜利就很难在英格兰的伟大历史中获得浓墨重彩的渲染，而奴隶贸易也是如此。在英国庆祝其在英帝国的范围内取消奴隶贸易200周年的时候，跨大西洋奴隶制度许是终于在英国的集体记忆中获得一席之地。随之而来的便是英国政府和民众对其在废奴运动中的努力和成就的大肆宣传，但是这种积极的姿态却无法使人忘记，在20世纪以及之前的时间，英国对奴隶贸易的参与几乎完全消失在公众谈资和文化作品当中。

英国在18—19世纪一跃成为欧洲奴隶贸易最重要的交易力量，而奴隶制度也成为文学中永恒的话题，塞缪尔·约翰逊、詹姆斯·汤姆森（James Thomson）、威廉·布莱克或者柯勒律治（S. T. Coleridge）等作家的作品中皆有涉及，并且那些到过加勒比地区的英国游者的游记中也皆有记载，而后早期的英国黑人作家的奴隶叙事日渐兴起。1834 年 8 月奴隶制度在英属殖民地得以废除，奴隶制度和奴隶贸易也不再是英国本土文人关注的焦点，但是其对殖民地深远的负面影响却远没有结束。约翰·斯图尔特·穆勒（John Stuart Mill）和托马斯·卡莱尔（Thomas Carlyle）曾就"黑人问题"（negro question）展开激烈的争论，而后者对 1865 年牙买加的莫兰特湾叛乱（Morant Bay Rebellion）的声名狼藉的评价也将该争论推向高潮。时任总督爱德华·艾尔（Edward Eyre）在当地种植园的黑人劳工暴动后立刻宣布戒严令，直接和间接导致 400 名前奴隶被屠杀，大约 350 人被拘禁，其后还有很多人被处死。卡莱尔等很多白人知识分子却争相公开为总督爱德华·艾尔辩护。

再者，跨大西洋奴隶贸易过程中曾经发生的宗号船事件（Zong Incident）对当时的英国社会产生过深重的影响，同时也为奴隶贸易鼎盛时期的废奴运动赢得很多同情和支持。事件发生在 1781 年 12 月的一艘名为宗号（Zong）的英国运奴船上，当时的船长卢克·柯林伍德（Luke Collingwood）以所谓的饮用水短缺和"货物"中流传瘟疫的危险为由，下令将 132 名黑人奴隶抛入海中。而他的真正动机却被认为是经济原因，因为他须为"损失的货物"所支付的保险金远超过贩卖奴隶的收益。黑奴的承包公司出于经济原因而非人道主义原因将卢克·柯林伍德告上法庭，证据是来自船上大副的证词，认为当时牙买加近在咫尺，饮用水充足，因此奴隶的屠杀是没有必要的。法庭开始的时候判船的主人和船长胜诉，后来承包公司上诉，之后废奴运动者也参与进来。奥拉达·艾奎亚诺得知柯林伍德的非人行径，并将其告知当时著名的慈善家格伦维尔·夏普（Granville Sharp），而夏普以谋杀的罪名将柯林伍德和他的船员们告上法庭。夏普没能成功，船长和他的船员们被无罪释放。但是此案件受到极为广泛的公众关注，同时也为废奴运动者赢得很多同情和支持。宗号贩奴船大屠杀（Zong Massacre）是英国 300 多年的奴隶贸易历史中绝无仅有的被翔实记录的罪行，官方的文件、新闻报道和格伦维尔·夏普 1820 年的回忆录中都有详细的记载，由此也为后来的文学创作提供很好的素材。

当代英国学者对英帝国时期的奴隶制度产生日渐浓厚的兴趣，他们对奴隶制度在塑造英国历史和当今社会形态的作用尤其关注。2007 年举行的英帝国取消奴隶制度 200 周年纪念以后，英国重现奴隶制历史的运动变得尤其繁盛。很多纪念活动试图将奴隶制度的遗产融入英国民族叙事当中，由此长期以来被埋藏的奴隶叙事、奴隶制度在英帝国财富创造的作用，以及奴隶制度历史在当代英国社会中的反响等都得到突出和彰显。2007 年的纪念庆典致力于发展一种更加复杂的民族观，从而包容进 21 世纪非洲—英国和加勒比—英国的共同体。为此目的，当今英国社会的很多历史学家、艺术家和其他的社会力量都在努力重构英国历史，从而使英帝国在奴隶贸易和奴隶制度中曾经扮演过的角色与当今英国社会中的种族和文化身份相联系，而英国奴隶制度小说的发表也是这场运动中的有生力量。

和 200 周年的纪念庆典同样，近来英国的奴隶制小说也置身于英国历史的当代讨论的语境当中，目的是重新界定当代语境中的英国性。虽然奴隶制小说和早期的奴隶叙事都是典型的非裔美国文学体裁，然而最近英国文学领域中也出现过相关的优秀作品。其中包括卡里尔·菲利普斯的《剑桥》《更高的地面》和《渡河》、安德里亚·利维的《最长远的记忆》和《长歌》、S. I. 马丁的《无与伦比的世界》、弗莱德·达圭尔的《喂鬼》、伯纳丁·埃瓦雷斯托的《拉拉》、大卫·戴比迪的《一个妓女的堕落》（*A Harlot's Progress*, 1999）、伯纳丁·埃瓦雷斯托的《金色的根》、劳拉·菲什（Laura Fish）的《奇怪的音乐》（*Strange Music*, 2008）等。英国奴隶制小说的作者多数都具有非洲—加勒比族裔背景，而这些小说也能够反映出当代英国小说涉足奴隶制历史的新趋势。有些小说采用典型的复调（polyphonic）策略，从不同人物的视角观察和反思奴隶制度，从而能够"颠覆宏大的历史叙事，不是通过中心与边缘的逆转，而是以全新的包容的方式来代替原始的排他性的方法"（Ledent, 2005：291）。同时从 20 世纪 90 年代开始"兴起的有关奴隶制度的写作能够证明，与此相关的加勒比—英国有色群体在 20 世纪七八十年代日臻成长和成熟"（Thieme, 2007：2）。

英国黑人文学中的奴隶叙事因其开始的时间较晚而具有新奴隶叙事的特

点，这些小说都能够将邪恶的奴隶制度诉诸公众呈现的镜子，从而遭到审判和谴责，也积极地参与到当今有关英国性和英国民族叙事的所有权问题的商榷。本章以《剑桥》《一个妓女的堕落》和《金色的根》来探讨当代英国黑人小说对奴隶制度历史的重访，三部小说分别以不同的方式揭示出英国在奴隶贸易中扮演的重要角色，以及奴隶制度历史的当代意义。卡里尔·菲利普斯的《剑桥》和戴比迪的《一个妓女的堕落》展示出新奴隶叙事在英国文学中的发展，埃瓦雷斯托的《金色的根》则以逆写的方式讲述出"黑白颠倒"的故事。

第一节　奴隶制度历史的当代再现

文学领域对大西洋奴隶制度的关注和奴隶制度问题同样历史悠久，阿芙拉·班恩（Aphra Behn）早在 1668 年的小说《皇室奴隶的历史》（*History of the Royal Slave*）就是最好的证明。然而之后奴隶制度和奴隶贸易却迅速退出后维多利亚时期的文学和艺术想象以及英国的集体记忆，也几乎没有出现在当时的公众和艺术话语中。即使在"二战"后英国黑人文学的地位逐渐得到确立后，这种情形也没有得到立刻的改变，而帝国疾风号一代的英国黑人小说家对奴隶制度历史的兴趣也是间接和隐性的。相反，乔治·莱明、塞缪尔·塞尔凡和其他黑人作者富有开创性的作品却更多关注黑人移民抵达英国时的境况，在英国遭受的身心流放，以及仅仅存在于想象中的加勒比故国记忆。然而随着20世纪90年代新生代的加勒比英国作家的崛起，这种状况才得以改变。虽然奴隶叙事仍然是美国非裔小说的典型的题材，但是当代英国黑人小说家在奴隶制度的书写方面也可谓佳作频出。这些作者以细腻的笔触和深邃的思想将奴隶制度的历史转变为强而有力的文学话语，其中最知名的代表当属卡里尔·菲利普斯、弗莱德·达圭尔和大卫·戴比迪，他们面对压力和挑战却勇敢地将中间通道的恐惧和种植园中的悲惨转变为动人的诗歌和小说，同时也为当代英国小说中的奴隶叙事开创出新的篇章。

一 奴隶叙事

奴隶叙事是 19 世纪后半期颇为流行的一种自传体叙事，通常遵循既定而明确的写作格式。该叙事通常以奴隶的早期经历开篇，接着痛陈主人公因为奴隶制度而遭受的虐待和承受的悲痛，最后以主人公的重获自由而结尾。奴隶叙事通常会生动而细致地描写强暴、屠杀、殴打、饥饿和骨肉分离等场面，特别是诸多对妇女和儿童犯下的罪行。在这种叙事中通常会有转折点，此时奴隶意识到以反抗的方式重获自由才是挽救自己的生命和精神独立的唯一出路。奴隶叙事中的另一个主题即是对更高力量（Higher Power）的笃信和对圣经信条的坚持，并且建立起非洲奴隶和白人读者之间的相互沟通的基础。传统的奴隶叙事都会涉及故事真实性的证明、宗教和圣经象征主义、奴隶制度对家庭的影响以及奴隶制度时期和重获自由以后的受教育机会等话题。

奴隶叙事的主要目的是以故事的形式吸引白人读者，博得他们的同情，从而促进废奴运动的进程。奴隶主的残暴以及奴隶们所受的折磨在很大程度上冲击到白人读者，满足白人女性读者对惊悚小说的需求，虽然奴隶叙事多以自传的形式，但是多数也会借助象征的手法和诗歌的意象来吸引读者的兴趣。美国奴隶叙事的另一个目的是将非洲的经历深刻植入美国的文化、经济、历史和社会语境中。奴隶叙述中的经历同时也包含美国南方和北方的政治、社会和经济中的变革，叙事中塑造的非裔美国人都是美国南北战争时期政治景观中的重要组成部分。同时，奴隶叙事作为文化历史的作品能够表现出非裔美国人在独立、教育和幸福生活方面的追求。

在 18 世纪、19 世纪之交，奴隶叙事是黑人和白人之间展开有关奴隶制度和自由的唯一对话方式。奴隶叙事旨在提醒白人读者，奴隶制作为一种制度是邪恶而残暴的，而黑人作为独立的个体应该享受到完整的人权。虽然有时奴隶叙事被贬低为反奴隶制度的政治宣传，但是该叙事于 19 世纪在英国和美国的畅销以及之后在两国大学中文学和历史课程中的地位都说明，奴隶叙事能够引发读者们就种族、自由和社会公正等问题的争论和反思。世界上首部成为畅销书的奴隶叙事是两卷本《奥拉达·艾奎亚诺自传》（*Interesting Narra-*

tive of the Life of Olaudah Equiano，1789），书中追溯艾奎亚诺童年时期在西部非洲的经历，也回忆了中间通道的恐怖过往，以至最终在英国的自由和发迹。

奴隶叙事到新奴隶叙事的转向发生在 20 世纪 60 年代的美国文学，伯纳德·贝尔（Bernard Bell）在《非裔美国小说及其传统》（*The Afro-American Novel and Its Tradition*，1987）中创造出"新奴隶叙事"的术语，指代六七十年代出现在美国的有关奴隶制的小说，将其界定为"从束缚走向自由的残存的现代口头叙事"（1987：289），该术语从广义的角度来看可以描述所有有关奴隶制度的当代小说。新奴隶叙事的产生和发展基于奴隶叙事的基础，被称作"新奴隶叙事"的当代奴隶叙事在"二战"之后开始出现，并且在 20 世纪六七十年代发展繁荣。虽然奴隶制度是远古时代开始出现在所有社会中的普遍现象，但是新奴隶叙事主要是重述 15—19 世纪大西洋世界中种族化的奴隶制度。这些出现在 20 世纪末 21 世纪初的叙事着力呈现残酷的跨大西洋奴隶制度时期的历史、文化记忆、抵抗、身份、种族、性别和主体性的问题。新奴隶叙事重塑美国南北战争时期和解放运动以后的奴隶叙事的形式，围绕着非洲黑人遭受奴役过程中的主体性问题，着重突出后奴隶制度时期的主体形成。21 世纪新奴隶叙事中术语也从"奴隶"转变为"遭受奴役的非洲人"从而强调人格和人性，同时也弱化奴隶的身份和地位，这体现出当代新奴隶叙事对主体性形成的关注。而新奴隶叙事中发展成熟的黑人主体性时常质疑传统"奴隶主"叙事的编年史，相关的学术讨论也重点关注真实性和作者身份的问题；同时奴隶小说的范式和范畴也引发学界的讨论。作为虚构化的奴隶叙事，很多当代的文本在一定程度上借助或者复制 18 世纪、19 世纪自传体的奴隶叙事的风格和情节；当然也有部分作品以偏离传统形式的方式来挑战和重塑所谓的官方历史，同时也强调小说中叙述者和主人公的声音和能动性。

伯纳德·贝尔并非唯一讨论新奴隶叙事的学者，阿什拉夫·拉什迪（Ashraf H. A. Rushdy）也对其进行过具体的狭义界定。在这种更加具体的定义中，"新奴隶叙事"是一种特别的奴隶制小说，它在从前的奴隶们所书写或者口述的原始文本中重新塑造出第一人称的叙述者。拉什迪所说的新奴隶叙事是一个相对狭义的术语，主要关注当代的奴隶制度叙事，探究一些模仿和重写美国南北战争之前的奴隶叙事的当代作品，这些小说通常会借助传统形式，采取写作惯例，并且能够呈现第一人称叙述声音的（Rushdy，1997：533）。但是也有学者质疑拉什迪的术语的定义边界，并且认为其过于狭隘和简化。因此阿伦·凯泽（Arlene R. Keizer）在 2004 年提出新的描述性术语"当代奴隶叙事"，认为这些文学作品本身对奴隶制度时期和当代黑人主体的性质和构成进行理论化研究，将奴隶人物和奴隶制度的境况视为小说的关注焦点（2004：1）。瓦莱丽·史密斯（Valerie Smith）在 2007 年揭示新奴隶叙事或者作者所谓的"有关奴隶制度的回顾性文学"如何从"第一人称的证词性叙事形式中分离开"而演变为奴隶制度的现实主义呈现（Smith，2007：168）。蒂莫西·斯波尔丁（A. Timothy Spaulding）则强调"奴隶制度历史编纂的革新"，而称其为"后现代的奴隶叙事"（2005：25），包括第三人称叙事、戏仿、讽刺、复调色彩的科幻小说、短暂的裂缝和移位、鬼魂出没以及荒诞元素等。

二　奴隶制度历史的文学呈现

跨大西洋奴隶制度的书写绝非易事，这也能够解释当代英国黑人小说家为什么需要长期以来的酝酿才能再次直面该话题的原因。其中首先面对的问题就涉及美学、伦理和政治的三难境地，西奥多·阿多诺（Theodore Adorno）曾经谈及犹太大屠杀及其引发的空前的痛苦和死亡，并且在讨论其虚构化时就提出该问题。他在文章《承诺》（"Commitment"，1962）中写道，禁止人类将苦难遗忘的道德观很容易滑入非道德的深渊。审美风格的原则会赋予难以想象的事物以意义，这些事物会发生改变，而其恐惧程度也会随之降低。仅仅因为此种原因，受害者就将遭到非公正的对待，然而忽视受害者的艺术是无法经受住正义要求的考验的（Adorno，1992：88）。虽然犹太人大屠杀和奴隶制度分属两种截然不同的历史现象而无法并置或者过度比较，但是对那些希望以艺术的手法呈现贩奴船只中难以想象的遭遇的作者们来说，阿多诺的观点也不失为有益的提点。这些作者们试图描述和解释那些无法解释的苦难和死亡，他们一方面可能陷入小视这些历史恶行和暴行的危险；另一方面也具有过度利用个体受害者的痛苦经历的嫌疑。由此跨大西洋奴隶制度的书写是一项无法也不能被轻视的工程，它需要作者们对该话题投入艺术的热情和真诚，并且始终反思自己的创作策略和审美选择，即使这些策略和选择有时会违背阿多诺的警告。

创伤性历史经历的书写中涉及的伦理和政治问题是极其复杂的，而且由于历史证据的相对缺乏使得书写变得更加困难，特别是从受害者视角对创伤事件及其发生场所的可靠的描述几乎是缺失的。相反从施暴者的视角记录的文献倒是相对丰富，其中具有代表性的当属约翰·牛顿（John Newton）的《奴隶商人的日记，1750－1754》（*Journal of a Slave Trader*，*1750－1754*）和种植园主托马斯·蓟特伍德（Thomas Thistlewood）的日记，前者从贩奴船只的船长的视角详尽而冷漠地记录三角贸易的诸多细节；而后者则记录下1750—1786年牙买加种植园中的生活细节。而中间通道的受害者视角的记录却是凤毛麟角，因为亲身经历过中间通道的奴隶们几乎都是没有受过教育的。而那些极少数学过读书识字的奴隶也都是通过基督教的组织接受的教育，读书写字能力的代价自然也是宗教和意识形态方面的洗脑。虽然现存的极少量的奴隶叙事会涉及从非洲到美洲的中间通道，但是其可靠性却难以考证，因为早期奴隶叙事的作者必须在他们自我表达的欲望和实用主义的约束之间达成平衡。因为很多白人的废奴运动者会通过编辑的方式对奴隶叙事施加显性和隐性的控制，他们时常为奴隶们代笔，或者控制出版的过程。同时，读者市场的导向也会迫使作者们进行自我审查，因为他们也会担忧叙事中充斥的肮脏和卑劣的细节会招致富有同情心的白人读者们的反感。

20世纪90年代末期很多相关奴隶制度的历史证据得以重见天日，同时也危及奥拉达·艾奎亚诺的《一个非洲黑奴的自传》（*The Interesting Narrative of the Life of Olaudah Equiano*，1789）的真实性，这场围绕着英国最著名的奴隶叙事的争论也震惊英国文学界。有关艾奎亚诺成年后生活的叙述被证实与历史证据基本一致，而他在尼日利亚的童年生活以及他的首次跨越大西洋之旅却似乎是基于二手资料而非亲身经历，因为按照新发现的洗礼记录和运奴船上的登记材料显示，艾奎亚诺出生在卡罗来纳州（Carolina）（Eckstein，2006：4）。虽然以历史材料质疑《自传》而得出的结论并非具有绝对的可信性，但是艾奎亚诺的事例却能够说明，仅存的奴隶视角的奴隶叙事也无法被视为客观的证据，而应是被当作文学作品来解读。奴隶叙事是施为性文本，具有创造自我形塑、政治抱负和历史事件的多重性质。正是因为这种原因，跨大西洋奴隶叙事对当代作者来说实为巨大的挑战。一方面，他们无法通过现存的史料触及创伤发生的真实场面，而仅有的材料则又因为充斥着意识形态因素而变得复杂；另一方面，作者们的伦理冲动又驱使他们挖掘历史的真相，以想象的手段填补历史的空白和沉默，从而为受害者伸张正义。

在本研究的讨论中，"新奴隶叙事"术语遵从拉什迪较为具体的界定，指代那些能够使人回忆起原始的奴隶叙事的第一人称的小说文本，而其他泛泛涉及奴隶制度的叙事则被称为奴隶制小说。索菲亚·穆尼奥斯-瓦尔迪维索（Sofía Muñoz-Valdivieso）在《当代英国黑人小说中的新奴隶叙事》（"Neo-Slave Narratives in Contemporary Black British Fiction"）中提出《剑桥》《一个妓女的堕落》和《金色的根》代表着当代英国小说中再现奴隶制度的新趋势（2011：43 - 59）。本部分讨论的作品为卡里尔·菲利普斯的《剑桥》和大卫·戴比迪的《一个妓女的堕落》，作品通篇都包含着第一人称的叙述，由此符合拉什迪所界定的新奴隶叙事。两部小说可以被视为非裔美国奴隶制小说传统在英国的发展，同时更重要的是，这些作品使奴隶制度和奴隶贸易的历史得以在英国公众媒体呈现。在英国近年来出版的奴隶制小说中，《剑桥》和《一个妓女的堕落》两部作品与原始的奴隶叙事的关系最为明显，作品中重现出早期奴隶们书写或者口述的文本。每本小说都包含一个奴隶主人公的第一人称叙述，在《剑桥》和《一个妓女的堕落》中，剑桥（Cambridge）和蒙戈（Mungo）两人在黑色大西洋的两个不同的场景中都分别写就自己的传记。在《剑桥》中奴隶主人公的第一人称叙述与奴隶主的第一人称叙述相互并置，而在《一个妓女的堕落》的万花筒般的文本中，占据主导地位的蒙戈的第一人称叙述与其他人物的叙述相互并存。

卡里尔·菲利普斯的作品发表在90年代早期，当属英国描写奴隶制小说的先锋之作，而后的大卫·戴比迪也在英国的语境中继承和发扬这种传统。

两位作者都是出生或者成长在英国，而作品中的奴隶主人公也是在英国度过大半时光。菲利普斯和戴比迪都因为家庭或者个人原因与非洲和加勒比紧密相连，拥有非洲血统的菲利普斯1958年出生在加勒比的圣基茨岛，在他四个月大的时候来到英国；拥有非洲和印度血统的戴比迪于1955年出生在圭亚那，在十四岁的时候来到英国。菲利普斯曾经多次在他的作品中强调奴隶制度和奴隶贸易的意义，"我认为我迄今所写就的大部分作品并非是试图理解奴隶制度本身的细节，更加重要的是，在非洲海岸、美国的种植园和英国的大街小巷中发生的事情及其残余的影响，它们持久地扰乱和侵蚀我们的生活，使我们无法逃避"（Phillips，2007：520）。而戴比迪同样对奴隶制度的历史怀有热情，作为研究者的他做过很多呈现18世纪非洲人在英国生活的研究，特别是《荷加斯的黑人：18世纪英国艺术中的黑人形象》（*Hogarth's Blacks*：*Images of Blacks in Eighteenth Century English Art*，1987）；而作为作家的他更是在诸多作品中反思奴隶制度，例如《奴隶的歌声》（"Slave Song"，1984）和《透纳》（"Turner"，1994）等诗歌。

三　《剑桥》中的复调式奴隶叙事

卡里尔·菲利普斯因为意识到跨大西洋奴隶叙事的困难程度而决定以置身事外的方式来处理这段历史，他的写作策略就是模仿、重构和恢复历史的声音。他的小说《更高的地面》、《剑桥》和《渡河》都以奴隶制度为题材，而他最极端的实验则是1991年的小说《剑桥》，小说中包含着两个相互独立的叙述声音和两段相互并置的叙事。小说中的第一个叙述者是艾米莉·卡特赖特（Emily Cartwright），她在废除奴隶贸易和废除奴隶制度之间的时段来到她父亲加勒比的种植园。她在旅途中的日记占据小说三分之二的笔墨，非常忠实地记录下她所观察的非洲风物、非洲的克里奥尔语以及非洲黑奴。她在开始时对废奴运动充满热情，但是后来的日记却逐渐转变为白人种植园主群体中根深蒂固的种族主义思维。同时，她对种植园的监工布朗的态度也从开始的厌恶转变为后来的爱慕，而她的种族主义倾向也日益严重。艾米莉后来有机会接触到受过良好教育的基督徒黑奴剑桥，小说最后也是剑桥奋起杀死了监工布朗。而艾米莉的故事则是与剑桥的叙述相对峙。卡里尔·菲利普斯的《剑桥》除艾米莉的叙述部分外还包含剑桥本人的简短回忆录，这是他因为杀掉种植园的奴隶监工而在等待自己的死刑时匆匆写成的。剑桥的叙述概括他在西部非洲的童年经历，后来被绑架贩卖为奴隶，在经历过中间通道后来到英格兰，受洗后和一个白人的女仆结婚。他在自己的主人去世后重获自由，并且以废奴运动者的身份周游英国，后来他的妻子和孩子相继去世，他决定以传教士的身份回到非洲，但是途中被抢劫并再次被当作奴隶贩卖。这位坚定的基督徒在经历第三次大西洋的穿越后来到卡特赖特种植园，并且与一位非洲女奴克里斯蒂安娜（Christiania）结婚。后来他的生活逐渐脱离掌控，布朗在侮辱他的妻子克里斯蒂安那后又诬陷他偷盗种植园的食品。剑桥的叙述也以他承认杀掉布朗的供认而结束。剑桥的自传文本占据整部小说的五分之一，主要是描述自己加勒比之前的生活以及加勒比时期的经历。他的自传与其他两个种植园生活的现实主义描述相并置，小说居自传之前的是奴隶主女儿的旅行见闻，剑桥的自传之后则是对其杀死奴隶监工的长达四页的骇人听闻的描述。剑桥自传叙事的三分之一都是有关他英国的经历，期间他接触过伦敦的各种各样的黑人，并且发现自己"被各行各业的黑人们所包围"（Phillips，1993：142）。剑桥的故事和之前提及的《奥拉达·艾奎亚诺自传》同样塑造出英国的构想，菲利普斯认为，它们都"参与到长达数世纪的文化交流传统中，参与到种族和文化多元化当中"（Phillips，1997：xvi）。

《剑桥》是在 18 世纪、19 世纪之交时期以混合的语言写成，融合进至少先前 20 多种文本的段落、词汇和典故，因此被描述为"以艺术的蒙太奇的方式集合起先前的文本中具体的段落的重写本"（Eckstein，2006：69）。虽然奴隶叙事是《剑桥》中的最主要的叙述模式，但是小说同时也呈现出复调和对话的特点，菲利普斯将旅行见闻、书信和杂志的新闻报道同奴隶叙事相融合。小说中奴隶的叙述与奴隶主和奴隶商等压迫阶级的讲述相互并置，作为奴隶主阶层成员的艾米莉的游记和作为奴隶的剑桥的自我讲述展示出各自鲜明的特征。菲利普斯在小说中将奴隶制度作为唯一的所指，并由此将小说中所有事件和四种视角融合成为整体。这四种视角的展示凭借四种声音和话语，同时也和四种相对独立的体裁相联系，充分展示出小说复调的特点。首先，艾米莉·卡特赖特在旅居她父亲的新印度群岛种植园时始终保持着记日记的习惯，她的日记展示出她从一个废奴运动支持者的热情到一个典型奴隶主的心态的转变，以及她努力挣脱家庭所安排的无爱婚姻的挣扎。在此过程中她与庄园中所有的白人都有过交往，和黑人奴隶斯特拉（Stella）成为朋友，也和种植园监工的黑奴情人克里斯蒂安娜产生过交集。当克里斯蒂安娜通过巫术的方式反抗白人的压迫和欺凌时，艾米莉也得到过克里斯蒂安娜的丈夫剑桥的保护，而在艾米莉的眼中剑桥是大力神赫尔克里斯（Hercules）般的存在。同时，艾米莉对于白人监工布朗（Brown）的态度也从最初的厌恶和鄙视转变为后来的友好和爱慕，她在日记中也详细地记录下导致布朗被杀事件的始末。菲利普斯在该部分的写作中遵循着游记的传统，而旅行叙事是不应该半路停下的，菲利普斯的小说同样需要结局，由此也引发该小说的第二部分。

小说的第二部分和第二个视角来自剑桥，他叙述自己因犯谋杀罪被处以死刑之前的全部生活，其中包括他在非洲被俘成为奴隶的遭遇、他被白人奴隶主奴役以及在此过程中获得受教育的机会、他在英格兰重获自由的喜悦，以及在去往非洲传教过程中再次被俘而成为奴隶的悲惨经历；同时他从自己的视角谈及布朗被杀的原因。菲利普斯在写作过程中也借鉴英国早期的奴隶叙事，他在小说中或者插入 18 世纪自由的英国黑人作者的作品段落，或者在叙述中与他们的作品相呼应，并且由此向他们致敬。"菲利普斯在私人信件往来中曾经谈及，他希望这部小说能够引发读者对 18 世纪、19 世纪有关非洲黑人的原始文本的关注和兴趣，从而揭示出英国对奴隶贸易的参与"（Eckstein，2006：107），他的其他目的还包括"与英国读者进行交流，向他们展现黑人群体中的人类价值。奴隶叙事的作者是反向的传教士，来到英国教育和开化那些无知的人们"（Dabydeen & Wilson-Tagos，1987b：83）。剑桥的叙述主要借鉴 18 世纪旅居英国的黑人作家的作品，例如奥托巴·库戈阿诺（Ottobah Cugoano）、乌克所·格罗尼索（Ukawsaw Gronniosaw）和伊格那修·桑奇，但是更主要的是艾奎亚诺的自传，后者为剑桥的回忆录提供出很多有记载的事件。剑桥笔下的非洲人"是处在清白而单纯的状态中的简单且热爱和平的人"

（133），他们后来被欧洲人的贪婪所侵染。剑桥的观点明显受到伊格那修·桑奇的书信中相似的描述的启发，而他自己艰苦的生存状态则呼应着乌克所·格罗尼索的自传性叙述。然而最明显的互文性存在则是艾奎亚诺，他不仅是《剑桥》小说中事件的来源，而且还影响到作品的语言和风格。美国战前的奴隶叙事都是"民主式的、事务性的、直言不讳、主张明确的"，有别于前者，剑桥的叙事则具有艾奎亚诺的风格，"具有贵族气息的、文雅的、奥古斯都式的且语言恭敬的"（Mulvey，2004：18）。卡雷塔（Vincent Carretta）也将艾奎亚诺视为首位具有非洲血统的英国作家，"他因为文化适应和自我选择的原因而成为英国人，他所接受的文化、政治、宗教和社会价值也使得他为英国社会所接受"（1995：xvii）。剑桥的叙述是对艾米莉的叙事的修订，剑桥的部分也是对奴隶忏悔叙事形式的模仿，虽然相比后者虚构成分多于历史成分。艾米莉和剑桥同样遭受着被排斥和被压迫的命运，但是作为奴隶主的白人女性和作为黑人奴隶的剑桥还是截然不同。

小说第三部分的新闻报道以极富煽动性的语言描写出白人监工布朗被剑桥刺杀身亡的事件。简短的报道中叙述的所谓骇人听闻的事件充分显示出占据主导地位的帝国主义话语的误报误传和曲解真相，而这种独白式的话语在小说中也遭到诸多复调声音的挑战和质疑。官方的报道在艾米莉和剑桥的个体叙事之后，由此更能充分地显示该报道无法准确地反映事件中人物关系和行为动机的复杂性，同时也不遗余力地排斥作为他者的白人女性和黑人男性的声音。这种报道是最有可能作为官方的文件而延续存在的，但是同时也是最不可靠的。小说的其他部分包括序言和后记，集中叙述艾米莉在甘蔗种植园之前和之后的生活经历。这部分以后现代小说的隐喻和碎片化的方式写成，所使用的是20世纪的语言，这种语言在艾米莉的叙述中突然出现而讲述她无法讲述的事情（Eckstein，2001：56）。由此可见，《剑桥》中四种视角和四种声音共同构成小说复调的特点。艾米莉和剑桥的叙事声音都有着自己清晰而连贯的语气和风格，以及自己微妙的非确定性和略显草率的结论。然而当他们的叙事声音得以并置时，每个声音有关对方观点的虚幻和妄想才能显示出来，而跨大西洋奴隶制度的悲剧性讽刺也变得触手可及。

　　而小说的第二种"复调"可以体现为主人公剑桥的"复调人生"。剑桥出生和成长在非洲，是地地道道的非洲人，也由此被两次捕获而成为奴隶。但是剑桥将自己描述为"一个英国人，虽然肤色有些肮脏"（Phillips，1993：147）。当他获得自由后却再次沦为奴隶时他又说道，"我本质上是一个英国人，但是却要被当作低贱的非洲货物，这带给我的伤害和伤痛是我几乎无法承受的"（156）。由此他也因为自己黑色的皮肤和白色的心态开始自己的复调人生。首先，在对待种植园中的非洲人和奴隶伙伴的问题上，他几乎成为欧洲人充满歧视的腐朽人性观的传声筒。剑桥的叙事体现出他对奴隶主的价值观念的吸收和承袭，他认为自己作为一个基督徒和英国人是具有"更高级的英国头脑"（155）。其次，剑桥因为语言和宗教的原因而对英国产生归属感，并且认为英国文化的融入可以将他从黑色大陆上非洲同胞们的原始和野蛮状态中得以拯救。剑桥在故事的开始就感谢上帝赋予自己用英语进行自我表达的力量，"我亲爱的英国的语言"（133）。他在后来的叙述中对宗教信仰更加笃信，坚持认为基督教和英国文化赋予他独有的认知真理的权力，从而使他凌驾于其他非洲人之上。剑桥的回忆录中对饱受奴役的非洲人的描述会赢得读者们的同情，但是他因为对英国信仰系统中的种族刻板印象的盲目接受而无法完全获得当代读者的赞许和认同。

　　但是他所处情境的讽刺意味是尖锐而深刻的，他虽然因为文化和宗教同化的原因而极力主张自己的英国身份，但是他最终的命运还是因为肤色被决定。他在接触到西方的教育和价值观念后踏上非洲传教的旅程，不幸在此过程中再次沦为奴隶，此后在加勒比的种植园中以奴隶的身份结束自己的生命。虽然他以欧洲的价值观同化自己的思维方式，但是他的命运仍然被他的非洲血统所决定，因为他的学识和基督教信仰无法保护他免受欧洲人的贪婪和自私所伤害，欧洲殖民者仅是将他视为有生命的货物而再次将他出卖给奴隶制度。剑桥的人物和故事让读者对写作可以赋予人类力量的观点产生怀疑，剑桥没有能够像美国战前的奴隶叙事的作者或者18世纪定居英国的非洲黑人作者那样幸运，他虽然成功习得英国的语言和文化，却并没有在写作的过程中获得自由的身份，而是再次被奴役且死于奴隶的身份。他所写出的文本最终也很有可能消失在历史写作的裂缝中，或者被那些权力话语所压制和取代。剑桥的自传式叙述仅占据小说的一小部分空间，这充分证明他有限的声音和话语权。他对现实的呈现仅仅是不同的种植园生活叙事中的一种，并且还是反响最弱的一种。虽然他自诩言语文雅、身份合法，但他最终仍然在双重奴役中结束掉自己的生命，他的身体因为身为种植园奴隶的原因而受到奴役，而他的精神则是因为心灵铸成的镣铐（Blake，1977：143）而受到束缚。

四 《一个妓女的堕落》中的后现代奴隶叙事

《剑桥》的主人公笃信语言捕捉和传递现实的力量，他的现实主义叙述的风格和形式也会被 19 世纪的读者们所欣赏。他在小说中的叙述结构完整，线索清晰，充分显示他作为一个文明的英国基督徒的语言能力。同时菲利普斯在小说中也基本延续着艾奎亚诺的自传式的写法，分别从奴隶和奴隶主的视角叙述自己的亲身经历。而戴比迪的《一个妓女的堕落》却有所不同。首先，戴比迪的小说一改菲利普斯的现实主义风格，以后现代主义的破碎和断裂的叙事展示出主人公蒙戈痛苦的经历和不堪的记忆。《一个妓女的堕落》和《剑桥》都追溯到最初的奴隶叙事，然而戴比迪和菲利普斯的书写方式却是不尽相同。后者的主人公虽然为英国人和黑人的双重意识所困扰，却仍然努力成为传统意义上的人文主义作者，一个浑然天成的人类个体在讲述连贯而通顺的人生故事，所诉诸的语言和叙述手段也都是恰如其分的。相比之下蒙戈却是一位后现代的作者，他所处时代的各种话语的相互作用以及多种现实认知的相互交融都是他无法理解和企及的。此外，小说在蒙戈自述的基础上还夹杂了诸多历史事件的回顾，从而构建起奴隶制度历史的图景。所有奴隶制小说都是试图想象那些没有记录在原始的奴隶叙事中的经历，由此也含蓄而隐晦地重新思考和评价奴隶制度及其遗产。

小说开篇的时候蒙戈已经步入暮年，他正在接待来自废奴委员会的普林格尔先生（Mr Pringle）。普林格尔试图记录下蒙戈的经历，从而写出推进废奴运动的报道。而此时普林格尔正在焦躁地等待着这位赤贫的非洲移民开始他的讲述，并且在实在无法忍受更多的沉默时就试图引导他"你必须说点什么，一个开头，蒙戈"（Dabydeen，2000：1），然而小说中的蒙戈虽然不善言辞却始终坚持自己的故事和自己的主张。他在小说中首先展示出的是他作为独立的个体想要掌控自己的生命叙述的强烈愿望，他起初的沉默显示出他的自我主张，同时也流露出他"对英国的读者群体感到不安，同时也感到奴隶叙事形式的束缚和压抑"（Ward，2007：34）。并且对于处在极端贫困中的他来说，生平故事是他唯一的所有，"这是他全部的所有。他的故事。一个人的故事就是他的护身符。拿走他的故事就是拿走他的护身符。故事就是他本身"（Reed，1998：8）。由此可见，蒙戈坚持讲述自己的故事，显示出他以叙述为手段的自我形塑的渴望。

后来当蒙戈描述自己在中间通道时期的经历时，他的故事充满后现代的奇闻逸事，由此与《剑桥》中的现实主义叙事形成鲜明的对比。叙事中的他被很多同行伙伴的鬼魂所包围，所以他的故事展示出集体的恐怖记忆，与托尼·莫里森的《宠儿》如出一辙。《一个妓女的堕落》和《宠儿》都是"奇异的后现代奴隶叙事"文本，展示出现实主义在应对奴隶制度题材时的缺陷和不足，同时也"批判传统历史书写在表现过去时对客观性、真实性和现实主义的过分依赖"（Spaulding，2005：2）。戴比迪的小说作为奴隶制的故事，以后现代的手法"暗示着讲述无可言说的故事的困难"（Wallace，2006：108）。在蒙戈的声音中，奴隶主话语的力量和奴隶的沉默相汇聚，两者相互撞击所产生的杂乱而脱节的叙事仿佛是对现实主义期待的蔑视和嘲弄，使得菲利普斯《剑桥》中的传统风平浪静奴隶叙述波澜顿起。菲利普斯将剑桥放置在重新被奴役的状态，同时也将他所提供的现实的版本与其他相同事件的叙述相并置；而戴比迪则重点强调语言和叙述在捕捉奴隶制度的无法言说的现实方面的无力和失败。小说中并非巧舌如簧的蒙戈却是一位具有强烈的自我意识的叙述者，他以后现代的破碎和断裂方式凸显以文本包容生活的困境，揭示现实主义叙事在再现奴隶制度题材方面的缺欠。

再者，蒙戈的故事也并非典型的奴隶叙事，而是表现出捕捉和分享奴隶制度经历时的惶惑和困难。艾奎亚诺在《一个妓女的堕落》中的影响是依稀可见的，因为该小说通过文本创作的方式来彰显自我的存在，就如同艾奎亚诺在 18 世纪时的做法。然而小说中蒙戈混乱的记忆却无法契合奴隶叙事的规范，"我很羡慕普林格尔先生的条理性，但是事实却并非如此"（Dabydeen，2000：111）。蒙戈的故事也没能具备剑桥的故事中所具有的流畅的线条和自信的语调，因此听起来满是仓皇和困惑。他的叙述显示出语言和叙述呈现现实的局限性，特别是叙述奴隶们所面临的残酷而恐怖的现实时就显得更加词不达意。虽然蒙戈在叙述中所面对的艰难和煎熬是无法想象的，但是他却坚决反对自己叙述中掺杂普林格尔先生的编辑与干预，从而表现出他讲述出未加篡改的故事的决心。小说也由此表现出奴隶叙事的原始作者在将自己的生平诉诸文本时所面对的困境，因为他们的"真实"必须以程式化的风格所呈现，从而来迎合白人读者们对真实可信的奴隶经历的期待。因此蒙戈的叙述凸显研究原始的奴隶叙事所存在着诸多问题。

综上所述，戴比迪在《一个妓女的堕落》中的叙事是非现实和非传统的奴隶叙事，而他如此行事的目的则体现出他重塑奴隶制度历史的愿望。戴比迪小说的题目显示出他与威廉·霍加斯（William Hogarth）的版画作品《一个妓女的进步》（"A Harlot's Progress"，1732）之间的对话和互文，后者的第二部呈现出一个年轻的妓女在犹太商人装饰豪华的客厅中的场景。在雕刻中蒙戈就是服侍她的黑人仆人，他在小说中的叙述刻画出当时生活在英国的非洲奴隶的生活片段，而当时的黑人也零散地出现在报纸和艺术作品中。蒙戈的叙述也提及些许为人熟知的历史事件和真实人物，其中包括当时的治安官詹姆斯·贡森（Sir James Gonson）、犹太银行家桑普森·吉迪恩（Sir Sampson Gideon）和威廉·霍加斯。《一个妓女的堕落》呈现出"18 世纪英国社会的众生相，其中也包括一个被剥削和剥夺的黑人奴隶，他被赋予讲述和沉默的权力和自由，并且在不断编织着自己的记忆"（Pagnoulle，2007：200）。然而其中最为引人注目的历史事件则是 1783 年奴隶贸易中的宗号船大屠杀。

《一个妓女的堕落》中的影射并非大卫·戴比迪首次触及宗号船大屠杀的历史事件，他曾经以该事件为题材写就长诗《透纳》，诗歌以激进的方式强调诗人在还原中间通道的创伤事件过程中的个体想象作用和能动性。戴比迪似乎对宗号船事件的文字证据没有兴趣，而是创造性地从 1840 年约瑟夫·马洛德·威廉·透纳（Joseph Mallord William Turner）恶名昭彰的画作《贩奴船》（"Throwing Overboard the Dead and Dying-Typhon Coming On"，1840）中寻到灵感。这幅画以棕色和红色描绘出壮丽的海景，靠左部分的一艘船在汹涌的波涛中奋力挣扎，而在右下部分一个非洲奴隶被锁链捆绑的双腿遭到鱼和海鸥的袭击。透纳创作《贩奴船》的灵感很有可能是来自詹姆斯·汤姆森的诗歌《季节》（"The Seasons"，1730），但是戴比迪在评论达圭尔的《喂鬼》的时候提及，画作也很有可能指涉宗号船大屠杀。

戴比迪在《透纳》中让透纳画作前景中淹死的非洲奴隶发出声音，抒情式地唤起波涛汹涌的大西洋无尽的节奏。诗歌中的叙述者与他的非洲过往相割裂，同时也被暴力剥夺新世界的未来，因此只能以诗歌的方式来为自己创造出田园式的过去和未来，但是他的构想最终也被另一只贩奴船抛到甲板上的死婴所打断。诗歌的叙述者将这个孩子视为奴隶贸易最小的受害者，并且尽力做好他的父亲。他将这个孩子叫作"透纳"（Turner），这也是他灾难性的中间通道之旅的船长的名字，他在自己的想象中寻求安慰。然而戴比迪却在诗歌的序言中明确指出，"他无意识的状态和他的出身都无法承受未来以及随之而生的新事物，因此只能淹没在历史的残忍中"。《透纳》是令人深感痛苦和不安的，非但因为戴比迪有意违背阿多诺的审美和伦理原则，也因为戴比迪的抒情语言自觉地激发出暴力和死亡的悖论之美。他同时也迫使处在安全距离的读者面对自己从恐怖场景中获得的有违常理的快乐，同时也质疑我们在呈现过去中的角色和作用。戴比迪的小说《一个妓女的堕落》同样揭示出，虽然奴隶贸易的历史总是被官方的记载所回避，但它的遗产对当代社会仍然产生深远的影响。

小　结

奴隶贸易的历史是无法传递的故事，这就表明捕捉和分享奴隶们逝去的经历的困难性，同时也传达出莫忘他们的经历的迫切性。莫里森在《记忆场所》（"The Sites of Memory"）中说到，原始的奴隶叙述中的叙述者"对很多事情都保持着沉默，他们忘记掉很多其他的事情"（Morrison：1987：110），所以她作为一位小说家的职责就是去重构这些可怕的事件。当代英国的新奴隶叙事能够还原从前的奴隶们第一人称叙述的原始文本，由此明确地探究通过书写文字而进行的自我呈现的力量和局限。《剑桥》和《一个妓女的堕落》重返奴隶叙述的传统，呈现很多非裔流散者在重获自由后写成的自传式文本的风格，他们以各异的形式书写自己的历史。在剑桥的自传故事中我们可以清晰地看到艾奎亚诺和其他早期非洲作家的互文痕迹，并且剑桥的故事能够在用词和表达上与原始的奴隶叙事文本产生共鸣。而《一个妓女的堕落》中复杂多变的叙事使得读者对奴隶叙事的真实性产生怀疑，同时也未免质疑语言在记录和呈现奴隶经历方面的适当性和可靠性。因此瓦莱丽·史密斯在谈论美国历史语境中的非裔美国奴隶小说时表达的观点也可以用来描述最近的英国奴隶小说，它们"都从多重视角靠近奴隶制度本身，并且借助多种写作风格，从以历史调研为依据的现实主义小说到推理小说、后现代实验小说、讽刺小说以及多种形式相融合的小说形式"（2007：168）。菲利普斯和戴比迪的小说通过书写传统的方式来质疑支撑原始奴隶叙事的自由解放和自我表现等假想和观念。这两本英国奴隶制度小说共同采取的第一人称叙事表明它们都在试图逆写原始奴隶叙事，但是它们写作的方式却各不相同，菲利普斯的小说是基于历史调研的文本；戴比迪的小说是后现代的实验。

菲利普斯和戴比迪分别在自己的风格各异的作品中以不同的方法将奴隶制度和奴隶贸易进行重构，并将其重塑为英国文学的重要主题。他们的作品为即将到来的新实验小说打下了坚实的基础，其中最为精彩的当属伯纳丁·埃瓦雷斯托的《金色的根》，后者有意将奴隶制度的历史进行颠倒，将非洲人作为贩卖和奴役欧洲人的奴隶主。埃瓦雷斯托的小说应该是对奴隶贸易历史最大胆的再现，显示出当代英国黑人小说家在呈现奴隶贸易历史时的无畏和信心，以及他们以新的艺术形式再现奴隶制度的决心。无论未来如何变迁，跨大西洋奴隶制度将会永远存在于英国文学的想象中。当今的英国社会是由不同种族的多元文化融合而成，其中就包括非洲和非洲—加勒比文化，因此这些奴隶叙事能够融合进英国的民族记忆，在构建英国民族身份的公共话语中起到至关重要的作用。

第二节　《金色的根》中的奴隶制度历史的逆写

伯纳丁·埃瓦雷斯托的长篇小说《金色的根》以奴隶制度的历史为关注对象，将史实"黑白颠倒"，从而使非洲黑人成为奴隶主而欧洲白人变成奴隶，同时也记录下一位惨遭非洲男性们奴役的英国白人女性获得解放的过程。小说分为三部分，第一部分详述多丽丝的被俘和被奴役的经历以及她第一次逃跑的企图；第二部分仍旧是详述多丽丝试图逃离的过程，中间插入一位黑人知识分子的声音，分析奴隶制度和奴隶贸易的性质；第三部分讲述的是多丽丝再次被俘并且被送到大西洋对岸的甘蔗种植园的遭遇。小说的第一部分特别关注文化价值观，第二部分则揭示西方理性主义与恐怖主义的勾连，第三部分则展示出奴隶们所创造的世界。

埃瓦雷斯托作为一个混血成长在伦敦东部郊区的伍尔维奇（Woolwich），1970 年代的伍尔维奇有色人种还是较为罕见，因此她家中的八个混血的孩子就显得非常突兀，也经常成为攻击的目标。她早期的诗体小说《拉拉》追寻着主人公父系的祖先来到巴西的种植园，而《金色的根》则是献给"被贩卖到欧洲和美洲的一千万到一千两百万非洲奴隶和他们的后代"，并且试图迫使读者以新的视角看待历史，重新思考有关历史和种族的问题。在我们耳熟能详的大西洋奴隶贸易的历史中，黑人奴隶被打着西方文明旗号的欧洲殖民者肆意地买卖和奴役，然而在埃瓦雷斯托的小说《金色的根》中，黑色皮肤的安伯森人（Ambossans）（Evaristo，2008：7）成为奴隶主，而白皮肤的（whyte）（29）欧罗巴人（Europanes）（28）则是他们的奴隶。小说将黑人奴隶和白人奴隶主的位置进行逆转，自发表以来就被视为对奴隶制度历史和奴隶叙事的经典逆写。

一　奴隶贸易中的时空颠覆

小说《金色的根》中看似是对大西洋奴隶贸易历史的简单而直接的逆转，实则并非如此。小说层次繁多而内容复杂，旨在讽刺白人奴隶主和黑人奴之间看似稳固的二元对立的范式，同时也使大西洋奴隶贸易不再成为稳固而确定的历史瞬间。小说中最为突出的原创因素体现为空间的错位和时间的混乱，埃瓦雷斯托将中间通道作为空间错位的隐喻，并且由此将所有事件放置在非明确和非具体的时空中。

首先，小说从空间的视角来看是混乱而颠倒的，其中呈现出的地图与现实中世界的地理格局大相径庭。小说由白人妇女奥梅纳姆瓦拉（Omerenomwara）以第一人称叙述自己惨遭奴役和重获自由的经历。她出生在欧洲，原名叫作多丽丝·斯卡格索普（Doris Scagglethorpe），她在故事开始时的身份是居住在伦敦（Londolo）的部落首领卡加·科纳塔·卡坦巴（Kaga Konata Katamba）的家庭奴隶。她所讲述的故事时间不明，地点是赤道南部大西洋沿岸的虚构所在，埃瓦雷斯托还将自己想象中的大西洋的地理状况以地图的方式呈现出来，而将奴隶制度的图谱形象化对理解她的叙述是至关重要的。小说在开篇时展示出的世界地图中英国的地理位置悄然改变，英国变成地处非洲（Aphrika）（6）的"安伯森联合王国"（The United Kingdom of Great Ambossa），由此显示出地图也可以被用来作为操纵和篡改以达成具体的目的。名为非洲的大陆地处赤道，而安伯森联合王国则是与其西部接壤的岛屿，而赤道的南端则是冰冷的欧洲大陆，其中也包括英格兰。跨越大西洋向西而行我们可以看到名为阿美利加（Amarika）的大陆和名为西日本群岛（West Japanese）的岛屿，在其种植园中劳作的则是在欧洲捕获的奴隶。小说中的情节在陌生的地理环境中展开，其中的北则是现实中的南，灰色的欧洲大陆在非洲的南部，安伯森王国与非洲大陆毗邻接壤。在小说中，新的奴隶贸易的图谱中，非洲人（Aphrikan）将贩卖的奴隶从白色的欧洲（Whyte Europa）向西运往美洲（Amarika）。

其次，《金色的根》在引发读者们空间概念错乱的同时也打破人类认知的时间框架，并且不断地推翻和颠覆诸多已知的历史事件。小说中的大西洋奴隶贸易的历史被完全改变，非洲人将白人当作奴隶来贩卖和奴役。小说中的时间框架也处在混乱颠倒的状态，卡加·科纳塔·卡坦巴身处的欧洲部落的穿着打扮和风俗习惯显示出中世纪的特点；故事中出现的地铁以及加丹加首领（Chief Katanga）严格按照颅面人体测量学（Craniofaecia Anthropometry）的理论将人类进行分类的说辞都充满 19 世纪维多利亚时期的意味；而故事中反复指涉的当代流行文化又具有 21 世纪的风格。

一方面，《金色的根》开始部分多丽丝的自述能够将奴隶制度的时间向前追溯到中世纪时期。小说中所讨论的奴隶制度并非单纯局限于大西洋奴隶贸易或者现代时期，甚至是中世纪时期的农奴制度和当代社会的人口贩卖都能够在小说中找到共鸣。这种创作手法丝毫不会减损奴隶制度的残忍和暴虐，反而能够呈现出历史事件的无限循环和相互重叠。

> 我很骄傲地宣布，我来自一个甘蓝菜农民的世家。我的家人都是守着土地的诚实的农民，从来都没有做过鸡鸣狗盗的事情，即使夏天的时候雪花飘扬，冬天的时候阴雨连绵，而庄稼也因此枯萎凋落，并成为大地的覆盖物。我们不是土地的所有者，哦，不是，我们是农奴，处在农业的食物链中的最下端，虽然我们四处走动的时候并没有真实的锁链在叮当作响。实际上我们并不是财产，但是我们的根深深地植入在土壤当中，因为当土地由于死亡、婚姻和战争的原因而转手，我们也同样，我们祖祖辈辈都紧紧地依附于土地。(8)

这段选文讨论的就是漫长的奴隶制度，并且将中世纪的农奴制与奴隶制相比较，斯卡格索普人（Scagglethorpe）都是被奴役的诚实的农民，"虽然我们四处走动的时候并没有真实的锁链在叮当作响"。虽然多丽丝没有明确承认她以前的生活就是一种奴隶制的模式，但是她说到土地和工人会一代一代地转手，其中的暗示已经非常清晰。但这仅仅是英国田园风格的奴隶制，而由于大西洋奴隶贸易所产生的背井离乡以及中间通道中发生的残忍和暴行都后续在小说中出现。《金色的根》并非唯一将奴隶制度置于如此语境中的小说，例如亚历克斯·哈利（Alex Haley）的《根》（*Roots*，1976）也回忆一种相比大西洋奴隶贸易更加久远也更加良性的奴隶制度，"其他人离开城镇，去寻找另一个村庄，祈求那些有食物的人收留他们做奴隶，就为得到一口果腹的食物"

（1991：11）。但是在哈利的小说中，这种自愿的奴隶制是灾年之后的冈比亚（Gambia）农民最好的求生方式，与小说后来出现的昆塔·金特（Kunta Kinte）遭受的诱拐形成强烈的对比。在小说《根》中这种温和的奴役和大西洋奴隶贸易的并置形成强烈的反差，而这种并置却没有出现在《金色的根》当中。虽然多丽丝的回忆被包裹在怀旧的情绪当中，然而斯卡格索普人在他们依附的土地上生活和工作时还是强烈地意识到奴隶制度中的等级差异。小说中的奴隶制度概念也能够脱离大西洋奴隶贸易中的时间、种族和殖民特性，虽然大西洋奴隶贸易没有在小说中彻底错位和脱节，但是也不再被视为黑人和欧洲历史中的决定性瞬间，而埃瓦雷斯托的文本则指向更加久远的奴隶制度，虽然该奴隶制度并非建立在种族的基础上，但是也同样具有约束性和剥夺性。在这种语境中，大西洋奴隶贸易虽然记录着历史上种族隔离的时刻，却并非历史上人类蒙难和暴行的唯一时刻。

另一方面，《金色的根》中很多当代的意象也将奴隶制度推及现代社会的后奴隶制度时期，揭示奴隶制度历史的当下意义。小说始终在瓦解和动摇时间的概念——故事发生的时间不明，大西洋奴隶贸易的历史时刻中渗透着诸多当代的意象。多丽丝逃亡路途中的地下铁显然是伦敦城区中废弃的地铁，该事件也是发生在无法确定的未来时间，而事件的背景却是 18 世纪的咖啡店。但是小说中时间错乱的最经典片段却是发表在 2005 年《卫报》上的故事《哦，主人带我回家网站》（"Otakemehomelord. com"），并由此将奴隶制移植到数字时代。故事中多丽丝在废奴主义者搭建的非营利的服务器上获得一个秘密的电子邮件账户"Please! @ohtakemehomelord. com"，但是她担心在网络空间运行的亲奴隶制制造者的病毒可能会追捕废奴主义者、腐蚀他们的硬件、窃听他们的对话。然而她同时也利用互联网进行报复，从她主人在泰特银行（Tate Bank）的账户中抽走资金，然后逃到被遗弃的地铁上，而不是雷达控制通道上的未来航空列车。同时，《金色的根》中的大西洋奴隶贸易被呈现为人性残暴和人类迫害的历史进程中的一个瞬间，但是小说最后的一句话却暗示着奴隶制度在当下的延伸，"甘蔗种植园的工人们很多都是历史上奴隶们的后代，他们是拿工资的"（Evaristo，2008：261）。在这段书后附言中作者暗示出，当今种植园中的工人们的境况相比之前的奴隶们仅仅相差在工资，因此他们在后奴隶制度的今天的状况也仅仅是维持表面上的不同而已。当代奴隶制度的暗示能够在文本的多处被感觉到，由此使得《金色的根》中的时间和空间倒错更加复杂。

二　种族主义女性审美的颠覆

奴隶制度中的女性也遭受着虐待和奴役，因此小说《金色的根》中也讨论诸多女性主题，并且暴露出奴隶制度对女性的残害。在小说的最后的部分，埃瓦雷斯托把"理性的"男性抛在身后，呈现一个女性角色主导的世界。多丽丝被运到大西洋对岸的糖料种植园，发现自己身处一个由奴隶同伴组成的关系紧密的社区。奴隶居住区被描述为"就像另外一个世界的星期天；忙碌、活泼、正常"（185），孩子们在玩游戏，成年人在闲聊、唱歌、编织和园艺。重点是奴隶社区的适应能力和抵抗能力，以及他们试图保存其原始文化的生存方式。他们以安伯森信条为遮掩来庆祝基督教仪式，由此保持自己的习俗和信仰。两年后多丽丝已经能够适应奴隶们创造的世界，并且由衷地从心底唤起一种相互团结的渴望和掌控自己人生的能动性，"我们的生活好像是正常的，好像我们是自由的"（211）。作者在该部分的描写中自始至终都强调坚强的女性的作用、强调家庭的生存和团结，并且为此着重刻画出骄傲的奴隶首领耶·梅梅（Ye Memé）和她的朋友玛·玛贾妮（Ma Majani）。她们凭借一己之力，以严格的道德和宗教原则来抚养她们的孩子们。耶·梅梅和她的朋友们只是最底层的"蓝领"奴隶（182），在糖厂、酒厂和水磨坊从事繁重的体力劳动。而当多丽丝逃脱禁锢重返自由的时候，代为受过的却是耶·梅梅，她为此遭到鞭打和折磨。她的经历充分体现出奴隶制度中女性所遭受的非人境遇，但是同时也揭示出女性在非常时期所体现出的惊人能量。

多丽丝的境遇和耶·梅梅以及她的朋友们同样坎坷，她在北部英格兰地区被绑架进而贩卖到伦敦成为奴隶，先是在奴隶主的家里做女仆，而后成为奴隶主儿子的保姆。在这些和其他很多事例中，多丽丝的身体、人性以及女性特质所遭受的摧残和伤害是小说最为强调的。从这些方面来看，女性在奴隶制度中的地位是岌岌可危的，同时她们也是缺乏抵抗能力的，小说在描写大西洋奴隶贸易的过程中从种族化的视角关注女性的身体。对女性身体的关注自然会引发女性审美问题，作者在小说中也由此控诉种族主义的审美标准对女性的残害。《金色的根》也将女性的集体创伤投射到当代的世界中，从而跨越过时间和种族的界限。

埃瓦雷斯托以幽默和反讽的态度来处理小说中的审美问题以及"黑人风格"的传播和流行，白人女性对所有的黑人文化符号都非常热衷，包括音乐、头发的颜色和发型、肤色以及鼻子的形状等。非洲的审美成为主流和标准。尽管这部小说充满喜剧色彩，但它对种族主义的构成和无可逆转的影响做出了严肃的评论，多丽丝作为白人女性的自我仇恨就可以证明，作为一个苗条的金发女郎，她必须面对自己的"形象问题"（31），她被自己的绰号"芭比"折磨着，并且试图忘记她是一个拥有四号身材、金色长发、平坦的腹部和高挺的鼻子的女性，因为所有的这些特征在安伯森人的"迷人的丰满"（3）的标准来说都是丑陋的。多丽丝站在镜子前吟诵着"黑即美"的咒语，"也许我的皮肤是白色的而头发是黄色的。我可能有高挺的鼻子和薄薄的嘴唇。我的头发可能有些油腻并且屁股不够圆润。我可能很容易脸红，皮肤也很容易被阳光晒红，也有一双隐秘而警觉的蓝眼睛。是的，我的皮肤可能是白色的。但我是白皮肤的，我也是美丽的"（32）。

小说中奴隶制度时期的审美标准构成现代社会审美的隐喻，小说也由此审视女性在当代社会中的地位，并且评价理想的女性之美。这些话题与埃瓦雷斯托早期的小说《拉拉》如出一辙，并且被作者视为小说《皇帝的宠儿》的主要动因（Evaristo，2006），而后两部小说也都关注着种族和奴隶制度的主题。埃瓦雷斯托清楚地意识到女性身体特征的象征意义，而该话题也频繁地出现在很多黑人女性作者的小说中，例如扎迪·史密斯的《白牙》。埃瓦雷斯托也在小说《拉拉》中透过头发的问题来探究黑人女性在英国社会中受损的自我意象和身份问题。《金色的根》对女性话题的谈论却更为深入，在小说中，西方的身体意象被逆转，白人社会中自然化的美学假想也被颠覆，由此白人女性渴望非洲人扁平的鼻子、圆形的臀部和特殊的发型。埃瓦雷斯托批判女性之美的社会构建属性，同时分析种族化的审美范式对女性所产生的影响：

> 美发师给芭比女人们（Burbite women）做非洲女性的卷曲的头发，她们自己的头发都被剃掉，而后浓密的假发被种在她们的头上，其结果就是非常不自然的非洲发式。这需要花费 10 个小时的时间，当金色的、红色的、棕色的发根或者直发的发根长出来的时候，看起来自然是俗不可耐。……日光浴在芭比女人中也是风行的时尚，我们也听说，你也可以花费很少的钱去做鼻子扁平的整形，虽然我总是觉得白色面孔上的扁扁平平的鼻子是非常滑稽的。我的鼻子被一根大棒子砸碎的想法实在是恐怖得无以言表。（Evaristo，2008：30）

这段文字以诙谐幽默的方式清晰地表达出女性之美刻板观念的残忍性。然而在小说的语境中以及小说所描写的奴隶制度中，这些女性的身体总是过早地老化，或者伤痕累累，或者被频繁地侵犯。埃瓦雷斯托揭示出女性们曲意迎合这种审美理想的徒劳无功和悲剧性质。扎迪·史密斯的《白牙》曾表达过相似的观点。史密斯小说中的牙买加二代移民艾丽（Irie）总是需要将自己身体和种族的他者性与主流社会所构建自然化审美理想进行比对，"这是英国，一面巨大的镜子；这是艾丽，没有镜像。陌生者国度中的陌生人"（Smith，2000a：266）。艾丽镜像的缺失以及她无法在英国这面巨大的镜子里看到自己的事实促使她来到美容院，试图实现身体上的变形以对抗她的基因（274）。然而在《白牙》中，英国而非艾丽应该受到审视和责难，其中种族主义的审美标准被认为是具有压迫性和错位性的。埃瓦雷斯托和史密斯都认为，女性自我的构建是社会问题和个人问题，由此与考比纳·莫瑟在《黑发/风格政治》（"Black Hair/Style Politics"）中表达的观点相契合：

> 头发从来都不是简单明白的生物学问题，因为它总是被梳理、准备、修剪、隐藏，也总是被人类的双手所处理。这种行为将头发社会化，使

之成为有关自我和社会的重要声明的媒介，也成为约束或者放任人们的价值观的编码。这样来说，头发就是一种单纯的原材料，始终在被文化实践所加工和处理，也由此被赋予意义和价值。（2000：118）

莫瑟强调女性之美过程中涉及文化实践，而埃瓦雷斯托同样强调接发和染发的"非自然的非洲效果"。因此《金色的根》旨在抨击种族化的女性之美，并将其视为可怜和可鄙的。埃瓦雷斯托没有回避审美的意识形态问题，而是将其与奴役的身体效应相等同，由此赋予奴隶制度历史中的种族主义问题以当下意义，因此她说"我的鼻子被一根大棒子砸碎的想法实在是恐怖得无以言表"。奴隶主被他们的奴隶所身体复制的行为可以解读为一种残暴的自我抹杀，但是更加重要的是，埃瓦雷斯托强调该种行为中的双重责任。虽然小说中的白人妇女将自己装扮成黑人的反讽同时具有悲喜效果，但是正如史密斯和莫瑟所提出，这种逆转"并非简单明白的生物学事实"，也并非仅由种族所决定。相反，这些现象显示出女性被种族化的审美习俗所奴役。

三 以奴隶叙事的模式模糊历史真实

《金色的根》的题目呼应着 20 世纪非常著名的奴隶叙事小说——亚历克斯·哈利的《根》（*Roots*，1977），后者通过几代人奴隶叙事的方式构建起家庭的历史。哈利的小说获得关注的原因很大程度在于其小说和家族史等相互矛盾的形式的融合。他声称自己在重写家族谱系，"我调动所有的知识，尽我最大的努力，《根》中的数据来自我非洲和美国家庭小心保留下来的口头历史，其中的很大部分我都能够通过史料得以求证"（1991：686）。虽然哈利对历史做过严谨的调查，并且谨慎地记载在他的文本中，但是小说中的历史呈现仅仅是"据他所知"。哈利对自己文本局限性的认知更能凸显出文本在历史和真实呈现方面的问题，因为该种文本一方面是对人生经历的呈现；另一方面却在自传的内容方面有所妥协。蒂莫西·斯波尔丁的观点更能体现出其中的问题性，"传统的奴隶叙事作为一种形式的自传提供出黑人身份自身的叙事再现"（2005：9）。因此这些传记、自传和个体叙事就成为整个大西洋奴隶贸易的换喻，由此也无法成为跨国历史的可靠的能指。哈利和埃瓦雷斯托的文本都显示出，奴隶叙事无非都是轶事性和边缘化的，都是基于清晰可辨的文学范式以及痛苦和屈辱的历史。斯波尔丁同样也探讨当代小说家作品中奴隶叙事的作用，"最终，奴隶叙事为当代作家提供出混杂叙事的复杂模型。即使用最基本的术语来说，前者也介于创作和自传、历史和虚构以及个体的自由追寻和文化批评的政治目标之间的交界处"（11）。斯波尔丁更多关注奴隶叙事结构中的矛盾和冲突，奴隶叙事也由此成为矛盾却有力的空间。该叙事本身的杂合性体现出，有关奴隶制度的叙事从来都不是单一的，而由多样的故事和多种声音构建的历史时刻本身也是杂合的。奴隶叙事的形式在明确事实和想象的同时也使其界限模糊，而在该叙事空间中两者的界限并非泾渭分明的，而这种模糊和矛盾性使得奴隶叙事无法成为黑人历史或者任何历史的基础。

菲利浦·古尔德（Philip Gould）同样认为这种非确定性的再现模式始终隐含在奴隶叙事的政治当中，其政治动因可以追溯到17—18世纪英国和美国的废奴运动：

很多18世纪作品中已然明显却未有成熟的叙事和主题的成规都在该时期得以形成，南方种植园主的堕落和邪恶、异种族之间无法掩盖的性关系、南方基督徒的伪善、残忍的鞭打和折辱、被杀死的反抗的奴隶，以及种植园为维持道格拉斯所谓的精神和道德黑暗所采取的战略机制，所有的一切都成为常规节目。这些惯例通常是在口头演练后诉诸文字，废奴主义的巡回演讲在塑造美国战前奴隶叙事的形式和内容方面起到很重要的作用。很多奴隶叙述者都是在演说成名后成为作家。（2007：19）

古尔德和斯波尔丁同样显示出，奴隶叙事的文学体裁是基于一系列的文学形式成规，奴隶叙事总是在非常具体的文学传统中形成的，其目的在指向政治的同时也指向平民。这些传统并非个体的而是集体的，讲述的故事也"通常是在口头演练后诉诸文字"。这种文学体裁由此也以固定"叙述和主题成规"为特点，在当时的废奴主义集会的听众中广受欢迎。由此奴隶叙事至少是该体裁早期的作品，也就并非如其所声称那样基于现实而逼真的奴隶生活本身。这种真实和虚构之间的紧张关系也显示在围绕黑人作家奥拉达·艾奎亚诺的生平和出生地的持续讨论中。艾奎亚诺的叙述取决于他的非洲血统，而该历史的非确定性也始终对他叙事的真实性造成困扰。文森特·卡雷塔更是认为，"我们可以说，《一个非洲黑奴的自传》的作者创造出他所声称的非洲身份"（2003：xi），他非但强调艾奎亚诺的叙事真实的重要性，更是试图说明作者强调其文本准确性的努力都是徒劳无功的。艾奎亚诺的非洲身份依赖于他的创作，而他的创作永远是一个想象和再想象的过程，即使是最著名的自传式奴隶叙事都是通过体裁成规、读者期待和诗学特权（poetic licence）来构建的。

奴隶叙事所体现出的体裁政治仍然处在当代文学讨论的风口浪尖，正如斯波尔丁所指出，该体裁提供出一个清楚其本身的虚构属性和文学谱系的"复杂的模型"。由此可见，奴隶叙事的形式与其试图再现的奴隶制历史之间是存在矛盾和冲突的。虽然两者之间具有相似性，但是奴隶叙事无法确保成为一个具体而真实的历史瞬间的再现，而是文学成规和口头历史的拼合。《金色的根》几乎囊括奴隶叙事的所有因素，包括奴隶的抓捕、失败的逃亡、奴隶暴动、中间通道过程中的残害和酷刑以及奴隶拍卖等。小说中多丽丝和其他人物的奴隶叙事一方面被设计为具有隐含种族意味的文本反抗；另一方面也是文学传统、想象和史实之间的复杂的协调。小说的叙事结构旨在颠覆历史和轶事的真实性概念，从而更加动摇黑色大西洋历史的稳定性。小说中的白人奴隶简（Jane）是除了多丽丝外的另一位主要的叙述者，而无论是她的自身经历还是精神状态都会将她归结到不可靠叙述者的行列：

> 简今年13岁，当她躺在架子上，伸展开自己的身体的时候，她第一次因为安心和宽慰而哭泣。（她并不知道）作为战俘，她被关押在海岸线上的一座碉堡中长达数月，后来又被船只运出。成百上千的奴隶被塞进一座密不透风且暗无天日的地牢。她本来因为自己的身体状况而期待特殊的待遇——怀有身孕。她是如何喋喋不休地说上几个小时。也许是在

她自己的客舱？床？连衣裙？水盆？肥皂？毛巾？梳子？毯子？便壶？盘子？……是的，随时都有。简已经深深地迷失自己的幻想当中，以至于无法找到回来的路。（Evaristo，2008：87）

上述的引文着实令人震动，文中的描写凸显出简的年轻和单纯以及她最终陷入疯癫状态的惨状，同时也再现出奴隶们所处的非人境地以及他们所遭受侮辱和迫害中的去人性化过程。简在苦难和折磨面前想象着奢侈的生活，她的悲剧也由此被揭示并且被视为"幻想"。然而文中的判断"简已经深深地迷失自己的幻想当中，以至于无法找到回来的路"自然也会对她的历史叙述产生影响。简作为叙事者的不可靠性就能够说明口头历史存在真实性的问题。

此外，小说的女主人公多丽丝也当属不可靠叙述者，并且文中的历史都是通过一系列的视角、轶事甚至是相互矛盾的叙事所构建起来的。多丽丝这位全知全能却又暗中妥协的第一人称叙述者显示出，她的奴隶叙事是置身在特定的政治和形式规范当中的。多丽丝反复强调她的故事讲述者的身份，也非常关注自己所讲述的故事和口头历史的传播情况，并且以"故事是这样的"（17）或者"我们听说"（29）等方式开始自己的讲述。由此她对大西洋奴隶制度历史的经历就基于一系列的不可靠叙述。她在故事讲述的时候已经与自己的家人分离多年，也并不清楚他们的现状，但是她还是按照自己的记忆和想象讲述出自己的姐妹和丈夫的故事。就在读者们对多丽丝的叙述信以为真的时候，在小说的第二部分她的主人卡加（Kaga）巧遇即将作为奴隶出售的多丽丝家人，卡加与多丽丝家人的偶遇虽然情节老套，但是却清楚地显示出他和多丽丝两人的奴隶叙事是同一事件的两个方面。他们两人的叙事也在诸多方面相互矛盾和冲突，从而更加体现出奴隶叙事的不可靠性。

《金色的根》中元小说式的奴隶叙事着重关注的是口头历史和奇闻逸事，并且与大西洋奴隶贸易历史的固定而单一的描述形成对照，因此具有后现代的特点。罗伯特·杨提出，这种写法对历史叙事的构建具有启示意义，特别是欧洲中心的历史叙事，"后现代主义标记的并非资本主义后期这一新阶段的文化影响，还标志着欧洲历史和文化作为大写的历史和文化的失落感，以及它们在世界中心的无可争议的地位的逝去"（1997：76）。欧洲历史和文化作为"大写的历史和文化"的后现代丧失创造出一种模糊而暧昧的空间，而埃瓦雷斯托则迫不及待地将自己的作品深入其中。《金色的根》通过对欧洲官方历史和奴隶叙事再加工的方式使读者们关注到后者已然代替前者而成为后现代版本的历史。小说同时也以批判的方式审视两种历史，却没有赋予任何一种特权地位，而两者也都最终沦为不可靠的历史话语。由此，小说首要关注的是大西洋奴隶贸易历史的后果及其对当今世界的影响。《金色的根》对大西洋奴隶贸易历史的逆转使之对当代种族主义的质询更加复杂，并且使得 21 世纪初期的种族二元对立建立在全新版本的历史现实上。小说中的黑人奴隶形象被白人奴隶所代替，由此种族政治的核心在小说中也有所偏离，而《金色的根》中对当代社会中种族歧视的控诉也与性别歧视、身体暴力、家庭分崩离析以及奴隶制度的心理影响等主题相融合。

四　奴隶制度历史的颠覆及其当下意义

《金色的根》颠覆种族刻板印象，引发时空错乱，同时也重构大西洋奴隶贸易的历史，由此小说中的逆写也是具有当代意义的。正如黑泽尔·卡比（Hazel V. Carby）所认为，大西洋奴隶制度在当代世界的解读中也起到至关重要的作用，"奴隶制度中的经济和社会制度是史前的，同时也是所有非裔美国文本的前文本，也是能够解释很多当代现象的过去的社会状态"（1989：126）。卡比观点的语境是非裔美国历史，她讨论的也是美国历史小说，但是奴隶制的历史对英国黑人小说家也具有相同的意义。近年来英国出版的奴隶制度小说也将这种邪恶的制度再次呈现在公众的面前，它们凸显出奴隶制度在大英帝国创造财富中的作用，以及奴隶制遗产在当代社会的影响。而奴隶制度小说在英国文坛的萌芽和流行都和加勒比裔英国人在 20 世纪七八十年代的成长和成熟相互呼应。英国的奴隶制小说虽然无法像美国的奴隶制度小说那样在其文化中占据核心的地位，但是仍然在最近英国民族身份的重构中发挥作用，而历史学家、文学家和其他社会力量的共同努力也使得英国在奴隶制度时期的行为对其当代的种族和文化构成产生不可忽视的影响。奴隶制度小说能够促使英国形成更加复杂而包容的国民观，从而关注到当代社会中的非裔英国人和加勒比裔英国人的群体。埃瓦雷斯托的《金色的根》与以往严肃的英国奴隶制度小说有所不同，她致力于寻求一种庄重和诙谐相结合的方式来揭示出奴隶贸易的罪恶性及其对当代社会的影响。

保罗·吉尔罗伊在《黑色大西洋：现代性与双重意识》（*The Black Atlantic*: *Modernity and Double Consciousness*，1993）也对奴隶制度的当下意义做出评价，他认为当代社会中在美国和欧洲追寻身份的黑人总是因为奴隶制度而挣扎，"在经济和政治的矩阵中，种植园奴隶制度作为脱掉伪善外衣的资本主义制度被视为特殊的历史瞬间，而大西洋奴隶贸易作为一种文化和政治制度被强加在黑人的历史编纂学和思想文化史当中"（1993：15）。吉尔罗伊同时也在他的《黑色大西洋》中强调奴隶制度的跨国界、跨种族和跨文化的属性，而小说《金色的根》可以视为吉尔罗伊理论观点的文学呈现，小说在重现奴隶制度时也强调其跨文化和跨国界的特征。首先，主人公多丽丝的经历就具有鲜明的跨国界特征，她从故乡到安伯森联合王国（Evaristo，2008：6），再到奴隶主卡加所拥有的名为"天堂岛"（Paradise Island）（172）的种植园的旅程就带有吉尔罗伊所强调的跨国主义。同时，《金色的根》却并非讲述单一国家的经历，埃瓦雷斯托的贩奴船只上满载着"从遥远的西班牙、法国、比利时、葡萄牙、丹麦和德国"（62）捕获来的奴隶，这种描述更加能够体现出奴隶制度跨文化和跨国界的特点。并且，按照吉尔罗伊和埃瓦雷斯托的观点，这种特点会反射在当代英国黑人的身份构建中。由此《金色的根》并非试图消解大西洋奴隶贸易的真实历史，而是主张将其放置在更广阔的语境中去思考。

小说《金色的根》的目的在于试图解构奴隶制的历史，而埃瓦雷斯托采用逆写的方式从文学和历史的角度来实现该目的。琳达·哈钦（Linda Hutcheon）认为，"在小说和历史中重写或者再现过去都是使其向现在开放，都是为避免过去的确定性和目的性"（Hutcheon，1988：110）。由此后现代的历史重写能够影射到现在，而埃瓦雷斯托以后现代小说中的不可靠叙述者将大西洋奴隶贸易的历史呈现为相互矛盾却相互对话，小说中复杂的时间安排能够确保过去和当下都无法保持静态和必然的状态。埃瓦雷斯托通过《金色的根》坚持认为大西洋奴隶贸易的历史对现代社会的影响，她在小说中将种族关系和动态进行倒置的做法旨在说明，历史事件只有在成为宏大的民族和国际历史的组成部分时才会被赋予意义。但是对埃瓦雷斯托来说，"欧洲历史与非洲和非裔黑人具有更加宽广和深远的联结"。她始终都在积极思考黑人在欧洲历史中所扮演的角色，并且要求这种角色得到认可。同时她也谈及英国历史对其写作的重要性，"只有在能够将当代英国社会与过去和历史形成联结时才有兴趣探究它"（Evaristo，2006），她在小说《幽灵旅伴》和《皇帝的宠儿》中都重申黑人在欧洲历史中久被忽略的重要地位。《金色的根》中奴隶和奴隶主的种族构建（racial construction）被颠倒，而将大西洋奴隶贸易中种族范式的倒置同样是对历史的批判。而这种奴隶制度中种族动态倒置中最为激进的表现则是赋予安伯森黑人书写历史的权力，而这种书写的权力无论是在历史还是在当下都是英国黑人所急需的。

小 结

《金色的根》中种族刻板意象的逆转、时间和空间的错位，以及对历史和文学叙事的质询的相互融合使得小说的文本镶嵌在英国黑人历史的语境中，但是同时也动摇着大西洋奴隶贸易历史的基础。埃瓦雷斯托将大西洋奴隶贸易置于小说语境的中心，并认为该历史瞬间在构建21世纪的种族动态（racial dynamics）中起到至关重要的作用。《金色的根》中种族隔离的黑白颠倒（"blak" and "white"）显示出权力的变动和转移的随意性，同时也强调黑人和白人叙事的相互关系和不可分割。埃瓦雷斯托对奴隶叙事自觉的参与使得大西洋奴隶贸易历史的再现更加复杂，使得该历史瞬间不再成为种族历史中的稳定点。《金色的根》通过揭示出奴隶叙事自身的虚构性而暴露出叙事构建而成的历史所存在的问题，并且将其视为种族、民族和性别身份的不可靠的能指。埃瓦雷斯托的小说虽然批判历史叙事，但也并非完全否定奴隶叙事的形式，小说显示出奴隶叙事潜在的解放力量，同时也展现出其叙事者不可避免的妥协态度。《金色的根》强调大西洋奴隶贸易中种族二元对立的影响，同时也探究奴隶制度超越种族语境而对黑人产生的身体和精神的影响。在《金色的根》中，过去和现在、时间和空间、种族和性别以及奴隶和奴隶主的讨论都是紧密相关的，而埃瓦雷斯托将这些历史的瞬间过滤出来，并且投入当下的世界中。

第八章　战后英国的后殖民忧郁症的改变

　　英国性的界定和探究会涉及很多方面和层面，从历史的重构到空间场所的文学再现无不牵涉其中。而英国性的讨论是对价值的识别，自然也会指向英国国民生活中的特点。英国国民性格的概念可能会让 21 世纪的读者产生反感，1925 年欧内斯特·巴克（Sir Ernest Barker）在格拉斯哥大学（University of Glasgow）所做的讲座"民族性及其形成因素"（"National Character and the Factors in its Formation"）可能也很难吸引当代的观众（Langford，2000：31）。问题的根源在于种族或者民族特征的观点对于当代人来说是无法接受的，因为我们无法想象我们在个体和集体层面的举止行为是由我们的身体特征和官能所决定的。当代人的这种思想无可厚非，但是我们也无法忽视民族性格概念在过去曾经发挥的突出作用，更无法忽略该概念所引发的各种联想。将特定的思想和行为特点归因于特定的群体，这种做法几乎和人类社会本身同样古老，并且在 19 世纪、20 世种族主义的背景下更有大行其道的趋势。

　　保罗·兰福德（Paul Langford）在《英国性的识别：举止和性格 1650 - 1850》（*Englishness Identified：Manners and Characters 1650 - 1850*，2000）中将"躁动"（restlessness）描述为英国的国民性格。威尔士的理查德·华纳（Richard Warner）在 1797 年对凯尔特人的性格进行研究并将其总结为"活泼、快乐、聪明"，而这些性格特点却是英国人没有具备的（转引自 Langford，2000：182）。而法国人的活泼快乐也成为英国国民性格更加鲜明的对照。法国人的性格也被认为是躁动不安的，但是他们的躁动却被认为是轻快而欢乐的；而英国人的躁动却是庄严而肃穆的。正如卡拉奇奥利（Louis Antoine De Caraccioli）所说，脱离轻浮和轻率的躁动本身就是令人费解的现象（276）。

很多研究者从词汇的视角去研究英国的国民性格，发现英语的词汇中没有法语"倦怠"（ennui）的对应词（50），亨利·梅斯特（Henri Meister）对此感到非常困惑，法语词"倦怠"所描述的心理疾病在英格兰完全不为人知吗？或是因为在这片幸运的土地上人们从来都能够发现自己的兴趣所在，从未感到过厌倦，也从未丧失享乐的能力？（转引自 Langford，2000：234 - 235）。查特顿夫人（Lady Chatterton）却认为，如果英国人从未意识到倦怠的存在，那就说明他们患有更加严重的精神疾病。英国人所说的"boredom"（厌倦）或多或少能够匹配法语中的"ennui"，但是前者强调的却是对他者入侵的恼怒，而非自我原因而产生的反感。17 世纪末期开始，忧郁症被视为英国人特有的疾病，此时英国人也得出相似的结论，忧郁症（hypochondria）、歇斯底里（hysteria）、愤怒（spleen）、暴躁（biliousness）和忧郁（vapours）等成为描述神经紊乱的新词汇（Porter，1988：209）。自杀率也成为谈论的主要话题，一位法国评论家的观点经常被引用，"其他民族的人倾向于互相残杀，而英国人则更倾向于杀死自己"（Piozzi，2010：i. 141）。司汤达（H. B. Stendhal）也将"自杀的恶魔"称为英国的民族恶魔（Stendhal，1953：290）。是什么原因促使英国人的充沛的精力为自我毁灭的绝望所代替？（Moore，2004：ii. 371）

乔治·切恩（George Cheyne）在 1733 年的文章《英国的疾病；或神经疾病的论文》（"The English Malady；or，A Treatise of Nervous Diseases"）中做出解释，他认为神经紊乱与文明进步的本身有关，该征候在原始文化中从未发现。在物质过剩和精神焦虑的西方社会，他们的精英被过分纵容以至于到强迫性内省的程度（转引自 Porter，1991：154 - 183）。如果这样，那么英国人的病症就是文明的缺陷，其他国家在适当的时候也会遭受同样的症状。历史学家认为，这种分析体现出商业化和医疗化的社会的心态，人们为追求治愈的幻觉而牺牲心灵的平静，并用成瘾性兴奋剂危害他们的身体。如果英国的繁荣只能以英国人的健康精神状态为代价，那么这种结论无疑是令人沮丧的，并且英国人的精神失常症状似乎也超出现代生活压力的范畴。

英国人的民族性格当然不仅"忧郁"一面，那么其忧郁的原因就可以从其他性格特点中得以发现。首先，疏离性是英国国民性格的重要方面（Langford，2000：102）。因为从外国人的角度来观察，他们从英国人的举止行为中看到的是非交际性和排他性而非包容性，是封闭性而非可及性。英国人习惯将所有的空间分割成隔间，由此阿尔方斯·艾斯奇洛斯（Alphonse Esquiros）认为他们是"分离的联盟——英式生活的风格"（转引自 Langford，2000：131）。其次，英国人的仇外情绪也被很多外国人明显地感受到（157）。对陌生者毫无由来的反感和恐惧是原始野蛮的标志，因为这种行为违反文明的最基本标准。一些最原始的文化也为自己对待陌生者的开放而文明的态度而感到自豪，而在基督教的历史中，对待陌生者的态度也是占据一席之地的。中世纪时期的旅行者似乎没有发现英国人对待外来者的态度有任何不妥之处，然而 17 世纪中期开始英国人怠慢陌生者的抱怨开始四处散播，而 18 世纪时英国人仇外排他的形象已经深入人心，那些受过良好教育的英国人也逐渐意识到问题的严重性。塞缪尔·帕特森（Samuel Paterson）在他 1767 年的著作《另一个旅行者》（*Another Traveller*）中非常精准地总结出欧洲各国的国民性格，其中"一群傲慢的暴徒"就是他对伦敦的描述（236）。

忧郁的性格特点似乎已经成为英国国民性格的组成部分，而这种忧郁的性格也因为英国人自身的疏离感和排他性而加深。保罗·吉尔罗伊接着保罗·兰福德的观点，认为英国人的忧郁（melancholy）在后帝国时期已经演变为忧郁症（melancholia）。吉尔罗伊在做出诊断的同时也为英国后帝国时期的忧郁症开出一剂良方，即因为英国有色移民的存在而产生的多元文化。扎迪·史密斯以小说《西北》的方式来呼应吉尔罗伊的理论观点，小说中黑人移民菲利克斯和英格兰白人安妮的并置与交集充分体现出英国国民性格从忧郁症到欢快文化的转变的可能性。而英国黑人小说家卡里尔·菲利普斯因为其自身加勒比、英国和美国的生活经历而成为多元文化和世界主义的典型代表，他的经历和思想自然也融入他的小说创作当中。正是由于生活在英国社会中的黑人移民和活跃在英国文坛的黑人小说家，英国的社会和文学才会避免狭隘的英格兰主义而充满世界主义的色彩。

第一节　《西北》中的后殖民忧郁症和欢快文化

《西北》是扎迪·史密斯的第四部长篇小说，故事发生在伦敦西北区的威尔斯登小镇上的考德威尔（Caldwell）的政府廉租房区域。小说中的四位主人公利亚、娜塔莉、菲利克斯和内森都生长于此，又都在成年后选择离开，但是他们在精神上从未停止过对考德威尔的依恋。利亚嫁给一个非洲裔的法国人米歇尔，她和丈夫之间维持着亲密又疏离的夫妻的关系，她在怀孕后却对所有人保守秘密。她的好友娜塔莉经过自己的奋斗而成为一名律师，但是她对自己成功后成年生活的态度却越来越充满矛盾。她们的同班同学内森保持着年轻时代粗鲁男孩的本性，另一个朋友菲利克斯原来是个瘾君子，现在却力图改邪归正重新做人。但是一次在地铁的偶然相遇过程中，内森却与菲利克斯发生冲突，并且用匕首刺进后者的身体将其刺死。第二天，在和利亚一家聚会闲谈时，娜塔莉听说昨晚临近街区发生的凶杀案，凭着律师的直觉，她立刻拿起电话向警方报案。

《西北》出版之后便引发评论界的关注，部分因为故事在时隔 12 年后再次发生在《白牙》的场景。同样是伦敦的西北，同样是有色移民的故事，但是《西北》中的人物似乎没有《白牙》中的人物那么幸运和随性。因此这两部小说的对比也成为研究者们关注的焦点，大卫·马库斯（David Marcus）认为，史密斯的《白牙》将错就错地描写有色移民在都市伦敦寻找灵魂的旅程，故事中充满诙谐和喜乐的气氛，而此时的史密斯也可以算是歇斯底里的现实主义者（2013：68）；而《西北》时期的史密斯的文风则转变为社会学和实验性的现实主义，描写那些被囚禁在伦敦西北的人物所经历的心理和物质方面的困顿和震惊，由此也体现出英国社会阶级对个体的禁锢和局限（69 - 70）。因此，从《白牙》到《西北》的转变中，诙谐幽默的氛围丧失殆尽，阶级对个体自主和自治的限制催生出悲观和失落的情绪（Pes，2014；Zapata，2014；Custer，2014）。由此看来，曾经不遗余力倡导多元文化的史密斯也似乎对此产生怀疑，转而讨论更加深刻的政治和阶级问题。时隔 12 年的转变毋庸置疑，但是史密斯对多元文化的信仰却始终如一，只是呈现方式发生改变而已。细读《西北》的故事便会发现，向来擅长描写族裔背景人物的史密斯在该部小说中却塑造出一个血统纯正且出身高贵的英格兰白人安妮的形象，并且将她与有色的二代移民菲利克斯并置。史密斯也正是通过这种别具匠心的设计而传达出丰富的信息。

《西北》中的菲利克斯部分是一个自成体系的故事，开始于他8岁时搬进政府资助的贫困社区，"他到达得太晚，因此无法结交真正的好朋友，你需要在考德威尔出生和成长才行"（Smith，2012：116）。虽然菲利克斯的面孔对故事中其他主人公来说稍显陌生，但是他的确是考德威尔当地人。即将迈进不惑之年的他试图逃离没有出路的人生旅途，因此决定远离所有的负面影响，同时也戒掉毒瘾。他也相信他和自己新女友格雷丝（Grace）的关系是日渐亲密的（181）。菲利克斯被很多读者认为是故事中最可爱的人物，他同时也是彻头彻尾的后殖民时期的二代移民，坚守当下的同时展望未来。他在与伦敦各种文化和种族社区的互动中变成一个精明干练和熟知民情的伦敦当地人。《访客》围绕着菲利克斯拜访他的父亲劳埃德（Lloyd）、他的前女友安妮（Annie）的经过。菲利克斯与他们的互动为读者展示出英国的历史和现状，这种现状也正是吉尔罗伊所诊断的"后帝国时期的忧郁症"（Gilroy，2004：90）。安妮形象地代表着后帝国时期身患忧郁症的英国，菲利克斯代表着移民群体中蕴含的多元文化的勃勃生机。

一　后帝国时期的忧郁症——安妮

弗洛伊德在《哀悼和忧郁症》中通过比较哀悼和忧郁症的方式对后者做出解释和界定。忧郁症和哀悼的相关性可以通过两种症状的相似的总体表现得到证实，并且两者的缘由也是基本相同的。哀悼是对失去爱人或者失去国家、自由和理想等抽象概念的常规反应，然而有些人却会因为前述的原因而产生忧郁症而非哀悼，并且遭受相应的病理反应（Freud，2013：242－243）。哀悼会导致个体偏离正常的生活态度，却并不是需要治疗的病理状态（242－243）。当哀悼的过程结束后，自我便会摆脱禁锢而重新获得自由（244）。相反，忧郁症所引发的典型心理特征包括痛苦沮丧、丧失对外部世界的兴趣、失去爱的能力、压抑自身行为，同时利己主义的情感严重减弱并且导致自我苛责和自我毁谤，严重的情况可以出现期待惩罚的妄想症（243）。产生这些特征主要是因为哀悼过程中的对象选择（object-choice）在忧郁症中表现为对象投注（object-cathexis），而对象投注没有任何抵抗能力，且要继续到底（248）。

　　吉尔罗伊在《后殖民的忧郁》中将 21 世纪的英格兰视为忧郁症的文化，过往的辉煌则成为该忧郁症的对象投注，因此英格兰民族遭受着过往荣耀所引发的病理反应（pathology of greatness）（2004：89）。一方面，英国在后帝国时期对已经逝去的过往的怀念和渴望导致其始终强调英格兰民族在反纳粹战争中的荣光，这种过往意味着全球称霸和垄断的伟业以及同质和纯粹的民族文化，"两者都是能够被理解的，并且构成适合生存的环境"（89 - 90）。吉尔罗伊认为，英格兰并没有正确面对帝国声望的丧失，同时也拒绝承认其连贯而独特的民族文化及其所凝聚而成的民族认同早已不复存在，自然也没有因为这种丧失而哀悼（90）。另一方面，帝国的遗产成为不安、耻辱和困惑的源头，因此或者被弃置或者被掩藏或者如果偶尔被揭开，也会被改写，从而将英格兰呈现为曾经的帝国辉煌的最终的悲剧式的受害者（90 - 94）。吉尔罗伊提出，英国竭尽所能地对逝去的过往及其所引发的悲伤文过饰非，对殖民主义暴行和恐怖推卸责任甚至是麻醉记忆，因此会认为后殖民时期的有色移民是来自异国的不受欢迎的入侵者（90），他们与英国在历史、政治和文化方面的联系也被忽视和否定。访客永远是访客，永远是他者；这种思维方式必然会阻碍"治愈和调和的可能性"（94）。吉尔罗伊进而指出，对差异化的敌视态度是在掩盖英格兰内部聚集和暗涌的帝国时期的耻辱以及殖民时期种族等级的实施机制（94）。

　　同时，英格兰民族哀悼能力的缺失还伴随着随后而至的政治和经济危机、英帝国的分崩离析、后殖民时期大量移民的涌入，以及单一民族文化被多元文化所取代而引发的惊恐和焦虑。吉尔罗伊认为，英国社会中存在的这些误解和失败已经堵塞住英国政治实体的动脉系统，因此他将这些综合症状诊断为后帝国时期的忧郁症，并且将其病理特征与英帝国过往的辉煌联系起来

（98）。因此后帝国时期的忧郁症就是无法正视和哀悼已经逝去的过往，而其病理特征同时也为英国社会的经济危机所加剧。该时期的英国社会就如同《西北》中的安妮，一方面陷入经济困顿中无法自拔；另一方面却极力掩盖和回避面临的经济问题。其次，英格兰民族无法正确认识其经济问题和其他社会问题的源头，而将所有的混乱和窘迫归结于战后移民的涌入。他们将有色移民视为抢夺自己工作和住房的罪魁祸首，因此对他者的仇视和憎恨也成为忧郁症最重要的病理特征。对他者的憎恶情绪自然导致英国民众在自我与他者之间划出一道无法逾越的鸿沟，他们以想象中他者的丑陋来反衬自我的美好，也由此陷入自恋的怪圈而无法自拔。而史密斯在《西北》中塑造的安妮的形象就能够生动地反映出英国在后帝国时期忧郁的状态。

1. 困顿的生活状态

《访客》部分的多半笔墨都用来描述菲利克斯与安妮的关系，苏珊·费希尔（Susan Fischer）在《女性书评》（*The Women's Review of Books*）的文章中将后者形象地描述为上流社会的瘾君子（2013：25）。安妮和菲利克斯两个人物的并置就是忧郁的衰败和杂合的生机的并置，清晰地衬托出过往的残余和欢快的未来之间的对比。他们的遭遇和互动揭示出多元文化的英国的当下状态——在昔日辉煌带来的病理反应中苦苦挣扎。当菲利克斯在故事中初见安妮时，她将头发用头巾束起，好像战争年代的女人，让人想起铆工露斯（第二次世界大战时美国女工的统称）和露比·洛夫特斯这些女性形象，她们象征着英格兰辉煌的末日（Smith，2012：162-163）。虽然吉尔罗伊深感不解，但是诸如英国战争（the Battle of Britain）、闪电战（the Blitz）和希特勒抵抗战争（the war against Hitler）等意象仍然广泛流传，并且用以定义英国最辉煌的时刻（Gilroy，2004：95）。安妮出场时的头巾装扮暗示出她在刻意装扮，以缅怀英帝国时期的辉煌。

然而所有的辉煌如今都不复存在；安妮如今是穷困潦倒，同时还厌食、酗酒和吸毒。她声称自己会定期举办精彩奢华的宴会，席间自然是美酒佳肴和高朋满座；同时也暗示她也经常被邀请赴宴，社交活动的日程表没有丝毫的空隙，但是实际上这些都是她自己的臆想而已（Smith，2012：171）。根据菲利克斯的描述，安妮居住的公寓破败不堪，垃圾成堆，"泛黄的节目单和老旧的照片装饰着墙壁，破布一样的窗帘悬挂在窗前，带溢流平沿的水槽（Belfast sink）满是裂缝，躺椅上的弹簧早已失去弹性，地面上到处布满着一小撮一小撮的烟灰"（160－161，176）。她屋顶（rooftop deck）天台上的油漆已经剥落，露出被雨水腐蚀的木头，到处堆满的垃圾在太阳的照耀下散发出恶臭（170－171）。如果将安妮视为后帝国时期英国的象征，那么她屋中破旧的设施则反映出此时英国的状态。同时安妮的衣服也是非常破旧的，她要非常小心地掩盖真丝浴袍上面的巨大裂缝（165）。她的高贵血统似乎只能体现在对奢华生活的拙劣的模仿，她戴着过时的珍珠母的太阳镜，听着经典的小提琴演奏曲，洗着传说中的天梦之浴（Heavenly Bath）（160－162）。安妮目前的经济状况显然无法满足她对奢华生活的欲求，因此她也只能以"复古"的说辞来掩盖生活的窘迫，而她目前的状况也象征着英国社会每况愈下的经济形势。

虽然安妮极力掩饰，但是仍然在与菲利克斯的谈话中情不自禁地流露出经济问题带来的困扰，并且将其归结为外来移民的罪过。她坚持认为威斯敏斯特市政府重新评估她的救助申请的事情本身就是一个阴谋，起因是她的房东巴雷特的诬告，"我觉得他想让我破产，于是他们就能指控我"，从而可以把公寓租给能够支付更高房租的俄罗斯人（163）。安妮的观点其实能够反映出英国民众普遍的心理，他们认为有色移民在英国定居致使他们的家园遭到入侵，"英国社会对移民问题的焦虑并非单纯的种族主义思想能够解释，更主要的原因是英国旧有的家庭概念遭到威胁，家庭作为安全和安抚之所的神话已经幻灭"（Scruton，2000：4－7）。因此当来自挪威的移民艾瑞克以房主代理的身份和她探讨房屋修缮费用的时候，安妮的态度可谓傲慢无礼，她以敌视的态度来掩盖经济上的捉襟见肘，同时表达对家园入侵者的愤恨。

这位挪威移民在菲利克斯到访时按响安妮家的门铃，安妮看一眼他的名片说道："什么先生——我不可能会读这个名字的"（Smith，2012：166）。安妮还嘲笑这位挪威移民的口音很可笑，并且好像故意将挪威和冰岛两个国家混淆，接着询问他的国家破产的事情（166）。当她被纠正的时候竟然说："我总是将这些北欧的国家……"然后声音渐渐放低，同时将十指缠绕来表明自己屈尊的态度以及对非英格兰的国家毫无兴趣的立场。安妮毫不介意地表达自己仇外的观点，但是她颠三倒四的闲聊总是试图回避建筑物的修缮和改进的话题，最终达到拒绝出钱的目的。安妮其实根本没有余钱来支付房屋修缮的费用，除非她再次简化早已"严重精简"的生活习惯（163）。安妮的现状形象地反映出英国民众的经济危机以及斯克鲁顿（Roger Scruton）所谓的家园危机（2000：4-7），斯图亚特·霍尔认为这种危机的原因是多方面的，包括但是不局限于经济衰退、私有化和消费主义等（Hall，1974：98）。但是以安妮为代表的英国人却试图掩盖自己的经济状况，或者无视经济问题的根本原因，而是将其归结于移民的入侵和争夺。他们也由此将英国视为殖民统治的受害者，这无疑会加重英国社会的后殖民时期的忧郁症。

2. 自恋的情结

弗洛伊德在讨论自恋、从众心理和解忧等问题时提出忧郁症的概念，而忧郁的情绪和自恋的情结是紧密相关的。弗洛伊德认为，个体在选择心仪的对象后便将力比多附着其上，然而由于爱恋对象的轻视或者失望，这种对象关系被打破。然而忧郁症患者却并不会将力比多从一个对象转移到另一个对象上，而是将其回归到自我，并且以被放弃的对象为参照来构建自我认同。由此，爱恋对象的阴影便会笼罩着自我，而自我也会被视为放弃的对象。因此奥托·兰克（Otto Rank）认为忧郁症患者的对象选择会基于自恋的基础；而当对象投注遭遇障碍时便会退化到自恋情结（转引自 Freud，2013：247-248）。

德国心理分析家米切利希夫妇从弗洛伊德的视角出发解读战后德国民众的社会、心理和政治行为，试图理解战后德意志民族的忧郁症表现。他们认为，忧郁症的反应来自"无所不能的幻想的破灭"，而这种种族主义和民族主义的幻想能够迎合帝国和殖民统治的需要，并且从本质来说就是自恋情结的表现（转引自 Gilroy，2004：108）。因此，如果英格兰民族无法从自恋的废墟中脱身而出，他们也无法正视近代史残忍恐怖的真相，自然也无法重建英国的民族认同。《西北》中的白人安妮就是典型的自恋情结的表现，她虽然已经处在日暮西山的年龄，并且无所作为，却终日陶醉在与自我相关的所有事物中无法自拔。

　　弗洛伊德认为，自恋最原初的含义就是个体将自己的身体与性对象的身体混为一谈（Freud，2013：5），而安妮生活中最大的享受就是在天梦之浴的同时欣赏自己的身体（Smith，2012：138 - 139）。她认为自己的身体纤细而娇嫩，"欣赏着、爱抚着，并且从这些行为中获得完全的满足"（Freud，2013：5）。然而实际上她的身体是老迈不堪的，她的健康也是堪忧的。菲利克斯注意到，短短的几个月内，她眼睛下面的纹路似乎加长也加深了，朝眼窝外晕开。满脸的厚粉凹凸不平，让她更加不堪入目（Smith，2012：140）。同时，安妮也因为年龄和健康的原因丧失生育的能力；虽然她在和菲利克斯谈话时精心摆好姿势，但是仍然能够看出她的身体和健康因为时间、倦怠与自我毁灭行为的缘故而日渐削弱。然而自恋的情结却蒙蔽着安妮的双眼，让她对自己的问题视而不见。

　　因为自恋情结的作祟，安妮对自己的出身和血统也倍感骄傲。安妮在小说中两次被称为"楼上的女王陛下"，对此她欣然接受，这是典型的自恋情结所引发的妄自尊大（Freud，2013：7）。安妮自视为上流社会的成员，也因此总是高估自己愿望和思想的力量，在和菲利克斯的交往中总是能流露出对自己上流社会出身的骄傲。安妮的家族中有些让她如数家珍的人物：她的舅姥爷是一位没有言明姓甚名谁的伯爵，"曾经拥有这方建筑下面的土地，拥有这条街上所有建筑下面的土地，包括剧院、咖啡屋和麦当劳"（Smith，2012：146）；她母亲的家族成员曾经能够在皇宫中出入（160）。更加令她感到骄傲的是，"我的妈妈是被举荐入宫的，我的外祖母也是"（148）。正如帕特里克·赖特（Patrick Wright）所说，后帝国时期的忧郁症所引发的自恋情结与新传统的病理特征（neotraditional pathology）有关，而在英国的语境中这种病态体现为身份和血统的病态迷恋（转引自 Gilroy，2004：109）。安妮在她的经济状况千疮百孔的时候用以维护和彰显她的身份的就是她标准的英语，她具有魔力的英语口音堪称优美，同时也暗示着曾经的权力和地位。"无论从她嘴里说出来的是什么胡言乱语，她的发音都好像具有魔力，菲利克斯曾多次目睹语言的魔力将她从人生的死胡同中解救出来"（Smith，2012：167）。

安妮的自恋情结作祟导致她认为自己从种族和阶级的角度都是优于菲利克斯的，因此她始终将菲利克斯的存在作为体现自己优越感的反衬，这种优越感始终贯穿他们的谈话。当菲利克斯告诉安妮他计划和格雷丝结婚生子时，她则立刻将菲利克斯的婚姻斥为低贱的，从而来反衬自己想象中的高贵的婚姻。安妮反驳他说，我在 19 岁的时候订婚，在 23 岁的时候结婚，我此刻可以在汉普郡的豪宅中奢侈度日，和我的男爵丈夫一起赖在沙发上不起来，过着完美融洽的无性婚姻，像我们这种人都是这样过日子的（160）。安妮为凸显自己想象中婚姻的高贵，同时也将菲利克斯的婚姻描述得一无是处，而你们这些人只会生一大堆孩子，自己都无法负担或者抚养（160 - 161）。由此可见，安妮为显示自己的高贵和满足自恋情结竟然不惜将所有的有色移民归为类人类的群体（Gilroy，2004：101），因此她的自恋情结始终是与英国社会的殖民情绪相伴相生的。虽然安妮的恶意攻击可能是因为她的自尊心受到伤害，但是她的话还是能够体现出她的自恋情结以及由此而生的优越感。这些话同时也暗示英格兰如同荒原般贫瘠，以及类似安妮的英国白人不孕不育的现状。他们满眼鄙视地注视着那些生育能力极强的有色人种以及他们居住的黑色英格兰，固执地坚守自己的不孕和荒芜。更加令人吃惊的是，她拒绝正视自己经济窘迫的现状，而是躲避到自己用"复古和老式"等词汇虚构起来的奢华幻境中（Smith，2012：160）。

安妮如今的生活状态可以说是糟糕至极，但是她的自恋情结导致她无视现实，用玩世不恭的态度掩饰自己一无是处的生活状况。因此当菲利克斯和她谈及生活的成就和目标时，她竟然诧异地看着他说道，看在老天的份上，我要成就干什么？（154）当菲利克斯尝试将她从目前混沌的生活中拯救出来时，却遭到她的强烈抵触情绪，"菲利克斯你这是什么充当好人的病态心理，真无聊。说实话，你还是给我当毒贩子的时候更有趣些"（159）。自恋的情结导致安妮"丧失掉面对过去的能力，更在她当前的生活中留下毁灭性的空白"（Gilroy，2004：107）；而在安妮所象征的英国，自恋的情结则产生一种疏离和漠视的文化，导致人们既无法正确解读历史，也无法承担责任（107）。而这种状态下的英国自然也无法获得重新构建民族认同的能力。

3. 仇视他者

吉尔罗伊认为，英格兰民族忧郁的情绪在马修·阿诺德（Matthew Arnold）的《多佛海滩》（"Dover Beach"）中初现端倪（98），诗歌中的英格兰肩负着教化和改变全世界的历史使命，但是该使命却无法为英格兰带来舒适或者幸福。帝国使命将英格兰的民族共同体重塑为现代形式，但同时也将其卷入战争和苦难的旋涡，美好的民族梦想遭到玷污，国家也变得混乱和动荡。阿诺德所表达的忧郁情绪是由帝国创建初期的文化所决定的（99），而随着帝国逐渐衰败，这种忧郁也慢慢发生质的变化。当有色的野蛮人在英帝国解体后涌入其都市空间要求被承认和被接纳时，英帝国时期的忧郁情绪则彻底演变为后帝国时期的忧郁症（99）。由此可见，后帝国时期的忧郁症最主要的病理特征就是对他者的仇视。

安妮对他者的排斥是显而易见的，她向来不愿离开居住的公寓。虽然具有讽刺意味的是，她能够忽视菲利克斯的西印度群岛和非洲背景与其发生亲密关系，但是她对多种族和跨文化融合的想法始终是抵触的。谈起威尔斯登这种她未曾也永远不会涉足的地方，她认为它是"非常混杂的"，并且充满反感地补充说道，"上帝啊，这是个什么世界啊"（Smith，2012：168）。至于她和菲利克斯之间的关系如果从帝国主义视角来看，这种肉体性也并非仅仅具有讽刺意味。自从帝国疾风号和1948年的国籍法案（Nationality Bill）以来，英格兰渴望得到来自西印度群岛、亚洲和非洲劳工们的身体——只要这些黑皮肤的兄弟们在后殖民时期始终维持自己边缘化的地位（Ball，2004：223）。安妮从自我保护的角度解释自己与菲利克斯之间的关系，虽然他们保持了5年的恋爱关系，但是从未同居，因为他们来自不同的阶层，并且也希望保持各自的独立（Smith，2012：168）。她的敏感和戒备充分表现出她排外的情绪，她觉得有必要解释清楚自己与有色男人的亲密关系，并且虽然他们之间关系亲密，但是他却从未长时间停留在她的床上或者逗留在她的房间。安妮的世界就是曾经的英帝国的缩影，"楼上的女王"就是世界的中心；如此一来，安妮就要与所有的仆人和奴隶保持应有的殖民距离。虽然她无法否认自己与菲利克斯身体的亲密接触，但是她通过否定菲利克斯本人的方式来维持他们之间的权力差异。安妮实际上对菲利克斯知之甚少，她也总是以冷漠和轻慢的态度来谈论他的文化和兴趣。当菲利克斯谈到自己在汽车修理厂学徒的工作时，安妮回答说，老爷车是一个非常好的爱好（177）。菲利克斯赖以糊口的工作都被安妮有意或者无意地误解，安妮对菲利克斯轻慢和屈就的态度不言而喻。

安妮在和菲利克斯的闲聊中多次提及她楼上的邻居——一个法国人和他的日本伴侣，有一次那个日本女人打翻了手里的托盘，结果玻璃杯摔碎了，食物也飞了出去。安妮却在饶有兴趣地欣赏这出家庭悲剧。菲利克斯对这家邻居非常熟悉，这几年间见过他们好多次。天气温暖的时候他也愿意欣赏日本女人用专业的相机给家人拍照。但是在安妮的眼中，她的邻居的所作所为都是值得诅咒或者嘲笑的。她看到他们的食物打翻在地时说，"恐怕他们是活该，他们就不能坐在公寓里面吃吗？简直讨厌透顶，他们将涂满味增和香油而散发油光的鳕鱼放到托盘上，拿到露台上来吃"（151 – 152）。同时还嘲笑他们将食物拍照然后发到博客上（152）。由此可见，因为安妮强烈的仇视他者的情绪，她的邻居们永远无法与她发生亲密的互动和联系。也许这些有色的他者还梦想着在安妮所象征的英国得到殷勤的招待，但是"在处于忧郁症状态的英国及其所贯彻的种族政策中，他们的要求是永远无法得到满足的"（Gilroy，2004：111）。当安妮对着房屋代理人艾瑞克大喊大叫时，菲利克斯替她解释说，她有些不正常，她有旷野恐惧症（Smith，2012：146）。其实安妮并非真正恐惧开放的空间，她所恐惧的是她和空间中的他者会发生的关系（146）。

虽然安妮自欺欺人地认为多元化的现象只会出现在他处，而不会蔓延到自己的领域，但是仍然有很多他者敲开她的房门、出现在她的窗前，甚至端坐在她的房间。因此在 21 世纪的伦敦，她与他者隔绝的努力是徒劳的，她必须选择欢快的生活方式和求同存异的生活态度。她对他者的拒绝是因为她喜欢清晰明确的种族分类及其衍生的秩序感。然而当今英国社会欧洲移民的涌入以及跨种族的三代移民的出生导致人们无法立刻明确地辨别异同和识别他者。因此吉尔罗伊提出，现代焦虑的原因在于人们无法借助他异性（alterity）的通常含义来发现他者的差异，异于我们的人自然会带来恐惧和遭到憎恨。但是那些既陌生又熟悉的人才会带来更可怕的威胁，从而引发更强烈的憎恶。因此相比对后者的憎恨，对前者适时的厌恶实属无关要紧（Gilroy，2004：125）。

英国社会对他者的偏见因为种种社会问题而日渐高涨，吉尔罗伊认为，支撑和巩固殖民恐惧的白人至上主义理论（supremacist theories）——种族差异和种族等级的观念——从文化潜意识中浮现进而成为稳定的力量（6）。深陷后帝国时期忧郁症的英格兰完全无视自己优越情结作祟，而是试图开展维护种族主义的行动。由此，任何超越种族主义的进步、任何对他者开放的行为都被视为非正当的，因为"焦虑和忧郁的情绪已经成为英格兰文化基础设施的重要组成部分"（14）。安妮宣称说，"我不害怕，我从来都不害怕"，但是她毫无疑问是恐惧得发慌（Smith，2012：185）。所以她退却到旧时的秩序、头衔和遗骸当中，她的记忆编织成令她心驰神往的神话，于是她总是问菲利克斯"你记不记得"，但是菲利克斯却总是拒绝被卷入她甜美的回忆中（169）。

二　后殖民的欢快文化——菲利克斯

面对后帝国时期身患忧郁症的英国，吉尔罗伊开出的解药是欢快文化，并且强调其否定的辩证作用。吉尔罗伊所谓的欢快文化就是日常生活中偶遇他者和差异性事物的结果，"共栖和互动的过程导致多元文化成为英国都市和后殖民城市的社会生活中的重要特征"（Gilroy，2004：xv）。他进而指出，欢快文化并非意味着种族主义的消失，而是对他者和他者性的开放，并且由此导致"封闭的、固定的和具体化的身份观念"显得愚蠢和荒谬（xv）。这种力量同时也要求英国正视和承认自己的殖民历史，充分感受其中的羞愧，然后尝试理解和接受他者（99）。这种力量的最终目标是，英国能够变得热情好客、欢乐和谐、宽容公正和关爱他者（99）。吉尔罗伊所倡导的欢快文化的核心是自我与他者的共栖和互动，而这种文化渗透的方式是借助来自社会底层的笑声，而其发生的空间则是伦敦及其他后殖民的都市。

吉尔罗伊借助电视喜剧人物阿里·G的形象来诠释欢快文化，虽然阿里·G

的形象在英国评论界颇有争议，但是吉尔罗伊眼中的他"既不恐惧和厌恶同性恋，也没有大男子主义，也并非野蛮好斗，也不是厌恶交际"，而是"忠诚、体面和诚实"的普通人（146）。他以诙谐幽默的方式将过去的英国和陈旧的英国性、将英国旧有的阶级观念和单一文化、将英国城市和乡村之间的对立都变成笑话（151），而这种拉伯雷式的幽默能够治愈英国社会中多种文化之间日益变宽的裂痕（145）。吉尔罗伊同时以流行的电视喜剧和说唱歌手迈克·斯金纳（Mike Skinner）的作品为例，说明这种欢笑的力量来自社会底层的劳动者，来自他们喜闻乐见的流行文化。因此，吉尔罗伊倡导的欢快文化的本质是通俗的多元文化主义（demotic multiculturalism）——这种平常却充满生机的杂合赋予英国强烈的分辨度以及更加美好的未来（99，xiv – xv）。

另外，吉尔罗伊选取后殖民时期的都市伦敦作为这种欢快文化的发生空间，虽然伦敦的街道涌动的人群很可能成为愤怒和疯狂的源头（McCallum，2012：487），但是吉尔罗伊看到更多的是其偶遇和融合的可能性。很多文化学者对后帝国时期英国性的探讨都会就两点达成共识——对过去的崇敬以及对自然景观的依恋（Gilroy，2004：126），因此英国乡村的自然景观就成为英国民族认同的重要组成部分。吉尔罗伊认为，后帝国时期的英国社会需要在道德和美学方面重新武装从而实现国家的复兴，而这种观点的误区在于它将英国的都市空间排除在所有道德和美学因素以外（127）。因此，吉尔罗伊更加看重的是伦敦都市空间中蕴藏的偶遇和欢快的潜能。

1. 来自底层社会开怀的笑声

吉尔罗伊所谓的欢快文化中的"欢快"暗示出醉酒后微醺的快乐，它既相对于清教传统的严格朴素，又不同于上流社会的温文尔雅；因此它是来自底层社会开怀的笑声，并且具有友善和世俗的特质。吉尔罗伊意在否定全球化的政治想象和规划，认为其迫使相互封闭的文化、种族和身份的群体和个体聚集起来，并且由此引发忧郁症。相反，他构想出正在社会底层酝酿和发展的、具有救赎的可能性的世界主义思想。这种思想来自貌似粗俗野蛮且令人始料未及的多元文化，及其所衍生的矛盾、非认同以及世界主义定位。

《西北》中的菲利克斯是社会底层的典型代表，他出生和成长在伦敦西北考德威尔的政府廉租房中，在恶名远播的布雷顿（Brayton）综合学校上学。他居住的房子破败不堪，玻璃窗打碎后用木板封着，规划的景观带变成垃圾倾倒点，随意堆放着一张浸满水的床垫，一张四脚朝天、臭气熏天的沙发和几个破破烂烂的靠垫（Smith，2012：69）。菲利克斯所占据的物理空间自然也是他社会身份的隐喻，因为"等级社会中的空间也是具有等级性和阶级性的，通过间接和委婉的方式表现出居住者的社会身份和关系亲疏"（Bourdieu，1996：11）。伦敦西北威尔斯登将菲利克斯拽到社会的最底层，但是他爽朗的大笑和暖心的微笑却始终感染着周围的人们。在《访客》部分的开篇，菲利克斯的女朋友格蕾丝逼问他与自己前女友的往事，他便用笑声为自己解围。最后格蕾丝停止追问，半真半假地说，"你就笑吧，等我一脚把你踹到大街上，我看你怎么笑"（Smith，2012：99）。笑声是菲利克斯表达情绪和解决问题的方法，他在格蕾丝上班前冲她咧开嘴笑来表达无法掩饰的幸福（101）；当以前的邻居热情地将拳头砸在他的肩膀上向他打招呼时，他用勉强的微笑来表达友善（101－102）；当他和白人青年汤姆（Tom）因为车的价钱争执不下时，他用夸张的大笑来化解尴尬（127）。菲利克斯的笑声所传递出的朴素的友善、智慧和美德是欢快文化所倡导的共栖和互动的前提，因此史密斯笔下的菲利克斯和吉尔罗伊书中提及的阿里·G存在很多共同之处。

吉尔罗伊认为，后殖民时期的欢快文化体现在像英国喜剧《办公室》中的角色阿里·G这种未必可能存在却具有救赎能力的人物身上，也体现在说唱歌手迈克·斯金纳的作品《街道》（"The Streets"）当中。具体来说，欢快文化的既普通又充满希望的密码就存在于这些娱乐形式的动荡和不安的因素当中，同时也体现在它们对忧郁的英国社会中的陈规陋习和种族分化的质问当中。史密斯笔下的菲利克斯种族身份模糊而复杂，作为二代移民，他的生存环境和交往对象都具有鲜明的种族特性；而阿里·G作为一个牙买加裔英国人，他的种族身份非常模糊，很难确定他是否是伪装成黑人的犹太人，或者是伪装成白人的犹太人，或者是伪装成亚洲人的犹太人，或者还有其他可能（Gilroy，2004：70－71）。此外，反复无常和吊儿郎当的阿里·G和菲利克斯都能够通过笑声的方式消解后殖民时期的忧郁症，同时也能够在自我与异质自我重新建立的关系当中发现喜剧因素的来源，由此引导自觉的多元文化国家克服帝国的后遗症。菲利克斯的老邻居巴恩斯是典型地沉浸在过去中无法自拔的人，他时常吟诵济慈的《夜莺颂》来缅怀自己荒废的才华，通过提及以前的英格兰来表达自己难酬的壮志（Smith，2012：114）。他总是对菲利克斯说，"无论我受过什么教育，我都得自强。现在我变成愤青……你也应该觉得愤怒，菲利克斯，你应该"（115）。菲利克斯却以轻松诙谐且玩世不恭的态度说，"我是过一天算一天，你是个彻头彻尾的老左翼、彻头彻尾的共产党"（115）。这种戏谑的方式逗得两人笑声再起，巴恩斯笑得弯下腰，双手撑着膝盖（115）。吉尔罗伊多次暗示可以通过玩笑和笑声的方式来缓解以至于消除后殖民时期的忧郁症，这既能够解释菲利克斯能够成为后殖民时期欢快文化化身的原因，也能够解释阿里·G在世纪之交成名的原因。

阿里·G勇于打破旧习和实现目标，他通过各种方式与英国政府的高级官员结交，而这些官员则直白地展示出后殖民时期的忧郁症（转引自Gilroy，2004）。这不禁使人联想到小说中菲利克斯与安妮的交往，后者也是典型的后殖民时期忧郁症的代表。菲利克斯也尝试着用自己的笑声温暖、感染和改变她，此时他的笑容和安妮的冷笑与嘲笑形成强烈的反差。当安妮房东的代理人艾瑞克上门收房屋公共空间装修费的时候，安妮可谓极尽嘲笑之能事。她先是嘲笑艾瑞克奇怪的口音，然后故意混淆挪威、瑞典和冰岛来嘲笑他的他者身份，后来也顺便嘲笑他廉价的西服（Smith，2012：142－143）。"后殖民时期的忧郁症导致我们丧失掉嘲笑自己和我们的国家困境的能力，而是在嘲笑陌生人和有色移民，从而能够分散我们的注意力，缓解英国无法真正实现多元文化的转变而带来的后果"（Gilroy，2004：144－145）。安妮在刻薄地对待他人的同时也有感于自己生活的窘迫，更有感而发地给菲利克斯讲笑话，"周五有人给我讲个最好笑的笑话……在穷的地方，有人偷你的手机；在富的地方，有人偷你的养老金"（Smith，2012：153）。然而菲利克斯能够明显感觉到安妮笑话中尖酸和悲观的情绪，也用勉强的微笑来掩饰自己的尴尬。因此吉尔罗伊倡导的欢快文化中的笑声并非用疯狂的喜悦来点缀和遮盖自我厌恶和憎恨的情绪，而是帮助发掘和培养日常的和普通的美德来维护自我与他者的健康关系，使其不为恐惧、焦虑和暴力所扭曲（Gilroy，2004：149）。菲利克斯也几度努力帮助安妮从忧郁症的颓废中解脱出来，以微笑的方式和她探讨人生的目标和理想，"我在说你的目标是什么？你希望过的生活什么样？"（Smith，2012：156）同时他也正面地指出安妮自身的问题，"你就知道嘲笑别人，就会这样。你做过什么令人钦佩的事情？你有过什么成就？"（156）但是她却坚持充当都市生活中所有根深蒂固的衰落和破败的垃圾桶，他却在生气勃勃地变化、攀登和超越（转引自Gilroy，2004：120）。菲利克斯最终只能选择离开且不再回头，当他离开安妮及其所象征的一切，突然感到美好而雀跃的轻松（Smith，2012：189）。

2. 以伦敦都市空间为场景

英国的乡村庄园作为大英帝国的文化遗产被认为是最具英国性的事物（王卫新，2010），因此也在文学作品中被描绘成为英国民族认同的载体。弗吉尼亚·肯尼认为，自18世纪以来英国的乡村庄园就成为美好社会的隐喻。在简·奥斯汀的《曼斯菲尔德庄园》中，英国的庄园被定位为英国民族精神的重要方面，并且成为体现英国民族身份的重要场所。而在后帝国时期的英国，乡村庄园作为英国社会的象征，并且能够将社会中各种相互冲突和矛盾的理想融合为统一的民族精神的愿景就无可避免地充满怀旧和乡愁的情愫（转引自王卉，2014：134）。因此英国乡村庄园的空间就和《西北》中的安妮同样成为后帝国时期忧郁症的受害者。当吉尔罗伊借助欢快（conviviality）的概念来展开多元文化问题的讨论时，他将这种欢快文化发生的场景设定为伦敦的都市空间。欢快被理解为一种普通的日常行为，而并非描述种族主义的消失或者种族宽容的胜利（Gilroy，2004：xi）。

霍米·巴巴在《文化的位置》以及吉尔罗伊在《后殖民的忧郁》中都谈及多元文化主义的问题。巴巴认为，都市中心移民的存在能够打破原有指涉和表现系统所依据的二元对立，例如黑与白、加勒比与英国等（Bhabha，1994：217）。移民的外来性和他异性能够扰乱和分解这些系统，从而开辟出位于中间地带的第三空间，并且在引发焦虑的同时促使新事物进入世界（219）。而在吉尔罗伊看来，这种焦虑会引发忧郁症，而开放的全新空间则会产生欢乐文化（Gilroy，2004：90，xv）。都市生活会导致形色各异的人们之间偶遇，而这种反复的偶遇和互动则会产生多元文化的际遇。史密斯的小说《白牙》通常被放置到快乐的语境中解读，而作为其姊妹篇的《西北》也充分体现出共栖和互动的现象——以伦敦西北威尔斯登为中心的具体空间中的欢快。因此霍米·巴巴的所谓第三空间在吉尔罗伊看来就位于伦敦都市。

虽然伦敦的都市空间充斥着很多负面的特质——异化的人群、无家可归群体的危险和痛苦、迷失的恐惧以及来自充满敌意的他者的威胁（Ball，2011：232，236），但是更生活着很多正在都市景观中奋进的年轻主人公——充满生机地与公共空间互动（Ball，2004：224），而菲利克斯就是其中一位。鲍尔重点关注像菲利克斯这种熟悉街头民情的二代移民，并且将流动性（mobility）和希望构成因果联系。鲍尔认为，任何希望（即使是最终被悲惨的辜负和浪费的希望）和真正意义上的都市归属感都属于流动中的年轻人（225），他此番话似乎是特指菲利克斯。菲利克斯的父母习惯躲避到自己非常熟悉却一成不变的家庭环境，而他作为二代移民则认为这样的家庭空间像监狱般幽闭恐怖（224－225）。就像阿蒂玛·斯利瓦斯塔瓦（Atima Srivastava）的小说《传播》（*Transmission*）中主人公的父母永远不会离开他们在芬奇利（Finchley）的家，并且还会把暖气开到最高档。这些二代移民的孩子们被迫逃离父母所控制的家庭空间而来到城市的街道，他们眼中的城市作为流动的和变化的空间象征着和蕴含着无限的未来和机遇（Ball，2004：225）。伦敦的街道向他们许诺都市环境中特有的自由和欢快（Ball，2011：232）。鲍尔认为，都市的街道是一种多层含义的空间，分别象征着目的性的移动、休闲式的游荡、愉悦身心的消费，同时兼有欣赏他人的机会，最终构成集体的嘉年华式的庆典（236）。这种庆典与吉尔罗伊所谓的欢快不谋而合，因此伦敦的都市空间也自然会成为欢快文化的承载者。

都市的街道是多元化的空间，对那些久居伦敦的人来说的确蕴含着太多的含义和记忆。菲利克斯行走在 NW6 的街道，他的大脑随着自己的观察而飞速旋转，对他来说"人行道上的每条裂缝，每个树根"都是无比熟悉的（Smith，2012：194）。菲利克斯透过窗户飞快地瞅了一眼如今装饰一新的基尔本旅店（Kilburn Tavern），他便知道原有的地毯被实木地板所代替，能够想起空荡的角落曾经有个覆盖着天鹅绒的小亭（195）。劳伦特·梅莱特（Laurent Mellet）认为，一个人如果想要从过去中有所获益以便继续自己的生活，就要步行穿过伦敦，同时设计出全新的都市生活方式以求机会的来临（2007：191）。当菲利克斯拐进伦敦西部时他所思考的正是如何继续自己的生活，为此他要以一件过去的遗留物来换取另一件——将安妮换成他能够买得起的MG老爷车——这台1980年生产的老爷车已经一动不动，发动机组严重生锈（Smith，2012：142）。这台车是菲利克斯想要送给格蕾丝的礼物，他愿意亲力亲为所有的修复和翻新工作，"他会将它开动起来，也许不是这个月或者下个月，但是最终会的"（157，141）。菲利克斯和MG老爷车之间的相似之处是显而易见的，两者的修理和改进都是为取悦格蕾丝，他就这样一步一个台阶地进行自我提升。

在战后伦敦文学当中，街头漫步的偶遇在二代和三代移民人物当中是非常普遍的，因此也跃升为当代文学的主题（Ball，2004：224）。梅莱特分析史密斯的小说《签名销售商》《论美》和《白牙》后得出结论说，她作品中最有意义的主题就是将所有行动中或者运动中的人物集合起来（Mellet：2007：187）。显然该主题也出现在《西北》中，特别是《访客》部分。对梅莱特来说，无论是步行的运动还是交通工具的运动都是至关重要的，"重点是要去旅行……从而增强伦敦的非确定性，巩固与他者的联系，从而增加偶然和随机的可能性，促使事件的发生，同时赋予生命新的意义"（193）。实际上，菲利克斯就是在街头的公交车站偶遇格蕾丝的。当他们后来回忆两人偶遇的经历时格蕾丝说，"我根本没有打算去那里，我得去温布利的姨妈家。你还记得吗？那天我得去照看她的孩子们，可是她的脚摔坏了，在家休息。所以说那时我可以坐车去市里，买买东西"（Smith，2012：135）。这就是典型的梅莱特所谓的偶遇，菲利克斯却在其中敏锐地察觉到幸福的机会，"她像超凡之物，他马上就知道，这是我的幸福，我在这个车站游荡如此之久，而我的幸福也终于来临"（120）。并且，有目的地漫游伦敦非但可以引发聚集和相遇，还能够鼓励自我反思，故事中的人物遇见他人和自我，也能够自由地反思自己的生活（Mellet，2007：195，188）。梅莱特意欲解释移动如何能够扩展空间，进而导致时间的延展以及偶然事件的发生，因此他以《白牙》中的阿奇和克拉拉的偶遇为例，"完全是一个人和另一个人之间随机和偶然的碰撞"（190）。梅莱特反复强调两人在开放的时空中相遇的偶发性，他认为"世界可以为你做些什么事情"（190）。他的观点似乎暗示着幸运的意外之得或者意想不到的收获和幸事，就好像菲利克斯和格蕾丝的相遇。

3. 共栖和互动

吉尔罗伊所讨论的欢快文化的核心就是共栖和互动，其目的是要探讨多元文化是否可能与热情好客的国内秩序相融合，对差异性欢快的接受和宽容是否在多元文化的英国社会所实现。他在书中谈及弗洛伊德在《文明及其不满》（*Civilization and Its Discontents*，1930）中对训诫——像爱自己一样爱你的邻居——的否定。弗洛伊德认为，并非所有人都是值得爱的（Gilroy，2004：39）。然而吉尔罗伊回复这种观点说道，"他明确拒绝对朋友和敌人、知己和陌生人……采用毫无差异的态度，我想反驳他这种观点；我想探究以平凡的世界主义为特点的后殖民生活得以维持和提升的方式；我想利用它在多元文化的民主发展过程中产生抽象且珍贵的承诺，而这种民主是弗洛伊德或者其他人所无法预见的"（80）。吉尔罗伊的乌托邦主义和其他形式的乌托邦理想同样是具有批判性的，同样基于全球化意识（planetary consciousness），他认为世界并非无限的宇宙，而是渺小的、脆弱的和有限的空间；是资源有限且配置失衡的众多星球中的一个（83）。在这样的世界里，"像爱自己一样爱你的邻居"的训诫就应该是必要而非空想。

从共栖和互动的角度来说，菲利克斯更应该是践行欢快文化的典范。他生活的威尔斯登居住着身份和背景各异的人们，使得多元文化成为菲利克斯生活的组成部分（xv）。他也有机会欣赏到史密斯童年时期的景观，"这个多姿多彩的地方是由各种各样的东西组合而成的，是很多形色各异事物的综合体"（Smith，2011：132-133）。菲利克斯对威尔斯登的忠实程度堪比人类对家庭的忠诚，并且能够包容和接受邻居们的杂合性和多元文化背景。克莉丝汀·赛兹莫尔在谈及个体对多元文化共同体的接受和包容时曾经强调过个体与周围环境的互动，例如车站和杂货店等，因为地方和空间的话语能够抵御种族身份的话语（Sizemore，2005：68）。菲利克斯在开动的火车上偶遇一位犹太女人，"当他走进倒数第二节车厢找到座位坐下后，另一辆列车疾驰而过。片刻后两辆车并驾齐驱，此时他望向窗外，望向另外一辆车中和他坐相同位置的人。娇小的女人，他判断她是犹太人，但却无法说出明确的理由：深色皮肤，漂亮，自顾自地微笑，穿着70年代的衣裙——大领子、白色小鸟的印花"（Smith，2012：117－118）。在两列火车相遇的瞬间，史密斯就表现出菲利克斯与其他伦敦人的差异——他非常享受在旅途中偶遇不同文化和种族背景的人。菲利克斯和犹太女人都是白人眼中的他者，但是他们却对这种差异性做出完全相反的回应。菲利克斯怀着兴趣和热情注视着犹太女人深色的皮肤和蓝色的衣裙；而她却对他黑皮肤和三颗金牙感到抗拒和恐惧。因此当菲利克斯"冲她咧嘴笑笑，加深他的酒窝，露出三颗金牙"；而她却"将脸像网兜那样倏地绷紧"（118）。菲利克斯象征着多元文化国家的可能性，其中的个体不再恐惧对陌生者或者他者开放——个体的身份也只能通过在日常生活中对他者开放的行为而构建（Gilroy，2004：99）。

菲利克斯所体现的共栖和互动的精神也许就是史密斯将他与安妮相并置的原因，他能够看到他们之间的差异和分歧，但仍然希望在求同存异的基础上展开对话。他和安妮都经历过依赖毒品的过去，因此请求她正视危害自己生活的心魔。菲利克斯还向安妮描述出一个"更加健康和成熟的未来"（Smith，2012：99），从而迫使安妮从追忆过往的忧郁中解脱出来。但是这些沟通都遭到安妮的驳斥和拒绝。在他们的谈话结束之前，安妮在菲利克斯举起的镜子中看到自己作为"最终的悲惨的受害者"的镜像（94）。作为英格兰的象征，安妮在维护过往的同时也将英国视为帝国历史的被动俘虏（94）。菲利克斯在交谈的过程中也四下打量安妮的房间，发现钩在窗框上的衣架上挂着套装，还有紫色的牛仔裤、款式复杂的背心，以及地板上黄色的皮靴（139）。但是"这些都是无法为人所见的，除非是给他送货的外卖酒店的小伙计"（139）。屋内挂着的衣服就是安妮的象征，因为她也从未走出房门与室外的人接触；安妮也由此象征着当代英国社会中个体之间偶遇的缺乏。作为一个囚居在屋中的忧郁症患者，她甚至认为从椅子到沙发的路程就如同跨越海峡到达法国那么遥远，"我觉得我需要一本护照来穿越我的房间"（127）。像安妮这种对偶遇都如此吝惜的人就更无法容忍与他者共栖和互动的发生。她虽然与菲利克斯保持多年的男女朋友关系，但是内心深处始终视他为他者，而她理想中的伴侣自然是一位血统纯洁而高贵的男爵（162）。因此当菲利克斯的到访被发现时，她极力辩解说，"他是我的男朋友，他叫库珀·菲利克斯，是个电影制片人。他不住在这里，他住在伦敦西部一个极不起眼的叫作威尔斯登的地方，你可能从来没有听说过"（144）。安妮极力撇清与菲利克斯的同居关系，因为她无法理解与接受欢快文化中所倡导的共栖和互动，因此也深陷后帝国时期的忧郁症而无法自拔。

小　结

扎迪·史密斯作为多元文化的倡导者对此概念有着深刻的理解，她在一次电台采访时被问到"多元文化主义是否会起作用"的问题时回答说，多元文化主义这枚硬币的两面不应该被混淆。她认为，一面是抽象和虚构的；另一面是实际和日常的。她接着说道，"作为思想或者意识形态的多元文化主义我从来都不明白，我们从来都不会一边在社区中四处走动，一边思考着这个实验进行得如何——这不是人们生活的方式。这就是一个事实，生活的事实"（Smith，2013：189）。而史密斯对多元文化的理解与吉尔罗伊提出的通俗的多元文化不谋而合，吉尔罗伊所讨论的欢快文化体现在社会底层民众，特别是有色移民的普通的日常行为和生活当中，是一种渗透到日常生活当中的智慧和美德。吉尔罗伊将这种欢快文化视为后殖民时期英国的忧郁症的良药，而史密斯在小说《西北》中将安妮和菲利克斯并置，安妮象征着身处后殖民时期的忧郁症及其引发的阵痛的英格兰，病态地沉浸在过去的辉煌中；菲利克斯则象征着"从社会底层所涌起的改变的力量"（Gilroy，2004：90）。由此，多元文化的文学叙事能够以普通和日常的方式表现出英国社会的欢乐文化以及全新的民族自我认同。

第二节 菲利普斯的世界主义书写

菲利普斯20世纪50年代出生在加勒比的圣基茨岛上，在三个月大时他就跟随父母一起移民到英国北部约克郡，居住于白人工人阶级集聚区利兹，随之接受完整的英式教育，并进入牛津大学求学。尽管如此，他依然强烈地觉得自己处于英国社会的边缘位置，"与所有英国非白人的小孩一样，我的整个人生都在踮起脚跟，谨慎地生活"（Ledent，2002：3）。随着20世纪70年代英国国内大规模抵制黑人种族运动的爆发，加勒比裔流散群族在英国生存变得异常艰难。1978年菲利普斯动身前往美国，在美国接触到很多在英国尚未解禁而被视为非法作品的大量非裔美国文学后眼界大开，并立志成为一名作家。如今的菲利普斯仍然在美国、英国和加勒比群岛等地往来，是名副其实的烙有多元文化印迹的世界公民。

他的人生就是典型的跨国界和世界主义的范例。因此菲利普斯的作品也并非单独关注非裔移民的创伤和困境，而通常是将所有种族和民族的创伤和困境进行融合书写，因此他的作品中体现出典型的跨国界和世界主义特点。他的作品通常是从后殖民的理论视角出发，而作品中所涉及的移民、种族歧视和跨大西洋奴隶贸易问题也与该视角相吻合。在菲利普斯早期的小说《更高的地面》《渡河》和《血的本质》中采用实验主义的叙事结构从而使不同地理空间和历史时期的声音融合交织起来。这些作品中的每一个声音都在讲述特定历史环境中一段独特的经历，但是同时它们也会因为流散、错位和情感创伤等共同的主题而相互附和。在《更高的地面》中我们听到一个被囚禁的非裔美国嫌疑犯和一个年轻的犹太人的故事，前者同时也曾经是西非的奴隶；而后者则是大屠杀的幸存者。在《渡河》中我们见证着一个重获自由的奴隶怀揣着文明教化的理想而踏上通往利比亚的不归路，一个非裔美国老妇人因为逃避奴隶制度而远走，还有"二战"期间一个非裔美国士兵和一个英国女性之间的多舛的恋情。而在《血的本质》中菲利普斯将一个重获自由的非洲奴隶和一个大屠杀中的犹太幸存者的经历进行并置的行为饱受争议，而书中的人物也在排斥和边缘化他们的社会中艰难求存。菲利普斯作品中这些并置的显著用意是吸引读者关注历史上引发人类痛苦的常见模式，其中包括偏见、仇外和因为保守而对他者产生的恐惧。斯特夫·克拉普斯（Stef Craps）在文中对《更高的地面》和《血的本质》进行比较研究，注意到两部小说中都渗透着人文主义和世界主义的原则，因为它们"引导读者去认可能够穿越时空而存续的普遍性的人类本质"（Craps，2008：193）。

虽然克拉普斯在文章中并没有提及《远岸》（*A Distant Shore*，2003），但是因为该小说也将人类孤立和创伤的故事进行并置，因此他的观点同样适用于该小说。但是《远岸》相比前述的小说在形式上更加传统，书中两条叙述主线交会于一个特定的历史时刻和地理空间。并且小说主要关注的是个体、家庭和国家层面静态与保守的归属感所带来的痛苦和创伤。而该小说此关注点的目的是批判各种类型的基于场所的忠诚，从而宣扬一种世界主义的家园概念以及菲利普斯所说的"更加流动"性的身份概念（Phillips，2002：93）。这种世界主义家园构建的前提就是颠覆国家、地区和部落层面共同体的排外观念。因此，菲利普斯的《远岸》中探讨的问题却能够与当代的世界主义文学传统产生共鸣。小说《远岸》显示出菲利普斯的作品在形式上回归传统，但在主题上却具有更加鲜明的世界主义倾向，并且在讨论归属问题时也意在颠覆传统的"家园"概念。

在讨论小说《远岸》是否和以何种方式实现跨国主义和世界主义家园之前，首先需要探讨的是其概念本身。跨国主义（transnationalism）的概念表明，民族国家对其边界、居民和领土的控制力正在减弱。为应对全球经济发展而增加对发达国家的移民导致多元文化社会，在这种社会中，移民更容易与本国文化保持联系，并由此难以被同化。因此，对国家的忠诚与对文化或宗教的忠诚同等竞争。随着全球流动性的增加和即时全球通信技术的普及，边界的消失和传统民族国家实施的领土控制的重要性逐渐减弱。跨国主义理论在挑战和质疑民族国家对身份的界定和遏制方面是非常有效的。比尔·阿什克罗夫特（Bill Ashcroft）和约翰·麦克劳德（John McLeod）等理论家对跨国主义的理论多有论述，麦克劳德在评论菲利普斯的小说时着重在日常生活的事务中发现能够实现进步的和变革的未来原则，并且找寻他所谓的"尝试性的乌托邦的愿景"（McLeod，2008：3）。他非常谨慎地解释说，《远岸》中的乌托邦主义都只是尝试性的乐观的前景，这种观点与阿什克罗夫特所提出的"跨国界作为变革性斗争的场所"的观点异曲同工。对他来说，这种斗争会引发日常生活的新实践，使得跨种族和多元文化的偶遇成为平常的和温暖的，而不会将其中的参与者置于险境（13）。

而世界主义则是跨国主义的更高发展阶段，近年来世界主义方面的著作影响渐著，而世界主义的概念也被广泛地应用在各种学科，包括社会学、政治哲学、文化理论和文学批评等。所谓世界主义，顾名思义是将整个世界视为共同体。世界主义作为一种哲学思想和价值取向由来已久，该理论虽然相对模糊且众说纷纭，但其核心理念却始终清晰而明确地认为，个人是世界这个共同体中的一员。近年来世界主义思想因为种族主义和民族主义势力的蔓延而显得尤为重要，人们渐渐开始担忧全球化的退潮以及"地球村"愿景消逝背后更深层的文明和文化冲突。由此我们试图通过追溯世界主义的源流与演变，在当下民族主义和国家主义甚嚣尘上的氛围中发出另一种声音。无论是世界主义还是民族主义在本质上都是共同体理论的构建，而二者的区别并非共同体范围的差别，而是共同体标准的不同，因为世界主义并不会像民族主义那样做出自我和他者的区分。虽然世界主义思想并没有否认民族国家作为一个社会和政治机构能够实现其调停和解的目的，并且加文·肯达尔（Gavin Kendall）也提出，国家作为一种制度和机构可以纳入世界主义的范畴当中（2009：5），但是世界主义是与构成民族主义的伦理和哲学思想相左的，并且世界主义者对于国家的界限持有根深蒂固的怀疑。他们眼中的所有个体都是平等的，彼此之间的伦理关系不应被国界分离，而是应该基于普世性的价值将个体与世界联系起来。

同时世界主义思想也与归属感和认同感紧密相连，世界主义者能够"同时居住在不同的地方，同时成为不同的存在，从较小的画面里立体地看到更大的图景"（Pollock，2002：12）。世界主义思想否认家园和归属感与固定的地理空间之间的必然联系，家园和民族国家等能够赋予成员以归属感的共同体，在世界主义者看来可以扩大到更广的范围，从而能够包容进更加广大的群体中。对阿夫塔·布拉赫（Avtar Brah）来说，家园与归属和排外等社会政治问题密不可分。她认为，"家园的问题与包容和排斥的过程有着内在的本质联系，并且在既定的情况下是被主观感受的"（Brah，1996：192）。这种家园观将其从地点和出身的僵硬束缚中解脱出来，就像保罗·吉尔罗伊努力将身份政治从地理起源中解放出来，从而包容进运动和经历等更加有形的考量中来。菲利普斯也早已表达出这种世界主义导向的归属感。他在保拉·古德曼（Paula Goodman）的访谈中非常明确地表达出，他的写作始终"试图劝说我自己，没有必要拥有一种具体的家园观，实际上没有具体家园观的我们都生活得很好"（Goodman，2009：93）。他接着说道："我想通过写作去说明，我们可以拥有多元的家园意识。如果家园无法用一句话来概括，也是未尝不可的……现在是时候放弃这种扎根的必要性了，因为随之而来的是各种各样的不愉快。"（93）

菲利普斯在小说《远岸》中揭露出潜藏在仇外和他者歧视底层的保守思想，以跨国主义和世界主义的方式颠覆家园和归属感的概念，并最终宣扬世界主义的思想。而斯蒂芬·克莱格曼（Stephen Clingman）也提出《远岸》在民族国家的空间中显示出跨越国际的裂痕（Clingman，2009：94）。这种裂痕指的是两种截然不同的观察和归属方式之间的冲突，这两种方式是由一段匪夷所思的友谊所引发，友谊的双方分别是多萝西（Dorothy）——一个来自英格兰北部私立学校的中年女教师和所罗门（Solomon）——一个来自烽烟四起的非洲国家的避难者。克莱格曼认为，他们两人拥有截然不同的经历和社会文化背景，因此他们之间非同寻常的友谊能够帮助瓦解两个国家独立的民族叙事，从而提供出多种看待世界的方式。他的分析能够透视出小说跨国界和世界主义的特点，而本书则认为菲利普斯的归属感同样能够超越国家和跨国界的模式，并由此颠覆排他性的共同体概念。

一 跨国主义的交往和互动

菲利普斯的散文集《将我涂上英语的颜色》（*Colour Me English*，2011）

收录他 1993 年以来的散文作品，记录他在英国和美国的成长和生活的经历，同时也阐述他对身份和归属问题以及文学的社会功能问题的深刻见地。菲利普斯曾经说过，我们这一代曾经一度想要将黑色作为我们身份构建的基础，但是所幸这个差强人意的想法从未实现过（2001：276）。他后来在《将我涂上英语的颜色》中重申这种观点说，"如果将我们身份的绝大部分压缩进种族或者民族的胶囊，那就是向绝望屈服"（32）。对菲利普斯来说，避免这种屈服的方式就是将自己置身于距离非洲、美国和英国相同远近的位置。菲利普斯同时也以小说的方式来宣扬自己的身份和归属主张，他详细地论述小说的道德能力（moral capacity），将其视为阻挡偏狭和排斥的堡垒。他认为，当我们置身伟大小说的人物和情节中以至于暂时停止我们的怀疑的时候，我们应该时刻提醒自己小说教会我们的道理——他们就是我们（16）。而他的小说《远岸》也能够证明，英国的跨国界未来正是来自"他们就是我们"的观念，这种观念也通过小说中主要人物和事件呈现出来。虽然小说也没有能够为英国设计出后种族时期的转型，但是它却能够反映出这种转型的潜在可能性，而菲利普斯的跨文化想象也清楚地展现在小说的形式和人物塑造方面。

　　《远岸》的主人公多萝西是一位最近搬回童年时代居住区的退休教师，回顾她的人生旅程可以发现，她在逐渐远离自己北方的成长环境和工人阶级的出身。作为村庄中鲜有的接受高等教育的女性，她先是在曼彻斯特读大学，后来辗转到伯明翰嫁给中产阶级出身的布莱恩（Brian），也踏入过高尔夫球俱乐部和豪华晚宴的生活方式，同时还要面对布莱恩母亲对她的百般挑剔。在她婚姻失败后便开始与名为马哈茂德（Mahmood）的报刊经销商发展短暂的恋情，随后又尝试着和所罗门发展友谊，而此时的所罗门是多萝西所居住区域的看门人。所罗门的旅程就更加戏剧化，他是原名为加布里埃尔（Gabriel）的非洲人，他因为父亲的原因而卷入一场近乎种族灭绝般屠杀的内战。他在内战中化名奥克（Hawk），而在战争结束后又被当作战犯而通缉。他在东躲西藏的艰难度日中发现自己的家人全部被敌人杀害，心灰意冷的他以非法移民的身份逃亡欧洲，他先是被关押在桑加特战俘营，后来逃到英国。他在英国因为遭受强奸的指控而入狱，出狱后改名所罗门来到北方。在这里他得到一位爱尔兰司机以及苏格兰房主夫妇的善待，后来又找到居住区杂务工的工作，并且遇见多萝西。

《远岸》的故事多发生在名为斯通利（Stoneleigh）的村庄，该村庄也成为多重迁移和旅程融合的焦点，而融合又进而导致冲突和斗争，由此引发出复杂的归属和疏离问题。而跨国界的流动性和与此相对的民族认同的确定性之间的冲突和斗争进而会引发转变，而《远岸》中既存在跨国界流动的自由，又存在民族认同的限制。故事发生地——斯通利村庄的仇他和排外的氛围就是民族认同局限性的象征。所罗门被迫离开该社区（community）而来到斯通利的新住所，他也最终在此处结识多萝西——另一个当地居民兼流放者。然而逃离安德森居住区的所罗门并没能摆脱白人的仇外情绪，而多萝西搬到斯通利后也没有找到家的感觉。她和所罗门都感到很难接受居住在旧城区的村民，他们对外来者充满敌视和抵触的情绪。当她首次行走在村庄时就说道，人们"注视着我，就好像我的脑门上烙下该隐的标记"（Phillips，2004：6）。当地酒吧的老板通过一则逸事向她展示当地村民偏斜的心态，让她觉得不寒而栗。他讲述一个犹太血统的全科医生爱泼斯坦（Dr. Epstein）的故事，她在几年前和两个孩子搬来这个村庄，却没有在这里"住太长时间"，因为当地居民"不喜欢她"（8-9）。酒吧老板讲述该故事的措辞和口吻体现出，他对周围人所坚持的仇外原则采取模糊而暧昧的态度，他认为村民共同体的敌视反应"让她的生活痛苦不堪"，却将自己从村民的群体中剥离出来，"不要误会我，我喜欢爱泼斯坦医生，她是个很好的女人"（9）。但是他随即又希望村镇中的他者效仿村民们的行为方式，由此他看似包容的态度也就大打折扣。酒吧老板接着说道，爱泼斯坦家人们遭受的敌视和抵触是他们自己的问题，"他们甚至都没有尝试过，你知道这里的状况，你是需要努力的"（9）。

多萝西虽然一生都"居住在这周围"，但是搬到斯通利村庄最终遭遇的还是和爱泼斯坦家人以及所罗门同样的排斥和孤立。多萝西在结束一段漫长而痛苦的婚姻后回到该地区，她以苦行僧式的生活来掩盖自己情感上的孤独和脆弱，"很久以前我就不再因为虚荣心的原因而染发，让头发自然灰白给我节省了很多时间。虽然我不再需要每天早晨8点到学校，但是我还是保持着早起的习惯。我的早餐通常是一碗燕麦粥和一杯橙汁，而这时候很多汽车也开始驶出车库，孩子们奔跑着去赶校车"（20）。这种拘束而规范的习惯以及她墨守成规的态度让她能够和共同体内部的其他成员相安无事，而她也希望其他人采取这种约定俗成的生活方式。不久之后她结识新到此处的所罗门，看见他在房屋外面洗车的时候仍然在非常挑剔地想，"我想告诉他，在英国你必须成为邻里邻居的一部分。和人打招呼，去教堂，将你的孩子们带到新学校……我还没有找到合适的时间跟所罗门谈谈他在车道上用那桶肥皂水和他的洗发香波炫耀自己的方式"（16）。由此可见，多萝西作为斯通利的白人女性深受当地排外情绪的影响而对作为他者的所罗门也是颇有挑剔。

然而多萝西毕竟和其他人有所不同，她虽然没有经历过身体的流散，但是却始终没有真正找到过归属感，因此当属精神流散者。她对待有色移民的态度就更加开放和包容，体现出跨国主义的特点。她虽然也持有这种含糊不清的仇外态度，但是她仍然和所罗门展开一段短暂却颇有深意的关系，并且带给两人安慰和温暖。这种安慰可以缓解两人所遭受的孤独。然而所罗门的孤独是来自他背井离乡的生存状态，而多萝西的孤独则来自她在斯通利村庄的停滞的空间中疏离而失重的状态。故事中的所罗门将自己描述为"一个背负着隐秘的历史的人"（300），而多萝西也同样纠结于混乱的过往。随着小说情节的展开，故事叙述逐渐一层一层剥落小镇生活的墨守成规和一丝不苟，而规范和控制多萝西生活的规矩消失后，她尚未愈合的心理伤疤也逐渐浮出水面。正如《血的本质》中的伊娃·斯特恩（Eva Stern）逐渐堕入疯癫和自杀性抑郁的状态，多萝西也因为无法克服她过去的经历所带来的痛苦而遭遇日益严重的精神状态的恶化。

多萝西在很多方面与年轻的所罗门有天壤之别，但是她仍然和这位来自非洲的移民建立起友谊。当两位主人公从他们各自的出生地遭到流放时，他们的人生道路才在情感和心理的层面得以交汇，所罗门逃离他的故国来避免死亡的命运，而多萝西则从文化和社会层面与她称之为家园的英格兰逐渐疏远。虽然两个人物的差异性显而易见，但是他们在生活中的很多方面都是平行共进的。这些生活中的平行是作者通过并置的叙事策略表现出来的，而菲利普斯也惯于在作品中使用这些策略来帮助作者发现潜藏在人类痛苦经历之下的普遍性主题和模式。虽然多萝西的父亲和共同体中的多数成员都因为自己心目中停滞而传统的英格兰意象而抵触所罗门的存在，多萝西却和他开始一段反传统的浪漫关系，并且由此拒绝之前约束而偏执的生活状态。从该种意义来说，她已经颠覆国家和区域共同体内部僵硬而死板的成规戒律，同时也开始践行一种跨国主义的主张，或者如皮埃尔·马切雷（Pierre Macherey）所说，"该人物成功地打破她所处语境中的历史和社会的整体性"（Macherey，1998：102）。多萝西和所罗门之间交往和互动具有鲜明的跨国界属性，也为小说的世界主义主题奠定基础。

　　小说中所罗门的另一段跨国界的交往和互动发生在他和多萝西的恋情之前，而其中的女主人公是少女丹妮丝（Denise）。所罗门非法偷渡到英国后起初藏身在一所废弃的房屋内，而此时的丹妮丝却因为屡遭父母的虐待而急需倾诉，由此所罗门就成为丹妮丝宽慰的来源。麦克劳德提出，我们不应该忽视所罗门和丹妮丝所共同度过的沉默的瞬间，所罗门愿意带着无限的同情聆听丹妮丝的倾诉，这非但具有重要的伦理意义，同时也包含强大的改变的力量（McLeod，2008：13）。麦克劳德认为当人与人之间达成跨文化的理解，并且由此形成全新的联系和沟通的时候，国家的转变就会实现（13）。麦克劳德（McLeod，2010：45－52）后来又提出，英国正在国家化和多元文化的框架下进行身份的重塑，在该框架中国家被视为区域性变革发生的场所。他借助菲利普斯的小说《飘雪》来阐释他"新常规"的理论，并且将当代的国家视为联系、同步和平等的后种族空间（48）。麦克劳德将国家范围内的日常生活的新规律视为斗争和改变的场所，民族国家的质性改变是由于国家中所有个体的量变所积累而成的。小说中所罗门和丹妮丝之间的倾诉和陪伴就是跨国界的互动的典型范例，也将是驱动民族国家发生改变的动因，然而不幸的是所罗门因为他们之间的关系而"被错误地被指控为强奸"（Clingman，2009：95）。这种指控看似是跨国际互动的终止，但是它随后引发的当地白人对所罗门的同情和支持却证明这是新一轮的跨种族和国界的移情，这种移情促使麦克劳德所说的日常生活新规范的建立，并且能够推动民族国家内部改变的发生。

在所罗门的被捕和被指控的事件中，很多英国居民都自愿打破他们共同体内部的行为规范，并且选择站在所罗门的一边。首先，丹妮丝在事情发生之后的举动是令人钦佩的。因为无论所罗门和丹妮丝之间发生过性关系与否，对丹妮丝来说认定他的罪行都比证明他的清白要简单得多，但是她却选择后者。再有，所罗门被定罪后遭到当地保守派群体的袭击，他在遭受袭击致死的最后时刻注意到袭击他的人群中的一个叫卡拉（Carla）的女孩，"无论我什么时候看到这个女孩，我都能够注意到她在注视我。我对她的凝视带给我的压力极其敏感，这个女孩让我想到丹妮丝，她和丹妮丝同样缺乏年幼的女孩子应有的谦逊。我经过这个女孩的身旁，压制着自己想要回头看她是否在注视着我的渴望，我继续向前走，希望她能从我的生活中消失"（Phillips，2004：283）。卡拉后来对自己袭击所罗门事件的参与供认不讳，并且向警察指认所罗门的袭击者。卡拉的供认和丹妮丝的行为具有同样的深意，也都能够帮助打破现有的信仰和偏见，并由此建立种族间新的联系。她们能够对所罗门的困境感同身受的事实能够证明菲利普斯的观点，文学"能够将我们从意识形态的洞穴中拉扯出来"（Phillips，2011：16）。丹妮丝和卡拉能够打破她们国家和区域共同体内部的准则和法令，并且由此置身跨国界的平滑空间（Smooth Space）。她们的行为无法帮助所罗门洗脱罪名，因此他也被迫改名加布里埃尔而远走北方。但是阿什克罗夫特指出，平滑空间本身并非自由的，但是其中的斗争已经发生改变（Ashcroft，2010：24），此时的斗争就出现在小说的叙事层面，她们都愿意遵从自己的记忆而把故事讲清楚，而非是随波逐流地讲述一个故事来迎合"作为罪犯的他者"的种族主义叙事。对阿什克罗夫特来说，这种记忆和修正的叙事相结合的方式就是民族转变潜能的核心力量，"记忆借助文学的媒介就成为潜能而非停滞的载体，当过去预示着能够改变现在的未来，这就是回归的潜能"（28）。所罗门在英格兰与多萝西、丹妮丝和卡拉的跨国界的互动和交往就蕴含着改变的潜能，而这种跨国主义的共情将预示着更加深刻的世界主义思想。

二 世界主义的家园观

家园概念与世界主义思想从来都是息息相关的，而后者也向来被视为流散者的家园。家园的概念也有广义和狭义之分，具体可以包括国家、民族和家庭等共同体。《远岸》中所罗门的故事处处透露出他对家园的眷恋和忠诚。在所罗门的叙述中我们能够目睹在撒哈拉以南地区的一个非洲国家，一场残酷的内战将死亡和流放的命运强加到主人公所罗门的命运中。这场席卷全国的战火是由种族分歧所点燃，并且强迫所有人都效忠全国两大部落中的一个，并为此加入暴力的战争。在该阶段的叙事中所罗门的名字叫加布里埃尔，此时年轻而冲动的加布里埃尔和所有人都将部落视为自己的家园，都同样屈从于狭隘的部落忠诚，满腔热情地加入当地的民兵组织，对政府开战。此时的他严格地遵守一种僵化而浅薄的家园观和归属感，而这种观点的背后则是本质主义的人性观。他在文中讲述说：

> 我们是较小的部落。我们努力地劳作，没有伤害过任何人。我们尽力去做对我们自己和对我们年轻的国家都好的事情。我们只想与我们的兄弟姐妹和平地生活在一起，但是这很显然是毫无可能的。我父亲告诉我，他们是嫉妒我们，因为我们的人们经营着很多生意，不但在首都，还在我们部落的南部。我们是经济的支柱，因此我们很有影响力。（Phillips，2004：137）

由此可见，这就是加布里埃尔简单而朴素的家园观，他对自己的部落充满归属感且由此愿意为之流血牺牲。但是他也始终在重复他父亲的过于简单化的逻辑来解释冲突的原因，他的叙事也显示出社会分歧已经在部落文化中根深蒂固。更加重要的是菲利普斯提请我们注意到，加布里埃尔这种狭隘的家园观和归属感同时也是引发仇恨和争斗的原因，而这种本质主义的身份观是由嫉妒、怀疑和恐惧等普遍存在的冲动所滋养和引发的。加布里埃尔坚持认为，大部落因为嫉恨小部落的经济发展而对其发动战争，他的想法也许在一定程度上是正确的，但是主人公这种狭隘的观点却使得两个种族之间无法逆转的分歧愈演愈烈，并且最终形成"他们"和"我们"的二元对立。但是当他在自己的国家和欧洲西部承受过一系列的创伤和痛苦的经历后，他短视而肤浅的想法却发生着重要的改变，并且在一个全新的世界主义构想中实现顿悟。

后来内战愈演愈烈而国内的形势每况愈下，加布里埃尔也目睹自己的家人或者遭到强暴或者惨遭屠杀的命运。当他意识到自己必须离开自己的国家来逃避死亡的时候，他向自己一个有钱有势的叔叔求助。他的这位贪婪而无耻的叔叔建立起一个贩卖人口的关系网，通过帮助避难者逃离国家来赚取非法钱财，而加布里埃尔虽然和他具有亲族关系和家庭纽带却仍然无法避免被他剥削的命运，他的叔叔告诉他，"我可以把你当作家人来收留你，但是你如果想离开这个国家，你必须给我两千美元……这就是我能为你所做的全部"（88）。此时此刻，曾经渗透到他的世界观中并且促使他投身到内战中的种族团结和忠诚终于丧失殆尽。但是这并非最后一次被同种族的人们所盘剥，在经历危险的横渡英吉利海峡之旅来到伦敦后，他就和一个名为伊曼纽尔（Emmanuel）的同胞在酒吧偶遇（175），并且被他欺骗。所罗门在英国移民之前所有的经历都能够证明他所忠诚的家园观和身份观的狭隘和虚伪，他为之流血牺牲的部落家园没能保护他的亲人，而他视为至亲的家人和族人对他更是多有欺骗和利用，菲利普斯此处的用意是不言而喻的，他旨在通过揭露偏狭和本质主义的家园观的方式来宣扬世界主义的思想。

后来所罗门在英国的逃亡经历促使他逐渐摆脱这种狭隘的家园观而发展出一种世界主义的观念。他在英国的流亡过程中与当局发生冲突，被控强奸且被关押在拘留所，具有讽刺意味的是，此时对他施以援手的都是不同种族、民族或者社会经济背景的人。一个名叫吉米（Jimmy）的乞丐非常同情加布里埃尔，帮助他把杂志卖给过路的人来赚取几镑；一个名叫凯瑟琳（Katherine）法律援助律师不辞劳苦地帮助他证明清白，并且免受愤怒的群众的袭击；还有一个名为迈克（Mike）的爱尔兰卡车司机先是让加布里埃尔搭顺风车，后来又把他带到自己家里，并且给他提供食物、住处、汽车和工作。

小说中对迈克非传统的家庭介绍得细致入微，这也是通篇中绝无仅有的对家园的正面的描写，而加布里埃尔更是非常深刻地将其描述为"饱受祝福的家园"（292）。这所房子归安德森夫妇（Mr. and Mrs. Anderson）所有，而他们将它用作动态和开放的空间，为"那些需要的人们提供临时的住所"（292）。从这种意义来说，家园的概念被重新界定为包容而平等的空间，而人们居住在此也是出于个体选择的结果而非出生地的巧合。这种开放而包容的家园概念与自由的共同体场所异曲同工，大卫·哈维（David Harvey）更是将后者喻为"希望的空间"，认为该空间"具有集体的社会赋权和转型的功能"（2009：116）。这种世界主义家园概念的核心是对待陌生人的慷慨和宽容，他们并不仅是被容忍，而是被待以世界主义的欢宴（cosmopolitan conviviality）。

世界主义家园的这种特点恰好吻合雅克·德里达（Jacques Derrida）所尝试提出的全新的世界主义式的好客，而该种形式的好客不会被任何严格的礼仪或者习惯所限制或者规范。他在自己的专著中曾经说道："好客要成为它必须成为的那样，它不应该是还债，或者受责任所支配，它应该是亲切和蔼的，它不应该因为遵循责任的原因，或者因为康德所说的处于责任的原因而对受邀而来或者不请自来的客人开放。"（Derrida，2000：20）德里达这种包容性的好客概念能够补充肯达尔对世界主义价值观的理论界定，"世界主义是一种新型的社会团结（social solidarity），其中陌生人得以认可和包容，自己的设想和故事也和其他人的相似，社会地位的各种维度都是开放的而非闭合的"（Kendall，2009：21）。这种社会包容性以及人类互动和关系的开放视野都非常清晰地在小说中得到回应，因为加布里埃尔告诉我们这间房子里的其他人都是"来来往往"的，重新安置的生意人在为自己的家人寻找住所的期间需要临时的住处，还有参加会议的高管们、正在求职的工人们，或者是需要操控机器的专家们（Phillips，2004：287）。然而居住此处的房客们称呼安德森夫妇的方式才是让该所房屋的世界主义颠覆性得以升华的因素。房客们称呼两位为"妈妈和爸爸"，而菲利普斯也由此将父母的称呼与它们所指涉的传统的血缘关系相分离，同时也暗示出父母的称呼可以适用到所有关爱和关系中，而陌生人之间也可以因为关爱的缘故而建立起亲如父母子女的关系。在菲利普斯构筑的世界主义的家园中，所有的居民能够摆脱血缘谱系和种族的桎梏而形成全新的亲情关系。

但是令人惋惜的是，从所罗门的视角来说《远岸》中的世界主义家园仍然是以失败而告终，因为这所具有象征意义的房屋竟然被当地的恶棍所破坏。然而当这所房屋被一群仇外的恶棍所破坏时，它给予所罗门的无条件的好客（unconditional hospitality）也就岌岌可危，而此处的其他住户也受到威胁。虽然妈妈和爸爸还是同样的好客态度来招待所罗门，但是我们还能够从他们改变的态度中隐约发现恐惧的痕迹。当安德森先生试图向所罗门解释这些迫害者将他们的房屋作为目标的原因时，他的恐惧同时也微妙地流露出来。颇有意味的是，安德森将空间观念归结为破坏事件的原因，"所罗门你看，这所岛屿并不是很大，我们没有太多的空间"（289）。这种排他性的空间观念的主要动机就是引发对他者的恐惧和猜忌，而所罗门之前叙述中却赞扬这个"家园"的无限空间中蕴含着包容性的欢快文化，而这两者则形成鲜明的对比。安德森在解释当地居民对他者的排斥和恐惧的态度的同时也暴露出，他本人也已经接受他们的逻辑，因为他在言谈的过程中使用象征着分裂的"我们"，而加布里埃尔在之前的叙述中也用"我们"来指代非洲。菲利普斯由此也帮助读者们深刻地洞察到，仇外的冲动能够迅速地蔓延到整个共同体，甚至感染那些自称对此观点持否定态度的人们。

而小说中仇外的情绪就是通过这种自相矛盾的方式被发现和传播的，迈克在杂乱无章地解释共同体中的人们为什么怨恨有色移民的原因。虽然他一再声称，"我没有偏见"（290），但是他仍然充当魔鬼的代言，历数多元文化在该区域失败的原因。他列举出很多愚蠢和荒谬的刻板印象，非但暴露出他对该话题的无知，同时也非常讽刺地揭露出白人所秉持的怀疑他者的态度必然导致多元文化的失败。

> 这些印度人，他们仍然让女人们走在自己的后面，他们有清真寺和寺庙，还有他们的屠宰店，在那里他们在地下室杀死动物，也不知道用血来做些什么。我是说，他们是农民。他们来自农村，他们中的大多数人从未见过抽水马桶或电灯开关……正是这些人导致其他人恶劣的态度，也导致他们做出如此的行为。（290）

这种偏执而仇外的言辞与这所房屋曾经的包容而欢快的意象形成鲜明的对比。菲利普斯小说中的世界主义家园的倒塌也说明跨国主义和世界主义思想的乌托邦性质。德里达在阐述世界主义思想的时候提出好客（hospitality）和宽恕（forgiveness）的关键概念，同时也指出两者都必须是无条件的。也就是说英国和美国等宿主国必须摒弃民族和种族等排他性观念而给予有色移民以无条件的接纳和好客，而有色移民则需要接受和谅解历史上的磨难和创伤以无条件宽恕白人殖民者曾经的暴行。但是这种充满浪漫主义色彩的乌托邦构想却是难以实践的。菲利普斯在文章《奢侈的陌生人》（"Extravagant Strangers"，1997）中批判"纯净的英国"的意象，认为这种"同质性的神话将无数的英国人排斥在外，令他们无法舒适愉快地参与到英国生活的主流叙事中"（Phillips，1997：xiv）。然而对多萝西来说，她至少在一定程度上对这种神话颇为赞赏，并且也深感眷恋。然而对该神话的认同使她无法对日益改变的英国感到归属，而这种"纯净的英格兰"的神话的短暂性和不断变化的当下生活之间的鸿沟也日益明显，并且最终导致她长期的孤独感以及诸多的心理疾病。而多萝西这种心理疾病也正是忧郁而排他的旧时英国的象征。

小 结

菲利普斯在小说《远岸》中描述出跨国界和世界主义的英国，并且表达出与阿什克罗夫特和麦克劳德相似的乐观精神，认为跨国主义和世界主义思想能够帮助构建英国后种族时期的乌托邦愿景。然而存在于菲利普斯小说中的跨国主义和世界主义并未成为现实，而是有待实现的理想，但是小说中所展现的跨种族的友情和联系却能够成为全新的日常行为规范和实践的范例。小说中种族主义仍然顽固续存，而帝国主义历史的遗产仍然清晰可见。但是小说同样描述出一个以移民重新安置和国家重新塑造为特点的英国，而移民、多元和重塑这些主题词又在跨国界和世界主义的平滑空间中得以聚合和融合，空间中日常生活的新行为和新准则也逐渐变得比想象中的过去更加真实和有意义。因此小说的读者也会站在自己的主体立场而想象，他们就是我们。

结　语

　　本书的具体对象为"当代英国黑人小说"，鉴于题目的宏大性和本书体量
的有限性，研究无法穷尽每一位值得推介的作家和每一部值得细读的作品，
因此只能按照"构建和改变"的研究思路来分析当代英国黑人小说的发展进
程及其对英国性的施为作用。同时，也在本书即将结束之际对书名中"黑人"
的说法做出一些讨论。首先的问题就是英国黑人的概念，狭义视角的"英国
黑人"是指定居在英国并且承袭英国文化传统的非裔少数群体，马克·斯坦
认为该指称起初时特指来自特立尼达、牙买加、圭亚那和巴巴多斯等国家地
区的西印度群岛移民（Stein，2004：12）。从英国性的主导话语来看，"英国
黑人"这个称呼凸显出黑人移民问题的重重处境，因为他们身份中的"黑人"
和"英国"实则是相互矛盾的。黑人永远无法被白人种族隔离主义者视为英
国人的事实体现在伊诺奇·鲍威尔（Enoch Powell）1968 年 4 月臭名昭著的
《血流成河》（"Rivers of Blood"）的演讲中，演讲中坚持认为"黑人"和
"英国"两个概念的相互排斥性（转引自 Stein，2004：8）。虽然演讲中种族
和历史书写方面的本质主义特性的暗示，"英国黑人文学"的概念仍然顽强地
存在，并且能够囊括内容丰富且形式多样的文学书写，能够容纳进所有英国
黑人文学的形式，从而跨越文化身份、种族、阶级和性别的边界。斯坦进而
得出结论认为，"英国黑人文学"的概念并非意味着和民族主义的分类，因为
其中的"英国"将会被"黑人"所限制，而整个概念指代的是跨文化和跨国
家的范畴（17）。
　　英国黑人文学研究的首部颇具影响的作品当属大卫·戴比迪和娜娜·威
尔逊·泰戈（Nana Wilson-Tagoe）的《西印度和英国黑人文学读者指南》（*A*

Reader's Guide to West Indian and Black British Literature，1997），首次清晰地为英国黑人文学的研究描摹出图谱，而该研究的出版距今已经20多年之久。如今的黑人文学研究已经逐渐转向主题研究，涉及种族、种族主义、性别以及身份政治等多个话题。如今的研究也开始偏向英国黑人书写的美学特征和语篇功能。詹姆斯·普罗克特（James Procter）曾经在《居住地：战后英国黑人书写》（*Dwelling Places：Postwar Black British Writing*，2003）中指出，英国黑人文化研究有些忽视文学在黑人文化政治中的作用，而是重视和强调很多其他如电影、音乐和服饰等流行黑人文化（Procter，2003：10）。然而这种轻文学重流行的趋势如今已经得以扭转，而文学的研究也从主题讨论和政治问题发展到审美、体裁和文学价值的评价。如此，英国黑人文学就能够从黑人文化的研究中独立出来而自成体系。

黑人文学还是非裔文学的问题

英国黑人文学也可以称为英国非裔文学，非裔流散文学的研究并不仅局限于英国文学的领域，而是在很多民族文学的研究中都会存在非裔流散文学的分支，例如美国非裔文学。但是本书并不使用"英国黑人文学"和"英国黑人小说"来指代英国非裔流散文学的现象，这种以肤色来指代群体的做法在较为敏感的社会环境中还是略有争议的，有观点认为使用"英国黑人小说"的名称能够在很大程度上使得英国社会的黑人移民群体的历史经历和现实状况得到更多的关注，然而"肤色指称群体"的做法也令英国社会中的非裔群体感到"深受冒犯"，也由此很快演变为一个所谓的"政治错误"。英国新闻记者土音·阿格贝图（Toyin Agbetu）曾指出，所有具有进步思想的英国人都应该使用"非裔英国人"的称谓来指代具有非裔血缘或者种族背景的英国公民，这个群体在过去曾经被错误地称为"非裔加勒比人、英国黑人、黑人"，而如今"非裔英国人"应该被用来指代这个群体。它既包括来自非洲大陆的拥有非洲血统的非裔英国人，也包括定居在英国的来自加勒比和南美的流散非裔的后代（转引自 R. Victoria Arana，2007：3）。他进而在《大声说：我是非洲人，我很骄傲》（"Say It Loud：I'm African and Proud"）中呼吁，已经是时候丢弃掉"黑色"这个词了（4）。同时具有非洲、印度、中东和其他种族和文化背景的作家对于英国社会在他们的身份上所粘贴的标签也发出批判和反对的声音。很多作家认为，他们对"非裔英国人"这个身份并没有任何兴趣，而且这种称谓也并非正确的（6－7）。安德里娅·利维就习惯直接称自己为"英国人"，迈克尔·麦克米伦（Michael McMillan）认为自己是具有圣文森特岛血统的英国人，考比纳·莫瑟称自己为具有加纳和英国血统的伦敦人，卡迪加·西赛称呼她自己为具有塞拉利昂背景的英国女性，肯帕杜（Roshini Kempadoo）介绍自己为出生在英国、居住在伦敦的具有印度加勒比血统的艺术家，诸如此类不胜枚举。文化正在向着多元化的方向快速发展，似乎没有任何词语能够使所有英国非裔作者感到满意，因此他们也似乎默许"英国黑人作家"这个称呼（8）。

英国黑人作家对"非裔英国"这个身份兴致不高是有历史和地域缘由的，因为他们的文化和血缘太过复杂，他们多数也是来者加勒比各岛国而非非洲大陆。而1948年登陆英国的非裔黑人也是来自新印度群岛而非非洲大陆。西印度群岛原为土著居民印第安人的故乡，从15世纪末叶开始，相继沦为西班牙、英国、荷兰、法国、丹麦和美国的殖民地。长期殖民统治，印第安人几乎被赶尽杀绝，从非洲贩运来的黑人及其后裔成为该区主要的劳动力，黑白混血种人形成新的民族。他们来到英国后也逐渐结识同为移民的印裔和非裔移民，同时也逐渐加强自己西印度群岛而非非洲的文化和种族背景。他们所喜欢的音乐是非洲、加勒比和印度的元素混合而自成一派的，而他们的文学作品中也包含着非洲的神话传说、特立尼达的卡利普索和印度的寓言故事。由此，复杂的族裔和文化背景让他们一度逐渐淡化自己非裔的身份背景，同时也缺乏作为非裔英国人的自觉。英国黑人作家在抵达英国之初便发起加勒比艺术家运动，很大程度上促进黑人作家的创作激情，他们也毫不介意称自己为"英国黑人作家"。因此在20世纪初期的很多有关英国黑人文学的文选也光明正大地使用"黑人"这个称呼，例如《1948—1998年英国黑人文学创作：跨学科文选》（*Writing Black Britain* 1948－1998：*An Interdisciplinary Anthology*，2000）和《3号身份代码：英国新黑人文学企鹅书》（*IC*3：*The Pen-*

guin Book of New Black Writing in Britain，2000）等。

英国黑人文学传统

从历史的角度来看，英国始终处于文化改变的过程中，这种文化现象并非单纯由移民问题所引发，同时也是因为英国自身的殖民和被殖民的过程。英国从来都不是封闭而自足的国家，也不存在所谓的"真正的英国人"。但是从 20 世纪中期以来，英国开始从加勒比诸岛国招募工人，同时也给予前殖民地国家移民英国公民的身份，因而导致英国社会结构的巨大改变，也促使英国社会多元文化现象的产生。虽然英国社会的文化改变并非当代独有的现象，但却是在 20 世纪 40 年代尤为显著。英国文化的多元自然引发文学的多元，而当代英国黑人文学虽然始终面临着种种的问题和质疑，但是也在经过长时间的发展后成为英国文学中无可或缺的组成部分。而英国黑人小说的传统也绝非"当代"可以涵盖，传记作家拉布·古朴塔拉就提出，"我们也许需要记住，英国黑人作家的创作至少可以追溯到 18 世纪的时候"（1986：17）。林恩·因内斯（Lyn Innes）也在著作《英国黑人和亚裔文学史，1700—2000》（*A History of Black and Asian Writing in Britain*，*1700 – 2000*）中追溯英国黑人文学的历史，虽然本书没有关注到早期英国黑人小说作品而只是聚焦于当代的作品，但是英国黑人小说的早期存在对于英国黑人文学的传统构建却是至关重要的。因为英国黑人文学的概念本身就是屡遭质疑的，詹姆斯·普罗克特在《书写黑色英国》（*Writing Black Britain*，2000）的选集中就提出，"黑人英国文学几乎不存在任何的共同体或者想象的共同体，也不存在任何的传统或者创发的传统（invented tradition）"（2000：6）。普罗克特借助霍布斯邦（Eric Hobsbawn）的"创发的传统"的概念其实具有歧义，我们无从得知究竟是因为英国黑人文学历史未被书写，还是因为英国黑人文学连续的历史本身并非存在（Stein，2004：170）。如果是后者，那么当代的英国黑人作家竟然是在传统构建之前就在该传统之内进行创作，并且也是在该传统之内被界定和解读。

无论何种观点都无法改变英国黑人文学存在的现实，而黑人小说中也存在诸多共同的因素，例如流散的时间和空间，代际之间的冲突和传递以及后种族时代的新气象等。英国黑人小说与时间、空间、种族和文本产生联结并且由此留下印迹，从而能够超越文本的范畴而变成施为的行为。而小说的施为行为也体现为一种声音，这种声音也成为后殖民时期复调中非常具有辨识度的一种，非但仅代表非裔群体，也代表着英国。早在20世纪中期时英国黑人小说还在挣扎求存，在世界文学的领域中因为美国和其他国家非裔文学的光芒而黯然失色，在英国文学的世界中也被其他族裔文学的阴影所笼罩。但是此后的数十年间却是英国黑人文学人才辈出的时期，而21世纪初期扎迪·史密斯的成功也是无法复制和取代的。

英国黑人小说有较为明确的讨论议题，小说致力于构建出自己的空间从而可以建立自己的家园，发掘出非裔黑人的历史并且使之成为英国历史的组成部分，讨论流散经历以及移民生活对自己和后代的影响，探究多种审美传统相互融合的可能以及多元文化相互依赖的现状，面对无法逃避的个体、文化和民族身份问题，呈现文化变迁的历程以及多元文化共存的现状，同时也质疑和挑战声名狼藉的种族主义。在所有这些努力的基础上，在英国社会中产生改变的力量和开创全新的空间。英国黑人文学的内容多姿多彩，非但关注前殖民地国家的非裔移民，还关注他们所发现和努力塑造的英国社会。小说关注英国社会，但是观察英国社会的视角却有别于英国本土文学。由此英国黑人小说中的角色通常都会认为自己"几乎是出生和成长在英国的英国人"，而此处的"几乎"则暗示出矛盾而复杂的文化归属。这个简洁而直白的"几乎"的标签透视出他们矛盾的文化状态——他们是同时拥有局外人的视角的局内人。

英国黑人文学的特色体现在其多样性和原创性，并且因此也对英国文学产生积极而深刻的影响，由此对英国文学传统的主题和形式的创新都具有推动作用。但是典型的英国黑人小说是无法被描述或者界定的，因为它实在形式繁杂而多样。迈克·菲利普斯的《迟到的候选人》（*The Late Candidate*，1990）是典型的犯罪小说（crime fiction），本杰明·泽凡尼（Benjamin Zephaniah）的《难民男孩》（*Refugee Boy*，2001）当属儿童文学（children's fiction），本·奥克瑞的《饥饿之路》是具有代表性的奇幻小说（fantasy fiction），而科迪亚·纽兰的《跑调儿的音乐：12 个恐怖的短篇故事》（*Music for the Off-Key: Twelve Macabre Short Stories*，2006）是典型的恐怖小说（horror fiction）。同时，英国黑人小说也非常关注历史，尤其是有关英国黑人和奴隶制度时期的历史，其关注也蕴含着从种族、性别和宗教视角的对他者的考量。这种主题和视角显示出，小说的作者希望能够接受自己复杂的文化背景，同时正视自己在英国似有似无的归属感。例如琼·莱利 20 世纪 80 年代的伦敦小说所表达出的孤独和排斥的感觉并非受害者文学或者报复文学，也不是希望复制殖民时期黑白二元对立的场景，而是希望通过宣扬和提倡复杂性和异质性的方式来看待当代社会中的文化、种族和性别政治。本书所涉及的小说一方面关注到英国黑人的成长和身份构建，另一方面也注意到黑人移民对英国社会和文化机构的改变。因此研究涉及后殖民的理论和黑人文化研究，在分析和研究那些久负盛名的黑人作家的同时也关注到文坛的后起之秀，在分析英国黑人小说之间的区别和联系的同时发掘作品对社会话题和现象的反映和反思，以至最终呈现出日益多种族和多元文化互动的英国。

当代英国历史是和英国黑人文学紧密相连的，而由再现和重构历史所促发的文学是如此多元和异质以至于无法明确地界定。这些非洲和非裔英国文学的作者有男性也有女性，他们分属不同的时代和阶级，也散居在英国的不同地区。他们的作品也呈现为小说、诗歌、戏剧、电影脚本和杂文等不同的体裁，也以不同形式的英语写成，得到了不同群体的喜爱和支持。黑人英国文学在 20 世纪中期以后，特别是最近 20 多年的时间里得到长足的发展，作品被各种文选所收录，被翻拍成电视剧或者登上电影银幕，被录制成有声读物，也频繁地获得各种奖项；而英国黑人作家也赢得了国家和国际声誉。

伦敦是庇护城吗

殖民时期的英国教育让黑人移民将伦敦视为铺满黄金的城市，对他们来说伦敦就是英国的象征，也是他们理想的去处。20 世纪 40 年代末，加勒比地区的非裔群体应邀前来帮助重建战后的英国，英国的号召是一呼百应的，移民活动一直持续到 20 世纪五六十年代，而黑人移民也将伦敦视为自己的城市。对初次抵达的黑人移民来说，"伦敦对我来说是个好地方，/伦敦这个可爱的城市。/你可以去法国或美国，/印度、亚洲或澳大利亚，/但你必须回到伦敦城，相信我，我是在坦率地说，/我很高兴认识我的祖国。/我几年前去过很多国家，/但这是我想知道的地方。/伦敦是我的去处。/住在伦敦真的很舒服，因为英国人很善于交际。/他们带你到这里，带你到那里，/他们让你觉得自己像个百万富翁。/所以伦敦，那是我的地方"（Tompsett，2005：4）。1948 年，当卡利普索之王（Calypsonian Lord）基钦纳（Kitchener）从帝国疾风号轮船下来而踏上伦敦的土地时，他应一名记者的邀请在一个新闻短片中真挚而深情地唱出这首歌，如果英国人愿意注意到的话，他们就会发现西印度群岛人对英国生活的深切的期望。但是现实情况却迥然相异，最初对移民的欢迎很快变成敌意和仇视。黑人移民生活在困苦和歧视的环境中，工资比白人低而房租却比他们高，经常被禁止进入俱乐部和酒吧，在他们居住的街道上经常遭到白人青年的袭击。这些事实让我们认识到一个沉痛的事实，黑人移民并没有获得他们所渴望的好客和开放，而伦敦也并不是理想的庇护城。

德里达提出庇护城的概念源自他对欧洲诸国政府的深刻失望，他认为世界范围内的恐怖和暴力事件或多或少都会与政府和非政府组织有干系，而困扰全世界人们的大屠杀、奴隶制度和恐怖袭击等创伤事件也源自欧洲国家政府对人权的轻视。因此他尝试提出自由城市（free city）作为庇护城的主张，他自己也认识到其中的乌托邦色彩，因此庇护城首先作为一个理想的概念而存在。德里达提醒我们说，好客的伦理是扎根于差异的。好客需要以外国人（foreigner）的存在为前提，反之，外国人要以好客的存在为条件才能展示出其差异性。所有有限的好客（finite hospitality）都是借助主人的语言且围绕着主人的习俗、契约、权利等而构建的，由此而成为普遍化的举动，而有限的好客则将外国人想象为需要主人保护和关爱的对象。此时的外国人就成为主人的他者，并且呈现为与主人有所差异的存在，并且由此烘托出主人存在模式的正确性和正常性（Kelly，2004：429）。由此有限的好客总是试图在主人的存在模式范围内接受和解释差异性和陌生性，从而将陌生的客人简化为主人所知道和熟悉的模样（429）。总之是家族专制者、父亲和主人制定出好客的法律（Derrida，2000：149）。由此，有限的好客总是徘徊在陌生客人的个体性和主人的普遍化行为之间。德里达所追求的真正的普遍性从一定程度来说是对作为他者的他者永远开放的普遍性，即无条件的好客伦理。无条件的好客指的是对"那些既不被期待也没被邀请的客人开放，他们是绝对的异国的访客、是陌生的到访者，无法被识别或者被遇见，简言之，他们是全然的他者"（Borradori，2003：129）。德里达认为，这种纯粹的无条件的好客对他者的到来没有设置任何的界限，是"普遍的个体性"（Derrida，2000：79）。"无条件的好客能够超越所有的权利和法规，能够超越受限于避难所、移民政策和公民身份……只有无条件的好客才能赋予好客伦理以意义和实践理性，它能够超越司法、政治和经济的规范"（Derrida，2003：49）。然而无条件的好客是无法实现的，因为好客的伦理隐含着主权问题，而且如果失去家园的概念好客也无从谈起。

伦敦作为一个长期接纳和接受陌生者的城市自然也可能成为德里达的好客的伦理的理想城市。然而德里达还是在他好客的伦理中在接受者和抵达者之间划出较为清晰的界限，在他的分析中，他异性被局限于城市以外。他在群体中间做出主人和客人的区分，进而就产生"我们"和"他们"的概念。无论德里达的本意如何，他的庇护城似乎没有意识到，那些作为曾经的客人的移民和流散者正是潜在的主人。由此城市中的客人和主人的区分潜藏着危机和矛盾，这种区分忽略了城市内部的异质性和他异性。一个全球化和世界性的城市本身就是一个充满他异性的城市。社会学家理查德·森内特（2013）将开放城市定义为一个群体集合、相互交换和边缘模糊的场所（转引自 Georgiou，2017：637）。泰茹·科尔（Teju Cole）的小说《开放的城市》（*Open City*，2011）讨论的就是开放的城市空间的问题，这部小说之所以引起学术界的关注，正是因为它为开放的城市提供丰富而复杂的表达。开放的城市"既可以成为受难者的庇护所，也是需要掌控自己命运的社会文化空间"（Krishnan，2015），伦敦作为开放的城市可以成为黑人移民潜在的家园，"它是一个自下而上的场所，它是属于普通人的"（转引自 Georgiou，2017：637），同时它也"是一个呈现伦理的场所，其中所有的人都有自我表达的权利，也都能够被认真聆听"
（Silverstone，2007）。经过数代黑人移民，伦敦变得越来越包容，而他们也获
得越来越强的归属感，由此埃默切塔才会说："我们不属于非洲，我们是英国
人。也许是英国黑人，但是现在这里是我们的家园……所有的寻根的想法都
是如此地过时。看看现在黑人移民是如何改变英国文化的，难道你不想成为
其中的一部分吗？"（Emecheta，2000：164）

　　开放意味着好客、民主和包容的可能性，但是谁将从好客的伦理中获益
呢？而世界主义的城市又是按照谁的意象来构建的呢？（Harvey，2009）西尔弗
斯通（Roger Silverstone）认为："正是多种声音的持续共存才真正和潜在地界定
出媒体城邦中相互款待的可能性，因为好客始于对他者激情声音的认知……好
客的伦理涉及参与的各方都接受和执行向陌生者开放自己的空间的义务。"
（2007：143）由此开放的好客城市需要其中所有群体的共同努力，相互接受
和认可对方，其中包括英国白人和黑人移民。

黑人移民有归属感吗

　　无论英格兰人或者伦敦当地居民的本意如何，伦敦作为一个全球化的开
放城市的现实是无法改变的，城市对有色移民的接受也是既成事实的。但是
在这样一个城市里，黑人移民是否能获得真正的归属感呢？虽然埃默切塔非
常坚定地说，"我们是英国人，虽然可能是英国黑人"。但是就在埃默切塔发
表《新部落》的四年之后，伊西多尔·奥克佩霍（Isidore Okpewho）的小说
《叫我正名》（*Call Me by My Rightful Name*，2004）得以问世。埃默切塔和奥
克佩霍都是来自尼日利亚的移民作家，他们一个男性，一个女性；一个生活
在美国，一个生活在英国。他们的新书在风格、语言和关注问题方面也是千
差万别的。同时，他们在小说中同样借助和演绎非洲的神话和民间故事，但
是所体现的审美和意识形态观点却大不相同。《叫我正名》中的主人公奥蒂斯
（Otis）在故事开始时在庆祝他的 21 岁生日，他也将生日视为自己的成年礼。
他是一个对美国生活完全融入的年轻非裔移民，享受啤酒、爆米花、肯德基
炸鸡、音乐和舞蹈，但是他却突然收到信息说，他必须回到非洲，回到祖先

的神庙，否则他在美国的生活将被摧毁，他于是也踏上了自己的非洲之旅。

奥克佩霍的寻根之旅和埃默切塔的截然不同，他以神秘化和崇拜化的方式描写非洲，将非洲作为非裔移民生存和身份的基石。同时在野蛮和种族主义的美国文化中和非裔悲观主义的背景下，他也试图恢复非洲知识和语言的起码尊重和尊严（Cooper，2007：24）。同时，奥克佩霍在他的学术著作《从前有个王国》（*Once Upon a Kingdom*，1998）中也流露出对非洲大陆和非洲精神文化遗产的无尽感恩，并且表达出对吉尔罗伊《黑色大西洋》中观点的反对，"对其中的反本质主义立场持有保留意见"（Okpewho，1998：xv）。同样埃切鲁（Michael Echeruo）在讨论非洲流散者生存状况的文章中说道："千万不要以为我们阅读福柯和德里达，穿着普拉达，喝着可口可乐，欣赏罗伯特·梅普尔索普（Robert Mapplethorpe）和大卫·莱特曼（David Letterman）的节目，我们就不是非洲人"（Echeruo，2001：16）。他还警告所有的非裔移民说，"不要以为我们是各不相同的，我们其实并非如此，因此我们是相同的，都是非洲人"（16）。他认为，在分析和讨论非裔移民的各种经历的过程中过分强调本质主义的负面效应，"拒绝承认我们仍然是非洲人的认知，那么我们最终的结局就是心甘情愿地选择一无是处的状态"（16）。埃切鲁同时也批评吉尔罗伊，认为"我们无法归属一种没有任何种族、肤色和民族起源的存在"（16）。

由此可见，非裔移民和非裔作者对于故国、宿主国、身份和归属问题始终持有不同的观点。他们有些人愿意回归到象征性和本质性的非洲大陆，将其作为自己最终的归属，而非寻求种族主义的改变；而另外也有人愿意在反抗种族主义的同时，生动地记录下日常生活中的多元文化，从而呈现出移民生活中多元的世界。也许正是因为这些不同的选择，非裔移民小说的世界才更会精彩纷呈。

参考文献

中文文献

雅克·德里达：《马克思的幽灵：债务国家、哀悼活动和新国际》，何一译，社会科学文献出版社 2011 年版。

陈博：《论〈终结的感觉〉中的记忆叙事伦理》，《当代外国文学》2018（1）。

郭先进：《个人的抑郁与文化的抑郁——〈黑犬〉的创伤叙事研究》，《当代外国文学》2017（1）。

刘智欢、杨金才：《论〈终结的感觉〉中的记忆书写特征》，《湖南科技大学学报》（社会科学版）2016（6）。

王冬青：《或然历史的幽灵：〈米盐纪〉的全球史书写、中国想象和后冷战的文化政治》，《外国文学》2019（2）。

王卉：《从〈故地重游〉到〈去日留痕〉凸显出的英国性的转变》，《外语学刊》2014（1）。

王卫新：《试论〈长日留痕〉中的服饰政治》，《外国文学评论》2010（1）。

王勇：《穿越"幽灵学"：马克思主义与解构批判性结合的一种可能——以〈马克思的幽灵〉为文本重心》，《山东社会科学》2018（5）。

邹威华：《族裔散居语境中的"文化身份与文化认同"——以斯图亚特·霍尔为研究对象》，《南京社会科学》2007（2）。

外文著作

Abramovitz, Mimi, *Regulating the Lives of Women：Social Welfare Policy from Co-*

lonial Times to the Present. Boston: South End Press, 1996.

Ackroyd, Peter, *London: The Biography.* New York: Penguin Random House US, 2003.

Adam, Thomas, *Buying respectability: philanthropy and urban society in transnational perspective, 1840 – 1930.* Bloomington: Indiana University Press, 2009.

Adebayo, Diran, *Some Kind of Black.* London: Virago, 1996.

Adorno, Theodor W. , "Commitment", in Rolf Tiedemann ed. , Shierry Weber Nicholsen, trans. , *Adorno, Notes to Literature*, vol. 2, Columbia UP: New York, 1992.

Aidoo, Ama Ata, "The African Woman Today", in Obioma Nnaemeka ed. , *Sisterhood, Feminisms and Power: From Africa to the Diaspora*, Trenton NJ: Africa World Press, 1998.

Alibhai-Brown, Yasmin, *Imagining the New Britain*, New York: Routledge, 2001.

Amadiune, Ifi, *Male Daughters, Female Husbands: Gender and Sex in an African Society*, London and New Jersey: Zed Books, 1987.

Ang, Ien, *On not speaking Chinese: Living between Asia and the West*, London, England: Routledge, 2001.

Appiah, Kwame Anthony, *In My Father's House: Africa in the Philosophy of Culture*, New York and Oxford: OUP, 1992.

Apter, Andrew, *Black Critics and Kings: The Hermeneutics of Power in Yoruba Society*, Chicago: University of Chicago Press, 1992.

Arana, R. Victoria & Lauri Ramey, *Black British Writing*, New York: Palgrave Macmillan, 2004.

Arana, Victoria R. , "Courttia Newland's Psychological Realism and Consequentialist Ethics", in Kadija Sesay ed. , *Write Black, Write British: From Post Colonial to Black British Literature*, Hertford: Hansib, 2005.

Arana, R. , Victoria. "Introduction", in R. Victoria Arana ed. , *"Black" British Aesthetics Today*, Newcastle: Cambridge Scholars Publishing, 2007.

Ashcroft, Bill, "Globalization, transnation and utopia", in W. Goebel and S. Schabio ed. , *Locating Transnational Ideals*, New York: Routledge, 2010.

Assmann, Jan, *Religion and Cultural Memory*, Rodney Livingstone, trans. , Stanford: Stanford University Press, 2006.

Attridge, Derek, "Oppressive Silence: J. M. Coetzee's Foe and the Politics of the Canon", in Karen R. Lawrence ed. , *Decolonizing Tradition: New Views of Twentieth Century "British" Literary Canons*, Urbana and Chicago: U of Illinois P, 1992.

Bachelard, G, *The Poetics of Space*, M. Jolas trans. , Boston: Beacon Press, 1994.

Bakhtin, Mikhail M. , "Epic and Novel", in Michael Holquist, ed. , Caryl Emerson and Michael Holquist trans. , *The Dialogic Imagination: Four Essays*, Austin: University of Texas Press, 1981.

Baldick, Chris, *The Social Mission of English Criticism*, 1848 – 1932, Oxford: Blackwell, 1983.

Ball, John Clement, *Imagining London: Postcolonial Fiction and the Transnational Metropolis*, Toronto Buffalo London: University of Toronto Press, 2004.

Ball, John Clement, "Immigration and Postwar London Literature", in Lawrence Manley ed. , *The Cambridge Companion to the Literature of London*, New York. Cambridge UP, 2011.

Barnes, Natasha, *Cultural Conundrums: Gender, Race, Nation, and the Making of Caribbean Cultural Politics*, Ann Arbor: University of Michigan Press, 2006.

Barratt, Harold, "From Colony to Colony: Selvon's Expatriate West Indians", in S. Nasta ed. , *Critical Perspectives on Sam Selvon*, Washington DC: Three Continents Press, 1988.

Barrell, John, "Geographies of Hardy's Wessex", in K. D. M. Snell ed. , *The Regional Novel in Britain and Ireland, 1800 – 1990*, Cambridge: Cambridge UP, 1998.

Barth, Fredrik, *Ethnic groups and boundaries: The social organization of cultural difference*, Bergen-Oslo: Universitets Forlaget/London: George Allen & Unwin, 1969.

Baucom, Ian, *Out of Place: Englishness, Empire, and the Locations of Identity*, Princeton, N. J.: Princeton University Press, 1999.

Bauman, Zygmunt, *Globalization: the human consequences*, Cambridge: Polity, 1998.

Bauman, Zygmunt, "From pilgrim to tourist: or a short history of identity", in S. Hall & P. Du Gay eds., *Questions of Cultural Identity*, London: Sage, 2000.

Baumeister, Roy F., *Identity: Cultural change and the struggle for the self*, New York: Oxford University Press, 1986.

Bell, Bernard W., *The Afro-American Novel and Its Tradition*, Amherst: The U of Massachusetts P, 1987.

Benjamin, Water, *Illuminations: Essays and Reflections*, translated by Harry Zohn, edited and with an introduction by Hannah Arendt, New York: Schocken Books, 2007.

Bentley, Nick, *Radical Fictions: The English Novel in the 50s*, Bern: Peter Lang, 2007.

Bhabha, Homi K., *The Location of Culture*, London: Routledge, 1994.

Blake, William, "London", in Alicia Ostriker ed., *The Complete Poems*, Harmondsworth: Penguin, 1977.

Boehmer, Elleke, *Colonial and Postcolonial Literature: Migrant Metaphors*, Oxford: Oxford University Press, 1995.

Bogues, Anthony, *The George Lamming Reader*, Kingston: Ian Randle Publishers, 2011.

Bordo, Susan, *Unbearable Weight: Feminism, Western Culture and the Body*, Berkeley: University of California Press, 1993.

Borradori, Giovanna, *Philosophy in a Time of Terror: Dialogues with Jurgen Habermas and Jacques Derrida*, Chicago: University of Chicago Press, 2003.

Boyce-Davies, Carole, *Black Women*, *Writing and Identity*: *Migrations of the Subject*, *New York*: *Routledge*, 1994.

Bradbury, Malcolm, "The Cities of Modernism", in Bradbury & James McFarlane eds. , *Modernism* 1890 – 1930, Sussex: Harvester, 1978.

Brah, Avtar, *Cartographies of Diaspora*: *Contesting Identities*, London: Routledge, 1996.

Braithwaite, E. R. , *To Sir*, *With Love* (1959) with an Introduction by Caryl Phillips, London: Vintage, 2005.

Bromley, Roger, *Narratives for a New Belonging*, Edinburgh: Edinburgh UP, 2000.

Burgess, Anthony, *Nothing Like the Sun*: *A Story of Shakespeare's Love-life*, New York: Ballantine Books, 1964.

Burgess, Anthony, *Shakespeare*, New York: Alfred A. Knopf, 1970.

Butler, Judith, *Gender Trouble*: *Feminism and the Subversion of Identity*, New York: Routledge, 1990.

Calhoun, Craig, "Preface", in C. Calhoun ed. , *Social theory and the politics of identity*, Cambridge, MA: Blackwell, 1994.

Carby, Hazel V. , "Ideologies of Black Folk: The Historical Novel of Slavery", in Deborah E. McDowell & Arnold Rampersand, *Slavery and the Literary Imagination*, Baltimore: John Hopkins UP, 1989.

Carretta, Vincent, "Introduction", in Vincent Carretta ed. , *Olaudah Equiano. The Interesting Narrative and Other Writings*, Harmondsworth: Penguin, 1995.

Castells, Manuel, *The Power of Identity*, Massachusetts: Blackwell, 1997.

Chanady, Amaryll, "The Territorialisation of the Imaginary in Latin America: Self-Affirmation and the Resistance to Metropolitan Paradigms", in L. P. Zamora and W. Faris eds. , *Magical Realism*: *Theory*, *History*, *Community*, Durham, NC. : Duke University Press, 1995.

Cheng, Anne Anlin, *The Melancholy of Race*: *Psychoanalysis*, *Assimilation and Hidden Grief*, New York: Oxford UP, 2000.

Clanfield, Peter, "What Is in My Blood?: Contemporary Black Scottishness and the Work of Jackie Kay", in Teresa Hubel & Neil Brooks eds. , *Literature and Racial Ambiguity*, Amsterdam and New York: Rodopi, 2002.

Clingman, Stephen, *The Grammar of Identity: Transnational Fiction and the Nature of the Boundary*, Oxford: Oxford University Press, 2009.

Cooper, Brenda, *Magical Realism in West African Fiction: Seeing with a Third Eye*, London: Routledge, 1998.

Cuevas, Susanne, *Babylon and Golden City: Representations of London in Black and Asian British Novels since the 1990s*, Heidelberg: Winter, 2008.

Custer, Heather Childress, *Zadie Smith's NW: A Compass in Sad Multicultural Land*, North Carolina: Appalachian State University, 2014.

Dabydeen, David & Nana Wilson-Tagoe, *A Reader's Guide to West Indian and Black British Literature*, Nashville, Tennessee: Dangaroo Press, 1987b.

Dabydeen, David, *A Harlot's Progress* 1999, London: Vintage, 2000.

Dawson, Ashley, "Introduction: Colonization in Reverse", in A. Dawson ed. , *Mongrel Nation: Diasporic Culture and the Making of Post-Colonial Britain*, Ann Arbor: University of Michigan Press, 2007a.

Dawson, Ashley, *Mongrel Nation: Diasporic Culture and the Making of Post-Colonial Britain*, Ann Arbor: University of Michigan Press, 2007b.

De Certeau, Michel, *The Practice of Everyday Life*, Stephen Rendall trans. , Berkeley: University of California Press, 1984.

De Groot, Jerome, *Consuming Histories*, New York: Routledge, 2009.

Derrida, Jacques, *Of Hospitality*, Stanford, CA: Stanford University Press, 2000.

Douglas, Mary, *Purity and Danger: An Analysis of Concept* [*sic*] *of Pollution and Taboo* (1966), London: Routledge, 2002.

Dowden, Richard, *Africa: Altered States, Ordinary Miracles*, London: Portobello Books, 2008.

Doyle, Brian, *English and Englishness*, London: Routledge, 1989.

Durrant, Sam, *Postcolonial Narrative and the Work of Mourning: J. M. Coetzee, Wilson Harris, and Toni Morrison*, Albany, NY: SUNY P, 2004.

Easthope, Anthony, *Englishness and National Culture*, London and New York: Routledge, 1999.

Echeruo, Michael, "The African Diaspora: The Ontological Project", in Isidore Okpewho, Carol Boyce Davies and Ali A. Mazrui eds. , *African Diaspora: African Origins and New World Identities*, Bloomington and Indianapolis: Indiana UP, 2001.

Eckstein, Lars, *Re-Membering the Black Atlantic: On the Poetics and Politics of Literary Memory*, Amsterdam & New York: Rodopi, 2006.

Ellis, David, "E. R. Braithwaite: The Cultural Exile", in David Ellis ed. , *Writing Home: Black Writing in Britain since the War*, Stuttgart: ibidem-Verlag, 2007.

Emecheta, Buchi, *In the Ditch*, Portsmouth, N. H. : Heinemann, 1972.

Emecheta, Buchi, *Second-Class Citizen*, New York: George Braziller, 1975.

Emecheta, Buchi, *The Joys of Motherhood*, Oxford: Heinemann, 1982.

Emecheta, Buchi, *The New Tribe*, London: Allison & Busby, 2000.

Eng, David L. & Shinhee Han, "A Dialogue on Racial Melancholia", in David L. Eng & David Kazanjian eds. , *Loss: The Politics of Mourning*, Berkeley: U of California P, 2003.

Erickson, John, "Metekoi and Magical Realism in the Maghrebian Narratives of Tahar ben Jelloun and Abdelkebir Khatibi", in Lois Parkinson Zamora and Wendy B. Faris eds. , *Magical Realism: Theory, History, Community*, Eds. Durham: Duke UP, 1995.

Erikson, Erik. H. , *Identity: Youth and crisis*, New York: Norton, 1968.

Esty, Jed, *A Shrinking Island: Modernism and National Culture in England*. Princeton, NJ: Princeton UP, 2004.

Evaristo, Bernardine, *Soul Tourists*, London: Hamish Hamilton, 2005.

Evaristo, Bernardine, *Blonde Roots*, London: Hamish Hamilton, 2008.

Evaristo, Bernardine, *Lara*, Northumberland: Bloodaxe Books Ltd. , 2009.

Evaristo, Bernardine, "Interview with Vedrana Velickovic", in Vedrana Velickovic ed. , *The Idea of (Un) belonging in Post – 1989 Black British and Former Yugoslav Women's Writing*, Diss: Kingston UP, 2010.

Eysteinsson, Astradur, *The Concept of Modernism*, Ithaca, NY: Cornell UP, 1990.

Faris, Wendy B, "Scheherazade's Children: Magical Realism and Postmodern Fiction", in Lois Parkinson Zamora & Wendy B. Faris eds. , *Magical Realism: Theory, History, Community*, Durham: Duke UP, 1995.

Featherstone, Brid, *Family Life and Family Support*, New York: Palgrave, 2004.

Fishburn, Katherine, *Reading Buchi Emecheta. Cross Cultural Conversations*, Westport, CT: Greenwood, 1995.

Foucault, Michel, *Discipline and Punish: The Birth of the Prison*, New York: Vintage, 1979.

Foucault, Michel, "Of Other Spaces", in N. Mirzoeff ed. , *The Visual Culture Reader*, 2nd ed, London: Routledge, 2002.

Freedman, Estelle B. , *No Turning Back: The History of Feminism and the Future of Women*, New York: Ballantine, 2002.

Freud, Sigmund, "Mourning and Melancholia, 1917", in Jennifer Radden ed. , *The Nature of Melancholy: From Aristotle to Kristeva*, Oxford: Oxford UP, 2000.

Freud, Sigmund, *On Narcissism: An Introduction*, 1914, London: Read Books Ltd. , 2013.

Frith, Simon, "Music and Identity", in Stuart Hall & Paul du Gay eds. , *Questions of Cultural Identity*, London: Sage, 1996.

Fryer, Peter, *Staying Power: The History of Black People in Britain*, London and Boulder, Colorado: Pluto Press, 1984.

Fukuyama, Francis, *Our Posthuman Future: Consequences of the Biotechnology*

Revolution, New York: Farrar, Straus and Giroux, 2002.

Gardner, Helen, *In Defence of the Imagination*, London: Oxford University Press, 1982.

Gergen, Kenneth J. , *The saturated self: Dilemmas of identity in contemporary life*, New York: Basic Books, 1991.

Geschiere, Peter, *The Modernity of Witchcraft: Politics and the Occult in Postcolonial Africa*, Charlottesville and London: University Press of Virginia, 1997.

Gikandi, Simon, *Writing in Limbo: Modernism and Caribbean Literature*, Ithaca, NY: Cornell UP, 1992.

Gillespie, Marie, *Television, Ethnicity and Cultural Change*, New York: Routledge, 1996.

Gilroy, Paul, *There Ain't No Black in the Union Jack: The Cultural Politics of Race and Nation*, Chicago: University of Chicago Press, 1991.

Gilroy, Paul, *The Black Atlantic: Modernity and Double Consciousness*, London and New York: Verso, 1993.

Gilroy, Paul, "Urban Social Movements, 'Race,' and Community", in Patrick Williams & Laura Chrisman eds. , *Colonial Discourse and Postcolonial Theory: A Reader*, New York: Columbia UP, 1994.

Gilroy, Paul, *After Empire: Melancholia or convivial culture?*, London and New York: Routledge, 2004.

Gilroy, Paul, *Postcolonial Melancholia*, New York: Columbia University Press, 2006.

Goffman, Erving, *Stigma: Notes on the Management of Spoiled Identity*, New York: Simon & Shuster, 1963.

Goodman, Paula, "Home, Blood, and Belonging, a Conversation with Caryl Phillips", in Renee T. Schatteman ed. , *Conversations with Caryl Phillips*, Mississippi: University Press of Mississippi, 2009.

Gould, Philip, "The Rise, Development and Circulation of the Slave Narrative", in Audrey Fisch ed. , *The Cambridge Companion to the African American Slave Narrative*, Cambridge UP, 2007. 11 – 27.

Greenhouse, Carol J. , *A Moment's Notice: Time Politics Across Cultures*, Ithaca and London: Cornell University Press, 1996.

Gregory, Derek, *Geographical Imaginations*, Cambridge, MA: Blackwell, 1994.

Grewal, Gurleen, *Circles of Sorrow, Lines of Struggle: The Novels of Toni Morrison*, Boston: Lousiana State University Press, 1998.

Guptara, Prahbu, *Black British Literature: An Annotated Bibliography*, Sidney: Dangaroo, 1986.

Gulbas, Lauren, *Cosmetic Surgery and the Politics of Race, Class, and Gender in Caracas, Venezuela*, Dallas: Southern Methodist University, 2008.

Habermann, Ina, *Myth, Memory and the Middlebrow Priestley, du Maurier and the Symbolic Form of Englishness*, Hampshire: Palgrave Macmillan, 2010.

Habib, Imtiaz, *Black Lives in the English Archives, 1500 – 1677*, Burlington, VT: Ashgate, 2008.

Haley, Alex, *Roots* 1976, London: Vintage, 1991.

Hall, Stuart, "The Question of Cultural Identity", in Patrick Williams & Laura Chrisman eds. , *Colonial Discourse and Post-Colonial Theory: A Reader*, New York: Columbia UP, 1994. 392 – 403.

Hall, Stuart, "Cultural identity and diaspora", in P. Mongia ed. , *Contemporary postcolonial theory*, New York: Arnold, 1996a.

Hall, Stuart, "The Question of Cultural Identity", in S. Hall & P. du Gay eds. , *Questions of cultural identity*, London: Sage Publications, 1996b.

Hall, Stuart, "New Ethnicities", in Houston A. Baker, et al. eds. , *Black British Cultural Studies: A Reader*, Chicago: U of Chicago P, 1996c.

Hall, Stuart, "Old and New Identities, Old and New Ethnicities", in Les Back and John Solomos eds. , *Theories of Race and Racism: A Reader*, London: Routledge, 2000.

Hartman, Saidiya, *Lose Your Mother: A Journey along the Atlantic Slave Route*, New York: Farrar, Straus and Giroux, 2007.

Harvey, David, *Cosmopolitanism and the Geographies of Freedom*, New York: Columbia University Press, 2009.

Head, Dominic, "Zadie Smith's White Teeth: Multiculturalism for the Millennium", in Richard J. Lane, Rod Mengham & Philip Tew eds., *Contemporary British Fiction*, Oxford: Polity, 2003.

Hebdige, Dick, *Subculture: The Meaning of Style*, New York: Routledge, 1990.

Hines, Donald, *Journey to an Illusion: The West Indian in Britain*, London: Heinemann, 1966.

Hirsch, Marianne, "Past Lives Postmemories in Exile", in Susan Suleiman ed., *Exile and Creativity*, Duke UP, 1998.

Hutcheon, Linda, *A Poetics of Postmodernism: History, Theory, Fiction*, London: Routledge, 1988.

Iyer, Lisa H., "The Second Sex Three Times Oppressed: Cultural Colonization and Coll (i) (u) sion in Buchi Emecheta's Women", in John C. Hawley ed., *Writing the Nation: Self and Country. The Post-Colonial Imagination*, Amsterdam: Rodopi, 1996.

Jahoda, Marie, *Employment and unemployment: A social psychological analysis*, Cambridge, UK: Cambridge University Press, 1982.

Kay, Jackie, *Trumpet*, London: Picador, 1998.

Keizer, Arlene R., *Black Subjects: Identity Formation in the Contemporary Narrative of Slavery*, Ithaca, NY: Cornell University Press, 2004.

Kendall, Gavin, Ian Woodward & Zlatko Skirbis, *The Sociology of Cosmopolitanism*, Hampshire and New York: Palgrave Macmillan, 2009.

King, Bruce, *The Internationalization of English Literature*, Oxford: Oxford University Press, 2000.

Koestler, Arthur, *Dialogue with Death*, New York: Macmillan, 1983.

Lamming, George, *The Emigrants* 1954, London: Allison & Busby, 1980.

Lamming, George, *Introduction to In the Castle of My Skin* 1983, University of Michigan Press, Ann Arbour, 1991.

Lamming, George, *In the Castle of My Skin* 1953, Arm Arbor: U of Michigan P, 2001.

Lamming, George, *The Pleasures of Exile* 1960, London: Pluto Press, 2005.

Langford, Paul, *Englishness Identified Manners and Character 1650 – 1850*, Oxford: Oxford University Press, 2000.

Ledent, Bénédicte, *Caryl Phillips*, Manchester: Manchester University Press, 2002.

Ledent, Bénédicte, *Slavery Revisited through Vocal Kaleidoscopes: Polyphony in Novels by Fred D'Aguiar and Caryl Phillips. Revisiting Slave Narratives/Le avatars contemporains des récits d'esclaves*, Montpellier: University de Montpellier III, 2005.

Lefebvre, Henri, *The Production of Space* 1974, Donald Nicholson-Smith trans., Oxford: Blackwell, 1991.

Lewontin, Richard, *Biology as Ideology: The Doctrine of DNA*, New York: HarperCollins, 1992.

Lowe, Lisa, *Immigrant Acts*, Durham: Duke UP, 1996.

Lumsden, Alison, "Jackie Kay's Poetry and Prose: Constructing Identity", in Aileen Christianson & Alison Lumsden eds., *Contemporary Scottish Women Writers*, Edinburgh: Edinburgh UP, 2000.

MacClancy, Jeremy, "The Latest Form of Evening Entertainment", in David Bradshaw ed., *A Concise Companion to Modernism*, Oxford: Blackwell, 2003.

Macherey, Pierre, *In a Materialist Way*, London: Verso, 1998.

Massey, Doreen, *Space, Place and Gender*, Minneapolis, MN: University of Minnesota Press, 1994.

Mathuray, Mark, *On the Sacred in African Literature: Old Gods and New Worlds*,

New York: Palgrave Macmillan, 2009.

McCallum, Pamela, "Streets and Transformation in Zadie Smith's White Teeth and 'Stuart'", Bill Ashcroft, Ranjini Mendis, Julie McGonegal, & Arun Mukherjee eds., *Literature for Our Times: Postcolonial Studies in the Twenty-First Century*, New York: Rodopi, 2012.

McClintock, Anne, *Imperial Leather: Race, Gender, and Sexuality in the Colonial Contest*, New York: Routledge, 1995.

McKeon, Michael, "Biography, Fiction, and the Emergence of Identity in Eighteenth-Century Britain", in Kevin Sharpe & Steven N. Zwicker eds., *Writing Lives: Biography and Textuality, Identity and Representation in Early Modern England*, Oxford: Oxford University Press, 2008.

McLeod, John, "Diaspora and utopia: Reading the recent work of Paul Gilroy and Caryl Phillips", in M. Shackleton ed., *Diasporic Literature and Theory— Where now?*, Cambridge: Cambridge Scholars Press, 2008.

Mellet, Laurent, "'Just keep on walking in a straight line': allowing for chance in Zadie Smith's overdetermined London (White Teeth, The Autograph Man, and On Beauty)", in Vanessa Guignery ed., *(Re-) Mapping London: Visions of the Metropolis in the Contemporary Novel in English*, Paris: Éditions Publibook, 2007.

Mercer, Kobena, *Welcome to the Jungle: New Positions in Black Cultural Studies*, New York and London: Routledge, 1994.

Mercer, Kobena, "Black Hair/Style Politics", in Kwesi Owusu ed., *Black British Culture and Society: A Text Reader*, London: Routledge, 2000.

Middlebrook, Diane Wood, "Telling Secrets", in Mary Rhiel & David Suchoff eds., *The Seductions of Biography*, London and New York, 1996.

Mink, Gary, *Whose Welfare?*, Ithaca, N. Y.: Cornell University Press, 1999.

Molefi, Kete Asante, *Afrocentricity*, Trenton, NJ: Africa New World Press, 1988.

Moore, John, *A View of Society and Manners in France, Switzerland, and Germa-*

ny: *With Anecdotes Relating to Some Eminent Characters* 1779, London: Longman, 2004.

Morgan, Jennifer, *Labouring Women*: *Reproduction and Gender in New World Slavery*, Philadelphia: University of Pennsylvania Press, 2004.

Morris, Barry John, *Domesticating Resistance*: *The Dhan-gadi Aborigines and the Australian State*, Oxford: Berg, 1989.

Morrison, Toni, "The Site of Memory", in William Zinsser ed. , *Inventing the Truth*: *The Art and Craft of Memoir*, Boston: Houghton, 1987.

Moudouma, Sydoine Moudouma, *Re-visiting History, Re-negotiating Identity in Two Black British Fictions of the 21st Century*: *Caryl Phillips's A Distant Shore* (2003) *and Buchi Emecheta's The New Tribe* (2000), Stellenbosch: Stellenbosch University, 2009.

Mudimbe, Valentin, Y. *The Invention of Africa*: *Gnosis, Philosophy and the Order of Knowledge*, London: James Curry, 1988.

Mulvey, Christopher, "Freeing the Voice, Creating the Self: The Novel and Slavery", in Maryemma Graham ed. , *The Cambridge Companion to the African American Novel*, Cambridge: Cambridge UP, 2004.

Munro, Ian & Reinhard Sander, *Kas-kas*; *Interviews with Three Caribbean Writers in Texas*: *George Lamming, C. L. R. James, Wilson Harris*, Austin: African and Afro-American Research Institute, U of Texas at Austin, 1972.

Newland, Courttia, *The Scholar*: *A West Side Story* 1997, London: Abacus, 2001.

Newton, Adam Zachary, *Narrative Ethics*, Cambridge, MA: Harvard University Press, 1995.

Ngara, Emmanuel, *Art and Ideology in the African Novel*: *A Study of the Influence of Marxism on African Writing*, London: Heinemann, 1985.

Nichanian, Marc, "Catastrophic Mourning", in David L. Eng & David Kazanjian eds. , *Loss*: *The Politics of Mourning*, Berkeley: U of California P, 2003.

Nichols, Elizabeth G. & Kimberly J. Morse, *Venezuela*, Santa Barbara: ABC-Clio,

2010.

Nnolim, Charles E. , *Approaches to the African Novel*, London, Lagos, Port Harcourt: Saros, 1992.

Nye, Robert, *The Late Mr. Shakespeare* 1998, London: Allison and Bugsby, 2001.

Ogunyemi, Chikwenye O. , *Africa Wo/man Palava*: *The Nigerian Novel by Women*, Chicago & London: U of Chicago P, 1996.

Okpewho, Isidore, *Myth in Africa*: *A Study of Its Aesthetic and Cultural Relevance*, Cambridge: Cambridge UP, 1983.

Okpewho, Isidore, *Once Upon a Kingdom*: *Myth*, *Hegemony and Identity*, Bloomington and Indianapolis: Indiana UP, 1998.

Okri, Ben, *The Famished Road*, London: Jonathan Cape, 1991.

Okri, Ben, *A Way of Being Free*, London: Phoenix House, 1997.

Pagnoulle, Christine, "A Harlot's Progress: Memories in Knots and Stays", in Lynne Macedo & Kampta Karran eds. , *No Land*, *No Mother*: *Essays on David Dabydeen*, Leeds: Peepal Tree, 2007.

Paquet, Sandra Pouchet, *The Novels of George Lamming*, London: Heinemann, 1982.

Patel, Pragna, "Third Wave Feminism and Black Women's Activism" in Heidi Safia Mirza ed. , *Black British Feminism*: *A Reader*, New York: Routledge, 1997.

Paul, Kathleen, *Whitewashing Britain*: *Race and Citizenship in the Postwar Era*, Ithaca, N. Y. : Cornell University Press, 1997.

Perfect, Michael, *Contemporary Fictions of Multiculturalism*: *Diversity and the Millennial London Novel*, Basingstoke: Palgrave Macmillan UK, 2014.

Phillips, Caryl, *Cambridge* 1991, New York: Vintage, 1993.

Phillips, Caryl, "Introduction" in *Extravagant Strangers*: *A Literature of Belonging*. London: Faber and Faber, 1997.

Phillips, Caryl, *A New World Order*: *Selected Essays*, New York: Vintage, 2002.

Phillips, Caryl, *A Distant Shore*, London: Vintage, 2004.

Phillips, Caryl, "Our Modern World", in Judith Misrahi-Barak ed. , *Revisiting Slave Narratives*, Montpellier, France: Mediterranean University Press, 2007.

Phillips, Caryl, *Colour Me English*, London: Harvill Secker, 2011.

Pike, Burton, *The Image of the City in Modern Literature*, Princeton: Princeton UP, 1981.

Piozzi, Hester Lynch, *Observations and Reflections made in the Course of a Journey through France, Italy, and Germany* 1789, Cambridge: Cambridge University Press, 2010.

Pollock, Sheldon, "Cosmopolitanisms", in Carol A. Breckenridge et al. eds. , *Cosmopolitanism*, Durham: Duke University Press, 2002.

Porter, Roy & Dorothy Porter, *In Sickness and in Health: The British Experience*, 1650 – 1850, London: Fourth Estate, 1988.

Porter, Roy, "Civilisation and Disease: Medical Ideology in the Enlightenment", in Jeremy Black & Jeremy Gregory eds. , *Culture, Politics and Society in Britain*, 1660 – 1800, Manchester, 1991.

Porter, Roy, *London: A Social History*, London: Hamilton, 1994.

Pratt, Mary Louise, *Imperial Eyes: Travel Narrative and Transculturation* 1992, New York: Routledge, 2008.

Procter, James, *Dwelling Places: Postwar Black British Writing*, Manchester: Manchester University Press, 2003.

Quayson, Ato, *Strategic Transformations in Nigerian Writing: Orality and History in the Work of Rev. Samuel Johnson, Amos Tutuola, Wole Soyinka and Ben Okri*, Oxford: James Currey, 1997.

Reed, Ishmael, *Flight to Canada* 1976, New York: Scribner, 1998.

Rex, John, *The ghetto and the underclass: essays on race and social policy*, Avebury: Ashgate Publishing Ltd. , 1988.

Rhoodie, Nic & Ian Liebenberg, "Preface", in N Rhoodie & I Liebenberg eds. , *Democratic nation-building in South Africa*, Pretoria: HSRC, 1994.

Rubinstein, Annette T. , *The Great Tradition In English Literature From Shake-speare To Jane Austen* 1969, Montana: Literary Licensing, LLC, 2011.

Rushdy, Ashraf H. A. , "Neo-slave Narrative", in William L. Andrews, Trudier Harris, & Frances Smith Foster eds. , *The Oxford Companion to African American Literature*, New York: Oxford University Press, 1997.

Saghal, Gita & Nira Yuval-Davis, "Introduction: Fundamentalism, Multiculturalism, and Women in Britain", in Gita Saghal & Nira Yuval-Davis eds. , *Refusing Holy Orders: Women and Fundamentalism in Britain*, London: Trafalgar Square, 1993.

Said, Edward, *Culture and Imperialism*, New York: Knopf, 1993.

Said, Edward, *Out of Place: A Memoir*, London: Granta, 1999.

Schutz, Alfred, *The Problem of Social Reality: Collected Papers I*, The Hague: Martinus Nijhoff, 1962.

Scruton, Roger, *England: An Elegy*, London: Chatto & Windus, 2000.

Selvon, Samuel, *The Lonely Londoners*, London: Penguin Books, 2006.

Silverstone, Roger, *Media and Morality: On the Rise of the Mediapolis*, Cambridge: Polity Press, 2007.

Sizemore, Christine W. , "Willesden as a Site of 'Demotic' Cosmopolitanism in Zadie Smith's Postcolonial City Novel White Teeth", *Journal of Commonwealth and Postcolonial Studies*, Vol. 12, No. 2, 2005.

Smith, Anthony D. , *National Identity*, London: Penguin Books, 1991.

Smith, Sidonie & Julia Watson, "Introduction: Situating Subjectivity in Women's Autobiographical Practices", in Sidonie Smith & Julia Watson eds. , *Women, Autobiography, Theory: A Reader*, Madison: University of Wisconsin Press, 1998.

Smith, Valerie, "Neo-slave Narratives", in Audrey Fisch ed. , *The Cambridge Companion to the African American Slave Narrative*, Vol. 1, Cambridge, UK: Cambridge University Press, 2007.

Smith, Zadie, *White Teeth*, London: Hamish Hamilton, 2000a.

Smith, Zadie, *The Autograph Man*, London: Hamish Hamilton, 2002.

Smith, Zadie, *NW*, London: Hamish Hamilton, 2012a.

Smith, Zadie, *The Embassy of Cambodia*, London: Hamish Hamilton, 2013.

Soyinka, Wole, *Myth, Literature and the African World*, Cambridge: Cambridge University Press, 1976.

Spaulding, A. Timothy, *Re-forming the Past: History, the Fantastic, and the Postmodern Slave Narrative*, Columbus: Ohio State University Press, 2005.

Spencer, Sarah, *The Politics of Migration: Managing Opportunity, Conflict and Change*, Oxford: Blackwell Publishing, 2003.

Spivak, Gayatri Chakravorty, *The Post-Colonial Critic: Interviews, Strategies, Dialogues. Gayatri Chakravorty Spivak*, New York: Routledge, 1990.

Steady, Filomina Chioma, *The Black Woman Cross-Culturally*, Cambridge MA: Schenkman, 1981.

Stein, Mark, *Black British literature: novels of transformation*, Columbus: Ohio State University Press, 2004.

Stendhal, Henri Beyle, *Scarlet and Black: A Chronicle of the Nineteenth century*, Harmond-sworth: Penguin, 1953.

Stewart, Susan, *On Longing: Narratives of the Miniature, the Gigantic, the Souvenir, the Collection*, Durham, NC: Duke University Press, 2001.

Stoler, Ann Laura, *Race and the Education of Desire*, Durham and London: Duke University Press, 1995.

Sudbury, Julia, *"Other Kinds of Dreams": Black Women's Organizations and the Politics of Transformation*, New York: Routledge, 1998.

Tajfel, Henri, *Human groups and social categories*, Cambridge: Cambridge University Press, 1981.

Tilley, Christopher, *A Phenomenology of Landscape: Places, Paths and Monuments*, Providence: Berg, 1994.

Tönnies, Merle & Anna Lienen, "Changing Uses of the City in Contemporary Black British Novels", in Anna-Margaretha Horatschek, Yvonne Rosenberg & Daniel Schäbler eds. , *Spatial Practices*: *An Interdisciplinary Series in Cultural History*, *Geography and Literature*, Amsterdam/New York: Rodopi, 2014.

Tournay-Theodotou, Petra. "Reconfigurations of home as a mythic place of desire: Bernadine Evaristo's Soul Tourists", in H. Ramsey-Kurz & G. Ganapathy-Doré eds. , *Projections of Paradise*: *Ideal Elsewheres in Postcolonial Migrant Literature*, Amsterdam and New York: Rodopi, 2011.

Tutuola, Amos, *The Palm-Wine Drinkard. With Introduction by Michael Thelwell*, New York: Grove Weidenfeld, 1984.

Walker, Alice, *In Search of Our Mother's Gardens*: *Womanist Prose*, San Diego CA: Harcourt, 1983.

Wallace, Elizabeth Kowaleski, *The British Slave Trade and Public Memory*, New York: Columbia UP, 2006.

Warf, Barney & Santa Arias, "Introduction: The Reinsertion of Space in the Humanities and Social Sciences", in B. Warf & S. Arias eds. , *The Spatial Turn*: *Interdisciplinary Perspectives*, London: Routledge, 2009.

Wheatle, Alex, *East of Acre Lane* 2001, London: Harper Perennial, 2006.

Wheatle, Alex, *The Dirty South*, London: Serpent's Tail, 2008.

Wilkinson, Jane, *Talking with African Writers*: *Interviews with African Poets*, *Playwrights and Novelists*, London: James Currey, 1992.

Williams, Raymond, *The Country and the City*, London: Hogarth, 1975.

Williams, Raymond, *Politics of Modernism*, *with an introduction by Tony Pinkney* 1989, London: Verso, 2007.

Woolf, Virginia, "Modern Fiction", in Andrew McNeille ed. , *The Essays of Virginia Woolf*, *Volume* 4: 1925 *to* 1928, London: The Hogarth Press, 1984.

Wright, Talmadge, "New Urban Spaces and Cultural Representations: Social Imaginers, Social-Physical Space, and Homelessness", in R. Hutchison ed. ,

Constructions of Urban Space (*Research in Urban Sociology*, Volume 5), Bingley: Emerald Group Publishing Limited, 2000.

Yongue, Patricia Lee, "'My Mother is Here': Buchi Emecheta's Love Child", in Elizabeth Brown-Guillory ed., *Women of Color: Mother-Daughter Relationships in 20th Century Literature*, Austin: U of Texas P, 1996.

Young, Lola, "Missing Persons: Fantasizing Black Women in Black Skin, White Masks", in Alan Read ed., *The Fact of Blackness*, London: Institute of Contemporary Arts, Institute of International Visual Arts, 1996.

Young, Robert J. C., *Colonial Desire: Hybridity in Theory, Culture, and Race*, New York: Routledge, 1995.

Young, Robert, "White Mythologies: Writing Histories and the West", in Keith Jenkins ed., *The Postmodern History Reader*, London: Routledge, 1997.

外文期刊

Abosede, George A., "Feminist Activism and Class Politics: The Example of the Lagos Girl Hawker Project", *Women's Studies Quarterly*, No. 35, 2007.

Ahmed, Sara, "Multiculturalism and the Promise of Happiness", *New Formations*, No. 63, 2008.

Attridge, Derek, "Innovation, literature, ethics: Relating to the Other", *PMLA Publications of the Modern Language Association of America*, Vol. 114, No. 1, 1999.

Balibar, Etienne, "'Possessive individualism' reversed: From Locke to Derrida", *Constellation*, Vol. 9, No. 3, 2002.

Bamberg, Michael, "Who am I? Narration and its contribution to selfand identity", *Theory & Psychology*, No. 1, 2011.

Bank, Leslie J., "Untangling the Lion's Tale: Violent Masculinityand the Ethics of Biography in the 'Curious' Case of the Apartheid-Era Policeman Donald-Card", *Journal of Southern African Studies*, No. 1, 2013.

Bazin, Nancy Topping, "Venturing into Feminist Consciousness: Two Protagonists from the Fiction of Buchi Emecheta and Bessie Head", Sage II, Spring 1985.

Birat, Kathie, "Really no more than a report on one man's way of seeing", *Moving Worlds. Familiar Conversations: Special issue on Caryl Phillips*, No. 1, 2007.

Black Liberation Front, "Manifesto of the Black Liberation Front", *Grassroots*, No. 2, 1987.

Bolton, Winifred & Keith Oatley, "A longitudinal study of social support and depression in unemployed men", *Psychological Medicine*, No. 17, 1987.

Braun, Michele, "The mouseness of the mouse: The competing discourses of genetics and history in White Teeth", *The Journal of Commonwealth Literature*, Vol. 48, No. 2, 2013.

Brewer, Marilynn. B., "The social self: On being the same and different at the same time", *Personality and Social Psychology Bulletin*, Vol. 17, No. 5, 1991.

Brewer, Marilynn B., "Social identity, distinctiveness, and in-group homogeneity", *Social Cognition*, Vol. 11, No. 1, 1993.

Brown, J. Dillon, "Exile and Cunning: The Tactical Difficulties of George Lamming", *Contemporary Literature*, Vol. XLV, No. 4, winter 2006.

Callero, Peter. L., "From role-playing to role-using: Understanding role as resource", *Social Psychology Quarterly*, Vol. 57, No. 3, 1994.

Carter, June, "La Negra as Metaphor in Afro-Latin American Poetry", *Caribbean Quarterly*, Vol. 31, No. 1, 1985.

Cezair-Thompson, Magaret, "Beyond the Postcolonial Novel: Ben Okri's The Famished Road and its 'Abiku' Traveler", *The Journal of Commonwealth Literature*, Vol. 31, No. 2, 1996.

Conde, Maryse, "Three Female Writers in Modern Africa: Flora Nwapa, Ama Ata Aidoo, and Grace Ogot", *Presence Africaine*, No. 82, 1972.

Cooper, Brenda, "The Rhetoric of a New Essentialism versus Multiple Worlds: Isidore Okpewho's *Call Me by My Rightful Name* and Buchi Emecheta's *The*

New Tribe in Conversation", *Journal of Commonwealth Literature*, Vol. 42, No. 2, 2007.

Craps, Stef, "Linking Legacies of Loss: Traumatic Histories and Cross-Cultural Empathy in Caryl Phillips's *Higher Ground* and *The Nature of Blood*", *Studies in the Novel*, No. 40, 2008.

Cuder-Dominguez, Pilar, "Ethnic Cartographies of London in Bernardine Evaristo and Zadie Smith", *European Journal of English Studies*, Vol. 8, No. 2, 2004.

Dabydeen, David & Nana Wilson-Tagoe, "Selected themes in West Indian literature: An annotated bibliography", *Third World Quarterly*, Vol. 9, No. 3, 1987a.

Dawes, Kwame, "Negotiating the Ship on the Head: Black British Fiction", *Wasafiri*, No. 29, 1999.

Dawson, Ashley, "Linton Kwesi Johnson's Dub Poetry and the Political Aesthetics of Carnival in Britain", *A Caribbean Journal of Criticism*, No. 21, 2006.

Derrida, Jacques, "The World of the Enlightenment to Come (Exception, Calculation, Sovereignty)", *Research in Phenomenology*, No. 33, 2003.

Diawara, Manthia, "ENGLISHNESS AND BLACKNESS Cricket as Discourse on Colonialism", *Callaloo*, No. 13, 1990.

Eckstein, Lars, "Dialogism in Caryl Phillips's Cambridge, or the Democratisation of Cultural Memory", *World Literature Written in English*, Vol. 39, No. 1, 2001.

Ellis, David, "'Foreign Bodies': George Lamming's *The Emigrants*", *Comparative Critical Studies*, Vol. 9, No. 2, 2012.

Evaristo, Bernardine, "On the Road: Bernadine Evaristo interviewed by Karen Hooper", *Journal of Commonwealth Literature*, Vol. 41, No. 3, 2006.

Ezzy, Douglas, "Unemployment and mental health: A critical review", *Social Science & Medicine*, Vol. 37, No. 1, 1993.

Fischer, Susan Alice, "'The Authors of Their Lives.' Rev. of NW, by Zadie Smith", *The Women's Review of Books*, Vol. 30, No. 3, 2013.

Fludernik, Monika, "Carceral Topography: Spatiality, Liminality and Corporality in the Literary Prison", *Textual Practice*, Vol, 13, No. 1, 1999.

Foner, Nancy, "The immigrant family: Cultural legacies and cultural changes", *International Migration Review*, Vol. 31, No. 4, 1997.

Fritzsche, Peter, "Specters of History: On Nostalgia, Exile, and Modernity", *The American Historical Review*, Vol. 106, No. 5, 2001.

Georgiou, Myria, "Is London open? Mediating and ordering cosmopolitanism in crisis", *The International Communication Gazette*, Vol. 79, No. 6 – 7, 2017.

Gibson, Donald B., "Text and Countertext in Toni Morrison's The Bluest Eye", *LIT: Literature, Interpretation, Theory*, Vol. 1, No. 1 – 2, 1989.

Habermas, Jurgen, "The European nation-state: On the past and future of sovereignty and citizenship", *Public Culture*, Vol. 10, No. 2, 1998.

Halberstam, Judith, "Telling Tales: Brandom Teena, Billy Tipton, and Transgender Biography", *A/B: Auto/Biography Studies*, No. 15, summer 2000.

Hall, Stuart, "Black Men, White Media", *Savacou* (Kingston, Jamaica), No. 9 – 10, 1974.

Hall, Stuart, "Negotiating Caribbean Identities", *New Left Review*, No. 209, 1995.

Harris, Wilson, "Interview with Wilson Harris", *Kunapipi*, Vol. 2, No. 1, 1980.

Hendricks, Amber, "The Creation of the Ideal—Masculine Rhetoric to Construct Black Male Identity", *Valley Voices*, No. 6, 2012.

Heumann, Leonard F., "Racial Integration in Residential Neighborhoods: Toward More Precise Measures and Analysis", *Evaluation Quarterly*, Vol., 3, No. 1, 1979.

Hooper, Karen & Bernadine Evaristo, "On the Road: Bernardine Evaristo interviewed by Karen Hooper", *Journal of Commonwealth Literature*, Vol. 41, No. 1, 2006.

Huot, Suzanne & Debbie Laliberte Rudman, "The performances and places of identity: Conceptualizing intersections of occupation, identity and place in the process of migration", *Journal of Occupational Science*, Vol. 17, No. 2, 2010.

Immonen, Johanna, "Brixton Experience: Black Britishness in the Novels of Alex Wheatle", *Critical Engagements: A Journal of Theory and Criticism*, Vol. 1, No. 2, 2007.

Jabes, Edmond, "My Itinerary", *Studies in 20th & 21st Century Literature*, Vol. 12, No. 1, 1987.

Jaggi, Maya, "Jackie Kay in Conversation with Maya Jaggi About Her First Novel, Trumpet", *Wasafiri*, No. 2, 1999.

Kearon, Tony, "From Arbiter to Omnivore. The Bourgeois Transcendent Self and the Other in Disorganised Modernity", *Human Studies*, Vol. 35, No. 3, 2012.

Kelly, Sean, "Derrida's Cities of Refuge: Toward a Non-Utopian Utopia", *Contemporary Justice Review*, Vol. 7, No. 4, 2004.

King, Jeannette, " 'A Woman's a Man, For A 'That': Jackie Kay's Trumpet", *Scottish Studies Review*, Vol. 2, No. 1, Spring 2001.

Krishnan, Madhu, "Postcoloniality, spatiality and cosmopolitanism in the Open City", *Textual Practice*, Vol. 29, No. 4, 2015.

Krishnan, Madhu, "Mami Wata and the Occluded Feminine in Anglophone Nigerian-Igbo Literature", *Research in African Literatures*, Vol. 43, No. 1, 2012.

Laliberte-Rudman, D., "Linking occupation and identity: Lessons learned through qualitative exploration", *Journal of Occupational Science*, Vol. 9, No. 1, 2002.

Laqueur, Thomas W., "Grounds for remembering-Introduction", *Representations*, No. 69, 2000.

Lewis, Desiree, "Myths of Motherhood and Power: The Construction of 'Black Woman' in Literature", *English in Africa*, No. 19, 1992.

Lima, Maria Helena, "The Politics of Teaching Black and British", *BMa: The Sonia Sanchez Literary Review*, Vol. 6, No. 2, 2001.

Marcus, David, " 'Post-Hysterics: Zadie Smith and the Fiction of Austerity. ' Rev. of NW, by Zadie Smith", *Dissent*, Vol. 60, No. 2, 2013.

Marshall, A. C., " 'In Search'. 'Time and Change. ' Rev. of Of Age and Innocence, by George Lamming", *Times Literary Supplement*, 21 Nov. , 1958.

Mason, Earnest Douglas, "Alain Locke and Social Realism", *The Journal of Aesthetics and Art Criticism*, Vol. 5, No. 3, 2015.

McAdams, Dan P. & Kate C. McLean, "Narrative Identity", *Current Directions in Psychological Science*, No. 3, 2013.

McCabe, Douglas, "'Higher Realities': New Age Spirituality in Ben Okri's The Famished Road", *Research in African Literatures*, Vol. 36, No. 4, 2005.

McCarthy, Thomas, "On reconciling cosmopolitan unity and national diversity", *Public Culture*, Vol. 11, No. 1, 1999.

McLeod, John, "Extra dimensions, new routines: Contemporary black writing of Britain", *Wasafiri*, Vol. 25, No. 4, 2010.

Mekgwe, Pinkie, "Theorizing African Feminism (s): The 'Colonial' Question", *Matatu: Journal for African Culture and Society*, No. 35, 2007.

Monterrey, Tomás, "A Scottish Metamorphosis: Jackie Kay's Trumpet", *Revista Canaria de Estudios Ingleses*, No. 41, November 2000.

Muñoz-Valdivieso, Sofia, "Neo-Slave Narratives in Contemporary Black British Fiction", *Ariel*, Vol. 42, No. 3 – 4, 2011.

Muñoz-Valdivieso, Sofía, "Shakespearean Intertexts and European Identities in Contemporary Black British Fiction", *Changing English: Studies in Culture and Education*, Vol. 19, No. 4, 2012.

Murray, Charles, "The British Underclass", *Public Interest*, No. 99, 1990.

Murray, Charles, "The British Underclass: Ten Years Later", *Public Interest*, No. 145, 2001.

Nazareth, Peter, "Interview with Sam Selvon", *World Literature Written in English*, Vol. 18, No. 2, 2008.

Neal, Sarah. , Katy Bennett, Allan Cochrane & Giles Mohan, "Living multiculture: Understanding the new spatial and social relations of ethnicity and multiculture in England", *Environment and Planning C: Government and Policy*,

No. 31, 2013.

Nnaemeka, Obioma, "Toward a Feminist Criticism of Nigerian Literature", *Feminist Issues*, No. 9, 1989.

Nnoromele, Salome C., "Representing the African Woman: Subjectivity and Self in *The Joys of Motherhood*", *Critique*, Vol. 43, No. 2, 2002.

Nora, Pierre, "Between memory and history: les lieux de memoire", *Representations*, No. 26, 1989.

Obiechina, Emmanuel, "Narrative Proverbs in the African Novel", *Research in African Literatures*, Vol. 24, No. 1, 1993.

Ogunsanwo, Olatubosun, "Intertextuality and Post-Colonial Literature in Ben Okri's The Famished Road", *Research in African Literatures*, Vol. 26, No. 1, 1995.

Okafor, Clement Abiaziem, "Exile and Identity in Buchi Emecheta's The New Tribe", *African Literature Today*, No. 24, 2004.

Oyewumi, Oyeronke, "Ties that (Un) Bind: Feminism, Sisterhood and Other Foreign Relations", *Jenda: A Journal of Culture and African Women Studies*, Vol. 1, No. 1, 2001.

Palmer, Eustace, "A Powerful Female Voice in the African Novel: Introducing the Novels of Buchi Emecheta", *New Literature Review*, No. 11, 1982.

Pedrabissi, Fiorenza, "Modernism and Creolisation: The Case of George Lamming's In the Castle of My Skin", *Textus*, No. 2, 2013.

Pes, Annalisa, "Post-Postcolonial Issues and Identities in Zadie Smith's N-W", *The European English Messenger*, Vol. 23, No. 2, 2014.

Pettigrew, Thomas F., "Racially separate or together?", *Journal of Social Issues*, No. 25, 1969.

Pirker, Eva Ulrike, "Approaching space: Zadie Smith's North London fiction", *Journal of Postcolonial Writing*, No. 52, 2016.

Rawls, Anne Warfield, "Garfinkel's Conception of Time", *Time & Society*, Vol. 14, No. 2, 2005.

Reeves, Frank & Mel Chevannes, "The Political Education of Young Blacks in Britain", *Educational Review*, Vol. 36, No. 2, 1984.

Rieser, Max, "The Aesthetic Theory of Social Realism", *The Journal of Aesthetics and Art Criticism*, Vol. 16, No. 2, 2007.

Roberts, Kevin & Andra Thakur, "Christened with Snow: a Conversation with Sam Selvon", *ARIEL: A Review of International English Literature*, Vol. 27, No. 2, 1996.

Rouse, Roger, "Questions of identity: Personhood and collectivity in transnational migration to the United States", *Critique of Anthropology*, Vol. 15, No. 4, 1995.

Schäffner, Raimund, "Assimilation, Separatism and Multiculturalism in Mustapha Matura's Welcome Home Jacko and Caryl Phillips's Strange Fruit", *Wasafiri*, No. 29, 1999.

Scott, David, "The Sovereignty of the Imagination: An Interview with George Lamming", *Small Axe*, No. 12, 2002.

Selvon, Samuel, "Three into one can't go: East Indian, Trinidadian or West Indian", *Wasafiri*, Vol. 5, No. 3, 1987.

Shaw, Kristian, " 'A Passport to Cross the Room': Cosmopolitan Empathy and Transnational Engagement in Zadie Smith's NW (2012)", *C21 Literature: Journal of 21st-century Writings*, Vol. 5, No. 1, 2017.

Singh, Jyotsn G. & Gitanjali G. Shahani, "Postcolonial Shakespeare revisited", *Shakespeare*, Vol. 6, No. 1, 2010.

Smith, Neil, "New Globalism, New Urbanism: Gentrication as a Global Urban Strategy", *Antipode*, No. 34, 2002.

Smith, Zadie, "Stuart", *New Yorker*, 3 January, 2000b.

Smith, Zadie, "The North West London Blues", *The New York Review of Books*, June 2, 2012b.

Taylor, Paul C. , "Malcolm's Conk and Danto's Colours; or Four Logical Petitions Concerning Race, Beauty, and Aesthetics", *The Journal of Aesthetics and Art*

Criticism, Vol. 57, No. 1, 1999.

Thieme, John, "Editorial", *The Journal of Commonwealth Literature*, Vol. 42, No. 1, 2007.

Tompsett, Adela Ruth, "'London is the place for me': performance and identity in Notting Hill Carnival", *Theatre History Studies*, No. 25, 2005.

Wade, Jay C. & Chris Brittan-Powell, "Men's Attitudes Toward Race and Gender Equity: The Importance of Masculinity Ideology, Gender-Related Traits, and Reference Group Identity Dependence", *Psychology of Men & Masculinity*, Vol. 2, No. 1, 2001.

Ward, Abigail, "David Dabydeen's *A Harlot's Progress*: Re-Presenting the Slave Narrative Genre", *Journal of Postcolonial Writing*, Vol. 43, No. 1, 2007.

Werbner, Pnina, "The translocation of culture: migration, community, and the force of multiculturalism in history", *Sociological Review*, Vol. 53, No. 4, 2005.

Werbner, Pnina, "'Multiculturalism from above and below: analysing a political discourse,' Response to Meer and Modood", *Journal of Intercultural Studies*, Vol. 33, No. 2, 2012.

Werbner, Pnina, "Everyday multiculturalism: Theorising the difference between 'intersectionality' and 'multiple identities'", *Ethnicities*, Vol. 13, No. 4, 2013.

Wiesenthal, Christine, "Ethics and the Biographical Artifact: Doing Biography in the Academy Today", No. 2 – 3, *ESC*, 2006.

Wise, Amanda, "Sensuous multiculturalism: Emotional landscapes of inter-ethnic living in Australian suburbia", *Journal of Ethnic and Migration Studies*, No. 36, 2010.

Zapata, Beatriz Pérez, "'In Drag': Performativity and Authenticity in Zadie Smith's NW", *International Studies: Interdisciplinary Political and Cultural Journal*, Vol. 1, No. 2, 2014.

电子文献

Benedictus, Leo. "Every race, colour, nation and religion on earth". *The Guardian*, 21 January 2005, http://www. guardian. co. uk/britain/article/0, 13955 34, 00. html.

Bourdieu, Pierre, "Vilhelm Aubert memorial lecture: Physical Space, Social Space and Habitus". Oslo, Department of Sociology, University of Oslo & Institute for Social Research, 1996: http://folksonomy. co/? permalink = 1429.

Evaristo, Bernardine, Beauty isn't what you think it is. OCT 15, 2019. https://www. harpersbazaar. com/uk/culture/a29471146/bernardine-evaristo-beauty-is/.

Levy, Andrea, The writing of The Long Song. 2005. https://www. bartleby. com/essay/The-Writing-of-the-Long-Song-PK2AKZ2BC.

Rifberg, Synne, 2013, "Zadie Smith: On Bad Girls, Good Guys and the Complicated Midlife". [Interview]. https://www. youtube. com/watch? v = SIh3swy GYX4.

Smith, Zadie, "Zadie Smith: On bad girls and the complicated midlife." Interview by Synne Rifbjerg. Louisiana Channel. Louisiana Museum of Modern Art, Denmark, 2 Oct. 2013. YouTube. com. Web. 12 April 2014. https://www. youtube. com/watch? v = SIh3swyGYX4.